I0604532

扶摇子之哑孩儿

扶摇子之哑孩儿

扶摇子

之

哑孩儿

The Dumb Kid, Book One of *Fuyao Zi*

（唐）飞龙 著

Acer Books

扶摇子之哑孩儿（红枫小说丛书之二）
作者：（唐）飞龙
校对：吴晔
封面：刘瑶华
出版：Acer Books (acerbookscanada@gmail.com)

书号：978-1-0688485-5-1

红枫小说丛书
策划：黎杨
主编：陶志健

The Dumb Kid, Book One of Fuyao Zi (Acer Novels Book 2)
Author: Tang Feilong
Proofreader: Wu Ye
Cover Design: Liu Yaohua
Publisher: Acer Books

ISBN: 978-1-0688485-5-1

Acer Novels (Series)
Planner: Li Yang
Editor-in-Chief: Tao Zhijian

Acer Books Canada, International Humanities Publishers, Montreal, Canada
Email: acerbookscanada@gmail.com

目 录

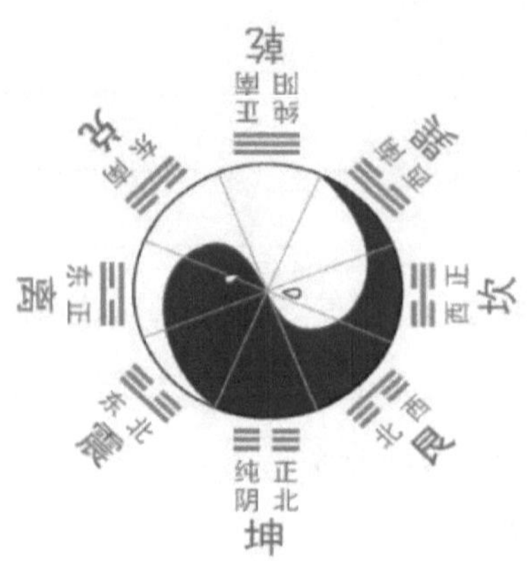

陈抟著《太极图》

陈抟画像

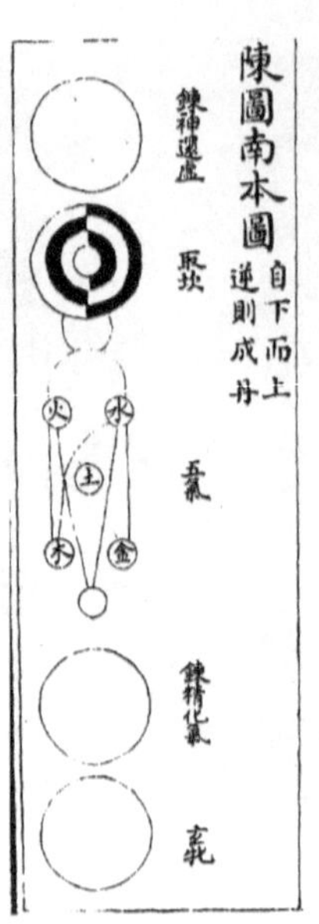

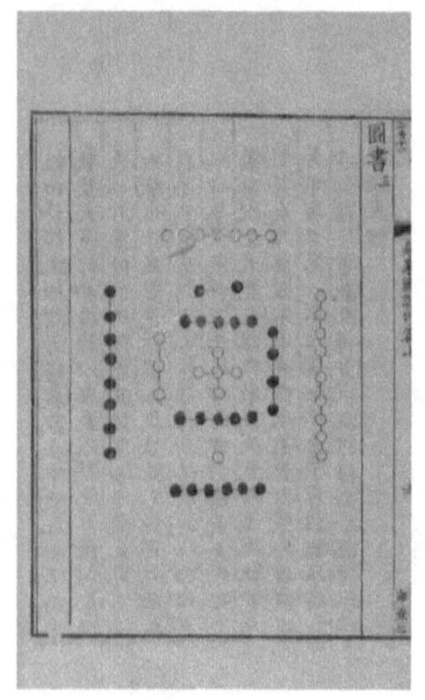

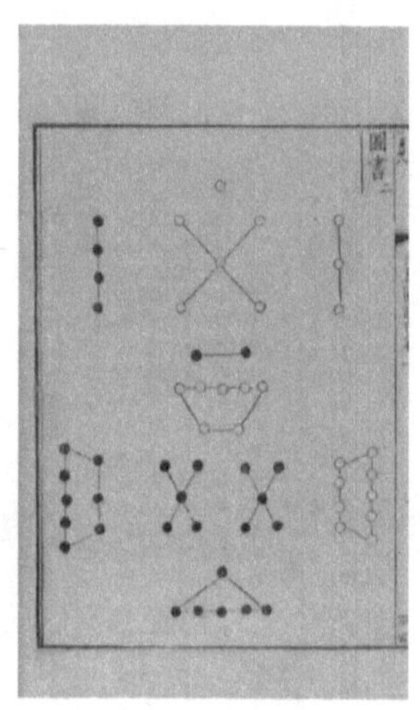

《易龙图》及象数之学

前 言

　　承蒙《华侨新报》主编黎杨、社长温迪的厚爱，这篇断断续续写了几年的，不知算不算得上小说的东西，终得拨开云雾见天日，在新报上连载。之所以写这篇东西，一是为了圆深埋在心底的武侠梦，一个遥远的青少年时期狂热的梦，等至中年以后才回过头去又重新找寻，从文字里稍微给自己一点慰藉，给过去的自己一个交代。

　　那这梦有多深，有多远？

　　应该在一九七八年左右吧。那时自己刚上了两年小学，认了几百个汉字，偶然，从我二姨丈林大深那里借得许多书。他在崇左县铁路局工作，是一个文学爱好者，大多爱好文学者似乎均有一个共性，就是性格内向，不善言辞。据说他迎面见了领导，不但不打招呼，还掉转道而走，所以其命运可想而知，一辈子都爬升不上去，只能默默做一名普通职工至退休。但这样的人往往对文学有着狂热的爱好，有着一片属于自己的精神广阔天地。

　　姨丈居住的位于左江岸上的简陋房子，至今我记忆犹新：像长筒形的三进弄堂，第一间是厅，一墙之后是睡房，只可摆一床，一柜子就满当当的了，再出去是个小天井，最后面就是低矮的厨房。而这个简单得不能再简单的房子却对我充满了诱惑力，因为，在第一间客厅里，靠墙摆有一个简易的书柜，而在这个书柜里，常常摆着一些我无法想象的书。

　　在那个文化极其贫乏的年代，书籍是极其匮乏的东西。

　　我记得，我的家里除了各种不同版本的《毛选》、毛语录，或是刘、邓选集之外，就基本没别的了，千篇一律。我也曾拿家里的《毛选》来翻翻，除了惊叹包装精美（毛像前有一张透明的蜡纸）之外，觉得没什么意思。而姨丈的书柜就不同了，会出现各种令人惊讶的面孔。有一天，我发现一本厚厚的，黄皮面的书，上面应还画着一些天兵天将的，不记得了，但竖写着的是四个黑正体字《封神演义》，单这个名字就令我百思不得其解，什么意思呢？斗胆跟姨丈张口要借，谁知他很高兴的答应了。

书偷偷拿回家，是不敢让父母看见的，藏在枕头底下。我家跟姨丈的家是一个格局，也是三进的直筒型，我和妹妹住的是靠里那间，上下架床，我睡上面，光线很暗，还搭有蚊帐，躲在昏暗的床上啃那本神秘的书，书是竖排的正体字版，自己本就识字不多，看正体更像是看天书。只能连蒙带猜、囫囵吞枣地看，书里人物众多，名字又都稀奇古怪，可是我竟然看得津津有味，兴致盎然。虽然一知半解地看完了，还是觉得很高兴，起码认识了姜子牙、哼哈二将、土行孙、哪吒、李靖等人物，离奇曲折，富有想象力的故事情节更不用说了。当然，当时去头掐尾把那些诗句词章是跳过去的，因为一窍不通。但啃完这部天书，似乎为我打开了一扇阅读的大门。

接下来的《三侠五义》、《说唐》、《水浒传》、《西游记》等书有简体也有正体，我都看得没有什么障碍了。初中时才看了《三国演义》，印象很深的一件事是，当看完，忽然感觉头脑有一段时间特别清醒、清晰，可能是书中的阴谋诡计，尔虞我诈情节太多的缘故吧。只是过了不久，自己又变回又呆且笨的状态，本质原来如此，也是没办法的事。

但从此，经过这些书的熏陶，"武"与"侠"两个字却深植在我心里。虽没做过什么真正的"行侠仗义"的事迹，但自我感觉形成了一种"嫉恶如仇"的性格。只要是不存善意，有恶的元素，无论人与事，本能的感觉就是厌恶，以自己内心对善恶分别的标准，也算是爱憎分明。

对武的痴迷，读书是一方面，另一方面是电影。八十年代初，随着改革开放，一部轰动全国的电影《少林寺》横空出世，令得县电影院前人头攒动，一票难求，盛况空前。我也不记得自己是混票还是买票进去看的了，反正不止看了一场。而且看得是聚精会神，如痴如醉，对少林寺十三棍僧出神入化的武功简直是佩服得五体投地，尤其是觉远刻苦习武成为武林高手的事迹，特别激励着我，对少林充满着向往……

紧随着《少林寺》的成功，全国兴起了一股习武的热潮。当时有一本名为《武林》的杂志，似乎刚发行不久，经电影的宣传，更是一纸风行，炙手可热，我就是忠实的订阅者。那时《武林》里就有金庸、梁羽生小说的连载，我的印象却不深，因为我更痴迷的是书里真正的各门各派的武功套路！整日沉迷于研读那些画着图案（带着虚线实线）的招式，那些都是珍贵的武功秘籍啊！

除了杂志，还在县新华书店购买到至少十几种武术书籍，大多都记不得了，好像有什么《醉拳》、《通背拳》、以及有关太极拳、八卦掌等书籍。但对其中有一本厚厚的《少林武功》却记忆深刻，里面涵盖少林各种拳法，比如达摩十八手、少林连环拳、六合拳……还有刀枪棍棒，以及梅花桩、轻功、鹰爪功、沙包功等等，单看名目就足以让人热血沸腾，产生非分之想，仿佛只要依图研习，就能练就一身绝世武功！

拥有了各种武功秘籍，心里就不禁痒痒。在那个偏僻的南方小县城，在那个年代，拜师学艺是无从说起的。性格孤僻的我就每天清晨起个大早，偷偷摸摸携了"秘籍"出门，趁着天蒙蒙亮之前，在父亲单位办公室前面的空地上，按着书上的图和说明一招一式练起来。由于天资愚笨，每招每式都得回头看几次才学会，记得只有一套长拳套路算是勉强学完了，可是，没有经过力量、速度等基本功的训练，打出来完全是只有架子，而没有任何实战的功用，是所谓的花拳绣腿。

不得其门而入，兴趣自然慢慢消减，除了一套长拳外，之后没练成别的功夫。上了初中，学校在郊外，一边是左江水，另一边是座小山，一群习武爱好者在课间，常上山顶去切磋武艺，也可说是华山论剑。在草地上，你来我往，最初摆几个姿势倒是有模有样，后来一交手全是任意发挥了，一个扭胳膊，一个扯大腿，至于是什么功夫，哪门哪派，就全然不顾了。

当然，除了练武，我们还唱歌，当时流行台湾校园歌曲，几乎每人都收集许多印在白卡片的歌纸，譬如罗大佑的《童年》、刘文正的《三月里的小雨》，还有《兰花草》等，唱得如痴如醉，那是个快乐的年代。

初二那年，父亲工作调动全家搬到首府南宁，我入读八中。城市与县城是两种截然不同的环境，练武的兴趣和机会都没了，那时的我既无法习武，便参加了学校的田径队，练短跑，一百米和四百米，兼练跳高、跳远。

幸运的是，遇到一位很好的年轻教练（师傅），他叫徐宏能，刚从体育院校毕业不久，理论水平高，给我们这一批队员安排了非常合理、科学的训练方案。譬如蛙跳、高抬腿跳、负重跳（绑沙包）、跑、跳阶梯、长途耐力跑……当然还有举哑铃、俯卧撑、仰卧起坐等一系列辅助训练。训练是辛苦的，但很快，我的身体逐渐变得强壮起来，虽然晒得又黑又瘦，可肌肉均匀发达，短跑成绩显著提高。当穿上钉鞋，有力地挥动双臂，像一阵疾风飞奔的时候，当身轻如燕飞过栏杆的时候，那种感觉是无以伦比的。在高二参加全市中学生运动会上，取得一百米第六名和四百米第一名的成绩。这可能是我离"练功夫"最近的经历了，假若那时再研习些"武功秘籍"上的套路和搏击术，与师兄妹们切磋滚打，说不定便真的成了一名武林高手。

而在其时，盗版的金庸小说已四处泛滥。每当放学，学校门口总有人大肆兜售金庸武侠小说的影印纸，那完全是赤裸裸的盗版，还不是印成书，而是直接印在一张张大白纸上，几分钱一张。尽管印制粗糙，错别字和段落，甚至故事情节都错误百出，混乱不堪，还是疯抢得紧，用"洛阳纸贵"来形容大概也不过分。大家都沉浸在那些粗制滥造的油印纸上，但情节又特别曲折，引人入胜的故事里，有时上课时也偷着阅读，我也不例外。

既为武侠小说，宣扬的无非是"侠义"二字。金庸在继承了中国古典武侠小说的特点外，更开创了一番新天地，一种新写法，比如对武功近乎奇思妙想的详细描写。这一点很有意思，不得不提金庸开始写武侠的初衷。

1954 年，吴氏太极拳掌门人吴公仪与白鹤派掌门陈克夫在澳门摆擂台比武。赛前宣传搞得如火如荼，轰动了香江两岸，当日现场更是人头攒动，时为《大公报》记者的查良镛和陈文统也前去采访，兴头十足。可惜，赛事开始，两位大名鼎鼎的武师一交手，全然不是那味道，甚至街头小混混打架都更好看，只能草草收场，但已引发坊间谈论不断。总编辑罗孚善捕捉热点，安排陈和查写武侠小说于副刊发表，由此出现了梁羽生和金庸。现实中惨不忍睹的比武和武功，报道无法可写，梁和金只能通过小说的形式来渲染发挥。尤其是金庸，在武功的描写上，按他自己常用的说法，简直发挥到了匪夷所思的地步，十分有趣。除了对许多新鲜武功、门派的创新和描写，金庸武侠小说高人一筹的原因，无疑是故事情节和结构的精心设计。

但引人入胜的，无非是打打杀杀，世代不断的恩怨情仇，无论是门派之争，国家之战，均故事紧凑，情节曲折，算是把武侠小说推到了一个常人无法企及的高峰。而我之所以写《扶摇子》，虽也自称之为武侠小说，却并非想要与金庸，或梁羽生，或古龙等前辈一较高下，因他们的作品都是一座座高山，无法逾越。我斗胆写来，只是想宣扬一种思想，尽管写的也是打打杀杀的故事，最终目的却是想劝告世人不要打杀，停止杀戮，让恩怨情仇随风而逝，这才是于人于家于国有利的生活方式。

因为，我小说里的主人公是——陈抟。

咸通十二年（公元871年），一个婴儿在西蜀普州崇龛县诞生，他的出生，引起了朝廷上下的恐慌，因其生下不哭不闹，圆脸阔耳，颇带天子之象的缘故。朝廷派出宦官带兵前去剿杀这位被称为"哑孩儿"的婴儿，以此为起因，发生了一系列轰轰烈烈的故事，他怎样在襁褓之中能逃出生天，庞勋等是因何起兵，以及如何兵败被杀的过程。

这名被众多英雄好汉舍命相救的婴儿，长大后就是中国历史上大名鼎鼎的陈抟老祖，他常被视为神仙，是著名的道教人士，占卜师，尤其以睡功闻名于世，通读经史百家之言，尤其精研道家文化之后，大悟，著有《胎息诀》、《指玄篇》、《太极图》等，从唐末至宋初，共活了118岁。他目睹了五代十国整个天下大乱，纷纷攘攘的朝代更迭，你方唱罢我登场的闹剧，但原有天子相的他，为何最后走的却是与世无争的神仙道路，选择遁隐山林，不愿出世了呢？金庸武侠小说里的武林秘籍《葵花宝典》、丐帮的打狗棒法等起源又是怎样的呢？这些在书中都有涉及、揭秘。

陈抟虽一生未能做皇帝，却三番几次被皇帝召见。唐僖宗、后周太祖柴荣都慕名而召，被赐白云先生美名。及至赵匡胤在陈桥兵变，黄袍加身，陈抟闻讯乃大笑曰，天下从此太平矣！宋朝建立，陈抟也即将走完他修炼的，传奇的一生。

本书主旨是推崇陈抟隐世、逍遥、无为而治的精神。俗世红尘中，那些为了权势、钱财而汲汲营营，尔虞我诈，勾心斗角，互相残杀的，反复上演的历史，其实就是中华民族臭不可闻的酱缸文化，虽最后贵为一尊了，那又怎么样！除了名声遗臭万年，到头来还不是臭皮囊入土，化为白骨一堆？有识有才的贤能，惟有看破红尘，安身立命，让百姓安养生息，享有生的尊严和权利，方是老子、庄子提倡的造福社会的至简之大道！而将这大道执行、运用到淋漓尽致的，历史上除了陈抟老祖，又有何人？

扶摇子的一生，于古于今，于未来都有不可忽视的借鉴意义。是以记之。

陈抟生活在唐末至宋初之间漫长的岁月里，那是中国历史上最混乱，充满杀戮和仇恨，最血腥，也是极其荒唐和无语的五代十国。陈抟后自号希夷先生，《道德经》第十四章执古之道中说"视之不见，名曰夷；听之不闻，名曰希；搏之不得，名曰微。……"，翻译过来是"怎么看也看不见，我们把它叫作'夷'；怎么听也听不到，我们把它叫作'希'；怎么摸也摸不着，我们把它叫作'微'。"老子所谓的道超越任何事物，是无形无状的，因此是看不见、听不见、摸不着的。"希夷"二字，于他而言，不是既瞎且聋，逃避现实，而是为了追寻"道"的境界。因此，作为武功超凡卓绝的一代宗师，不愿加入世俗的纷争，最后宁愿高卧武当、华山成为睡仙，与世无争。

如果中国历史能遵从老子道家思想发展，遵循道的法则，治国安家，作为个体，如果能像陈抟一样顺乎天道修身养性，超然世外，国与人都遵照老子《道德经》为准则来修身、齐家、安天下，少些尔虞我诈，互相迫害争斗，那何愁国不昌盛，民不兴旺？

这是作本书的第二个初衷和意义。

第三个原因是，之前读了一些宋人无名氏的诗词，很是感动。他们和我，以及许多诗词爱好者一样，为作诗、填词沉迷，虽没成名成家，甚至一生籍籍无名，身后连姓名也无人知晓，只留下了一个"无名氏"的代称，可是，也应值得在这世上留下些许痕迹。借用他们的作品，是向那些湮没在历史长河中的，没有机会留下姓名的诗词同道中人致敬；书中带有星号的皆是引用宋无名氏作品，其余皆注明出处。

　　至于作得怎样，心里是没底的，自己的学识和文字功底都非常有限，关于这点是有自知之明的。但作为一名业余的文学爱好者，起码是用心去写、去学习，好在也是一种供大家打发时间的题材，望有缘的您阅后，觉得或好或坏或一般，均请一笑置之。

　　再次感谢《华侨新报》的总编温迪，主编黎杨两位女士的海量包容，得以在新报上连载。她们是我在书中描写的古代女豪杰的现代版，说明这一点，是为了表达我由衷的谢意和敬意。

　　如今终付梓成书，还荣幸得到温迪总编写的序，在序中对作者谬赞有加，实在是愧不敢当。

　　本书出版过程中，还得到芸香诗社吴晔诗友细致、周全的文字校对工作，以及摄影师、画家刘瑶华女士精心设计的封面封底，令拙作增色不少。一并致谢。

　　特此自赋一首：

无题

平生多憾事，不教坠青云。
执笔神常懒，游思梦却勤。
荒唐原可宥，幻景岂能闻。
一纸无凭字，谁知怪诞文。

2024.07.31 于蒙特利尔

序

温迪

第一次为别人写序，心里有些忐忑，同时又感到非常荣幸。

认识唐伟滨（飞龙）差不多两年了，《华侨新报》刊登他的长篇武打小说《哑孩儿》也已经一年半，我也从对唐伟滨的完全陌生变成他亲密的朋友。

表面上看，唐伟滨似乎内向一点儿，在人群中话语不多，这方面我俩有些相似，因此格外惺惺相惜。所不同的是，我的内心只有文学的火苗，勉强温暖一下自己，而他内心仿佛蕴藏着一座火山，正在通过文学的出口喷薄而出，放射出的耀眼光芒，足以照亮很多人。

他写格律诗，有读者说他像有魔法，古诗词信手拈来，让人叹为观止。他翻译英文古诗，用古诗词的形式，译文如春天的野花一样自然，又如繁星一样璀璨，让人仰望。

但要说我最喜欢的，还是他接地气的武打小说。我们这代人，是看金庸武打小说，琼瑶爱情小说和三毛的散文长大的，谁没有痴迷这些书的青春记忆？唐伟滨的武打小说唤醒了我埋藏已久的读武打小说的热情，每期在校对他的文章时，跟踪阅读，总被他丰富的想象力迷住，也曾心生疑惑，那些栩栩如生的画面是从哪里来的？难道他穿越了吗？

校对唐伟滨的文章相对容易，一般很少有错别字，所以尽情欣赏就好，偶尔注意到看似有问题的地方，我也不敢随意修改，先查看 google 是否有自己不熟悉的说法，通常的结果是开拓了我自己的语言知识。

　　周报的小说连载总是让人意犹未尽，这次听他说要把连载内容整理成书出版，我拍手称快，为他自己，也为和我一样喜欢武打小说的读者。

　　是为序。

2024.06.24 于回国飞机上

第一回　紫微星斗侧陈府　贪睡孩儿惹世人

唐咸通十二年（公元871年）十月十日。

中秋之际，暑气全消，寒意渐浓。西蜀普州崇龛县，一个偏远安静的小城镇。这里，位于潼南区西北边陲，多山，且山形各异，草密，又树木繁杂；琼江静静地在县旁流过，江边，更有一片片茂盛的竹林，依山傍水，风景清幽，异常诱人。

在镇上最大、最繁华的那条名叫"老街"的大街上，青石板路面，虽然有些参差不平，但块块光滑可鉴，一看就可见岁月流淌的痕迹。

街两旁住家房屋，大多是中小人家，在差不多街尽头处，兀的有一大户人家，朱门碧瓦，泥墙环绕，三级宽大石阶上，左右两根深朱色大圆柱子，顶着前倾的精美屋檐。正中门楣上方，悬着一幅宽大的黑底牌匾上，大书着四个端庄楷书金字——"友道陈府"。

进得大门，便是一大院。左侧是一座石砌山水景，造型嶙峋，花草攀附，底下是一方水池，深有尺余，池水清澈；右边是几株梅树、几株梨树，长得皆枝干遒劲，横斜交错。梨树开始落叶，梅树却绽出新芽、花苞。正中走道对着，是一栋偌大的房子，前面是个大厅，三进三出，出到后面，是一个空旷平整的大后院，厨房、杂物房，一应俱全。

此乃是本县富商世家，主人姓陈，名友道，即"有道"，与友论道之意。自小谨遵双亲之命，信奉道教，勤学道教文化，勤练道派武学，勤修道家内功，虽未成名师大家，却也在附近一带，甚至整个普州，名闻遐迩。又加之家财殷实，平日仗义疏财，爱结交各路英雄豪杰，江湖送其一个外号叫——"陈夫子"。

时近黄昏，陈府内上上下下，喜气洋洋，忙里忙外，原来，陈夫人明日生辰，又恰逢要临产，可谓是喜上加喜。

陈友道在前厅踱步，又是喜悦，又是紧张。喜的既是夫人生辰，更喜的是年近五旬将为人父，如孩儿今夜诞下，将与母同日庆生，实在是天意安排的好事；忧的是夫人年纪也已不小了，惟怕生产有何不顺，因此喜忧参半，心绪难平。旁侧的紫檀黄花梨坐榻的几案上，摆放着笔墨纸砚，他久不久过去坐下，写几个字，又起来，从这头踱到那头，又从那头又踱到这头，嘴里念念有词。

管家吴辽知道，老爷又在写诗填词。主人每逢大事，无论是兴奋或紧张，无论是欢喜或忧愁，总喜欢将心情诉诸琴、棋、书、画，沉浸其中，寻找缓解的方式，待内心清静，处于一片澄明世界里，自能寻求出解决方案。今日夫人临产，他爱莫能助，心中既兴奋又紧张，便想着作首词，来让自己平静。

产婆被召来已有三、四个时辰，里面仍无一点儿动静，只偶尔听见从里屋传来夫人几声呻吟声。陈友道不时侧耳一听，眉头一皱，随即又舒展开，坐下写几个字，站起又皱眉，周而复始。吴辽在旁赶紧笑笑，说道："老爷，喝茶，茶都冷了，我再给您换水？"

陈友道不答，坐下，又写了几个字，突然将笔搁下，右手抄起那张纸，左手一招道："吴管家，你过来，帮我看看这首词，虽然写得有点狂，但我实在压抑不住内心的喜悦，哈哈哈……"吴辽急忙过去，双手接过，轻声念道：

数朵寒梅将破腊，良宵新月初生。
晓来闺阁庆生辰。
天儿应降诞，德迈孟光贤。

喜配伯鸾真得耦，乘龙产凤齐名。

称觞岁岁祝长年。

瑶池桃未熟，南极婺星明。*[1]

　　"好！好！好一首《临江仙》！后院的梅树是真的含花骨朵了。双喜临门啊，难得老爷今天这么高兴，夫人产下的不管是龙子还是凤女，将来一定是了不起的人物！老爷且放宽心，一定会母子平安。"他自幼念过一点私塾，十六岁起就一直跟着陈夫子，夫子有什么新作总让他先看，因此学到作诗填词之法。

　　陈友道"嗯"了一声，又喜又忧地往后看了一眼，还是没动静，转回拿起茶盏喝了一口。

　　一直等至午夜。子时已过，陈友道还在低声吟咏那首词，正纳闷为何久不闻夫人声息，也不闻任何响动，正欲亲自到后面瞧瞧去，突见产婆偕三个丫鬟一齐出来，喜梅怀里抱着个襁褓，环儿、翠莲欢天喜地跟着，产婆一路走一路欢喜说道："老爷！恭喜，恭喜！是个大胖儿子！耳朵可大了，福相啊福相啊！"

　　陈友道大喜，走上前一看，这孩儿，果然脸圆粉嫩，天庭饱满，耳廓大而软，耳垂厚，仿如弥勒佛样。更奇的是，他虽未开眼，却似喜笑颜开模样，急问何时生下的。产婆又啧啧几声，说道："哎呀！老爷！不偏不倚，午夜子时刚过，他就出来了！仿佛算准了时辰一般，你说奇不奇？还有更奇的呢，我老婆子接生过不知多少婴孩了，老爷，不是我打诳语，您这个真是百年不见，千古未闻，别的娃娃生下来，不是嚎啕大哭，就是咿呀乱叫，而这娃降临这世间，却一声不吭，仅皱着小眉头，眼睛闭着的时候，像睡着了一般，眼睛睁开了，又像是若有所思，真如一位小仙人儿一

---

1 全书"*"所标皆引用宋朝无名氏作品。

般！我老婆子管叫他'哑孩儿'！将来必定是大富大贵！"

陈友道一听，怪不得里面一直没有动静呢！随即一想，竟有如此奇事？忽一念在脑海闪过，立即抱过儿子，端详一会儿，进入内屋向夫人问安。

夫人产后虚弱，额头上盖着一块热毛巾，脸色有点儿苍白，陈夫子连忙坐下，陪着笑，将婴儿递给夫人看，夫人满脸慈爱，眼光流露出无尽爱怜来。忽然，嘴里竟轻轻哼起儿歌，歌声轻柔委婉，甚是动听。婴儿本闭着的眼，却忽然睁开了，轻轻扭头望向母亲，大家都惊喜，翠莲在旁拍手道："瞧！少爷听见了！少爷喜欢！"听是听见了，但还是没发出任何声音。

陈友道止住笑，刚想说话，夫人却率先说道："夫君，我知道了，他是个哑孩儿，哑孩儿就哑孩儿，也永远是我的心肝宝贝。"陈友道连忙答道："那自然，只是我想起一事，要告知夫人。"产婆也收拾好她的器皿，正欲告辞，夫人便把孩儿交予喜梅与翠莲带到旁室休息，又叫环儿带产婆去找吴辽，吴辽取了一封五十两银子重酬，产婆一见，眉开眼笑，满心欢喜而去。

陈友道见大家出了屋，便轻轻握着夫人的手，说道："夫人辛苦！我前几夜做一怪梦，这两日思之、想之，终不得其解，甚是纳闷，不知是凶是吉，是福是祸，后来一忙也就忘了。刚才听说孩儿诞下，不吵不闹，才忽然想起。待我道来，夫人帮忙斟酌斟酌。"

陈夫人只闭目微笑，说道："夫君本是读书之人，你想不明白，我一个妇道人家又怎能想明白？权且说来吧，我听着就是，只是不论是凶是吉，对这孩儿我却是欢喜异常。"

"夫人，你认真听着。那夜，我忽梦到自己化身为一渔夫，独自一人乘舟出海打渔。可三天两夜，一无所获，不禁灰心丧气，眼看这第三日天色将晚，且有风暴自远方袭来之迹，就在心内暗自祷告：再撒最后一网，如上天可怜见，便赐我一宝，如天不见佑，即便无一物，也只能归矣。不想这一网拉上，果然甚是沉重，捞起一看，原来是一个紫色大肉球，心中大喜，只是这肉球，鱼非鱼，兽非兽，外层如胎衣所包，世间从未见过，心中甚是惶恐，只能带回家中。到家后，因三日少进食，已是饥肠咕噜，便烧开一锅水，欲要拿这肉球煮了果腹，持刀正要将它劈开，忽而外面雷电大作，地震房摇，一道凌厉闪电自窗外直射而入，咔嚓一声，正劈在那紫肉球上，一分而裂！你道如何？里面忽蹦出一个婴孩儿来！我一惊，来不及看清，吓得往后便倒，竟坠入了滔天骇浪的冰海，一直沉下，深不见底，惊呼之下，倏然而醒，大汗淋漓，久久回不了神。夫人，你且说说，这是凶，还是吉？"

陈夫人听罢，寻思良久，然后微笑着道："夫君，这自然是上天托梦于你了，这孩儿，不正是你捕捞来的宝贝吗？紫色，乃天子之气，夫君此梦，说是大吉便是上上大吉，只因这大唐的气数也有将尽之象，天子之位，人人觑而代之，这孩儿果真有天尊之象焉？要说大凶，也便是那下下大凶，夫君你想，你我现在此说这大逆不道的言辞，如被人听了去，岂不正是杀身之祸，株连九族之罪！况且那作天子之途，是把脑袋挂在裤腰上的事，我不想孩儿走这凶险之道，只愿他身康体健，悠游自在地度过一生，也就足够了。"

陈友道一听，甚觉折服，心宽不少，但只想起儿子生下却是这番状况，叹息一声道："夫人言之有理，但我钱财无忧，幸老来得子，就想着有朝一日，他能学有所成，走上那仕途之路，有所作为，光耀我陈家门楣，也就心满意足了，不曾想却是个哑孩儿！"

"夫君此言又差矣！既然连皇帝做与不做皆无所谓，又岂在乎走那仕途？再说了，官场岂是一个干净之地？恐怕只是一个困身且藏污之所吧？不去也罢！我孩儿果真是既聋且哑，倒也乐得个无烦无恼，快乐逍遥，就此度一生，我也高兴！哦，对了，你给孩儿起个名吧。"

陈友道听夫人如此说来，又惊且喜，既惭且愧，连连称是，深觉自己一介丈夫，见识还不如一个妇人！心中暗自思量，该起个什么名字？听着夫人提到逍遥两字，忽想起《庄子》"逍遥游"篇来，身为道家中人，这名篇早就烂熟于心，轻轻吟诵起第一节。

"北冥有鱼，其名为鲲。鲲之大，不知其几千里也。化而为鸟，其名为鹏。鹏之背，不知其几千里也，怒而飞，其翼若垂天之云。是鸟也，海运则将徙于南冥。南冥者，天池也。《齐谐》者，志怪者也。《谐》之言曰：'鹏之徙于南冥也，水击三千里，抟扶摇而上者九万里，去以六月息者也。'野马也，尘埃也，生物之以息相吹也。天之苍苍，其正色邪？其远而无所至极邪？其视下也，亦若是则已矣。且夫水之积也不厚，则其负大舟也无力。覆杯水于坳堂之上，则芥为之舟；置杯焉则胶，水浅而舟大也。风之积也不厚，则其负大翼也无力。故九万里，则风斯在下矣，面后乃今培风；背负青天而莫之夭阏者，而后乃今将图南……"

"抟扶摇而上者九万里，抟扶摇而上者九万里……有了！夫人，这孩儿，用抟字甚好，甚好！日后定将如大鹏一般，翅膀拍打着盘旋的飓风而直上九万里高空，然后可以图谋飞往南海，恐有俯千万人于翼下之势也！名抟，字图南，此乃天意也，天意也！"虽则同意夫人所说，不屑作皇帝，但还是忍不住有此念想。陈夫人看着他，幽幽一笑，算是同意了。

陈友道笑着说罢，唯恐墙外有耳，怕被别人听了去，急侧耳倾听。不听还罢，一听，果然门外隐约有"嗖"的一箭声过，还"铮！……嗡嗡嗡……"的颤响，心中一凛，连忙站起，一捋长襟，说道："夫人，你且歇息着，我去看看。"带上门，直奔大门外，正在前厅忙着的管家吴辽见状，紧随而出。

是夜，月朗风清，老街上已是冷冷清清，哪里有一个人影？左右一瞧，却发现一支彩色羽翎箭，稳稳射在右边的门柱上，兀自还在微微晃动，箭头还钉着一封红色书信。吴辽即刻上前欲取下，不想费尽了周身力气，不说拔下来了，那箭宛如磐石一般，竟纹丝不动！

陈友道暗暗称奇，轻声说道："吴管家，你让一边。"随即移步而上，同时运丹田之气，气由大小经络直奔双手而去，手上青筋暴起，关节咯吱作响，双足分立，紧抓地面，右手紧握住箭身前段，手足同时使劲，一蹬一拔，低喝一声道："起罢！"只听"剋嗤嗤"的连声闷响，只见陈友道往后连退数步，借反弹之力翻了一个跟斗，方在街中心站住，那箭早已被他握在手中。

吴管家又上前看那箭入口处，一个洞深下去三至五寸，箭头两端钩角也倒扣陷入其中，不禁目瞪口呆，心里直打鼓："乖乖！怪道我拔不出来！连箭头都断了，若不是主人素来广交武林朋友，采纳得诸多精妙内功之法，勤以修炼，怕是要动用兵刃才能取出，啧啧啧……"摇头咂舌不已。

陈友道把箭仔细端详一番，木柄黝黑透亮，木质柔软坚韧，箭头乃纯黄铜打造，锋利透亮，箭尾是山间野雉之彩色羽毛镶插，华丽无比，果然是支稀世好箭！遂将箭交予吴辽，将那红信打开，抖出一张竖排红格纸，目光巡视而过，只见一纸遒劲潇洒的笔迹：

陈兄台鉴：欣闻贵府新添弄璋之喜，贫道恰巧路过此地，无以为贺，奉上凤尾彩羽箭一支，作为信物，谨代喜礼。贫道昨夜观星象，紫微星有侧移贵府之迹，令儿出世，势必引起群雄纷乱，兄当小心谨防为是；卜卦一算，皆因此儿与我道家有深远之缘，是以寄下礼书，相约日后在武当山一会，幸甚至哉！请受贫道深鞠之礼，就此别过。

另，填得词一阕——《睡公子》以赠，请笑纳。

　　门外猧儿吠，知是陈郎至。刬袜下天阶，回家今夜睡。
　　裹得入罗帏，不肯脱罗衣。睡则从他睡，还胜独醒时。*
　　　　　　　　　　　　　　——武当山方之洞　叩首

　　陈友道阅毕，暗道，好词！只是此儿来头不小，不知是福是祸？不禁紧缩眉头，将书信交与吴辽，向远方作揖三拜道："原来是武当山得道高人，多谢指点，在下代犬儿谢过！如来日真与武当有此良缘，当亲领之，面谢过大师。"说毕，两人左右环视，四下里只有清风皎月，见并无动静，才进门来。

　　陈友道在大厅左侧的黑黄檀木太师椅坐下，吩咐道："吴管家，明日消息一经散出，江湖上前来道喜、祝贺的朋友定会络绎不绝。吾素来虽以'义气'二字为重行走于世，自认并无得罪各门各派的地方，但人心险恶，世道叵测；况当今朝廷昏庸，已露衰败之相，各路豪杰揭竿四起，欲得分一杯羹而快之！夫人的分析与方大师一致，吾担心有人会借机来寻晦气，还是小心为好。明日，你准备喜帖，火速发出给平日结交的各路英雄，陈府将在抟儿满月之日大摆筵席三天庆祝'弥月之喜'，此前谢绝任何来贺之人。哦，对了，明日请竹林七侠过来一叙。"

　　吴管家笑道："是！七侠与主人是歃血之盟，交情深厚，恐不等我去，他们已不请自来！"

　　"好吧，把这箭和信放入密库中，好生保管着。安排妥当后，你也早点去安歇着吧。"说完，自回房内陪夫人，怕她无谓担心，方才之事一字不提，只说满月要摆筵席招待各路贺喜朋友一事。自己唯恐有变，不敢睡下，只盘腿打坐，闭目观心，运功调息，耳却倾听外面动静。抟儿一夜虽然还是不声不吭，夫人和丫鬟翠莲、环儿免不了起来几次，悉心照料，不必细言。

十月十六日晨。

长安城内，太阳初升，照在这巍峨雄伟、绵远百里、平日里繁华无比，热闹熙攘的古都城。然而此时，街空人稀，一片冷清，凄凉的景象似乎与当今朝运颇为一致，尽管日至中天，街市上也是萧条冷落，全无当日的繁华之景。

上早朝的官员，三三两两，陆续来到了含元殿，大家神情严肃，不苟言笑，或坐或站，皆沉默不语。眼看时辰已过，仍不见宰相路岩露面，皇上更无动静，大家不禁面面相觑，就像以往一样，不知是等是散。

正彷徨之际，忽然，从侧门旁风风火火闯进一群人，大家一瞧，是左神策护军中尉王宗实（字柒山）带着几个太监赶来，尖着声音说道："皇上今晨龙体欠安，但因有要事商议，更衣后即来上朝，有劳诸位耐心等待，吾皇万岁万万岁！"众人齐声附和："吾皇万岁，万万岁！"

这时，从旁走出一人说道："王中尉，皇上迎来的佛骨必须每日香火供奉，每个时辰不得中断，和尚诵经亦是如此，心不诚则不灵啊，佛祖在上看得一清二楚，有打瞌睡开小差的沙弥，要立即策杖赶出！这样才能保住龙体康泰啊！"大家一瞧，原来是太子太师徐公诺，这太师已经七十八岁，发须全白，背驮拄杖，但脸色红润，声如洪钟。

王宗实浓厚的八字眉一扬，说道："太师所言极是！现在梵缘堂内由侍卫监管，香火纸品供应如有断缺，和尚、沙弥诵经如有分心偷懒，轻则鞭打八十杖，永不录用，重则杀头，以儆效尤！只要皇上龙体一日不得安康，这经文香火就一直供着。哼！还有人趁着天子不适，要造反叛乱，天罡天师昨夜测得……"

"皇——上——驾——到！"殿后一声高高传来。

大臣们立即排行列队，伏地跪拜，头叩点地，齐声呼喊道："臣等觐见陛下！吾皇万岁，万万岁！"身着龙袍的唐懿宗在左右一簇太监的搀扶下，缓缓从侧门走来，他身材高大，气度沉厚，形貌瑰伟，但脸色萎靡苍白，目光呆滞无神，在太监的搀扶下坐下龙椅。缓了一会儿，慢慢说道："众卿请起！朕这几日精神恍惚，神思不济，迎来的佛骨似乎法力还不够，听说天竺国还有一付更大的，朕想于今明年把它迎来，与旧的那几付供奉在一起，法力定会大增，众爱卿不知看法如何？"

众大臣都默默不语。大家都清楚，迎一次佛骨不是件小事，必得兴师动众，劳民伤财，那天竺国每回又大开其口，索价不菲，已经迎回三次了，要再迎一付更大的，岂是现如今国力可以允许的？就在大家犹豫之际，一人从后面站出来，众人稍抬头斜眼一看，原是大都护尉迟泰。他生得膀臂粗壮，眉重眼圆，一脸络腮胡横乱生飞，他双手举高，俯身一拜，声若洪钟奏道："陛下只需让老夫陪着去猎场骑马射箭，围护狩猎，不出一个月，保管神清气爽，大病即愈！岂需要那劳什子佛……"

"大胆尉迟泰！你胡说些什么，皇上只喜音律文墨，怎会跟你去舞刀弄枪！况且佛骨乃是天竺国请来的佛门宝物，小心供奉，自然会保佑我大唐天子万寿无疆，国泰民安！休得胡言乱语，得罪了佛祖！"王宗实尖着嗓子喊道，手上佛尘一挥，吓得群臣都俯身低头不敢直视。众人素知他武功之高实属罕见，简直似一门令人匪夷所思的邪门妖术，因之谁也不敢拂逆他；尉迟泰却面不改色，他虽知武功不如，却内心瞧不起他这宦奸之人，刚要再言，唐懿宗摆摆手说道："尉迟爱卿所言有理，但朕实在是不喜那刀棒之术，佛骨是佛门圣物，休得再胡言亵渎，朕这次饶你，不可再口出不敬之语，冲撞了佛祖，迎佛骨一事可从长计议。王爱卿！"

"是！皇上！"王中尉连忙佛尘倒垂，仅微微侧身一探。

"你讲讲，天师昨晚观测天象所见为何？"

"启奏陛下！天罡国师昨晚例行施法，在占卜天星运程之时，陡然发现，往西南方向有密集流星坠落，却是从紫微星座处来，随后竟而腾空升起一股浓紫气，国师大惊！急运用八卦阴阳之术，测得此象乃是该方向某地有一婴儿出生，而此儿有犯上之冲，如不及时铲除，将会危及大唐近三百年基业！但天罡国师只测得是在普州一带，具体地方却不得知。路宰相闻之，今个儿一早就前往国师馆探知详情了。请皇上立即下旨，传十万火急飞书，快马驿站日夜不停，直到普州知府，令查州里所有该日出生的婴儿，若有异象者，即立格杀勿论！满门抄斩！"

满朝文武听闻有此怪事，不禁纷纷交头接耳议论起来，有些附和赞成，有些认为小题大做，这样滥杀无辜，未免太过残忍。这时，殿外传讯官高呼道："路宰相大人到！"话音刚落，只见从高高的阶梯下，爬上来一个圆头大耳，中等身材，敦厚肥胖的圆球，走得甚急，三步并两步进来，累得满脸通红。穿过中间的甬道时，众人还听见他嘴里不停喃喃道，大事不好，大事不好。待奔到殿前的玉阶处，便倒头跪拜，大声道："臣……臣拜见陛下！"

唐懿宗见他气急败坏样子，早不耐烦了，摆摆手说道："路爱卿免礼，起来吧！快讲，情况如何？"

"启奏陛下！臣，今儿个一早匆忙赶去天师的道场'天罡门馆'参见天罡国师，国师已将观测到的异象向臣一一道明，此事……此事必属实无疑，且此婴有一征象就是……"他眼珠子突然一转，转言道："但天机不可泄露，宗实，你过来！"王宗实急忙一缩身，从台阶上几个踮脚，身影一闪，众大臣眼睛一花，看都没看清，他早已站在路岩身旁，路在他耳边耳语几句，王中尉连连点头。路岩又向唐懿宗说道："启奏陛下，明日，王中尉将率领三百锦衣卫，从水路赶往普州，亲自主持此事，皇上不必忧虑，任它有多少乱象、异象，臣等必定一一铲除干净，定永保我大唐江山固若金汤，皇上万岁，万岁，万万岁！"

"皇上万岁，万岁，万万岁！"大臣们又一致应声附和。

唐懿宗还是不明所以。但向来朝政上下，大小事情，均是南衙北司所主持操控。皇宫以南，有一片富丽精美的华屋，那是以宰相为首的行政机关，朝中宰相少时三、四人，多则达七、八人，首便是"同中书门下三品"的中书令，是时为路岩；皇宫以北，更是另一片富丽堂皇的所在，那是内侍省为首的宦官集团营地，六禁军中最强的神策军便驻扎于此，由宦官担任的枢密使二人和神策军左右中尉各一人，是宫禁内外四贵，王中尉为头。此二人分掌军政大权，想禀奏的就禀奏，不想禀奏的就压，他早习以为常，也懒得弄明白，便疲倦地扬扬手，说道："路爱卿，就照你说的去办吧。朕这几日要清静清静，在佛堂焚香供奉，朝中大事就交由你把持了，再有，迎佛骨一事朕意已决，众爱卿不必再议，要议就议何时派使者前往天竺国下诏书吧！"说完，就欲站起，旁边的宫女、太监急忙上前搀扶。

王宗实向路岩作揖施礼，忽的身影再一闪，又已站在唐懿宗身后，将手中的拂尘朝天一扬，尖声叫道："皇上回宫休息，退朝！"两位太监左右扶起唐懿宗，他高大的身躯缓慢站起，一阵前呼后拥，慢悠悠往后面去了。众大臣急跪拜而送，礼毕，路岩站起来，踱步到大殿右侧的紫红木太师椅上坐下，喘了几口气，两眼一翻，说道："诸位同僚，还有何要事，便一一报来，待我批阅后再分发下去。听说山东、百越一带最近时常有叛贼出没，不知诸位有何平定毛贼之计？"

十一月十五日凌晨。崇龛县内。

天刚蒙蒙亮，山烟氤氲，浓雾弥漫。陈府内早已经烛火通明，屋里院外开始忙碌起来，劁鸡劁鸭，杀猪宰牛，鸡鸭齐鸣，猪牛嚎叫，热闹非凡。侧房大厅和露天院落都将摆上了大圆木桌、木椅，一共可摆开二十多席。

陈友道进内房，看见夫人早被吵杂声闹醒，给夫人道了早安，本想逗逗孩儿，看他却还在呼呼大睡，就笑着走到外面院子查看。吴管家正到处奔忙着指挥，看到陈友道，急忙前来禀报："主人，今日宰三头大猪，一头牛，鸡鸭鹅共三四十只，另有活鱼、瓜果、菜蔬等今早立即前去采购；另既逢公子弥月之喜，便将那十年前娘家运过来的十二瓮'老汾酒'拿几坛开了庆贺，不知主人意下如何？"

陈友道笑着点点头，刚想回答，忽听见一声爽朗的大笑仿佛从天外传来："妙啊，妙啊，妙啊！俺的葫芦正好空了，主人既有上等'老汾酒'，还收收藏藏，扭扭捏捏的干嘛！快给俺满上了！岂不闻：

钓罢高歌酒一杯。醉醒曾笑楚臣来。

夕阳维缆碧江隈。

蓑笠每因山雨戴，船窗多为水花开。

安居流景任相催！*

二人大惊，怎会有人在附近却浑然不知！如果他暗器偷袭，岂不性命已无？寻着声音来处望去，似乎是院外那棵老槐树的大树杈上，隐隐躺着一个渔夫打扮的人，若不是灰白衣在晨曦树叶间醒目，根本看不到；更令他们吃惊的是，距离如此远，他怎听得我俩对话？透过晨雾细看，仿如那位神秘人身穿灰蓑衣外，还头带斗笠，一根竹钓竿在侧，上挂一只大葫芦，正好悬在他头顶上，双手正抱着葫芦，往嘴倒啊倒，摇啊摇，但似乎已空，一滴也出不来。他连连在那里摇头叹息道："无酒毕竟不成欢，紫星划过世人看！"

陈友道一闻此言，更是惊得下颌要掉，急忙双手一拱朗声道："在下陈友道，有失远迎。这位英雄，请赐尊姓大名，今日敝府为犬儿庆生摆下宴席，好酒倒有的是，若蒙英雄不弃，肯屈驾就坐，陈某定舍命陪君子，喝他个高山流水，酩酊大醉！”

渔翁哈哈一笑，右手一操钓竿，左手持着葫芦，翻身起来，一跃而下，轻飘飘站在院墙之上，又轻盈一跳落地，飞奔几步，身形轻巧，快如狡兔，倏忽间已站在陈友道面前。陈友道借晨曦仔细一瞧，只见他蓑衣斗笠，背上背一个鱼篓，将葫芦绕着钓竿转几圈，插到鱼篓里，弯身作揖，说道：“陈夫子见谅！在下乃碧渔子阮明流，住在百里外的秀水村。因喜水，只爱在那琼江上击水逐浪讨生活，久闻陈兄义名，早有念头来拜会兄长，今知兄贵子满月喜宴，特携昨日刚网得的近百斤鲜鱼作为贺礼，已置于门外，也顺道乞点儿酒解渴。哈哈哈，我的葫芦总是说，喝酒从未遇对手！”

陈友道听罢，哈哈一笑，连忙作揖回道：“我道是谁！原来是江湖上鼎鼎有名的神钓竿——碧渔子！吾亦久闻阮贤弟大名，可惜从无机缘相见，为兄的一向是渴慕至极！据我所知，贤弟的一根钓竿，既可江河下钓龙蛇鱼鳖，竿竿不漏，也可江河上打盗匪官绅，竿竿锁喉，实在可敬可叹可畏！可这件罕有兵器，自古从未闻何人使用，是否可示予为兄一观？”

阮明流微微一笑，反手将钓竿取下，解下葫芦，双手恭敬捧递给陈友道，答道：“夫子抬举！但我这钓竿，确系宝贝一件。我自小与两弟在那琼江上厮混，水性熟习，终日网鱼钓虾，钓竿用得纯熟，别瞧只是一甩一收之间，其实方向、力道大有讲究，蕴藏着无穷奥秘。我十三岁时，突发奇想，既用得如此顺手，怎不用来当兵器？遂访了名工巧匠，按竹子形状，用纯铜定制了这一‘神竹九曲意’钓竿，共分九节，由粗及细，内空，尚重三十六斤，既坚且韧，柔软可弯，漆成绿色，从外形看就是一根普通的竹制钓竿。后有机缘，师从‘渔家派’隐世高手慕丹中，习得渔派诸门功夫，且自创‘神竹九曲意七十二竿之法’，改日与夫子讨教两手，还请不吝赐教！"

陈友道一面细听，一面细观，钓竿托在手沉甸甸，碧绿中暗藏丝丝寒气，可作枪棍之用，横扫千军，也可作鞭戟之法，刺甩点戳，果然是件极好的宝贝。据说神竹九曲意最精妙的地方，来自姜子牙钓鱼术——其中一招"飞钩索命"，直取咽喉要害，一蹴毙命，况且，钓线可近可远，任敌人跑出十丈之外，只要一甩钓竿，线扬钩飞，一钩封喉，如猎鱼鳖！陈友道啧啧称奇，将'神钓竿'还给碧渔子，同时让吴管家找人去抬鱼，随即右手一伸，延请碧渔子入内。

进到厅内，阮明流脱下雨披，取下斗笠，方露出了真面目。陈友道一瞧，长得剑眉星目，鼻挺嘴方，棱角分明，身形挺拔，端的是一表人才，不禁大喜。他本就爱广交天下英豪，如今从天而降这么一位豪气逼人的英雄，心中怎能不喜？立即令人抬出一坛陈年老汾酒，又叫厨房先备上几道下酒菜，要与碧渔子痛饮几杯。

不一会儿，只见两个仆人一摇一晃地用扁担抬过来一大坛。担子被压的一弯一弯的，俩人已然面红耳赤，慢慢走到桌边放下，除下绳索，只见坛上贴有一张竖着的黄色四角纸，右上角书"汾酒"两字，中间是"一品乾和"，左下书"山西杏花白"，上面盖有红红的朱印。打开盖子，一股清香即四溢而出，阮明流大声喝彩道："好酒！好酒！夫子厚意，那我就不客气了，我的葫芦已经渴极！"随即将葫芦拨开塞子，置在桌旁，然后走向酒坛，双脚分开与肩宽，稍微下蹲，一手抓住坛口，一手托住坛底，运气抬头，低喝一声："起！"缓缓举起酒坛，站直了，瞄准葫芦口，稍微倾斜，一道酒泉就直往葫芦灌去，不偏不离，正好倒进葫芦里，唬得四周众人目瞪口呆，一声不响。

陈友道楞了好一会儿，才叫出声来："好！好功夫！好功力！好准头！"原来，这一大坛酒重至少一百多斤，瓷缸又光滑无比，以一人之力能举起已属不易，况且还托着往只有铜钱大小的葫芦眼灌，且分毫不差！这神力和定力岂是一般人能及？阮明流凝神静气地灌满了葫芦，又往陈友道跟前的大海碗倒来，酒倾泻而下，却不溅出碗外半滴，一气呵成，如行云流水。

倒完，又轻轻将酒坛放下。过来拿起葫芦，盖上盖子，左摇摇，右摇摇，上摇摇，下摇摇，边摇边轻声吟道："葫芦葫芦，嗜酒之徒！两层圆肚，皮囊一付！"说罢爽朗大笑，这才打开盖子，举起对陈友道说道："陈兄！我的葫芦喝饱了，来，我敬夫子！"话未完，一仰头，咕噜咕噜连喝了几大口。陈友道端起碗，大声喝彩道："阮贤弟果然乃酒中仙！真不愧这葫芦神器主人！"说毕，也是手一举，一碗酒一饮而尽，两人对视片刻，哈哈大笑，相让而坐。

碧渔子说道："夫子，实不相瞒，小弟这次冒昧拜访，是为令公子而来。"

"哦？"陈友道心中纳闷，满月酒并未发帖邀请他，他怎会知晓？阮明流知他心中疑惑，笑笑说出事情缘由。

三日前，我与舍弟阮光流、阮正流在琼江上捕鱼。本躲在一角僻静处撒网，已打得两大筐，正在兴头上，此时，忽见大江远处外，出现一艘大船，正缓缓驶来。这一带水域因地处偏远，又非交通要道，向来少有大船经过，我等好奇，就收了网，划往江中心去，才看清那是一艘官船。船上四处旌旗猎猎，还有跨刀仗剑兵士在船上四下走动，似乎要去执行什么任务，引起我们好奇，便想一探究竟，就特地慢慢靠近，为了不引起他们的怀疑，我们还大声唱一组自己作的《和渔父词》，正流先唱：

钓得红鲜劈水开，锦鳞如画逐钩来。

从棹尾，且穿腮，不管前溪一夜雷。*

光流也接着唱：

远山重迭水萦纡，水碧山青画不如。
山水里，有岩居，谁道侬家也钓鱼。*

然后我唱：

桃花浪起五湖春，一叶随风万里身。
车宛转，饵轮囷，水边时有羡鱼人。*

我们一面唱，一面悄悄靠近，偷偷观看船上情况。果见船头站着三个身着华丽官服的宦官，两矮一高，头戴幞头，正密密交谈。我暗运内力，凝神静听，亦借风力，隐隐听得是几个娇嗲忸怩的声音，断续谈话的大概意思：一月前，朝中天师测星宿得兆，普州上空有紫微彗星祥云飘落异象，似有天象之子降生，立即下旨遣右仆射王宗实亲办此事，八百里加急圣旨下到普州知府。知府立即调查，似已查出，乃是崇龛县陈友道府；但亦查知陈府乃富贵之家，且广交江湖各路好汉，势力强大，所以要普州府和崇龛县衙门均不得过问，以免不仅无功，还打草惊蛇，而是等朝廷派来的大内高手出手，确保万无一失，斩草除根，一网打尽，云云。

我等尚想听得详细些，不料被那个高瘦的阉人发现，他忽然手一扬，尖声嚷道："有野民靠近！"一队兵士立即跑出，沿着船边一字排开，张弓搭箭，其中一位矮个的宦官探出硕大的脑袋，扯开着公鸭嗓，大喝道："忒那小船！休要靠近！若不然，乱箭射死！让尔等变成刺猬鱼！"

三弟正流脾气向来刚烈火爆，一听大怒，按耐不住，说道："大哥！待我下水把他们的船底戳几个大洞！"

我摇摇头，低声说道："就靠我们三人还不行，船上那些都是朝廷里的一、二流高手，先撤了，再做打算。"随即我拱手朗声说道："好好好！我们只是附近打渔的平民百姓，没有冒犯众位官爷的意思！得罪得罪！"继续唱词，掉头离开，我先唱道：

> 极浦遥看两岸花，碧波微影弄晴霞。
> 孤艇小，信横斜，那个汀洲不是家。*

正流旋即唱道：

> 琼江波上晓风生，风触江心一叶横。
> 兰棹快，草衣轻，只钓鲈鱼不钓名！*

光流最后唱道：

> 舴艋为家无姓名，葫芦中有瓮头清。
> 香稻饭，紫莼羹，破浪穿云乐性灵。*

我们鱼也不打了，赶紧回家。陈夫子的忠义之名，在普州，无人不识，无人不晓，急公好义，乐善好施，我们三兄弟早就心神往之，一直寻思着来拜会。只是一我们生性散漫，二是没有机缘，如今上天既教我们得知此重大阴谋，定要救下公子一命，也是结识夫子之良机，岂有不来之理？商议之后，吾弟他们留在家中，等安置好老母后再出发。我傍晚就驾着小船急弛而来，当晚就超过了那官船，那船虽船身巨大，行得缓慢，但恐怕也就两日到此。夫子须紧急安排应变，当机立断，不然危矣！

陈友道一边听，一边暗自佩服碧渔子兄弟的胆气，也暗自心惊，但又不形于色，听毕答道："好一组《渔父词》！果然好兴致！为兄对贤弟的大恩大德没齿难忘！这一朝一朝的皇帝实在是昏庸相继！对如此荒谬、无稽传言，竟信以为真，甚至兴师动众，屠害百姓。哼！亏他还禅佛顶拜，迎奉佛骨，实在是假慈假善，荒唐可笑之极！我陈某向来一不惧官府，二不怕鬼怪，任由他们放马过来，一人让他躺着出去，十人让他横着回家，百人让他爬着滚蛋，何惧之有！来！继续喝，喝够了，我们在此恭候！"话虽如此，但心中暗忖，难道我的梦和方大师之言皆并非虚妄？朝廷天师也测得此兆，看来此儿真的是非同小可！吾当小心应付为是。

正在沉吟，吴辽进来禀告，说正大厅已经有客陆续来到，延请老爷到大厅招呼。陈友道连忙把吴辽叫到旁，低声交代了碧渔子捎带来的消息，让他急忙赶去给夫人报信，做好准备，收拾好细软，以便母子随时撤离。吴辽闻此，吓得脸都白了，忙低声问道："那……那……这宴席还摆不摆？"陈友道脸一沉，斩钉截铁说道："照摆！我陈夫子岂是贪生怕死之人！各门各派的英雄帖到人亦到，不但要摆，而且还要大张旗鼓，大张声势地庆贺！"

遂领着碧渔子一起到了前厅，只见十几席的座位都坐了大半，包括华山派的谭同标、峨眉派的朱九芳，也已在座。少林的清虚长老路途较远，最迟也要明后天才到，小的帮头三教九流，多是本县附近的各大小门派，均带来了贺礼，礼物在大厅一侧堆成小山，陈友道与各派代表一一见过礼谢。

一时间，整个大厅热闹非凡，新知旧雨，寒暄攀谈，均互道敬佩之意，赞美和谦虚声此起彼伏。有说久仰的，有说相见恨晚的，一番欢声笑语过后，便论起世道来，一个个又变得愁容满面，义愤填膺起来；不是抱怨生计艰难的，就是破口大骂朝廷官府的，几乎每人身边都有活生生、血淋淋的事件作证。从世道又讲到如今武林现状，气氛竟变得有点沉闷、诡异。

华山自汉光武帝刘秀在洛阳建都以来，不仅又恢复了"西岳"之称，而且习武之风蔚然成林，各类帮派如雨后春笋，发扬壮大，因西岳华山号称奇险天下第一山，竟逐渐成为江湖各路臻一流高手每五年较量之圣地，为的是争那天下武功第一的称号。此盛会一直延续到十八年前，几百年来，不知诞生了多少绝世高手，发生了多少令人荡气回肠，可歌可泣的英雄故事！却不知是怎样的一场腥风血雨席卷了中原武林，令得整个江湖各门各派凋敝衰落，愁云惨淡，近二十年来此武林盛会没再举行。这天下武功第一的称谓竟空置了许久，无人敢问津觊觎，折桂夺冠。这实在是武林一大公案，究竟发生了什么，江湖上说法纷纭杂沓，莫衷一是，因此大家目光不自觉都转向了华山派的谭同标，还有峨嵋派的朱九芳身上，他们一是来自华山，一是武林五大派之一，该知晓一二。

谭、朱两人神色甚是尴尬。谭同标站起道："各位，实在抱歉！十八年前发生的血案，我们也不知底细，华山派也是……咳，咳，如今算来天下武功最高的，当数少林方丈净空大师，武当方之洞道长，峨……峨嵋万慈师太，再就是我华山派掌门韩柏甫，丐帮帮主施一钵了，唉！只是……只是……"

谭同标正在为难之时，忽听见门外一声娇滴滴的声音传来："陈大夫子！快把那厮交给我来处置！"碧渔子一听这声，微微一愕。陈友道则莞尔一笑，众人也皆都一愣，不免纷纷侧目往大门看，这声音也太清脆动听了吧，不知来者何人？

第二回 竹林七侠显绝技 琼江单杰压群芳

随着那声娇喝，门外传来一阵脚步，衣袖窸窣，裙裾风起，环佩叮铛，悉悉索索一通乱，进来的不单是一人，而是七个！个个白衣飘飘，宛若域外仙人，虽都是白衣，男袍是粗棉布所造，女裙却是细丝绸所制。珀巾结发，挂佩刀剑，风姿俊逸，五男两女，正是竹林七侠。

走在最前的，却是那个娇叱的女孩。十八九岁年纪，中等匀称身量，瓜子脸，眼睛、鼻子、嘴巴皆小巧，透出一股秀美清逸之气，一嗔又怒且娇，腰间别着一根竹棒子。进得来，便一眼瞧见坐在正中首台上的碧渔子，径直走到台前，怒目视他，碧渔子却只是手抱葫芦，偶喝一口，微笑不语。

这时，身后居中的那身材颇高的男子，三十出头模样，脸长脚长手长，腰上挂一把刀，神情颇为严肃，说道："箐竹，不得无礼！今日我们来给夫子贺抟儿弥月之喜，休坏了气氛。"说完，率众人弯腰拱手，齐齐给陈友道施礼，朗声说道："吾山人彭铁竹，与竹林六弟妹给夫子和夫人请安。我等七人这一月来，备下一份薄礼，祝麟儿身康体健，长命百岁！来，把贺礼呈上。"只见后面两个仆人抬一个用红绸布盖着的高约三尺，长约五尺之物，摆在侧厅的正中高台上。

陈友道急忙上前，施礼回谢道："老夫诚谢诸位弟妹的盛意，犬儿本是寻常儿郎，不意竟惊扰四方，实在是折了福分。弟妹本是熟稔得紧，何必备此大礼？令为兄的甚是不安。不知现在是否可一观？"

彭铁竹长手一伸，道一声："夫子请！"

陈友道将红绸轻轻一扯，刹那间，一尊金碧辉煌的麒麟呈现在众人眼前，龙首马足麋鹿身，独角牛尾，周身龙鳞，咋看原以为是黄金所制，细一看，原来却是用竹篾片编成。那竹片澄黄剔透，还有一道道淡褐色曲线相连成纹，双眼是两大颗彩色琉璃珠嵌入，惟妙惟肖，栩栩如生，众人惊叹，交口赞道，好一个瑞麒呈祥！

彭铁竹道："此乃我七人采集崇龛山上的名竹——龟甲竹，又名龙鳞竹，于一月之中，日夜赶工精心编制而成，取意龙麟之体，尊贵之躯，望兄笑纳！"一月前，七人曾到陈府贺喜，夫子将梦和方道长一事相告，才起意备此一礼。

陈友道哈哈一笑，说道："如此珍贵之礼，我就代犬儿收下了。来来来！这些普州本地英雄豪杰你们都相互熟识，谭道长和朱师太你们也见过。我倒是特地要向诸位介绍我今日才幸遇的一个好贤弟。"说着，就去拉阮明流的手过来，继续道："这位就是江湖上所称——琼江上之'神钓竿'，又名'碧渔子'的新才俊——阮明流！"诸路豪杰看了，喝彩声四起，纷纷站立，举手作揖，有说久仰的，有说果然俊朗的，唯竹林七侠神色皆不自然，但图着陈夫子的脸面，六人只作揖施礼，最小的箬竹却嘟嘴别脸过去，瞧也不瞧。

彭铁竹礼施毕，绕着他左三步，右三步，从上到下打量了阮明流好几眼，看得他浑身不自在，才用轻蔑的口吻说道："我家黎小妹与阮兄弟倒是有一面之缘，但听闻碧渔子阮明流不仅人品风流，功夫也是一流！我兄妹七人今日倒要讨教讨教！"

阮明流脸微微一红，作揖低首答道："彭兄误会了，待会儿私下我自会解释清楚。"

彭铁竹鼻子哼了一声，露出鄙视、不屑的神情，说道："解释那肯定是需要的，但领教也是一定要的。难道，你竟怕了不成？"

陈友道插话道："彭老弟，阮贤弟远道急赶而来，只为给我报个急信，也累了，比试就改日吧？今日，我们只尽兴喝酒！"

阮明流摇手示意，说道："夫子，不要紧，彭大哥他们既然有此雅兴，小弟就奉陪玩玩，权当给大伙喝酒助助兴吧。"

众人一并来到后院的场子上。此时，桌凳并未摆上，众人围了几圈站着，院子里正忙着的家仆，偶尔偷空瞄几眼过来，得闲的，早也围了过来看热闹，一下子，院子竟满满当当。陈友道站在圈子中间，作为主人，也作为中间人，笑着给大家介绍道："好好好！既然彭老弟和阮贤弟均有雅兴，不妨就比划一下。但我声明一点，大家都是自己人，切磋一下就好，点到为止。我想诸位也略有所闻，我这弟妹七人，因景仰魏晋的竹林七贤不拘礼法、清静无为，放浪不羁的作风，并效仿之，不但每人皆改了原名，均取一个'竹'字，而且时常聚于山中丘壑之间，竹林清幽之处，与竹为伴，切磋武艺，饮酒作诗，弹琴度曲，且各身怀绝技。阮贤弟虽长期隐居渔村，与世无争，却亦有惊世武功，我是领教过的。为兄的再叮嘱一句，大家点到即止，点到即止，千万别伤了和气。彭老弟，谁先出场？"

彭铁竹刚想说话，他旁边的一位手持双锤的汉子站了出来。

陈友道一见，笑着说道："哈哈！怎么？平日最害羞的，现在来打头阵了！"随即向众人介绍道："此乃老二——刘石竹，平日人称'石锤子'，一对用花岗岩大理石磨成的锤，便是他的好朋友，沉实光滑，花纹瑰丽，'五十四式流星锤'，乃是其家传功夫，亦是我普州一大门派，一旦舞将起来，更是威力无比，纵几十人也休想靠近！碰触者非亡即残！石竹是嫡传弟子，早晚要担当掌门人之位。"

刘石竹脸一红，他木讷寡言，听到别人夸奖，很是不好意思，急忙与碧渔子相互施礼，说道："俺的流星锤能飞一二丈远，虽不敢说锤无虚发，但击蛋卵也如击人头颅一般！俺们不比搏斗，只比击物，成不成？"碧渔子见他实诚，笑着答道："成！比啥都成。"

早有知他这一绝技的伙计，找来五根细木桩，插进土里，高低不一，又从厨房拿出鸡蛋来，每根柱子顶上摆一个。只见刘石竹站在七八尺之外，轻轻抡起两个被一根细铁链连接的石锤，慢慢旋转，逐渐加快，不一会儿早已绕着他前后左右飞舞，呼呼直响，前后左右的人吓得不住往后退，心惊胆跳，唯恐他一失手，便被砸到。突然，他手一伸，一个石锤往前奔去，恰如一颗流星飞矢，"哧"的一声，中间木桩上的鸡蛋已不翼而飞，木桩却一丝不动！大家看傻了，有的呆立不动，有的跳着喊，好啊！刘石竹一刻不停，第一锤刚收回，第二锤业已发出，这回大伙看清了，最左边的蛋被击得像一支离弦之箭，往前飞出是蛋白蛋黄，瞬间无踪影；接下来三锤更是迅疾，第四第五锤几乎是同时发去，大家还没反应过来，刘石竹已经把锤收好，别在腰带上了，木桩上面的鸡蛋统统都消失不见！一阵喝彩声响起，刘石竹低着头红着脸，不知是心慌还是害羞，不敢看碧渔子。

碧渔子赞许地笑着，鼓鼓掌，对刘石竹赞道："刘兄的流星锤真是名不虚传，佩服，佩服！小弟也有一小技献丑。"转过来对陈友道说道："夫子，我今早献上的鱼想来还活蹦乱跳着吧，麻烦传人在五个木桶里各放一尾，倒上水，也置在那五根木桩上。"厨房的人在旁听了，哪用吩咐，奔忙跑去准备了。殊不知小木桶才找到三个，连忙又找来两个种花的宽口瓷盆顶上，那青花瓷盆绘有花卉、人物，甚是漂亮。

五个桶盆摆好，往里面倒入还在翻腾不已的鱼，一到新环境，不免游得极为疯狂，水花四溅，却无法看见里面的鱼。碧渔子微微一笑，走到刚才刘石竹的位置，又往后退了三步，拿出钓竿，将葫芦取下来，仰脖喝了两口，放在身边，把钓钩检查了一下，眼细的可以看见那钓钩头垂直朝上，分对立的三角，各有三个利钩往上弯出，钩尖上似乎有微光闪烁。

只见碧渔子轻轻甩了一两次，又收回，凝神静气试了几回，突运气低喝一声"去吧！"一甩杆，一根银线在空中飘然飞去，直奔左边的木桶，钓钩飞到了木桶上方，突然，却往下坠落，说时迟那时快，一晃眼功夫，一条鱼从桶中飞到空中，又往碧渔子处飞来！碧渔子一手抓住鱼，只见那鱼还兀自在他手上扭曲跳跃，只见两只钩直愣愣地钩住了鱼嘴的侧边，碧渔子取下银钩，将鱼掷给了厨房那伙计，那伙计尚自在那发愣，没反应过来，一下没接住，鱼掉地上，马上扑去，三番五次才抓住，抱着满是泥土的鱼飞跑回厨房。

阮明流接下如法炮制，两条，三条，四条……一瞬间，水花四处飞落，群鱼飞翔于空中，煞是好看！大家都看傻了，忘记了叫好、喝彩。最后一条在瓷盆里，不知是看得高兴，还是自知不妙，一下子从盆里直跳出水面，跃出盆面一尺多高。碧渔子看得真切，钓竿没往后收就直直送出，大喊一声："着！"钩和线弯弯曲曲，软软绵绵，又似有千钧之力，鱼和飞出的水珠一起下落，眼看就要掉回盆里，就在入盆那一瞬间，"咔！"的一声，不是落入盆里，而是直往碧渔子处飞来！

众人如梦方醒，鼓起掌来，叫好的，叫妙的，叫我的乖乖的，五花八门。碧渔子把鱼丢给伙计，拿起葫芦又喝了一口，用钩钩好了，将钓竿插进鱼篓，才向大家作揖谢过。

陈友道拍着手，大声称道："贤弟，你这一绝活真令我等大开眼界！请问可有名头？"

阮明流谢过，谦虚说道："夫子过奖！此乃我据姜太公钓鱼之典故而创的'三心一意钓法'，所谓三心，即闲心、静心和远心，心安自能闲，心闲自能静，心静自能远，所谓一意，即心到手，手到杆，杆到线，线到钩，均是一意耳！如此而行，自然能指哪钩哪，钩无虚发。"

众人听了，连连点头称是。刘石竹自知技逊一筹，默默退下。陈友道又赞了一会儿，忽大声喊道："三妹，你到前面来。"他话音刚落，一位身材高挑，容貌秀丽的女子走出，眼睛特别地明亮、水灵，两道秀眉稍往上飞，陡添巾帼之气，陈友道又介绍道："阮贤弟，我们这三妹，姓马名新竹，江湖上称'紫竹玉帛'的便是，写得一手好诗词，性子既豪迈又温婉，诗风、词风如出一辙，众弟妹皆擅长吟诗作对，她却是稳坐第一的。日后你可与他们切磋一番便知，也不失了你等这雅竹、渔乐之趣！她的'青铜竹'剑更是古青铜打造，剑身如竹叶一般泛着暗绿青光，看似粗拙，实则削铁如泥，逢石遇铁，只有对方非断即碎，它自身却毫发无损，实是世间少有宝剑！"

马新竹抱拳说道："夫子过誉了！小妹的'青铜竹'怎能与陈府的镇州之宝'清风'和'清霜'相媲美？"陈夫子笑而不语。据说，当年干将为吴王铸剑，妻莫邪投身熔炉之中而铸出的宝剑，并非只是干将、莫邪一雄一雌两把，还各有一子、一女两把，尺寸小了些许，名为"清风"和"清霜"，取意为"风霜"，慨叹人生易老染风霜！从此，在人世间干将、莫邪出现必为一对，清风、清霜露脸定是一双[1]，从不分离，是为挚情之剑。陈夫子拥此二剑，在普州号镇州之宝实不为过。

"马侠女，不才这厢有礼了，如此宝物，冒昧一问，可否借余一观？"马新竹轻哼了一声，头一扬，冷然说道："古语云，'非礼勿视，非礼勿听，非礼勿言，非礼勿

---

[1]《笑傲江湖》中令狐冲的师傅风清扬使的便是"清风剑"，他本名已失，只是将剑名倒转过来加上一个"扬"字，想来本姓"杨"；剑后由陈抟继承，收于华山。传到风清扬手时还是双剑，他使"清风"，未婚妻使"清霜"。不想新婚之日，被奸人陷害，令得爱妻人亡剑毁，至此，世上只剩"清风"矣，最终还是与"清霜"分离了！悲愤之余，他匿居华山，并创下了独孤求败的剑道绝学"独孤九剑"。

动’，怎么？原来你也算是君子一个？有礼之人？”一边如此说来，但一边取下剑匣子，右手抓了忽地递了过去！碧渔子脸一红，迟疑了一下，双手还是毕恭毕敬接了，一掂量，起码四十余斤重，比自己的钓竿还沉了许多，心中暗惊，她这弱女子一个，怎能使如此重之物？发现匣子和剑把各系着一件一模一样的玉佩，两只蝴蝶，只是匣子上的大，剑把上的小。

他慢慢轻轻地抽出剑，一道青色寒光悠悠闪过，剑身厚实，到剑刃处突然急转锋利，果然是拙朴至极。碧渔子将剑推回匣中，双手递回给马新竹，说道：“惭愧！此剑果然是剑中之龙凤，想来堪与太阿媲美，只是，这重剑马姑娘使着可顺手？”

马新竹沉吟一笑，知道他不信自己能使，接过剑，拔剑出鞘，说道：“大家散开一些。”

众人知她要舞剑，急忙各自往后退几步，瞬间让出中间一个圆圈来。马新竹右手持剑，缓缓步入场中央，白裙摇曳，甚是飘逸。右手平举，反握剑把，左掌搭在右拳上，微曲身子，向四周道了万福。然后凝神屏气，拿了个剑诀，递出第一招“仙女挽髻”，双手从脑后同时左右分开，左手一个兰花指往左前方一点，右手缓缓挥剑直悠悠而送去，身形顺势往左轻扭，左足单脚独立，右足抬起平伸，身体下压，已化招为“仙人指路”。起势动作虽慢，但姿态优美，平稳舒缓，众人暗叫“好！”。剑锋刚到位，随即急收横扫，身体一个回旋，双脚盘结坐下，剑尖由东至西，又由西指东，剑指上空，左手兰花指置于胸前，这一招乃是“醉仙寻家”，迅猛异常，潇洒自如，但见裙裾飞扬，但闻剑声嗖嗖，大家不禁喝彩。

那剑在她手里，给人的感觉竟然轻如一把木剑，挥洒自如，丝毫不费力气，碧渔子赞许地点点头。马新竹一招招使来，有时轻缓摇摆如柳枝，有时迅疾直劈如闪电，一套由东汉正阳子钟离权所创的"仙宫百图剑法"，一图一个招法，总共百招，一直使到第三十六招——"仙人打盹"，方停了下来。她席地盘腿而坐，剑插在面前，双手扶剑把，头伏在手上，作昏睡状，此招虽是睡觉，也有个名号叫"仙人打盹"。众人看得是眼花缭乱，大饱眼福，不禁都鼓掌叫好，赞不绝口！

就在众人以为马新竹结束时，突然听她猛的一声大喝："出招吧！"娇叱声未落，一招"仙乡惊梦"，人忽的拔地而起，剑身悠悠地往碧渔子直招呼来。阮明流早有准备，也大喊一声："果然好剑法！"身一侧，避过剑锋，知道这剑锋利无比，不敢与剑有碰触，右手往后，迅疾地从鱼篓里拉出一团东西，扬手一撒，却原是一张渔网，只见网一下子散开，铺天盖地往马新竹身上罩下！

她见状大惊！急忙挥剑想割断，谁知宝剑虽削铁如泥，可是这网每根绳却是百千真丝结成，柔韧无比，一时却割断不了。碧渔子早已隔着三尺之外绕着她迅疾地跑，一晃眼功夫，已如蛛丝网把马新竹裹得严严实实，动弹不得。众人被这犹如鬼魅的身手吓呆了，却听见一个急切的声音大叫道："三妹！我来救你！"大家循声望去，见是刘石竹，话音刚落，一把锤已甩出，直奔碧渔子腹部袭来。碧渔子两手抓网，无法腾出应付，瞬间一片惊呼，黎箸竹更是吓得花容失色，眼看就要击中！

阮明流急中生智，左右手的网上下前后快速几转，竟活生生的把锤子包住！从他急切关心的神情已知晓一二，随即用力一拉，喊道："一起过来吧。情哥哥！"刘石竹哪舍得松手？一下子被拉了过去，碧渔子不容他醒悟过来，继续用网一捆，两个人背靠背，已然被网兜了个结实。刘、马两人脸上一阵红，一阵白，羞愧之色悬挂于脸上，不知是为输了，还是为了在众目睽睽之下，身子贴住一起。

此时，一个身影轻飘飘闪出，双手轻拍道："阮兄果然好功夫！小弟前来助助兴。"众人一看，只见他书生模样，长得眉清目秀，温文尔雅，却也有些阴森古怪。说毕，从腰间掏出一根又似笛，又像箫的东西，竖放胸前，一边走一边吹，一段乐音悠然而起，曲调苍凉辽阔，又悠扬清荡，动人心魄，不管是高人还是俗人，无不被其深深陶醉。

忽然，众人齐声惊呼起来："噫！……蛇！蛇！蛇！"齐刷刷吓得直往后退了几步。果不然，只见两条青到透绿的蛇不知从何处爬到他肩膀上，三角头，褐眼细颈，一条体侧有红白纹，一条则是淡黄纹，均立起头，吐着舌信子，和着音乐摇来摆去。陈友道刚吩咐人把刘、马二人的网解开，一瞧，急赶过来说道："四弟！今日只是朋友之间切磋切磋而已，点到为止，这'缠丝、绵丝'含剧毒，还是小心为妙！"

又回过头对碧渔子说道："这是竹林七侠的四弟谭青竹，江湖封的外号是'尺八子'，他吹的这竹器名尺八，是吴地制作的乐器。他的竹叶青蛇听曲调命令，或舞或攻，皆有章法，若果闻到竹叶青酒味，更是兴奋，且牙齿剧毒无比，如被咬中触及血液，三个时辰内没有解药，毒一攻心，必死无疑。贤弟小心！"

谭青竹不答，也没停下吹奏，两条蛇已缓缓地从他肩膀往腰，又往脚爬下，及至地上，爬到中心处，翩翩起舞。谭青竹突然之间停住吹奏，"缠丝"、"绵丝"也随即停下，头放回到地上，一样吐着舌信子，谭青竹文雅地说道："阮兄武艺高超，在下佩服！只是不知惧不惧这蛇？"

阮明流超然一笑，说道："人尚不惧，何以惧蛇？"

谭青竹亦淡然一笑，随即席地而坐，捻起尺八，右手托着后部，左手按住前部，四指张开各按一孔，慢悠悠吹奏起来。这一曲名为《残月》，乃是日本三大尺八流派之一的都山流的曲目，乃是唐太宗时期派来使团传入。描绘的是，静默空山中，一弯即将消失的残月，此时山野中凄清冷寂，离黎明又尚有一段时间，最是极幽、极美之际，凄凉气氛中带着诡异……虽在这白昼之中，也可听出静夜空灵中隐带着杀气。"缠丝"、"绵丝"一闻此曲，又立刻竖起脑袋，盘旋而行，随着节奏时缓时速，直往阮明流蜿蜒而来，仿如两条清流流向他，每个人看见都不免倒吸一口凉气，心想，如果这蛇是往自己这边来，岂不寒毛倒竖，呜呼哀哉？碧渔子见状，收敛笑容，拿下鱼竿，扔给陈友道，又取下鱼篓，双手握住，篓口朝下，凝神静气，严阵以待。

"绵丝"先滑到附近，头突然竖得老高，目露凶光，舌信子的热气依稀可见，发出"嘶嘶"之声。突然，一声清亢之音急起，蛇应声全身而跃，像道闪电往阮明流膝盖袭来，这位置，不高不矮，最是难防。怎奈碧渔子向来习惯拿篓子在水下这个位置捞鱼，看准了蛇来的方向，鱼篓早送到，"绵丝"眼一黑，已经飞进了篓子里；"缠丝"随即赶到，不容碧渔子回手，已从他后面袭来，直往小腿部咬去，碧渔子要调转鱼篓，经已不及，只能用篓底往回去顶，"缠丝"无法，篓底也照咬不误，只是一咬住便不放，身子扑腾几下也将鱼篓缠住，这样，一里一外，一雌一雄，在鱼篓上缠绵着。

谭青竹见状，脸色一变，怕宝贝蛇儿被伤着，停止吹奏，拿出一个布袋，走到碧渔子跟前，深深一礼下去，恳切说道："阮兄不仅是捕鱼高手，不想还是抓蛇行家，佩服佩服！得罪得罪！"便把"缠丝"、"绵丝"抓了放回布袋，又施一礼，悻然退下。众人还在怕着那蛇，心有余悸，兀自缓不过神来。

彭铁竹看着自家人一个个接连失手，作为老大，脸甚是挂不住。各路人马也觉好奇，不知"竹林七侠"与碧渔子到底有何过节，又是什么时候结下的梁子？怎么连败连战，还纠缠不清？但也乐得看个热闹，所以都不插手，直管鼓掌欢呼助兴。

　　黎箬竹的俏脸更是一会儿喜，一会儿忧的，早有些按捺不住，不禁又想到昨天的尴尬之遇。也许，他真的只是无心之举？她的心从最初的被羞辱到被触动，看着阮明流接二连三地打败师兄师姐，她竟不怒，反而有点暗自高兴起来；她也觉得自己奇怪，刚才非常害怕、担心阮明流被四哥的蛇咬到，虽说如被咬，四哥可以马上拿出解药，但毕竟剧毒不可预测，稍迟就会有性命之虞，假如他死了，自己会……一股说不清辩不明的情思在心底纠缠。本想叫大家停手不比了，谁知她的两个小孪生师哥许茂竹、许盛竹早一左一右从她身旁飘移到场中，双手抱在胸前，沉着脸不说话。

　　这两兄弟简直就是一个模板的人，不但长相身材一样，连平日表情也没有差别，仿若可以同喜同悲，哥笑弟不会哭，弟愁哥不会乐，一出现肯定是一个表情模样。所以就连"竹林七侠"自家人也时常分不出谁是谁，给他们起的诨名是"阴阳竹"。即道家所说阴极阳生，阴阳一体之意。这两兄弟身材矮胖，脸也圆，练的是刚硬功夫那一路，每日沙袋劈手不止千百次，别看他们又白又胖的样子，一双手早就练成犹如十几年老竹一样，坚硬遒劲的手掌。

　　少林有"铁砂掌"，竹林有"竹沙掌"。人要被他们的竹沙掌击中，若及身体，皮肤多会又黑又红，若中肚子，则五脏俱粉，若中脑袋，脑浆俱裂。加上两兄弟身法灵活，同时攻击，配合默契，防不胜防。因见阮明流的钓竿、鱼篓渔网太厉害，近身不得，所以撇下了家伙——一双阴阳劈竹斧，要徒手与阮明流过招。

　　陈友道一见，即解其意，上前说道："茂、盛兄弟，因阮贤弟是客，你们手下留情，千万留点余地。"转过身对碧渔子说："这是许茂竹、许盛竹两位小弟，他们要与你比近身功夫，阮贤弟可会四两拨千斤？"说着，眼神一闪，阮明流只是微笑，似解不解的样子，把身上的宝贝家伙全都卸下，有家仆接过去放好，才对许家兄弟抱拳道："许弟弟们好！为兄要讨教讨教了，请！"

许家兄弟原本年龄就小，加上容貌是娃娃脸，谁见都当小弟的，他们本来沉着的脸，竟然同一时间换了同一个笑容，抱拳道："阮弟弟好！我们兄弟两个要讨教讨教了，请！"其实，他们这倒是早就练好的，称呼谁是兄是弟，是姐是妹，只是换一个姓而已，后面那一句是见谁都这么说的，不想被碧渔子抢先说了，他们又不改，倒是显得学着阮明流说话，宛如鹦鹉学舌，有不敬之意了。他们说完，也觉得怪怪的，但已管不了那么多了，一扎马步，摆开一招"左右弓马"，腹部运气直往上走，从肩膀直达手臂，化拳为掌，肥胖的掌周边竟然隐隐变色，细听可闻其发出"咝咝……咝咝……"之声。

碧渔子岂敢怠慢！一招"渔翁探水"，左脚尖踮起，右腿半曲，身体下沉，丹田运气，气走全身，双手在空中作上扬撒网动作，又回到胸前成拉网状，严阵以待。紧随着一声"嘿……！"（其实是两人一起喊），兄弟两个已经一上一下，从上下两路攻来，茂竹在上，盛竹在下，三四步快跑后，如炮弹腾空，不用掌而是用飞脚，上直取面门，下直取腹部，一般人此时只能顾上不顾下，或顾下不顾上，众人发出一阵惊呼声，为碧渔子担心不已。

阮明流见来势凶猛，上身一个摇摆，伸直双手，竟如一个人要从岸上跃入水中一般，原来是一招"渔翁潜水"，硬生生从许家兄弟两人中间直穿而过！众人又是一阵惊呼声，只见他双手同时一手上托，一手下压，动作平缓柔顺，但快得匪夷所思，只听"砰砰"两声，许家兄弟早一个落地啃泥，一个冲天衔云，亏得碧渔子只是略施小力，而且他们两个也胖墩结实，才没有受了重伤。两个落地爬起，互相看了一眼，都不愿善罢甘休，一点头，重新运气，围着阮明流又转圈。阮明流还是摆那一招"渔翁探水"，蓄势以待。

盛竹突然一个就地滚，一招"绵竹十里"，掌法精妙，连环劈来，看似软绵绵，实则掌掌劲道十足。碧渔子左脚抬起，右脚站直，作"丹鹤独立"，左脚悬空，左扑右击，一连挡了十几掌，但每一次与掌接触，虽穿着鞋子，也感觉左脚隐隐生疼。

盛竹虚晃一招，欲击未击，碧渔子刚想抵招，茂竹已经从旁使出他们最狠、最致命的一招"势如破竹"，亦是双掌连环出击，但这次不是绵里藏针，而是刚硬如竹棍，碧渔子换招已然不及，只听两声闷响，已经击中他的腹部。阮明流一下子踉跄接连退后几步，才站稳了，一片哗然声顿起！黎箬竹更是惊恐地暗叫一声，只是无人注意，大家知道这"竹沙掌"的厉害，只要被击中，如竹棍抽打，轻则皮肤黑红，重则内脏俱伤。

只见碧渔子脸色难看，弯着腰摸摸肚子，似乎也有所疑虑，但转瞬之间就眉开眼笑，恢复如常了，大家才放下心来。唯有茂竹知道，他的贴身蓑衣有古怪！感觉刚才那两掌不是击在皮肤上，而是击在一层似软非软，似硬非硬的东西上，竟感觉像击在空气中一般。原来，碧渔子的蓑衣不是一般的蓑衣，而是一件宝物，由一层层金丝和银丝交错编织而成的密网，所以颇有些重量，不但遮风雨，挡霜雪，起到御寒保暖功效，而且是一件护身甲，可抵御化解敌手凶狠的拳掌，甚至可以刀枪不入，名为"软猬甲"。

许家兄弟面面相觑，知道他们的掌力无法占优势，不免先慌了起来，也不敢冒然进攻了，只围着碧渔子转。阮明流知道他们的心思，盘算着怎么能速战速决，又不让他们丢了面子，看见他们两人步调手法一致，突然计上心来，步法一转，走出"姜太公步"。

据说，姜太公当年爱酒，杯中物常伴，并时常大醉，一醉站起就踉踉跄跄，东倒西歪，但步法其实是他精心设计的独门武功，缜密严谨，又无踪无迹，飘忽不定，身形挪转极快，是为"姜太公步"，后世的醉拳步法就是以此为基础。

许家兄弟看得眼花缭乱，先就乱了自己的阵脚，一下感觉碧渔子是向自己而来，但又感觉是向兄弟那边扑去。碧渔子看出一个破绽，趁茂竹恍惚一刻，一招"子牙拜文王"，两手一拱，推在腰上，早把他送出了三丈之外。盛竹惊犹未定，碧渔子一个回身，一招"子牙蹚水"，一脚蹚在他屁股上，盛竹也滚出两丈，阮明流急忙停住，赶上去扶起，连连说道："得罪得罪！"许家兄弟脸一阵红一阵白，十分尴尬，但肚量却都大，输得心服口服，同声说道："佩服佩服，愿打服输！"

黎箬竹心里高兴，但却秀脸一沉，杏眼一瞪，刚想出去挑战，彭铁竹却拦住了，说道："小妹，先让大哥会会他。"

他走到场中央，双脚叉开站立，把自己打造的刀拔出横在胸前，身材本就高大，此刻更是气宇轩昂、威风凛凛。

"竹林七侠"自是他牵头。他原名彭铁铮，本是崇龛县里一读书人，家境殷实，原也想考取功名，出仕为官。但十七岁那年，他无意中读到竹林七贤的事迹，不禁击节大为赞赏，深觉魏晋玄学，乃是天下第一道义，名士清谈之风，乃是穷究人生和宇宙的道途。况且，"党锢之祸"以后，东汉以降，士大夫被宦官残害的历史周而复始，尤其目睹当今朝廷又是宦官当道，骄横跋扈，迫害忠良，走士大夫的路无疑是凶途、险路，还不如效仿竹林七贤的生活态度，不拘礼法，清静无为，终日置身于山林之间，吟诗作词，喝酒纵歌来得快活，遂断了考取功名之念。

在竹林七贤中，他又特别推崇"上不臣天子，下不事王侯，轻时傲世，下不为用"的嵇康，向往那种自由自在、特立独行的生活。因嵇康避世后，隐居在河内郡山阳县，与阮籍、山涛、刘伶、向秀、阮咸、王戎等交游，更以铸铁为生，他在二十岁的时候也突发奇想，学起打铁来，并让父母资助，开了个打铁铺，从此正儿八经地当起了铁匠。这时，他已长得相当魁梧，手长腿长，又经过十几年一抡一锤的打铁生涯后，更是肌肉结实，面相粗犷，也打磨成一付不怒自威的模样。开始几年，他常独自一人到竹林里读书、喝酒、练武、清啸。后因生意往来认识了本县有同道之趣的石匠刘石竹（原名刘石林），就两人相伴而来，只是刘天性木讷，像及他伺弄的每一块石头，不善言语，读书、清谈他永远是个听众，练武却是个好对手。

后来，又结识了县里的游医谭青竹（原名谭青峰）。虽说是医，却不是个正经的郎中，平日喜欢养蛇、蟾蜍、蜈蚣、蝎子等毒物，专研各种毒的提炼，以及怎么解毒的方法，正统医书从不研读，而对各种疑难杂症很有兴趣。所以县里人患了一般发烧风寒的病都不找他，知道他不会也不屑治，但若是得了某种疑难杂症，比如肚里生了虫，脑袋、身上长了莫名脓疮，老郎中们满脸愁容，无计可施的时候，那就找他，保准没错。

他会拿出一包药，明说，是毒药，以毒攻毒，和水吃进去，一个晚上肚子叽里咕噜乱叫乱响，有时痛得呱呱乱叫，有时沉得像有块石头，第二天上几次茅房，肚子瘪下去了，好了。脓疮的病患，他就在脓疮周围擦点药水，然后掏出蚂蝗，或是别的奇怪虫子来吸血，血一吸完，那些虫就纷纷落地而死，隔个两三天，头上的脓疮也就干瘪下去，结疤好了，可说是手到病除。除此之外，谭青竹还精通音律，喜吹尺八，用尺八指挥他的毒虫们，尤其是几十条不同种类的蛇，那对"缠绵"青蛇只是其中一对，他武功平平，但只要知其名者，无人敢靠近他，因他周身是毒。

谭青竹又引荐了他的表姐马新竹。闺名原是新烟，虽生于平常人家，却是位既爱红妆又爱武功的不凡女子，诗词歌赋，琴棋书画样样均善，口才尤其出众，因年龄稍长一点，反倒成了三妹。竹林清谈从此以她为中心，刘石竹每每听得如痴如醉，佩服得不行，两人日久便生了情愫，刘石竹的心里话从此有了代言人。他心里想说的话，马新竹只要瞧一眼他，立即心领神会，十拿九稳，而刘石竹也觉得马师妹说的，句句是他心里话，就连吟诗填词，两人也是心有灵犀。是竹林七侠聚齐了之后，有一回，大家饮酒高谈阔论，尽兴之后，彭大哥出题"咏梅"，词牌不限，韵部自挑，各人分头作去，作完了都得仔细折叠了，放进摆在正中那块大石上的竹篮里，他们俩交上来的词作，吓了众人一跳！因所选词牌与韵部一模一样，词牌均为《桃园忆故人》，且一个咏相思，一个叹分离，马新竹作的是：

园林万木凋零尽。惟是寒梅香喷。
不许雪霜欺损。迥有天然性。
南枝渐吐红苞嫩。冠绝夭桃繁杏。
不记故人音信。对影成离恨。*

刘石竹作的是：

南枝向暖清香喷。谁付骚人词咏。
一种陇头春信。不借胭脂晕。
梢头谁把轻黄搵。浑似不忺施粉。
疑是寿阳孤冷。染得相思病。*

大家念罢哈哈哈大笑！两人既羞且喜，喜的是一词互诉衷肠，羞的是心中的秘密无意中同时在众人面前袒露，涨红了脸，恨不得地下裂开条缝钻下去。黎箬竹更是调皮，马上依葫芦画瓢，当场也作了一首《桃园忆故人》：

刘郎采黛清香喷。何逊骚人词咏。
半纸相思凭信。新竹胭脂晕。
马妹轻吐心苞嫩。艳过夭桃繁杏。

一字休提离恨。石竹相思病。[1]

她娇揉造作地念来，引得大家又是一场欢快的大笑。马新竹顾不得作为三姐的威严，过来就想拧箬竹的脸蛋，她做一个鬼脸就跑，一路追逐在竹林里奔跑，两人轻功都甚了得，只见衣裙飘飘之影，娇笑阵阵之声，青翠的竹林里，阳光闪耀着零碎、眩目的光芒，伴随着微微沙沙的竹叶声……

许氏孪生兄弟是在竹林里练功时相遇的。他们是县城里最大布店"隆恒源"老板许大昌的两位公子，取名原是"茂隆"和"盛恒"，是要布店生意永远茂盛隆恒。可这两位少爷从上私塾开始，就表现出对习武的狂热，经常逃堂，缠着布店的武师楼三爷到竹林去教他们武功，许老板平日对这对宝贝溺爱有加，楼三爷哪里扭得过他们的苦苦哀求？况且，他也有意将自身的武功传授给少爷们，遂秘密约定时辰在竹林相候，但不许他们再逃堂。

楼三爷是普州"竹联帮"的元老，收山后返回老家崇龛县养老，受许老板聘用为武师爷，他的"竹沙掌"已练到炉火纯青的地步，在竹联帮里的余威仍在，所以布店以往被敲诈勒索的事没再发生。

他一天也无甚事，叼着个烟斗，拖着双木屐，在县东头本店转转，下午晃到县西的分店逛逛，照旧没啥动静，就折到县南的竹林里，虎头虎脑的许氏兄弟早候于此，远远听见木屐"啪嗒啪嗒"声，两人连忙又躲藏在怪石后面，屏住气，忍着笑。

楼三爷还是假装不懂，坐在石头上，敲敲烟斗骂道："这两个兔崽子，老爷说的没错！学文也不成，练武又迟到偷懒！许家产业怕是要败在他们手里，唉！我楼三爷也是年

---

1 作者自填。

老糊涂啊，收了这两个不肖之徒，还是趁早洗手不干了，免得到头自毁一世英明！"说罢，起身就走，唬得茂隆、盛恒急忙跳出来，大声喊道："哎呦，师傅，师傅！我们早来了，今天在私塾我们也认了字！我们不是兔崽子，您别走啊！"又怕又气说着，一左一右，伸出胖手拦住师傅。

楼三爷忍住笑，故作严肃道："哼！作我楼三爷的弟子，就得守竹联帮帮规，记住了！第一规：如竹高洁（节），文武全涉，忠心义胆，如天日月！"两兄弟连忙跪下，大声背诵，楼三爷才笑眯眯地点点头。

寒来暑往，匆匆十二载，茂隆、盛恒兄弟年至十八，经勤学苦练，大功告成，武除了"竹沙掌"，还练成了一套两人联手的，幻影莫测的"阴阳竹斧"。这竹斧，是比一般斧头更薄，更锋利，原为砍伐、劈修竹子用；文亦有所成，可以帮助打理店里生意了。但也是这一年，楼三爷寿终正寝，兄弟俩大悲，每日披麻戴孝在竹林里拜祭师傅，某日偶遇彭、刘几位，交谈之下，甚为交投，欣然加入。

幺妹黎箬竹本名倒就是如此，因从小她就特别喜欢竹子，也可能是其父给她取"箬竹"这名所导致，最后加入，天性聪慧灵敏，鬼点子特多，"竹灵子"这名便被叫开了。

从此，七人常在竹林里聚集，除饮酒作诗，切磋武功之外，尤以《老子》、《庄子》、《易经》为讨论张本，清谈纵论，"竹林七侠"的名声在崇龛县不胫而走。陈友道喜交天下豪杰，慕名拜访，七人遂得以拜陈夫子为大哥，歃血为盟。

只见那把刀，形似竹叶，双刃可畏，刀尖更可怖，两边各有一排细齿，这便是天下少见的兵器——'竹叶刀'。而且为此刀，前人特创建了一套"三十六式竹叶刀法"，彭可算是第三代传人，舞将起来，那可是密不透风，就如人置密竹林，四周全是沙沙作响的竹叶，往哪移动都会被竹叶伤到，简直是出神入化，寒气逼人！

阮明流抱拳作揖道：“彭大哥，我多有得罪，还望包涵包涵！我知大哥刀法独步天下，我愿认输，这武，就不必比了吧？”彭铁竹哈哈一笑，道：“他们既然技不如人，认栽便是，倒没什么可包涵的！阮风流，别给我套大话，拿上兵器吧！”阮明流心知他气未消，这一战是躲不开的了，就叫家仆拿过自己的钓竿，钓竿立在地上，然后身体下蹲，一个后弓步向后斜，钓竿自然靠在右肩上，摆出一招“太公出渔”的准备式。

彭铁竹待他摆好，也不搭话，手中刀已出，一招“竹叶凌风”直取碧渔子小腹，刀锋真如一股寒流袭来，阮明流不敢怠慢，往侧旁一闪身，顺势撩起钓竿头挑刀，只听“噹！”的一声，火花四溅，力道势均，只是彭铁竹虎口一震，手一麻，刀差点飞脱，阮明流仍笑容自若。

彭铁竹稍一定神，便连绵递招，只见两人你来我往，不多久已拆了三四十来回。阮明流看他是大哥，并不想多拂他面子，因此多采守势，彭铁竹也渐渐看出来了，本心气高傲的他被激怒了，心想，谁让你让着了？嘴说不得，手上劲却是愈来愈紧，愈来愈狠，变招极快，又过了三十多招，还是一丝优势也不占，心情更狂躁了，突然一声大喝，使出一招杀手锏——“秋落竹声”，从上往下，又从下往上，刀影如幻，更如千万片竹叶坠落，伴着“刷刷刷刷”之声，确似秋风一过，竹叶一同下坠之势，手法之快，甚是可怖，瞬间已不知几刀砍下，四周不知是看傻了还是害怕，一片寂静。

碧渔子不敢怠慢，忙抢起钓竿，使出一招“太公遮伞”。

姜太公昔日在渭水边垂钓，某天烈日当空，本清静似水之心，竟也被晒得有点焦躁起来。手中又无遮阳之物，心中念叨念叨，反正钓得着钓不着都一样，不忙一时，且拿钓竿当伞，把钓竿当中拿了，运起几指旋转，竟然快到密不透风，一下太阳射不到，还有丝丝凉风自上而下，舒适之极，太公哈哈大笑，因得此招，得意之极。

一把无形伞举起，只听"叮叮当当"一阵脆响，火花四射，众人惊呼之下，忽见彭铁竹单脚跪地，脸色铁青，右手按着刀在地，微微颤抖，原来这招也无法奏效，彭铁竹已是力竭，不得不认输。

阮明流为了顾全他的颜面，急上前施一礼，说道："点到为止，平手，平手！彭大哥承让！承让！"彭铁竹脸上一丝尴尬闪过，也就顺台阶而下，说道："承让！承让！"众人有的已然看出端倪，有的以为真是平手，胜负不分，然不管明不明所以然的，四下只是啧啧声四起，赞不绝口。

众人之声未落，一声娇喊又响起："阮明流！待本姑娘来领教领教！"

只见一个白色的身影从后面凌空而起，一个漂亮三连翻，裙裾飞舞飘摇，轻轻盈盈地落在场地中央。众人嗡嗡之音瞬间鸦雀无声，定睛一看，场中间站着一个面容俊俏，又似笑似怒，身材娇小又惹人怜爱的小姑娘，手上握着一根青翠发亮的竹棍，微微扬起的头望着阮明流，嘴角翘起，似乎竟然带着一丝丝嘲笑的神情！大家愕然，纷纷点头、摇头，有的认为不自量力，有的嘉奖勇气称许。

这一个英姿飒飒的姑娘，自然就是"竹林七侠"的老幺妹子，人称"竹灵子"的黎箸竹！

第三回 箬竹芳心初若许 明流郎意早相传

话说那天午后，阮家三兄弟商量安排完毕，明流便匆匆将行李准备妥当，三人一起把两筐鱼搬到小舟上，泡上水。明流只带了行头家伙，一包换洗衣服，把葫芦装满酒，不敢与母亲面别，嘱弟弟们翌日代言。傍晚时分，一杆撑出，小舟本就轻，他臂力又好，划起双桨，小舟像一条游鱼，直往崇龛县城飞驰而去，很快就超过了官船，他靠在河的另一侧，也没引起大船注意。几十里水路，不到几个时辰就到了。

虽是在夜色之中，月光很好，静洒在江岸上，沿路的风景，透过轮廓也可看得清楚，秀美异常。山形有的平坦，有的险峭，但一律都是郁郁葱葱，树木各异，水在夜色中是一片黑的澄净。阮明流虽在划着桨，心却没闲着，看到崇龛县这熟悉的山水景色，与秀水只隔了几十里，也可以感觉出有些许差异，身心甚是愉悦，高兴之中，却不知为何，竟不知不觉为一件事烦忧起来。

他在家身为长兄，父亲过世得早，他长兄为父，与母亲一起操持家事，与两个弟弟相依为命。幸好少年时期得进秀水村里唯一的私塾念过几年书，亏得他天资聪颖，识字极快，早早就认遍了一两千字，《四书》、《五经》一类的书都念过了，但兴趣不高，对诗词歌赋倒是情有独钟，因私塾里留着山羊胡的程老先生所引导的缘故。他手中有一册《云遥集杂曲子》[1]，惜若珍宝，时常在课堂里吟诵，惟那些聪明用功的学生，才获允在私塾里借来翻翻，但从不许擅离开私

---

1 唐代敦煌曲子词集，中国最早的民间词集。

塾。除此之外，程老先生还时常念叨一个人，名叫温庭筠，又叫"温八叉"，因八叉手即成八韵，文思敏捷，是当朝诗名最盛者，偶得其一诗一词，便欣喜若狂，手舞足蹈，捋着胡子，摇头晃脑地吟诵，其他孩童看他陶醉样，笑得前俯后仰，惟阮明流听得入迷，其中有一首《菩萨蛮》他最喜欢：

小山重叠金明灭，鬓云欲度香腮雪。
懒起画蛾眉，弄妆梳洗迟。
照花前后镜，花面交相映。
新帖绣罗襦，双双金鹧鸪。

十五岁那年，父亲过世，为了守孝，也为了持家，不得不停了学业。临行告别之时，他眼神默默停留在高高教案上那一本《云遥集》上，露出依依不舍的表情，被程老先生看出来了，竟破天荒让他拿回家三天！他没日没夜抄了两天，认认真真，工工整整，共三十首，以及温八叉、李商隐等人数十首之作，此后日夜吟诵。

因这《云遥集》多是闺怨、相思等香软之词，尽描写男女燕婉之私，又想起"双双金鹧鸪"这首《菩萨蛮》来，偏偏自己已年二十又五，尚未婚配，念及与母亲不辞而别，心有愧疚，她最近又时常念叨着这事。这一刻心闲下来，看着这好山好水，不免内心感概一番，尚不知自己未来的娘子在何方？面对此情此景，悄悄地填起一首《鱼游春水》：

秦楼东风里，燕子还来寻旧垒。
余寒微透，红日薄侵罗绮。
嫩草方抽碧玉簪，媚柳轻窣黄金缕。
莺啭上林，鱼游春水。
屈曲阑干遍倚，又是一番新桃李。
佳人应念归迟，梅妆淡洗。

凤箫声杳沉孤雁，望断澄波无双鲤。
云山万重，寸心千里。*

　　凌晨时分，天快要破晓，此时已来到了崇龛县城附近。忽见一大片茂密竹林在江的南岸，起初只是零散的一些竹子，渐渐的竟蔚然成林，高高低低，虽参差不齐，但又密集成排，有些竹子甚至长到靠近江边水里了，加上江风瑟瑟，竹叶、竹竿都刺啦啦的往一边倾斜，在朝阳余晖里，更是壮观。碧渔子看得兴起，见四处一片寂静，阒无人声，不禁又把自己刚填好的那一首词唱起来，他内功深厚，一句句唱出，传得甚远。他唱得兴起，歌声婉转动听，忽看见一处像是可以停靠的地方，不自觉就把船往边上靠，想天已渐亮，不妨先到岸上欣赏一会儿那竹林之景。

　　快靠近时，忽然，隐隐看见岸上一片青草处有一堆东西，天尚朦胧看不清，又把小舟划近些，兀然感觉水里有东西在游动，是鱼吗？又不像，他犯起了好奇心，警觉地看着水里，又探头看岸上，似乎是一些衣物，像是女孩的物品，而且这次好像看见了，水里是一个人在游泳！他正在迟疑之间，忽地从水里冒出那个人来，大口喘着气，双手抹着脸上的水，对着他嘶喊道："你这厮！好不要脸！大清晨的唱什么艳词！害得本姑娘快要憋死了！你为何把船摇到这边，来偷看我洗澡！"

　　阮明流这才看清，是一个小姑娘，由于太近了，虽夜色未散尽，她的胴体也在水中，阮明流已看得个一清二楚，她只穿着一件暗花红小肚兜衣服，一条浅黑短裤，双手紧紧地捂在胸口处，容貌俏丽，杏眼圆瞪，桃嘴一努，阮明流瞬间羞得脸红了遍。

　　他急忙把脸往旁一别，说道："姑娘休怪！我并非故意过来，只为见那竹林甚是秀美，欲过来寻芳探幽，更……更不知道有你'本姑娘'在此……戏水！还有，我唱的也不是艳词，只是，只是……"

　　他一时紧张，竟语无伦次起来，本想说洗澡，一时又感觉不妥，急改口为戏水；又细想，刚填的思春之词，不是艳词，又是什么？！里面又是想佳人，又是双鲤，还"红日薄侵罗绮，鱼游春水，梅妆淡洗。"，竟句句仿温庭筠的词境，仿如描写眼前人和物一般！怎知天下事竟如此巧合？碧渔子感觉一下百口莫辩！

　　那姑娘见占了理，更咄咄逼人，嚷道："只是什么？我在水上、水里都听得清清楚楚！谁是你的燕子！红日薄侵罗绮，你分明是看见本姑娘的衣物才过来，想偷看我洗澡，不然怎么竟唱些什么'鱼游春水'？谁又是你的佳人！谁盼过你归来了？你再迟也与我无关！还自诩为孤雁，你既然没偷看，又唱什么'望断澄波无双鲤'？我穿的红色衣服，鲤鱼不也是红的么？"

　　碧渔子一听，坏了坏了！这人怎地如此这般蛮横不讲理？天还黑着呢，哪来的红日？我怎看得见地上衣物？又怎看得见她穿的是红兜兜？天下的巧事都碰一块去了，而且加上她这灵牙利嘴，竟是连得密不透风，这下怎么办？如果承认自己是个偷看人家姑娘洗澡的下流人物，今后我阮明流在江湖上还怎么行走？如若说不是，又怎么解释自己唱得的词？他不禁后悔起来，一是后悔填了这首词，二是后悔竟然鬼使神差地把船摇到这边来。

　　但后悔也不济事，他感觉那个口口声声"本姑娘"的本姑娘，正用火辣辣的眼神盯着自己，急忙说道："这位……本姑娘！现在我也不便跟你解释，我还有要事赶着去办，下回相见，再给你赔罪！"

　　"哼！下回相见，本姑娘要用打狗棒狠狠揍你一顿！让你尝尝偷看人家的滋味，你最好不要再跟本姑娘再见！……"

　　阮明流扭着头，把桨倒着划，将船头转过去，还是一眼都不敢往后面看，后来，甚至把眼睛也闭紧紧的，生怕张开着眼不小心又看见了。但那个"本姑娘"的面容和胴体，包括她甜甜脆脆的声音，已经深深印在他的脑海里和心里了，就是不再看一眼，这一生怕是永远也忘不掉了。

突然，听见那"本姑娘"在后面大声问道："喂！对了，你要去哪里？你可别借机偷跑了！"他大声回答："我要到陈友道府去！报告一个重要的消息！咱们后会有期！"说完，就拼命地划起来，逃也似的离开，身后仿佛听到"本姑娘"一阵低低的笑声，还有窸窸窣窣蹚水的声音，她要上岸了吧？

而此时，那个"本姑娘"就站在场中央，嘴角微微上扬望着他，似乎充满嘲笑之意，手里拿着的，正是那根她提起过的，碧绿晶莹的打狗棒，尾部别着一条玉件穗子。

阮明流心中虽既惭且愧，脸上却一直面带微笑，他不敢直视"本姑娘"黎箸竹，因为现在只要一看她，就怕脑海里出现的是她昨天在水中的样子。所以任由众人欢呼取闹，叫嚷着让"竹灵子"使出那名盖天下的打狗棒法，将碧渔子好好教训一番，为师兄、师姐们挽回一点面子，他只是一声不出。

陈友道见此情形，心知阮明流心中有隐情，忙出来打圆场，轻声说道："箸竹，你的打狗棒法精妙深奥，阮兄弟若是没有家伙恐怕招架不住，但若是用他的长鱼竿，对你又是不利。这样，他不能用自己应手的钓竿，但可以在现场众位英雄好汉的手上任挑一件兵器，这样比才公平，你看如何？"

场上各帮各派的好手行走江湖，刀刃兵器是傍身的伙伴，一刻不离手，除了刀枪棍棒、剑戟斧叉样样齐全，奇怪少见的家什也有一些。一时，大家都纷纷期盼阮明流能借用自己的兵器，如果赢的话，给自己的兵器争光添彩不少，如果输了，也不是件丢脸的事，所以一下子，大家纷纷稀里哗啦解下自己的兵器，显示给碧渔子看，希望他能看中。

阮明流还是转着头看，微笑着，沉思了一会儿，他摇摇头，拱手向四周，歉意地说道："谢谢各位朋友的好意，但我决定，不借用任何兵器。不但不用兵器，而且，我还把眼睛蒙上，来跟箸竹姑娘比试。但有一言在先，若我能接她十二招，就算我赢，倘若我不能拆过十二招，便算我输，如何？"众人一听，一片哗然！都怀疑自己听错了，因为他们都知道，黎箸竹的打狗棒法可是江湖上丐帮的神技，棒法朴实无华，却精妙无比，武功一流者使用兵器能抵挡一二，已属不易，不用兵器，还蒙上眼过招，岂不是太过托大，自寻死路？

黎箸竹用的这根打狗棒，虽不是丐帮真正的镇帮之物，却与之也无甚差别，要说它的来历，不免有些曲折。

话说前朝宰相高文举，自幼家境贫寒，但聪明过人，刻苦好学。长大后，欲从洛阳往京城赶考，苦于没有盘缠，眼看一年年荒废，最后实在无法，遂决定沿街乞讨，行乞而去。第一年去时，碍于读书人的面子，始终伸不出手、开不了口，只能忍饥挨饿，磨磨蹭蹭，但历尽磨难，还没到京城，会试已过，他只能垂头丧气返乡。

这日，衣衫褴褛、饥肠咕噜的他刚进洛阳城，走到闹市区十字路口，便闻到各档食肆散发出的香味，实在忍不住饥饿之感的侵袭。正在欲讨不敢讨，无限沮丧时，忽看到前面人声鼎沸，见许多乞丐围了上去，从里面出来的，手里提着一个布袋，喜笑颜开。高文举连忙打听，原来是当地的富家王百万正在布施米粮，救济贫困。他不禁大为惊愕，心想：我都不好意思伸手，就怕别人不给，甚至给个白眼，遭顿毒打，怎么还有人主动施舍？就挤了进去，看见一位衣着富丽、慈眉善目的老者，正在忙着张罗，想必是王百万，于是过去深深一揖，问道："王施主，小生有一事不明，可否请教？"王百万一看，是个乞丐，但竟然自称为小生，甚是诧异，又细看，见他虽衣衫破旧，但容颜清秀，不似一般乞丐，便回礼道："请教不敢当，但有话尽说无妨。"

高文举说道："孔夫子曰，士志于道，而耻恶衣、恶食者，未足以议也。说来惭愧，晚生本是个读书人，有心追求闻道，追求功名，但家境实在贫寒，为了应考，不得不以乞讨为生，但又自觉为了自己的衣、食不如人而深感羞耻，终是伸不出这手，孔夫子说不必与像我这样的人论道；而施主您家财万贯，自然是以衣、食为荣，所以才会出来施舍，难道，你这么做，是为了让我们这些作乞丐的感到羞耻难当吗？"

王百万听完，哈哈大笑，说道："我看你不是一般乞丐，果然不错，却是个读书人，甚好，甚好！但你也该知晓，孔老夫子还有一句话，志于道，据于德，依于仁，游于艺。天下从来都分三教九流，五行八作各色人等，无论贵贱，都可志于道，只要积德、行仁，那做什么均可也。我王老汉是有些家产，出来施舍，并不是为了羞辱谁，乞丐前来，坦然领取，何耻之有？领了反而是成全了我行善积德大好事了，你只要想通'乞者不为耻，施者积其德；天下如无乞，何处显仁义？'也就不会为作为乞丐而耻了。"

高文举本就读书万卷，偏一直就为这浅显道理钻牛角尖，一直想不通，王百万这一句话，犹如当头棒喝，醍醐灌顶，令他的苦恼顷刻间烟消云散。从此，他书念得开窍，乞丐也当得大方，反正对方给，则为施者积了德而高兴，对方不给，则为自己施了德而高兴。解开了这个死结，渐渐的，他每天收获颇丰，不单在洛阳城，还乞行各地，结识大量丐友。因一般乞丐都不识字，他却满腹经纶，出口成章，所以人人服他，名声鹊起，不久竟被群丐拥戴为首领，创立了从此名震江湖的第一帮——丐帮，是为"高家门"。

"高家门"虽没老丐帮"范家门"兴旺，但自有一派气象：一是高家门要求，本派乞讨时，均手持竹筒、竹板或石片，以示虽身为乞丐，但气节不坠；二是人人均操练武功，既为防身，也为行义。而身为帮主，高文举则手持一根竹棒，名为"打狗棒"，是象征，更重要的，是作为一件应手的兵器。由于长期周旋于江湖之中，不免有各种争斗，高文举因之除了习文外，又开始习武，聪慧的他，竟然摸索自创出一套精妙高绝的打狗棒法，在不断实战中，渐渐成为了武林中数一数二的高手。

王百万本不以他是乞丐而看轻，反而十分赏识他的学问和胆识，常邀至家中，谈文论道。后来，甚至将自己唯一千金王金真婚配于他。第三年，高文举从容赴京考试，高中状元，官至宰相。

高文举既然做了宰相，就不能再当帮主，是以他从四个八袋弟子之中，选了一位来传衣钵。这人名叫宋标清，为人忠厚老实，行事规规矩矩，从不逾矩半分，在旁人眼里，实在是嫌迂腐古板。其他三位就颇为不服，其中一个叫奚成焕的，在宋即将接任之前，设下毒计陷害他，高文举误信奸计，大为恼怒，将宋标清削了丐袋，先逐出了丐帮，后奚成焕密密发布了追杀令。宋标清无可奈何，辗转流落到了蜀国偏远的普州崇龛，落魄潦倒，几乎命丧街头，被黎箬竹的父亲黎洪曦收留。

后来，八岁的箬竹得以拜他为师。宋那时已是年逾七十多岁的老翁了，为了感激黎父的义举和仁心，他将黎箬竹视为孙女一般，不遗余力、费尽心血，把丐帮的功夫悉数教会了她，特别是这一套正宗的打狗棒法，一招一式，全是高文举嫡传，如遇真正的丐帮帮主，也不会落后半分。

为此宋标清还说了，你学的既然是正宗的打狗棒法，也应该拿真正的打狗棒。所以亲手按丐帮的镇帮之宝——"绿玉杖"，亦即打狗棒的尺寸，质材打造了一根，一模一样，只是为了区分，也因为箬竹是个女孩子，所以多加了一条玉穗子。

因之，大家都对这套打狗棒法不敢小觑，听见阮明流说蒙眼来斗，无不大惊失色！殊不知，其实阮明流自己心里也是七上八下，觉得自己托大了，并没有取胜的把握，只是心里觉得难堪，不敢正视黎箸竹，才不得已出此下策。把眼睛蒙起来，来个眼不见心不烦，倒落得个清静，可以从容应战，要不然反而心神不宁，只是取胜与否只能听天由命了。

师傅慕丹中是隐世高手，从师山东"渔派"名家檀若望。檀家是姜太公在山东滋阳县一支的后代，姜太公的武功在其后裔各分支井、百、柯、崔、国、檀、栾、纪、汲等姓氏家族中，均有传承，檀氏一派以水功闻名。当年慕传授他们兄弟三人"渔派"武功时，同时也训练他们"姜太公钓鱼——愿者上钩"的入静术。

其时，姜子牙在渭水边钓鱼，不但不用鱼饵，而且在将空空如也的鱼钩抛下江里，把鱼竿插好在岸边的泥地后，便盘腿而坐，双手相叠，垂放在腹部，眼睛闭上，调整呼吸，让气息在全身自由游走，整个人就慢慢进入一种极其宁静的状态。心神专注着气息行走的路径，在全身经络来回走遍大小周天三个循环后，心神就跳跃出人体，可到自然世界里自由行走。譬如下潜江水，看鱼儿们游来游去，在空鱼钩旁不断试探着触碰着，终是不愿上钩，心神微微一笑，摇摇头走了；出了水面，再到山中林里游荡，看野兔、飞鸟等行走飞翔，听风雨、辨虫豸；秋天，头上的树叶飘落时，心神也可看得一清二楚，不用眼看，伸出手就能精准地把飘落头顶和身旁的秋叶夹住。可是，姜子牙一动不动，喜欢让心神看着秋叶，一片一片的这样飘落，覆盖全身。

入静术自来就是一门武功绝技，可以不用眼，只靠耳和心，就可和敌手周旋对阵。只是要练到臻于一流的境界，却非易事。由于性格问题，阮明流和三弟正流学此门功夫时都不太能专注，所以只能掌握个皮毛，唯有二弟光流性格好静，所以学得精通也运用得自如。阮明流此时有点后悔，但君子一言既出，驷马难追，也只能硬着头皮上。早有人拿了一条黄色的汗巾过来，把他眼睛紧紧地蒙上。

黎箬竹初闻此言，不禁羞恼，心想，好你个阮明流，实在是无礼之极！竟将我名闻天下、威震四海的丐帮打狗棒法不放在眼里！（黎箬竹虽从未行入帮的仪式，不算丐帮中人，但因尊敬师傅的缘故，喜欢自诩为丐帮弟子）好！既然你真把眼睛蒙上了，我就不客气了，看我怎么教训一通你这无礼的狂妄之徒！

阮明流被蒙上眼后，瞬间身处一片黑暗，四周众人仿如潮水般退去，再加上大家都屏心静气观看，周遭静寂无声，似乎只剩他一人站在空旷的平原上。他立即调整气息，初时感觉心一阵疾奔乱跳，耳边响起一阵繁杂急躁之声，心慌神乱，根本无法随着气息游走，一慌之下，更是六神无主。好在脑海中突然闪现师傅的一句话：夫静之于闹市为大静，静之于山林为小静；大静者，视万物等同于无也，而小静者，视无等同于万物也；实则大小之静，为一物也。细思再三，不禁释然，万物等同于无，无等同于万物，皆由心生也。顿时有所悟，微微一笑，心神已然能随着气息在全身游走，经络逐一被打通，顿感舒坦欢畅之极。经过三个大小周天后，心神已然能朦胧看到四周憧憧人群。又微微一笑，当作无人之境，回过来一看场地中央，隐隐看见黎箬竹的柔美身影，衣裙飘飘，以及她手上那根绿光莹莹的打狗棒。

随着一声娇喝，只见那打狗棒在前面一阵急速的翻转之后，突然迅猛地往自己脚下扫来。原来，黎箬竹使出的是打狗棒法第一招，名唤——"棒打双犬"。打狗棒法没有华丽招式，却是招招实用精妙之极，这一招横扫双足，要诀就是快、准、狠，稍一犹豫，两脚非断即伤。阮明流凝神见得棒即将扫来，一个"鹞子翻身"，双足早就腾空而起，翻身向后，轻飘飘就避过第一招，四周不禁错愕，他是怎样算得如此精准？蓦的响起一片喝彩。

　　黎箬竹岂等他有喘气之机？手势一转，化为一招"反截狗臀"，棒身一个抡回横扫，阮明流翻身过来刚好落地，棒正背对着臀部，这一招不打上，不打下，就拦腰打来，要转身抵挡，或移动躲避均已不及，眼见棒就要扫到，一片惊呼之音不绝于耳，阮明流心神早后视见棒扫到，情急之下，使出一招"巨松轰塌"，整个身子直挺挺地往下倒，扑在地上，棒居然落空了，又是一阵惊呼。有些人纳闷，怎么眼睛被蒙起来了，后脑勺反而长出了一对眼睛似的？

　　黎箬竹不容分说，用了一个"封"字诀，使一招"压扁狗背"。这招本是下压敌手兵器的，现在直直往碧渔子的颈部敲下，这一棒下去，罩住了阮明流前后左右的方向。打狗棒虽短，精妙之处是有八字诀，"绊、劈、缠、戳、挑、引、封、转"，"封"字是第七诀，虽只击一点，却化成一团碧影，覆盖了碧渔子整个躺着的身躯，眼看无处可躲！阮明流耳朵听见打狗棒"嗖嗖嗖"发出的风声，察觉到她行进的方向，仓促间不及细想，一招"子牙梦游"，身体迅速几滚，已经到了竹灵子的脚下！

　　传说，姜子牙睡着的时候，身体可以被梦所左右，产生梦游，也就是神游，身体随神思而行，神想走身体就起来走，神想滚身体就滚动，神想跳身体就跳……且速度可慢可快，全凭神儿高兴。黎箬竹没料到阮明流那么快速就滚至脚下，吓了一跳！但"竹灵子"这名字可不是乱叫的，脑瓜子极灵，马上转势化成一招"幼犬戏球"，身子一俯，双腿凌空而起，棒早就往下直击刚滚过来的"球"，是以为戏，动作之快与优美，令人叹为观止。阮明流心神已经看清棒来的方向，神儿急忙跳跃，身随神走，一蹦还真的跳出一丈多外，只是手脚并用一起跳，状似青蛙，情急之下，也管不得雅与不雅了。

　　阮明流就这样一躲一跳的，虽看着有点狼狈，但也一连接了九、十招，众人看得直呼过瘾。黎箬竹见久攻不下，心里焦急懊恼，只剩两招了，必须得不留余地，遂用了个"戳"字诀，使出一招"狗急跳墙"。这狗急起来，就会奋力一击，虽说是狗急跳墙的动作，但是由一个纤纤少女使出来，却有一种令人心旷神怡的美，飘飘若仙，无声无息，打狗棒直往阮明流胸前戳来！

全场也顿时一片鸦雀无声，阮明流斜站在那，正纳闷，怎么突然一下静得这么可怕？忙凝神调息，心神随气息迅速到处游走，隐隐约约感觉胸前方有一股清流袭来，下意识地迎着清流探身而去，众人见他不避，反而迎面而上，吓得都一齐惊呼"哎呀！"、"哎呦"……黎箬竹也是一惊，心想，你这傻瓜！怎么迎着上来了？怕真伤了他，手一松力道减了一半。阮明流也是一惊，觉醒那清流是什么了，身一扭侧身往后让，打狗棒忽地从他胸前一寸地方戳过去，两人身体却撞在一起，阮明流反应何其快，怕撞坏了竹灵子，双手一个环抱，将她稳稳抱住，又即时把她轻轻送了出去。抱的一刹那，他感知到一柔软温润的躯体，闻到一股竹叶清香的味道，那么亲切又那么熟悉，可是却像炭火一样烫手，令他不敢停留片刻。黎箬竹被抱的一瞬间，也感知到一双宽大有力的手掌，那么温暖温柔，心里不知是生气，还是喜悦，在被送出一刻，脸一下羞得通红！

为了掩饰，她迅速跪起，大喝一声："看棒！"使出了打狗棒法三十六路的最后一个绝招，这一招共有六变，打将出去，四面八方全是棒，劲力所致，便纵有几十条恶犬一起攻击，也一概打死，因此谓之"天下无狗"，这一招使出，往往令人闻风丧胆，手忙脚乱，不知如何化解，已臻武学的绝诣。

阮明流心神一定，感觉前面仿似有无数点在晃动，错错落落、虚虚实实，变幻莫定，一时不知如何应付。为了保全，急忙中祭出一招"子牙作法"。姜子牙法术无边，会呼风唤雨，飞天遁地，每次施法作法时祈天祷地，宽袖齐挥，掌法严密，大开大阖，犹如筑起一堵铜墙铁壁，虽万箭射来也难穿过一枝！后来演变成"渔派"武功最具威力的防守招数。

只听见"噼里啪啦……"十几声密集的闷响，碧渔子和竹灵子都一同往后退了几大步，虽双方都没有受伤，但阮明流掌掌与打狗棒相接，早被震得虎口发麻，两掌生痛，但是强忍着，保持笑容。四下里响起一片掌声和欢呼声，知道他已经完全胜出，因为满满十二招都应付过去了。黎箸竹嘴嘟着，可心里欢喜得紧，她那日上岸，虽然还是生气，但不知怎的，心里不明不白，不知不觉，暗地里喜欢阮明流的才气，那首词她记得一清二楚，其实也不认为是艳词，觉得是上天赐她的礼物，虽然阮明流并没有说是写给她的。

阮明流扯下蒙眼的黄汗巾，睁开眼，初时一片朦胧，人影幢幢，交换重叠。慢慢地，他看见一张俊俏、有点恼怒、又有点调皮的俊俏笑脸正望着他，不是黎箸竹却是谁？经过这一番生死之间的较量，再看黎箸竹已经不再感觉难堪了，心底倒生出一种异样的情感，忙笑着拱手说道："黎姑娘的打狗棒神技果然厉害，我侥幸躲过，真是失敬了！"又对着彭铁竹拱手道："蒙竹林七侠承让，在下实在是惭愧之极，如有不敬之事，还请多多海涵！"

彭铁竹知他指小妹之事，虽心里佩服，仍心内怒气未消，鼻子"哼！"了一声，不置可否。

陈友道步出场中央，对竹灵子说道："黎妹子的打狗棒法果然精妙绝伦，令在场江湖诸位豪杰大开眼界啊！"又转过头，对彭铁竹说道："彭老弟，你们这番比试太精彩了，给犬儿的庆生宴添光助兴不少！"又环顾四周，继续说道："各位朋友，谁还有兴趣想与我这位阮贤弟过过招，比划比划的吗？"

四下里一阵喧哗，但都是摇头、赞叹的。目睹了"竹林七侠"与碧渔子的精彩打斗，武功一般的，自忖自己武功没有出其右者，谁还敢上来以卵击石，无端献丑？华山派谭道士和峨眉派的朱师太倒是自认为可以一战，但既为出家人，本就以慈悲为怀，又没有名头，才懒得挑事，只是心里对阮明流留下了深刻印象。

陈友道停了半会儿，才说道："既然无人再挑战，已近晡时，敝舍已备下酒菜，请大家入席，庆生宴正式开始，接连庆祝三天三夜！"

大家一片欢呼，呼朋唤友，纷纷走进大堂，有的在院子里帮忙摆上桌椅，碗碟。大堂桌上早摆上了各式菜肴，鸡鸭鱼肉，七荤八素，甚是丰盛。

陈友道邀了阮明流和"竹林七侠"坐在正中主桌，陈友道坐了正位，其左侧留给夫人，黎箸竹要陪着夫人，所以坐夫人旁边；彭铁竹坐了右侧，往下按顺序二哥、三妹轮着坐下去，最后是许氏兄弟，然后是阮明流，这样刚好坐在黎箸竹旁边。他本犹豫了一下，怕"本姑娘"不乐意，但见她只是笑着仰头嘟了一下嘴，并没有不乐意，反而有点高兴，阮明流才放心坐下。

谭同标道士、朱九芳师太及两派随来的人正好凑够一桌，就在侧首，而且给他们安排的是斋菜；其余的则是自由组合，江湖上的各门派，各类朋友，老交情的，新结识的，称兄道弟坐下，有谦让的，有大大咧咧的，皆是欢天喜地，壮声四起，豪气四溢，划起拳、斗起酒来，大嗓门、细声音的，笑骂逗趣，好不热闹。

陈友道便让吴辽去请出夫人和孩儿。不一会儿，只见夫人亲自抱着拃儿缓缓步出，后面跟着丫鬟喜梅、环儿、翠莲，手里端着毛巾、拨浪鼓等物，人群中掀起一阵骚动，不少惊喜叫道，寿星儿来了！都恨不得马上能一睹真容。其时，有关他出世迹象异样的事早就流传出去，很多人只知道他出生不哭不喊，一直到满月了也不曾吭过一声，但关于天子之象一事却无人听过，如不然，更要轰动了。夫人还没走到，黎箬竹早就跑过去看，边看边高兴得喜笑颜开、手舞足蹈，引得许多人也想过去，陈友道忙站起双手一扬，阻止大家说道："各位朋友，大家别焦急，待会儿我和内子会抱着抟儿，逐台给大家敬酒，到时再细看不迟。"大家才回身入座了。

夫人坐定，陈友道双手捧起一碗酒，朗声说道："诸位安静，听我一言！"

一时吵杂之声顿消。他清清嗓门又继续道："我陈友道，中年得子，本是件大喜事，我与内子都欢喜异常。也恭谢各位亲朋好友，江湖的同道之人前来贺喜！算是看得起我陈某，谢谢诸位赏脸了。"众人中大多拱手说道，应该应该，恭喜恭喜。

陈友道话锋一转道："可是，当今朝廷昏庸，奸臣当道，宦官弄权，时政不理，反而信谣惑众。昨日，阮贤弟探知到一艘官船，正由琼江往此处开来，船上几百官兵，是奉了圣旨，前来要将我家满门灭口！众位可知罪名为何？"群雄一听，哪里猜得出来？心急的赶紧叫嚷，夫子快说！陈友道冷笑道："哼哼！你们道是为何？乃是朝廷什么天师卜卦，谓算知吾儿面带天子之象，出生之夜紫微星侧照吾门，因此要赶来将我家除去，实在是荒谬之极！"

众人一听，顿觉诧异，都纷繁乱叫起来。什么？原来只听说陈府孩儿生下，不言不语，面相大富大贵而已，又岂知朝廷竟拿此大做文章，生出如此荒谬之事？以至于要灭人之口？彭铁竹更是气得一拍桌子，震得酒菜盘碟叮当作响。陈友道一抬手，众人又静下来，说道："如今，李家唐朝江山不保，各地起义纷纷不断，前有裴甫，后有庞勋，如今皇帝老子是闻风色变，犹如惊弓之鸟，在宦官的蛊惑下，既不讲什么纲朝礼仪，忠正廉耻，更不会体恤良臣、爱护子民，以致天下生灵涂炭、民不聊生，各地烽烟四起，此乃其气数将尽之兆也！"

　　来客大多是各路英雄好汉，听闻到此，无不义愤填膺，便听有人大声喊道："陈夫子！要不你来挑头，我们跟你一起杀到长安城门脚下！把那鸟皇帝老子给揪下来，你来做新天子，反正你已是天子的老子！先替咱们这位未来天子把这龙椅坐热乎喽！"

　　大家一听，轰然大笑。仔细一瞧，原来是本县南边一个半破落户——樊士。他家道原本富裕殷实，祖传三代经营一家什杂物店，卖些个家用物件，没想到传到樊士这个单丁，他每日却只喜舞刀弄枪，武功不精，却有一身蛮力。

　　他无心经营打理，父母已年事已高，小店竟然没落，他也不甚在乎。每日有卖则卖，没卖也把门一关，找几位兄弟去附近那座旧空寺庙院里比划较量，自立一个"虎头帮"，被奉为"樊帮主"，手下个个膀大腰圆，凶若猛虎，完了还经常掏银子做东，喝酒划拳。

　　陈友道待大家笑毕，继续道："我虽不惧官府，但却也无异心，皆道犬儿有天子之象，我与夫人却不想他日后登这荣华富贵之顶，攀那至圣权力之巅，只盼他一生能逍遥平安，无牵无挂地过一辈子，足矣。官兵如至，我当如实相告，以期他们可以明察吾心，并纳之以退兵，如若不然，吾只能奋力一击，然后再作定夺。虽阮贤弟已急来告之，但我陈夫子岂是贪生怕死之人，弃家而逃？我就在此候着，待要看看官府能将我如何？！来，满上，我敬各路英雄一碗！"

　　众人刷地站起，端起酒碗，个个豪情英发，吵嚷着要与陈夫子一起抵抗官兵。阮明流拿着葫芦，喝得已有五分醉意，站起来朗声道："各路英雄好汉！阮某有一言，我虽与陈夫子素未谋面，但久闻英名，今日得以解渴慕之情，更是高山仰止，佩服之极！官船早则明日，迟则后天就会杀到，到时希望各位能遵守诺言，与陈夫子一道抵抗官兵，让朝廷知道，我们百姓也不是随便欺负的！来！我阮某敬各位！"说完，拿起葫芦咕咚咕咚喝了几大口。

彭铁竹忽地站起，端着碗说道："阮风流！说得好！就凭你这一句话，我们之前的过节一笔勾销！我们誓死与陈夫子一道，与官府拼到底！来，我也回敬你！"两人相视一笑，恩仇过节已泯，仰脖饮下碗中、葫芦中的竹叶青酒，大家齐声喝彩，陈友道也欣喜异常。

"贫道有一话，不知当讲不当讲？"说话人声音不高，但中气十足，在吵嚷声中，竟让每个人都清楚听到，显见内力深厚，众人停住了，想看是谁。陈友道一听便知是华山谭道长，一转头，果见谭同标道长缓缓站起，连忙作揖道："谭道长有何高见，不妨明示。"

谭同标微微躬身还礼说道："岂敢！贫道只是觉得，令公子既是异象之躯，自当珍惜，将其抚养长大，以顺天意，又怎能与如狼似虎的官兵对抗？适才与峨眉朱师太商议，她与贫道之见不谋而合，我们觉得陈夫子还是该携夫人孩儿从速离开，避过风头，再从长计议。"朱师太坐在那里也微微点头称是。

陈友道听罢，又深作揖谢道："谢过二位！不瞒道长与师太，夫子何曾敢拿孩儿性命来玩笑。一接消息，我就让人将母子二人行囊收拾好，喝完今天的弥月酒，就先到乡下躲避；我嘛，要留在此处应付官兵，一是我陈某岂是望风而逃之人？虽不济，也是让官府知道百姓不是好欺负的，二是令得官兵不能再继续追杀孩儿，也是一个权宜之计。"

谭同标道长和朱九芳师太听了，同声说道，甚好，甚好！

陈友道遂偕同夫人一道，抱着抟儿一桌桌去敬酒，每桌的人都争先恐后，探头过来细看这有天子之象的"哑孩儿"，看完都不禁啧啧称赞，果然是粉面如佛，双耳宽大，耳垂厚而圆，真是世间罕见，不免都惊叹一番。

陈夫人虽表面堆笑，心底里却心急如焚，寻了个空隙，拉陈友道到一侧，凄婉问道："夫君，你真的不随我们母子一起走吗？你不在身边，抟儿这么小，岂不是……岂不是……”说着，夫人望着怀中的抟儿，竟不禁垂下泪来。陈友道长叹一声说道：“夫人，不是我不想一起走，但官兵穷凶极恶，我们三人若一起走，总免不了亡命天涯，无处可逃，最终一起送命。为了你和抟儿，我心意已决，留下来与官兵周旋到底，只是抟儿……以后要靠夫人你了！”陈夫人本是明事理之人，也知夫君向来是说一不二的，既然下定了决心，也就无法可转变了，抹了眼泪，望着陈夫子说道：“夫君放心，我与抟儿等着你，你与官兵一定先讲理，哪怕把家产都赔进去也不打紧，如果能和和气气解了这结最好，实在不行，也千万要保住性命，来找我们，不然抟儿再聪明，再有异象，没了父亲，只怕也难以……”

陈友道惨然一笑道：“夫人，我答应你，一定来找你们，我还要亲自教抟儿读书识字，文略武功，道家学术……我知道咱们抟儿日后必定是个了不起的人物，不靠考取功名，也是个了不起的人物。”说着，无限怜爱地端详着抟儿那一直安详宁静的脸庞。

这时，只见家仆贾三急匆匆地从大门处奔走进来，边走边喊道：“老爷，老爷，不好了！一队官兵骑马已经进入县城了，正从大街上往这边来！”一时间，大家一阵轰乱，这么快？！许多人纷纷倒上一碗酒大口干了，都操上家伙，过来围在陈友道身边。

陈友道夫妇相视一笑，眼睛在互相告诉对方道：“好了，这次不用分别了，是生是死都在一起。”

第四回 弥月之喜横祸至 双亡父母义托孤

正是近傍晚时分。

崇龛县东头入县城的大道上，远处忽尘土飞扬，一队骑着高头大马，穿着鲜艳官服的官兵，挂刀佩剑，正朝着县城疾驰。

进到城中，官兵放缓了脚步，但马蹄踏在青石板上，一阵清脆的"答答……答答……"声，更是令寂静的县城陷入恐怖之中，各家各户看见，知道是官府又来捉人，早跑回家急忙关门掩窗，唯恐避之不及；有胆大的，隔着窗孔往外偷偷瞧。

陈府的贾三正好出来采办一些杂物，远远看见这么多马匹，为首的是三个头戴宦官帽的太监，隐隐瞧见中间那位身形瘦高、一张惨白马脸，颧骨高突，扁宽大口，像极白无常；右边的却是位矮胖敦实、麻点黑圆脸，额窄颊宽，脸上两坨肉高耸，却像黑无常；左边那位更是吓人，身体单薄，金箔般黄脸，一付病恹恹的，有气无力的模样，倒像个被黑白无常押回地府的主。三人均四十岁左右年纪，表情冷漠，面露凶相，身后官兵正在喝问旁边的未及躲避的人，听到他们正在打听陈友道府，知道是官兵杀到了，急忙掉头撒开腿就跑，赶回去报信。

原来，那天船上的三个宦官中，为首的高个名叫张高全，正是奉旨来缉拿歼灭陈友道一家的头。本是王宗实要亲来，但他一怕唐懿宗身体有什么不适，二怕自己离开了皇上身边，路宰相会趁机夺权，就禀奏皇上，说要与宰相商讨迎佛骨一事，另派了头号心腹，高徒张高全，二徒田薄标，三徒高寿梧，领了三百侍卫高手，认定他们来办这事绰绰有余。

他们早在十月中旬出发，但国师只测得是在普州，却不知何处，是以一路乘船慢行，细细打听，一路均无消息。进入崇龛县内，才意外获知陈友道广发英雄帖，给公子庆贺"弥月之喜"；更意外的是，获知江湖流传着陈公子诞生的奇事，与天师测的几乎一模一样，不禁大喜，生带异象者，正是此陈公子！寻了一个月，终于有了眉目，因此三人在船上谈论，立即往崇龛县进发，恰好被阮明流三兄弟听到。

张高全的外号"鬼见愁"，是王宗实的第一高徒，与一众太监跟王宗实练的是同一门阴险、狠毒功夫，由西域传过来，名为——"无骨童子化阴功"。

这门功夫，盛、中唐以前，在武林、江湖上，闻所未闻。他们只知道，据称是王宗实自己根据西域传来的一本经文创立出来的，写下一本天下无双，高深莫测的武功秘籍。可是别说见过了，就连那本武功秘籍的名字，也无人知晓，因为王说过，秘籍名字蕴藏着他一段刻骨铭心的往事，不可亵渎，是以从未提过。只知道，若果能练成秘籍里的功夫十分之一，便大可横行于江湖了。当今世上，上至朝廷，下至武林，武功排第一的，非王宗实莫属，因此他可以大权在握，玩弄皇权于股掌之间，连拥有兵权的宰相令狐绹，亦对他退避三舍。且这门功夫，只适合去势之人练，因被净之人身，体内阳气从此全无，阴气却日渐旺盛，然一般阉人，如不练功，聚集阴气，阴气也会丧失，与常人无异；如若练了这"无骨童子化阴功"，就能把阴气聚拢而不散，阴气聚足，是为至阴之功，与至阳之功一样，也是威力无比！阴功与阳功，练功原理原一致，只是方向相反，经络、脉理完全逆向而行，一个越练越冷，一个越练越热，一个越练越冰，一个越练越火，一个越练越邪，一个越练越正。

"鬼见愁"张高全作为首徒，功力已练到了三成，可以说只在王宗实之下，所以被王派来，以保万无一失之策。他因身材瘦高，使的家伙就是手上的纯铜制拂尘，身法飘忽，形如鬼魅，迅疾勇猛异常，给人的感觉比鬼还要可怕，令到大鬼小鬼们都要发愁，因有此号。

他的师弟分别是"催命戟"田薄标，也就是黑无常，耍的是一付短戟，那病恹恹的便是"病头猫"高寿梧，使一把朴刀，两人的功力精深，也是王宗实的得意弟子。虽然功力没有张高全那么高深，但也是练了那神秘武功秘籍里面的功夫，所以也都有一股阴森鬼怪之气。

张高全嫌船行得太慢，遂在离崇龛县三百里的普州府停船换马，只领五十精兵，五十匹骏马，走陆路飞奔，经天马乡，过姚市镇，快马加鞭直杀将而来，是以比阮明流预计的早了一两天。一群人马很快就找到了陈府的门前，团团围住，五十匹马在大门两旁排开。"病头猫"高寿梧高声喊道："把后院也包围起来，休教跑了一个人！"说完用手左右一指，两侧早各有十几匹马绕过后院，围了个水泄不通。张高全三人骑马站在大门中央，看着陈府大门贴着的，挂着的弥月之喜喜字和小灯笼，脸上露出一阵阵的冷笑，不时挥一挥手中的佛尘，正想下令撞开门，却只见大门"吱呀"一声打开了，缓缓走出了一群人来。

为首那人中等身量，一张方脸，挺鼻薄唇，双目澄净，留一缕黑胡子，头上浓密的黑发盘着一个道髻，脚穿一双黑布鞋，器宇轩昂。他身后围着一伙持刀背剑的好汉，其中七个白衣飘飘，一个渔夫玉树临风，特别引人注目。那盘着道髻的上前作揖施礼，说道："山野人陈友道不知各位官人前来，有失远迎，不知大动干戈光临寒舍，有何指教？"

张高全眼睛露出一道冷冽的光，尖着嗓子说道："你就是陈友道？听旨！"但眼前众人皆昂首而立，全无下跪之意，又冷笑了一声，高声说道："口传圣旨！本朝天师经作法查明，陈友道府上近日生了个妖孽！我等奉旨前来追查并铲除，想活命的赶快把这小妖孽交出来，便可饶了尔等性命，若不然，今日休想有人活着走出这个大门！"

陈友道朗声笑道："朗朗乾坤之下，清平世界之内，怎么会有妖孽？莫不是世道黑暗，浑浊不堪，皆因有群魔乱舞，妖孽方出来横行四处？尔等莫不是妖喊捉妖，魔喊擒魔？哼！就算尔等是妖魔鬼怪，我陈老夫也不惧怕！休想要我交出小儿。世人言昏君被奸佞左右，果不其然！……"

"大胆！竟敢辱骂当今皇上！不想活命了不是！"又一个尖声喊道，话音未落，只见一个身影从马背上腾空而起，脚又在马背上一蹬，直往前窜去。细看，原来是"病头猫"高寿梧。他因自幼体弱多病，整日头耷拉，病恹恹，家里又穷，怕养活不下去，被父母送进宫里当太监，只盼望宫里的生活好，能救他一命，所以取名也叫"高寿梧"，五行里缺木，加了个木字；谁想，进宫当了太监，吃好、喝好的，还是病恹恹的样子。后来被王宗实带着练武功，竟调教成了一流高手，但还是一付病得要死的模样。殊不知，有多少武林中人欺负他病的样子，反而成了他的刀下鬼。他人还在空中飞行中，朴刀已经从背上掏出，左右上下刷刷几下，在天色渐暗的黄昏中，几道白光阴闪闪，很是瘆人，直奔陈友道而去。

众人尚未反应过来，只见另一道细细的白光蜿蜒着往高寿梧的朴刀飞去，忽听见高寿梧一声惊叫，刀脱手而落，人也被往下拽去。原来，是阮明流忽地从后闪出，疾步下了台阶，同时一手甩出鱼线，直往高寿梧手腕飘来，缠住并绕了几圈后，鱼钩狠狠地往肉里扎去，疼得他纵使是心硬如铁的病鬼，也大叫起来："姑奶奶的！什么东西咬我！"定睛一瞧，原来是一个银光闪闪的鱼钩，唬得心头发麻，想拔掉又不敢，不拔掉又被鱼线拉住，像一条上钩的鱼，狼狈不堪。碧渔子高举着钓竿走出来，边走边吟一首《渔父词》：

偶然香饵得长鲟，鱼大船轻力不任。
随远近，共浮沉，事事从轻不要深。*

　　然后摆开"太公垂钓"的架势，说道："各位官老爷，既然远道而来，一定旅途劳顿，何必心浮气躁，喊打喊杀的！陈府今日是天象异禀、大福大贵、长命百岁的陈公子弥月之喜，早备有好酒佳肴，不妨落座，共饮几杯，欢欢喜喜，且叙渴慕之情，何况俺今又钓上一条长鲟，气色虽不太好，但也可做个'油炸香辣鲟'以作酒菜助助兴，不知诸位意下如何？"

　　张高仝等听得脸青一道白一道的，高寿梧半蹲在地上，正疼痛难忍，一听此言，如何能忍受得住？"哇！"的狂叫一声，把鱼钩猛地一拔，把线转几圈松开，手上血淋淋的，原是钩中了血管。碧渔子微笑着轻轻一抽，鱼线就轻飘飘回到身边；病头猫咕噜一滚，从地上操起他的朴刀，几个箭步已经欺身到了碧渔子的面前，纵身跃起，一招"童子献茶"，朴刀刀面平举着往碧渔子的喉部送去，这一招假借以刀为茶托，茶杯端放在上面，茶要送到"客人"的嘴边，客人喝到茶那一刻也就是喉咙开膛的那一刻，非常毒辣。

　　众人不禁心惊胆寒，只见病头猫适才被鱼钩折磨得痛苦不堪，倏忽间已滚地捡刀上前献茶，动作之快简直犹如鬼魅，转瞬间化被动为主动，把对方置于绝望之境，而且病歪歪的脸上，竟还带着阴森森的微笑！碧渔子早看明白，抢起手上钓竿尾部，往上直击朴刀的刀面，乃是一招"太公指天"。拳术原本是姜太公手上伸中指、食指两指，作兰花状，从下往上直指，是一招点穴的架势，碧渔子活用化指为兵器，且钓竿底部稍微宽大沉重，再加上他的力道，只听"噹！"的一声脆响，同时一个翻身右脚踢在病头猫腰间，病头猫整个人往大街边摔去，碧渔子翻身后顺势坐下，怀抱鱼竿，右手在空中做了接的动作，仿佛接到一杯茶，缓缓地喝下。

　　陈友道等不禁大声喝彩！病头猫岂善罢甘休？顺势一招"童子耍赖"，向前滚三滚，又往后滚五六滚而回，直攻下三路，朴刀随着他滚动，贴着地面绕圆圈横扫过来，刀光化作一个银色圆盘，刀声时而碰地，铮铮而响。

碧渔子席地而坐，屏气凝神，眼看刀就要招呼到自己，猛然一喝，双手一撑钓竿，整个人已往后腾空而起，同时钓竿由前向后抡起，又往前甩出，乃是一招"太公甩杆"。

阮明流创此招时，本是站立之势，但变化甚多，无论左甩右甩、高甩低甩、前探回身、侧出斜抛皆可，顺势而为，姿态潇洒或笨拙都不重要，唯讲究一个"意"字。要在有意无意、出其不意之间出招，甩出的杆，在对手无防备之下，直捣破绽之处，必能一击致命。此刻他虽在空中使出，不但姿势潇洒之极，而且钓竿从上往下，朝着还在地上打滚的高寿梧身上戳下，钓竿虽不锋利，却坚硬无比，一捅之下必肚破身穿。

病头猫在滚地中一瞄，不禁大骇，情急之下，就地单脚跪起，手上朴刀在头上猛挥几下，铠铠两声响，算是拨开化了险。这一招本是"童子拜佛"，本应是毕恭毕敬，暗藏杀机的，现在胡乱使来，保命要紧，也顾不得太多了。就这样，两人倏忽间，已然对拆了十几二十回合。

碧渔子心里暗自赞叹，这看似病蔫蔫的太监，功力实在不弱，而且阴招频频，若是一般人，早就中了他的阴招了。有好几招都是朝着他的裆部招呼。殊不知王宗实等所练的外域传过来的"无骨童子化阴功"，是一门以阴制阳的武功绝学，因太监都被阉割去势了，所以内功上均以练阴功为主，阴极而阳，也就是如果阴盛到极处，转化而为阳，而此时的阳比正阳来得更是猛烈，也惟有正阳功夫练到极致化为至阴，才能与之相抗衡。

可惜这阴功练起来不易，有进展更是极难。因为所练之人，一要心肠毒辣，心越无情、绝情，越是容易上手，假若心底有一丝常人的恻隐之情，却极大阻碍功力的大进；二是一切内功法都得逆着全身经络脉搏而去，顺为阳，逆为阴，人天生就是按着正阳思维而来，太监只是半路被强行逆转，所以练起阴功来也时时被惯性迷惑，偶尔思绪回到阳路上来，功力又平白消耗掉许多。

王宗实号称当今一代阴派武学宗师，实际上也就练到七、八成而已，张高全、高寿梧等也就在三、四成功力边徘徊。套路上，因为裆部已被去势，所以他们毫不顾忌，设计的招式针对男的很多取裆部而去，意在我既无命根子，也取尔命根子，是以如此阴招着实很有杀伤力，令一般高手羞愧顾忌，着实难防。对付女的，则是往胸部而去，须知他们并不想非礼而为也，实则是针对女人的弱点，在自古所习的三纲五常，三从四德那一套世道伦理上，如若能有一招令对方感觉被羞辱，任你是功力多高的女子，也必定会花容失色，方寸大乱，实在是大大的占了优势，此也乃是阴武学所考虑之处。

病头猫惮于碧渔子的纯阳功力，每每不敢直直相碰，早就输了一层；碧渔子却是越战心越明亮，鱼竿只是闲钓之势就足以化解朴刀攻势。病头猫突然生出一个恶毒的念头，他早瞅见一个十六、七岁的美貌白衣女孩在边上，一直看得时而紧张兮兮，时而眉飞色舞。待靠近她时，忽而一招"童子采花"，右手朴刀佯装朝碧渔子递出，却变换方向，瘦细如鬼手的左手五指直往那女孩胸部探去，众人惊愕不已！怎么也没想到他会如此阴狠毒辣，全然不顾江湖上比武早已形成的不言而明的规矩，竟然偷袭旁观之人，也是阴学一派所信奉的以"阴毒为圭臬"。

那女孩自然是黎箬竹，她观战见阮明流打斗得潇洒飘逸，攻防自如，早就芳心大悦，忘其所以，怎会想到一只恶手突然间已到胸前？立时脸色惨白，手脚麻木，根本没想到去取插在腰间的打狗棒。在那千钧一发之际，一道白光飞速而至，只听见病头猫又一声惨叫，就在他的左手离黎箬竹两寸的地方，忽然转向被扯出去，这一次，不仅手腕被缚，鱼钩咬手，而且整个手臂被用力一拉，肩胛骨断落，左手已然废掉，痛得大呼惨叫。原来碧渔子看得真切，心中怒火狂烧，但半途里要变招甩鱼钩，实在是使尽了平生武学的绝技，奋此一搏，如稍微有闪失，黎箬竹的一生就要被毁了，若果如此，自己又有何颜面再存活于世？所以施尽全力，不仅要一击即中，还要废了他的手臂，方才解恨。

马新竹早已抢身过来抱住竹灵子，竹林五侠也立时站前面护住，怒目而视，大哥彭铁竹更是破口大骂。这边"催命鬼"田薄标也早已几步欺到吊着左手臂的高寿梧旁，左手扶住他，右手握一短戟轻轻一划，钓线已断，几个官兵上前把高寿梧带回后面。田薄标左手又掏出另一把短戟，左右交叉在胸前，站在街中央，他身材不高，但极为健硕，脸上阴唳之气极重，一双如老虎的吊晶大眼冷酷无情，看着人好像是在催命说："赶紧的吧！跟着我到阎王爷那里报到画押，了结此生。"他看着不似太监，但一说话就尖声刺耳，而且极短、极奇怪："谁来报到？"意思好像在问，谁跟我到地府阴司去报到？

陈夫子对阮明流说道："贤弟先休息一会，让我来会会这厮。"话音刚落，从后面站出一个人来说："夫子！这个家伙交给我啦，不劳烦您出战。"大家一看，原来是"虎头帮"帮主樊士，他早看得技痒，而且看见田薄标跟自己一样，也是膀大腰圆，哈哈，棋逢对手，就想一试高低。陈友道见他应战心切，就说："那樊帮主小心为是，他们的武功阴险得紧。"

樊士手握一杆枪，应声站到外面，双手一抱拳，高声道："来，来，来，我来报到！我叫樊士，樊哙的后人！你是谁，也报上祖上名号，我不打无名之辈！"田薄标一愣，想不到报名还要找一个祖宗，一时想不起来，就说："田薄标，爷爷的，爷爷的爷爷……土地的爷爷，种田的爷爷！"人群轰的一阵乱笑，连官兵也有人乐得不行，张高全则皱着眉头，心里想讲的什么东西，不成体统！樊士也傻傻一笑说道："种田的爷爷也不赖！很有名，我就打你这个种田爷爷的龟孙子！"众人又是一乐，知道他虽然直爽，还是不小心骂了别人是王八乌龟。

只见他一招"青龙出海"，手中枪递出，枪头直奔催命鬼的腹部而来，田薄标一招"小童骑马"，往右一个弓步卧下，双手的戟却倒过来回敲，一是避开枪尖，二是想凭戟的口绞住或砍断枪。樊士倒是机灵，一招未使老，抽枪而回，再一抖，使出"猛龙过江"，往田薄标蹲着的右腿刺去，催命鬼似乎早预料到有此招，右腿竟然不移，只是换成左弓步，还是"小童骑马"，右腿的破绽却已解除，左手的戟却向右前方击出，正是樊士身体移动的位置。樊士大喊一声好！往外斜出，可是身体太胖，脚步一个不稳，摔了一跤，爬起，舞了一通花枪护住全身，以示壮胆，然后"哎呀！"一声大喊，一阵疾步向田薄标冲来，也不讲究招法了，嗖嗖嗖乱刺。催命鬼岂是等闲之辈？看见这个破绽，一招"童子献花"，双戟从下往上送，把枪从中砍断，紧接着又一个"醉童倒地"，戟一块儿向露出空挡的樊士腰肚杀去，樊士发觉，但经已收不住步，戟从肚子刺进去，樊士一声不哼就倒下了，众人一阵惊呼！虎头帮的兄弟几个一起想冲过来，田薄标却喊道："樊爷爷的不妙！种田爷爷妙啊妙！"

随着一声清啸，啸声未止，一人已到了催命鬼的身边，一剑已送抵田薄标胸口，原来正是陈友道。他眼见平日这么耿直、憨厚的一个兄弟，为自己竟就这么命丧黄泉，心中悲愤不已，万千言语均化作那一声长啸。催命鬼见陈夫子如此好轻功，不敢怠慢，把戟收回，"叮叮当当，叮叮当当……"几声，两人已经交手过招了十几下。催命鬼暗自心惊，从没有碰上纯阳气这么厉害的对手，每一次兵器互撞时，都感觉抵挡不住，慢慢地从大门旁退到了马匹左右。陈友道也是暗自心惊，没想到太监的内力那么厉害，但又感觉阴森古怪得紧，隐隐见他头上冒出一股股白雾，虽然占着上风，也不敢再冒然攻近。

张高全在旁边冷眼看着，发现陈府高手甚多，而自己只带了五十人来，若要全歼对手实在不是一件容易的事，两个师弟已处于弱势，心里在估算自己对付陈友道到底有几成把握胜，似乎也只能战个平手，就盘算着，怎样才能把陈府上下都杀个一干二净。忽然，心生一计，把一个亲兵叫过来，耳语了几句，那亲兵点点头领命而去。

催命鬼喘息了一会儿，又运功舞起双戟向陈友道攻去，陈友道的清风剑锋利无比，每次与双戟相交，只听见"叮当"一声，已经削掉了戟的一角，"叮当"几声后，田薄标的双戟已快变成"烂头戟"，所以尽力回避与剑相碰。两人斗得正酣，竹林七侠和各路英雄早按捺不住，也想一战以助夫子。华山派的谭同标和峨眉派的朱九芳心里却在嘀咕盘算，朝廷以此荒唐的借口来剿灭陈府，虽然不得公道人心，但本派均与朝廷官府有往来，还受朝廷资助，又不好出手得罪，所以只躲在人群里不出声，见机行事。这时，阮明流站在乔装打扮成一个普通妇人的陈夫人身边，鱼篓里装着临时收拾的物件，随时找机会带着母子逃出重围，陈夫人怀中的抟儿，却睁着大眼睛，望着天空，任由外面吵杂热闹，他却似乎充耳不闻，一声不吭。

忽然，从后院那边四处火光突起，有人大叫道："走水了！走水了！"其实，是张高全派去的人在附近人家抢来了柴火堆放在房子四周点燃，想借此乱了人心，大开杀戒，无论男女老幼，不留活口，将陈府夷为平地！陈友道一听到起火，就明白是怎么回事，心中暗道，既然朝廷决意要灭我陈门，那就干脆来个你死我活，鱼死网破吧！手上的力道不禁加到十二成，大喊一声："大伙们！朝廷不欲给咱们留下活路，想活命的就拼了吧！"

张高全看见火起，心中暗喜，也尖声叫道："大家上！

都给我杀了，一个不剩！"两边的人一听，轰的一声，都加入到混战中。此时火光照的四处是一片通明，鬼见愁眯着眼睛，寻找婴儿的踪迹，一时不见，反而看到田薄标被打得只有招架之力，无还手之功，就拂尘一摆，人已如鬼魅般来到他们跟面，二话不说，一招"童子祭桃"，蹲下身子，将拂尘举在头顶，往陈友道攻来。他身材本就高瘦，蹲下来刚好打陈友道的腰胯，想擒住陈友道再逼他交出儿子。

陈友道一连接了几招，不禁大吃一惊，这高瘦子的功夫怎的如此出奇诡异？一直都是半蹲着，像个侏儒，也像个孩童般进招，而且每招的招式都简易朴拙、天真可爱，甚至可以说是可笑之极，宛如一个六七岁童子在拙劣地学大人出招。可是，每一招均递到腰部、腋下等令人难受之处，却绝不与清风剑相碰，因他也发觉清风剑的锋利，当剑至，他便化招另击。虽招式笨拙，所击之处皆是令人出其不意的地方，极难招架。且拂尘的千丝万缕时而分散，时而聚拢，陈夫子明显感到对手的内功传至丝端，若是被拂尘扫中或击中，一定非死即伤，看似他如童子在玩耍，功力起码高出刚才那俩位的一大截。心里暗自忧虑，自己不说胜出了，而是能招架多久？不知夫人他们如何了，虽说有碧渔子保护，也是放心不下，心里不禁焦急，稍微一分神，高手过招，岂容一丝一毫分心？趁这空隙，拂尘的丝凝成一股击在陈友道腹部，陈友道一个趔趄，倒退几步，一口血喷口而出，清风剑也差点脱手而飞！

那边厢混战也打得激烈，官兵都是一等一的高手，与各路高手有得一战，互有死伤。

竹林七侠只有六侠在与官兵酣战。彭铁竹的刀舞得虎虎生风，大喊大叫不止，张高全一上来援手，他马上上去缠住田薄标，生怕他们两个一起对付陈夫子，"竹叶刀"与一双"烂戟"斗得难分难解；马新竹的剑以一斗俩，更是招招沉稳，密不透风；刘石竹在旁边轮着流星锤，竟稳住了五个，瞅准机会就发一锤出去，官兵已经吃过苦头，所以都时时防着，五打一也奈何他不得；谭青竹手中的尺八与一位用剑的官兵对战，一点也不落下风，宝贝蛇可是不敢再放出来，怕人多混乱，被踩死了；许家兄弟两个更是背靠背，互为攻守相护，有如一人；谭道士和朱师太这时也顾不了许多，不动手就会被官兵斩杀，所以也都加入混战，手起衣动之间已杀了几个官兵；还有各路英雄也都趁乱能打就打，不打就跑，有人看见许多骏马在旁边拴着，偷偷地把马牵了飞身上马溜之大吉。

唯独不见竹灵子黎箬竹。原来她早就跑到碧渔子旁边，与他一起保护陈夫人。他们先退回里面，与家仆们躲在大厅侧房里，三个人正想着法子，抟儿就这么一直抱在怀里终不是办法，目标太明显，根本无法往外闯出去。而且大火已经快烧到这边来了，听到噼里啪啦的火声和炽热的风扑面而来，时间已经不容许他们再拖下去。

忽然，竹灵子望着阮明流背上的鱼篓子，眼睛放光地说道：“有了！我们把抟儿放进你的篓子里，不就成了？”陈夫人一听脸上喜色闪过，可是！三个人又立即面面相觑，根本不可能，因鱼篓的口太小了啊！抟儿虽然小，可是头却蛮大，根本无法从口进去。

竹灵子眼珠一转，古灵精怪地笑笑，心里已有了主意，对陈夫人说：“嫂子，夫子另外一把宝剑在哪里？”吴辽在旁急忙说道：“剑在主人书房里。”说完，立即往书房奔走，一阵阵热浪扑来，也全然不顾，进到书房，取来那把“清霜剑”，此与“清风剑”是一对雌雄剑，亦是锋利无比。竹灵子接过递给对阮明流说：“你把鱼篓子劈开两半！把抟儿放进去，再用你的网把鱼篓捆绑起来不就好了吗？鱼篓渔网都是洞，这样抟儿在里面也呼吸得了。”众人一听大喜，齐声赞叹果然不愧为竹灵子！

阮明流立即将鱼篓里面物件取出，放在台上，将清霜剑接过，一拔而出，只见一阵寒光耀眼，果然如冰霜一般沁人肌骨，暗道一声，好剑！举剑一劈，鱼篓齐刷刷地分为两半，落在台上摇晃，把抟儿放进去一边，刚好！抟儿躺在里面，看着大家笑眯眯，手舞足蹈，似乎很高兴被装进鱼篓里。刚想要关上，陈夫人突然将台上的布袋打开，除了一些抟儿的衣物，还有一本《庄子》、一支箭和一信笺等物。陈夫人拿起信笺，说道："这是武当山方之洞道长给的信物，说抟儿与武当有缘，将来终会在武当有一段奇遇，希望这两件东西给他带来好运和吉祥，还有，把这把清霜剑也带上吧，到时交给抟儿，这清霜是我，清风是他爹，剑在如人在。如我与夫君有何不测，抟儿就拜托两位照看了。"说完，盈盈屈膝作了一个万福，两行泪就流了下来，似乎心里已决定了什么，似乎这就是生死之别！

碧渔子和竹灵子赶紧将夫人扶起，互相看了一眼，说道："夫人不必忧心，我们都会安全出去的。"用两根棉布条把抟儿绑紧，然后将鱼篓合起来，再用渔网包裹几层，果然是又结实又隐秘，更让人欣慰的是，虽然被包在里面，抟儿还是一声不吭，甚至没有乱踢乱踹。碧渔子将鱼篓小心背好，葫芦别在上面，一手拿起鱼竿，一手提着清霜剑，说道："走！是时候出去了！大家随我一起来，待我杀开一条血路！"

他们三人带大家走到大门口，外面厮杀的有很多都打到街头街尾去了，唯独看见陈友道正坐在地上，脸上大汗淋漓，痛苦的表情。原来他的清风剑被震飞后，又中了鬼见愁的几掌，张高全的阴功内功深厚，每一掌都是冰冷冷的内力渗进了陈友道体内，他的内力虽然是纯阳之气，但是功力确实不如鬼见愁的阴功厉害，被深厚冰冷的阴气折磨得甚是痛苦，苦苦地发功尽力抵抗，脸上汗如珠落，脸色一阵红一阵白，痛苦不堪。陈夫人一见此景，一切不顾，大声叫喊着："夫君！夫君！"就往前冲上去，碧渔子俩人哪里拦得及？

她已经跑到陈友道身边，鬼见愁一见是他夫人，奸笑一声，几个纵步到身边，把她掳了过去，尖声喝问道："那个小妖孽在哪里？交出来，我可饶你夫君不死！"陈夫人怒道："大唐气数将尽，全是由尔等奸臣贼子作的孽！要我交出我的孩儿？休想！"然后深情望着碧渔子那边一眼，又对陈夫子说道："夫君，抟儿已经安全，我先走一步了！"随即一用力，竟然咬舌自尽。张高全恼羞成怒，忽地挥出了拂尘，正中她的脖子，却早已气绝身亡，缓缓倒了下去。陈友道大叫一声："夫人！"抬头怒目圆睁，眼睛仿佛冒出火来望着张高全，可是站不起来，心里明白是阮明流已接手照顾了抟儿，也下定决心随夫人而去，面对苍天作揖大喊一声："老天保佑抟儿！有一天定为尔父尔母报仇！"话毕，拼尽全力，踉踉跄跄朝张高全扑去，张高全飞身而上，一掌往他头上拍去，陈夫子顿时倒地，双眼圆睁，死不瞑目！

那一刻，碧渔子感觉到背上忽然激烈地抖动了一下。看到陈夫子夫妇如此惨死，怒火中烧，刚想出手与鬼见愁过招，竹灵子马上低声说："我们快想法子打出去，抟儿在背上，不可乱来。"碧渔子只能压住怒火，转身与竹灵子朝另外一个方向走。张高全眼尖，忽然想起陈夫人死前想回头看那依依不舍的表情，猛然间醒悟，扬起拂尘指着大喊："那一男一女不许让他们走了！那妖孽一定在他们那里！"碧渔子看见那佛尘就心烦，手一扬，钓竿线飞去，钩住拂尘，迅雷不及掩耳之势把拂尘甩飞，鬼见愁完全没想到竟然有如此奇妙之招，手没完全握紧，拂尘已飞入黑暗空中。碧渔子暗道："我们赶快往后院方向走！"此时，已经打得七七八八，地上躺着的不是死的就是伤的，竹林六侠倒是一个个不见踪影，不知是死是活。家仆们眼见着主人惨死，心中无不悲痛，但也只能带着悲痛四处逃生而去，大火也已经烧得差不多，四处又变黑暗下来，他们俩更是施展轻功，一会就消失在黑夜里。

“追那一对男女！”张高全气得大声下命令。还剩十几个官兵，留下两个照看高寿梧，牵着三匹马慢慢走；张高全、田薄标带着十几人急忙跳上马，疾驰而去，可是，刚到后边的小路上，只见左边一片林子乃是死路，右边不远竟然有三个岔口，其中左边那条路在拐弯处隐约有人影刚闪过，他们毫不犹豫地就往那条路上奔去。

马蹄声刚刚消失，院子外面的老槐树上，有两个人影从树杈叶子中间探头望去，一个声音小声说道：“走远了！”正是黎箬竹，阮明流。原来，他们刚跑到后面，发现无论轻功再怎么好也跑不过马，阮明流忽然看见那棵老槐树，想到来时就是在树上跟陈夫子打招呼，不料如今已然阴阳相隔，心里一酸，对竹灵子说道：“上树去！等他们走了再计较。”

阮明流舒了口气说：“我们下去走中间那条路，可以到达河边，我的船停在那里。我要带着抟儿回家乡抚养成人，你……愿意跟我来吗？”黎箬竹脸一红，心也是一酸，脸红是因为，如果跟着走就说明对他心有所属了，心酸是因为陈夫子夫妇死于非命，彭大哥他们不知下落，如果走了，不知以后怎么又能与他们重逢。思索了一会儿，她果断说道：“陈夫子、陈夫人既然把抟儿交给我们保护，我当然要一起走，不管前面是万丈深渊还是刀山火海，我们也要一起把抟儿养大成人，然后为夫子、嫂子报仇雪恨！”碧渔子转头望着被烧成废墟的陈府，心头一热，忍不住拉着竹灵子的手说道：“抟儿有高吉之相，我们定要保护好他，但前途还是充满凶险，我们得处处小心，走！我们下去。”两人手拉手轻轻一跃到树下，左右一看，没有动静，急忙就往岔路中间的那条道上奔去。

高寿梧几人刚走到拐角处，忽看见有两人从前面一棵树上跃下，急忙做了手势让手下都停下看。在黑暗中也看出，原来正是与自己刚过招的那个碧渔子偕同那白衣女孩，干瘦的脸上狞笑了一声，阴森森道："真是天助我也！断我手之人休想逃得了！"此时，仿佛断手也不痛了，急令一个官兵快马加鞭，往左路上飞驰找张高全去报告，自己则骑马往中间道上追去，左手虽被废掉，但他仍然自恃单靠右手也能擒住碧渔子，只是要想办法把他的钓竿除掉，他对那钓竿还心有余悸。

阮明流和黎箸竹正展开轻功疾走，背上的鱼篓里一点声息也无，也不知抟儿是睡了还是什么情况，他们心里都很担忧，好想快点赶到船上查看一下，不住地在心里祈祷，老天保佑，老天保佑！突然听见后面传来了疾驰的马蹄声，不禁互相看了一眼，知道行踪被发现了，而且追兵来得好快！眼看离放船的河边还有一里多路，到达之前肯定被追上，如果船被发现就更糟了，干脆放慢一点脚步，看着小路两旁只有稀疏的小树林，想找个地方躲避都难，相互对望一眼，似乎心有灵犀，心里都明白对方在想一件事：停下应战。

高寿梧策马飞奔，两个手下无马只能在后狂奔紧跟，还是被远远拉在后面。他一人疾驰一会儿，忽依稀看见，前面路中央有两个白色的影子，并肩站着，一个高大，一个娇小，衣裙飘飘，飘逸之极，他急忙勒马，远远地站住了，知道正是阮明流他们，但惧怕他的钓竿，不敢向前。高寿梧尖声叫道："大胆刁民，赶快报上名来！竟敢使用妖术断高爷爷手臂，我们援兵马上就到，快点放下兵器降服，或许能放你们一条生路！"黎箸竹莞尔一笑，说道："哟！如今这世道也太乾坤倒转，黑白颠倒了，怎么连太监也自称起爷爷来了？怕是这辈子没有人这么叫你了，我只知道你是一条狗，断了腿的狗，正好我黎姑娘手上拿的是一根打狗棒，专打你这种欺负百姓的赖皮狗！"

病头猫气得直冒火，自己难道只配做什么猫又是什么狗的吗？！刚想说话，忽听那男的朗声说道："报上姓名又何妨！我乃刁民碧渔子阮明流，平日只擅长于钓鱼鳌虾公，高公公是否愿意再试一试？""哼！原来你的妖器是钓竿，我既已断了一只手，为了公平起见，我们都不用兵器，徒手过招，我高爷……高公……，呸！我高寿梧单手也能赢了你。敢应战么？"

"随时奉陪！既然高公公要公平，我也出单手，你既没了左手，我就只用左手。"碧渔子说完，将鱼竿掷在一旁，然后小心的解下鱼篓，竹灵子在后轻轻接着了，温柔横抱在怀里，鱼篓一点声息也无，阮、黎二人不禁忧从心生，抟儿你到底如何了？怎么一点动静全无？你这哑孩儿也哑得太彻底，太令人焦急了！哪怕你笑一声、喊一声或哭一声也好啊！如今病头猫正虎视眈眈地望着，两人不敢有太过明显的动作，心里关切抟儿的安危，又值大敌当前，两人对望一眼，心急如焚。不料，正在此时，从鱼篓里传出一声甚是轻微的"啊嚏！"这一声犹如天籁，阮、黎闻之不禁大喜，时逢深秋，夜晚很凉，是抟儿着凉打喷嚏了，抟儿没事！

阮明流心一宽，便悠闲打开葫芦塞，咕咚喝了几口酒，放下，徐徐往前走。高寿梧一心只想报仇，竟未发觉任何异常，也翻身下马，垂着左臂，轻飘飘往前移，暗暗运气，头上骤然升起一丝丝白气，心里盘算着一待动手，前面三掌就要将阴功击到对方体内，让他毫无还手之机。阮明流喝了几口酒，体内立即热火中烧，也悄悄把一股纯阳之气驱遍全身，立时周身暖洋洋，他见识过了太监们阴功的厉害，所以小心翼翼。

两人站近，在夜色下，阮明流看不清病头猫干瘦的脸，但隐隐见脸庞竟泛含着暗淡的绿气，给人一种行将朽木的感觉，阴森森地挺吓人。其实，对练阴骘一派武功的人来说，那是功力深厚的表现，这种人非但不短命，反而是长寿的标志，可以活很久；病头猫的双眼在夜色中倒是凌厉，看清碧渔子，原是如此英气逼人，脸上有一股落拓不羁的神情，一俊一丑，就这么互相定定地瞧了好一会儿。

高寿梧忽而一招"童子劈柴"，一跃而起，反转身，右手抡起从上至下，一掌往碧渔子天灵盖劈来，碧渔子右手不动，左手一招"白鹤单亮翅"，硬生生地接住了病头猫的掌，只听"啊！"、"咦？"两声，各退后几步，病头猫冰冷的掌力已然十分阴毒，可是却丝毫没有伤着碧渔子，因为他也还是一名未破身的童子，纯阳之气不怕纯阴之气，只是感觉到火与冰的碰撞，因此"咦？"了一声，心里纳闷活人的手怎么竟然像冰块？病头猫则是被纯阳之气烫了一下，大喊一声"啊！"退了几步，原是被震得通体颤抖，自知拼内功也难取胜，急忙摆出一式"童子打盹"，调息运气，实则想拖延时间，盼着两个鬼师兄早点到来。

第五回 养父养母未婚配 义父义母曾失儿

　　病头猫在磨蹭之际，后面的两个官兵赶至，皆是跑得气喘吁吁，其中一个高个官兵边喘边骂道："他奶奶的！哪个天杀的偷马贼盗走了俺们的马，害的老子两条腿直打哆嗦，改天让俺逮住他，必须赶他跑……跑……喂！高公公，你为何在这睡觉？"他在夜色中也看清高寿梧左腿弯曲独立，右腿架在上面，身体往后稍倾，右手横在后脑勺处作枕头状。他不知这招虽叫"童子打盹"，却是以静制动的厉害招式，以为高公公在休息，又见两丈之外阮明流玉树临风般站着，也不知阮因忌惮不敢冒然进招，不见病头猫回答，却等得不耐烦了，大叫一声道："高公公，你继续歇息歇息，由我来会会他，区区一渔夫有何可惧的？！"

　　那官兵名叫劳丘福，山东人，长得身材魁梧，六尺多高的个，出自沧州关东拳门下，由于喜欢喝酒，逢喝必醉，醉酒后又喜欢闹事生非，三年前，由于酒后跟人起争执，一怒之下把人杀了。出了命案，沧州也呆不下去，跑到长安来，刚好看见城门榜文皇宫招募兵勇填充宫卫军，亦即神策军，他一身蛮力和武功，自然顺利入选，不久之后还当了一个小头目。这次出来是第一次参加行动，早就想大展身手赢得公公们的赏识，刚才混战中杀了两个好手，但感觉他们武功平平而已，心想，哪有什么高手啊！他们关东拳以威猛刚劲著称，所以对这个看似文弱的渔夫不屑一顾，他不待病头猫答复，翻身下马，大踏步直往阮明流奔去。

　　阮明流看着一个高过自己一头的大汉冲过来，两只大拳头像大锤子攥得紧紧的，不敢怠慢，急忙调息运气应战，大汉一路走一路喊："俺劳丘福，沧州关东拳雷大蒙的门下，要讨教讨教你一个渔夫的功夫！"言下之意，甚是瞧不起"渔"

功夫。话音未落，大拳头已呼呼有风地击到碧渔子的胸前，这么一个猛汉的拳头本来就刚勇无比，再加上冲劲，更是有千钧之力。阮明流可不敢直接硬碰，一个快速而巧妙地转身，乃是一招"鱼儿摆尾"，就像鱼四下摆尾那么柔软轻巧，早已避过，同时回转，右掌向劳丘福的手臂中间关节劈去，若果被劈中，非断不可。没想到劳丘福虽然牛高马大，但也不是笨重不堪，只见他右拳下沉，转而化掌，左掌横拦，一攻一守，瞬间化转劣势为优势。

阮明流暗叫一声"好！"一个纵步往后跃出，劳丘福一击不着，身体用力过猛往左侧倒下，碧渔子双脚刚落地，早又点地而起，一招"渔夫跨河"，两脚在空中交叉飞行踢出，直往劳的面门而来，劳丘福想躲已然不及，"啪啪"两脚，声音清脆，脸直感到一阵阵火辣辣，眼冒金星，往后就倒。这时，又一阵马蹄声疾驰而来，病头猫回头一看，原来是张高全他们已然杀将回来。

"快退下！"张高全勒马急停，对着劳丘福大喊道，然后看着碧渔子和竹灵子，尤其是盯着竹灵子抱着的鱼篓子，冷笑着。劳丘福摸着火辣辣、涨红的脸，悻悻然退回去，站在病头猫的旁边。张高全阴阳怪气地说道："那个妖孽在那鱼篓子里，是吗？识相的就乖乖地交出来，本公公可以放你们一条生路，我看你们是一对心上人，但还没有拜天地入洞房吧？何不回去好好过你们的神仙日子？皇上有旨，定要收拾了这个妖孽才能班师回朝，抗旨者只有死路一条！"

阮明流和黎箸竹一听鬼见愁的话，又气又羞，脸都刷的红了，彼此对望一眼，知道敌众我寡，不知今晚是否就命丧于此？在此紧要关头，此一刻四目相对，情意顿生，知道此生已非对方莫属，心既已了然，欣喜异常，微微一笑，心有灵犀。阮明流俯身拾起地上的鱼竿与葫芦，低声对黎箸竹说道："我在这里与他们周旋，你一有机会就带着抟儿离开，到河边找小船，我随后就来找你们。"他一心只想竹灵子和抟儿安全离开，至于说他自己是否可以全身而退，却是一点底也没有。

黎箬竹一听此言，大急，她多想与碧渔子一起留下共患难，她年纪虽轻，却是个有分寸有原则的姑娘，虽心痛如绞，却打定主意，有机会立即带着抟儿逃走。这时，阮明流缓缓地站起身，回过头，打开葫芦咕嘟咕嘟又喝了几口，朗声说道："你等才是妖言惑众之徒，败坏朝纲，乱杀无辜，使得民不聊生，才引得百姓四处揭竿而起，竟而敢称别人为妖孽。今天我碧渔子便奉陪尔等妖孽到底！"说完，将鱼竿一甩，一个举火把官兵的帽子噌的一声不翼而飞，火把也瞬间同时熄灭，碧渔子连甩几下，共有四把火把全部熄灭了，四下立即处于黑暗之中，鬼见愁和催命鬼两个反应最快，早就飞身下马，一起扑将过来。碧渔子暗叫一声："快！现在！"然后抢身上前。

亦在此时，从左侧山坡上有几个白点飞奔而来，只听见黎箬竹突然惊喜地喊道："大哥！二姐！你们来了？！"正是彭铁竹、马新竹他们。当时厮杀中他们佯败，引了二十几个官兵追到竹林里去，在那里一一将他们都解决了，再回去时，已见陈夫子夫妇倒在地上，互相搀扶着惨死的情景，陈府也早烧了个精光，个个悲痛不已，立即找了一些简易的草席和棉被，把陈夫子夫妇尸身粗略装殓了，找了安稳之处放好，跪下拜了七拜。想到七妹和碧渔子一定带着抟儿，就到处寻找，听到这边有马鸣声便赶来，眼见鬼见愁他们出手，立时奔下救援。四下里各自与鬼见愁他们在朦胧的月光中交上了手，彭老大挺刀直扑向鬼见愁，一面大叫："七妹！你们立即走！我们陪公公们比划比划！"

彭铁竹一招"高头探马"直奔张高全头上砍去，殊不知鬼见愁身子一矮，双腿弯曲，头也不抬，拂尘往上一举，正是一招"童子顶礼"，只听"叮当"一声，火花在夜色中迸发，张高全接了这一招，身子依然不站直，虽蹲着，但左冲右突，行动异常快速、灵活，活像一匹矮脚马，看着甚是诡异。

彭、张两人身量本几乎是一般瘦高，但张一矮下来，彭便感觉宛如在与一个侏儒过招，很是别扭难受，每一招力度都用不到点子上，反倒是处处差点着了拂尘的道儿，急得破口大骂："你这个人不人鬼不鬼，男不男女不女的东西！又扮什么癞蛤蟆来戕害人，你杀死了陈夫子和大嫂，我彭铁竹今晚若不亲自手刃了你这厮，为夫子和大嫂报仇，枉活在世上为人！"说罢，闭口息鼻，鼓腮运气，刷刷刷三刀，便拼了命地往鬼见愁扑去。

阮明流本待与鬼见愁比个高低，见个分晓，但想到竹灵子一人，就算找到船也不会划走，岂不坏了大事？！眼见彭大哥他们缠住了官兵，就立即抽身而退，轻轻拉拉竹灵子衣襟，低声说道："来，这边走！"竹灵子心中不忍放下大哥他们就走，但也没办法，只好咬咬嘴唇，掉头就走。谁知，刚跑出几步，忽而只听见一个阴森森的笑声从头顶滑过，两人面前已经有一个人影拦住："想走？把妖孽放下再走！"听声音，不是张高全却又是谁？

其时，混战中，刘石竹一人跟催命鬼过招，知道他阴功厉害，也不敢让他近身，在黑暗中抓住铁链一半，亦不敢放太远，怕伤到自己人，双锤舞动得严严实实，田薄标功力徒高几许，也无办法，只有招架之功；许氏兄弟和谭青竹则分别与病头猫、劳丘福等官兵混着打。高寿梧单手应战实在也是拘谨得很，劳丘福则呼呼大叫，招招关东拳直来直去。

马新竹见大哥对鬼见愁吃力，也挺剑来助，饶是这样，仍是张高全占了上风，其矮曲的身子比站直了还灵活，真是有如鬼魅一般，眼见碧渔子他们要离开，竟突发一招"童子耍赖"，拂尘叮叮铛铛一下隔开了一刀一剑，身子一跃，连着翻了三个筋斗，已然站在竹灵子面前，轻功竟也练到如此匪夷所思的境地，彭、马被震得往后连退了四五步，楞才站稳。

张高全不待话音落，身子蹲下，一招"童子探宝"，拂尘与左手同时往竹灵子胸前探来，快如闪电，竹灵子见他行为怪异，吓了一跳，为避迎面击来的拂尘，身子往后移，鱼篓早被张高全左手掳去，不禁惊呼一声道："抟儿！"。鱼篓到手，鬼见愁一掂分量早就心里明白，哈哈哈大笑几声，退后几步。在这千分之一秒骤变中，碧渔子的鱼竿也已然到了半途，直往张高全喉部戳去，凌厉无比。但忽想到抟儿已在其手上，怕他拿了抟儿来抵挡，岂不坏事！竟活生生将鱼竿收了回去！众人忽见这巨变，也都立即停下，站在原地，呆望着。

张高全将拂尘往腰间一插，阴森森地笑道："妖孽啊妖孽！皇上让我来收了你，送你回地府去，休怪我这送行人！"然后慢慢地把绑着鱼篓的网一圈圈解下，瞬间，一切停顿，寂静的夜显得更静了，只听见网被解开时摩擦的细微之声，鱼篓里面也悄无声息，谁会相信，那里面竟有一个婴儿？碧渔子和竹灵子的手不自觉拽在一起，鱼竿与打狗棒均已在手，但岂又敢轻举妄动？只能紧张地望着，伺机行事。

这时，一阵悠扬的乐声忽而传来，音律优美悠扬，在这静夜里，更有一种苍凉凄清之美，在恬静和空灵中，暗里却也带一丝丝杀气。鬼见愁闻乐曲，不禁迟疑一下，竹灵子和彭铁竹他们早知是老四谭青竹，众人心中窃喜：果然老四书念得勤，计谋也多，反应快，他们知道，只要尺八的音乐响起，必是四弟的宝贝蛇儿出动了，在这万分危急的时刻，任谁也不敢冒险胡来，所有期望都在那一对蛇儿身上了，期盼抟儿大难能解。

谭青竹吹奏的此曲曲名为：《一二三钵返》，本是一支大慈大悲的佛教曲，可是此时此景吹来，却仿佛说，佛遇恶鬼，也黯然叹气；恶鬼见佛，惟赫然俯首。

张高全意识到什么，立即加快速度，网解开最后一道，鱼篓终于一分为二，有半边坠落在地。微亮的月光下，他仔细一瞧，手中另外半边鱼篓里面，一个圆脸大耳的婴儿正手舞足蹈，就是一声不吭，睁着一双明亮的大眼睛对望着他，四目一对，鬼见愁不禁一阵心慌，急忙移开目光。

这婴儿的眼神，即使在夜色中，也那么晶晶闪亮，那么炯炯有神，饶是他如此阴险毒辣，铁石心肠，竟然不敢再看第二眼。忽听见乐声愈来愈急，愈来愈紧凑高亢，仿如到了最高潮的部分，心下一横，想，早动手早交差！遂左手将婴儿伸出，尖声叫道："兹奉皇帝诏书，送此妖孽上路！以永保大唐江山万年，万万年长！"说着，右手从腰间拿起拂尘，往下便击！

众人内心惊呼之时，只听见："啊！啊！"两声凄厉之极的惨叫声，却是张高全喊出来的。原来，他突然感到左右两腿的后小腿处，被什么东西狠狠咬了两口，剧痛无比，继而，被又似冰凉又似温暖的两条东西缠住了，拂尘竟然无法下击。

他惊魂未定之际，阮明流岂错失良机？已经飞身而至，一招"鱼跃龙门"，从侧边双手一抄把半边鱼篓搂在怀里，两脚反蹬鬼见愁的胸，借力弹回竹灵子旁边，这一起一落，快似电光火石，众人反应过来，见抟儿已到了他手里，都长舒了一口气。鬼见愁被踹落坐在地，拂尘也脱手飞出，定睛往腿上一看，原是两条碧绿油亮的青蛇，三角头，绿豆眼，蛇信子吐得哗啦哗啦响，得意洋洋，感觉两条小腿部已经开始痛肿起来，唬得他哇哇直叫。

正是"缠丝"和"绵丝"。

催命鬼此时已经到了鬼见愁身旁保护，举起戟想杀蛇，又不敢下手，怕把师兄的脚也斩断了，忽而听到谭青竹的乐声转低转弱，双蛇立即脱身下地，急速地消失在夜色的草丛中。鬼见愁乱喊完，指着碧渔子大叫道："遵照皇上旨意，快把这妖孽杀死了，别管我！"谭青竹缓缓放下尺八走过来，阴沉着说道："你已经中了竹叶青的剧毒，十二个时辰之内如没有解药就一命呜呼了，再这么急火攻心，怕是走得更早了。"

鬼见愁猛醒过来，急忙盘腿而坐，练起了"无骨童子化阴功"里最高层的"逆竺天经"。阴功，本来是倒行逆施的，虽如此，气血还是在各大小经络里面循环，蛇毒还是可以到达心脏，但是最高境界的"逆竺天经"却是可以只逆不转，也就是可以封闭、冻结住某部位以下的血脉经络，不让其运行。亏得鬼见愁内功已经练到最上层功力，他立即闭眼运功，封锁住双腿足三里以下经络，不让气血往上运行，却大耗其功力，头上白烟悠然而起。

彭铁竹与马新竹眼神一碰，立即同时上攻催命鬼，一面大声喊道："箬竹，你与明流带上抟儿赶紧走！咱们日后再相见！妈个隆冬的，俺要宰了你们这些个臭公公！"刚才他们被鬼见愁吓得魂飞魄散，正没好气，将刀剑挥得招招生风，催命鬼舞动双戟，与一刀一剑斗得铿铿作响，为了保住鬼见愁，不敢离身，刘石竹、许氏兄弟和谭青竹又和病头猫、劳丘福他们混战在一起。

阮明流和黎箬竹哪敢怠慢？施展轻功，往停船方向疾奔而去。跑得半里地，已见竹林，风声吹得两边的竹叶沙沙响，后面的打斗声已听闻不见；再过半里多地，到了河边，往左跑了三百多米，在一块大岩石的后面，果见一条小船正在那里轻轻摇晃。碧渔子将手上的抟儿递给竹灵子，蹲下解开绳索，将船拉过，扶着竹灵子他们上船坐好，将绳索往船上一甩，翻身上船，摇动双桨，船缓缓地离开岸边，又迅疾地驶向河中央。

黎箬竹才心神初定，低下头来看抟儿，只见他已经安然入睡，脸上神色安宁，不喜不悲，今天刚满月的他，岂能知自己已经历人生中第一场大灾祸？父母一夜之间双亡，自己已然变成孤儿一个？竹灵子不禁想到陈夫子夫妇惨死的样子，泪水止不住地往下淌，碧渔子一面划桨，一面看着，也心酸不已，泪也不禁悄然滑落。

划了一两个时辰，船已离了崇龛县之境。竹灵子抱着抟儿，斜靠着船舷睡了会儿，刚醒来，此时两人都觉得腹中饥饿，看见左边岸上隐约有些村落房子，竹灵子说道："我们靠岸找一个地方歇息，找点东西吃吧，抟儿一夜没进食，想来也饿得紧了。"碧渔子点点头，就缓缓靠过去，果然看见山坡上有几间木屋，其中有一两间还亮着微弱的灯火。他们心中一喜，因为此时真的又饥又渴，精疲力尽了，碧渔子的酒也早已喝完，葫芦空了。

用绳索将船固定好，两人稍微整理了一下衣服，碧渔子想接过抟儿抱，竹灵子说："还是我来抱吧，比较像样一点。"碧渔子想想也是道理，就一前一后走着。突然，阮明流站住，转身说道："且慢，箬竹，如果别人问起，我们怎么说？而且还有一个……抟儿？"

竹灵子知道他想说什么，耳根子不禁一下红起来，但想想也别无它法，就别过头去回答："那就说……我们是小夫妻吧……抟儿，抟儿……"心里一羞，怎么也说不下去。阮明流也觉得不好意思，心里却有一种莫名的欢喜，答道："嗯，好的，我们见机行事吧。"

上到半山坡处，见一栋木头搭建的吊脚楼，凭着山势，几个脚站在山坡下，脚上是一块平台，放着一方大木桌，几把木椅子，沿着旁边有楼梯，楼梯上去几级右折，几级又左折，上去就到正门口。平台正对处是一个中等大小的窗户，还亮着灯光。此时已是凌晨四、五更天，主人不在睡觉实在是稀奇。

阮明流和黎箬竹两个放轻脚步，蹑手蹑脚靠近，忽而从窗户传出来一个低沉苍老的声音，洪亮而有力，正一字一字，抑扬顿挫地吟词一首：

> 长生药，本是五行作。
> 子午三门开卯酉，四时运火合乾坤。
> 龙虎自相吞。*

吟罢良久，又闻深深一声叹息，过了一会儿，那人说道："老太婆，你睡着了吗？我刚填的一首《陶隐居望江南》，你给听听，唉！可惜没有长生药，没有长生药！但就算有了长生药，又能怎样呢？还不是龙虎自相吞！哎，龙虎自相吞啊！……"啊字拖了老长老长，仿佛变成唱了一样。

沉默了一会儿，没人搭腔。他又自言自语，说道："如果那晚，子午时分，城中三门都紧闭不开，紧守不放，又怎会有乾坤被火烧得大乱！可恨可叹啊！……"啊字又拖得老长老长，还是如前一般地唱。

阮明流、黎箸竹听得云里雾里，不知这老头半夜不睡觉，为何在填词唱，而且词中似乎有不尽的哀伤，不堪回首的往事凭吊。正在迟疑是否该上去敲门，忽而又听见一个娇弱无力的，却又婉丽流转的女声，学着刚才老头的声调，也一字一字地吟词一首：

> 十月满，开鼎一团红。
> 数片残雪含五彩，解胎神水响玲珑。
> 气馥异香秾。*

吟罢，又咳咳喘了几声，说道："老头子，你听着的吗？我也刚填了首《陶隐居望江南》，你醒着也听不见神水响玲珑吗？也闻不到气馥异香秾吗？快开门去吧，我们有客到了！"说完，又咳了几声，似乎正躺在床上。

这一下把阮明流、黎箸竹吓得不轻，那老太婆说的客人是指我们吗？我们都还悄无声息的，而且隔着这么远，怎么她已经发现我们？难道她有千里眼、顺风耳？正在痴想着，只听见门"吱呀"一声打开了，一个瘦小的身影和一个高挑的身影出现在门口。

"上来吧，朋友！寒舍难得有远客来访啊！是敌是友，请亮出招子来罢！"那个瘦小的身影说道，却是男主人，手里持一把剑。

阮明流把黎箬竹两个护在身后，双手抱拳，朗声说道："在下秀水村阮明流，绰号碧渔子，只是携妻儿路过宝地，粮尽水绝，才冒昧前来叨扰，讨点东西果腹，吃完便走，承蒙给个方便，银两断不会少了的。"

那两人对望一下，点点头。女主人对男的说："果然有个婴儿！哼……我虽染了风寒，功力竟然没减呢！听得到婴儿的玲珑声，嗯，只是他并没有真的哭叫；也闻到异香秾，这婴儿的味道还真特别。"然后转过头对碧渔子他们喊道："你们三个，快上来吧！"

阮明流暗暗说了声："来，我们上去，小心点，有情况我就开打你就跑。"

"哈哈哈！我都说我的功力未曾减吧，你说这么大声真是如雷贯耳啊，什么有情况就开打然后逃？有情况你们还跑得了吗？"女主人笑得花枝乱颤，直唬得碧渔子两人惊诧不已，这么低声细语她也听得见？碧渔子不禁佩服，他向来自负自己的"凝神远听"之技，功力也算不错的了，可是比起这个老太婆来却又是小巫见大巫。话既然说开了，就没什么可担忧的，两人抱着抟儿上了楼道。

进得门来，阮明流少不得又抱拳作揖，客气一番。黎箬竹抱着抟儿，抟儿此时已醒，在竹灵子怀里手脚蹬着，似乎在说肚子饿。屋里甚是简单，就一张床，旁边摆着一张不大的方形高脚桌，几把木椅，床头有一个圆形的宽口竹篓子，里面有几件像伞的物件；另外里间是个小房间，应该就是厨房灶台。

主人也就四十开外年纪，男的矮小精瘦，五尺出头，但长得很是精干，留着一把黑黝黝的山羊胡，头上盘着个结，女主人却跟阮明流几乎一般高，方脸秀眉，容貌秀丽，脸上虽略显病容，却英气逼人。两人站在一起哪里像夫妻？却像姐弟两个，形象令人觉得有趣，引人发笑。又想，但他们并不是老头子老太婆啊，怎么互相这么称呼？

一看到抟儿，女主人眼睛转不开了，就紧盯着。见抟儿圆脸大耳，犹如佛祖福相，兀自在那眉开眼笑，蹬手踢脚的，眼睛发亮，就是嘴里不发一点声音。忽然之间，她原本忧戚的脸上不自觉地喜形于色，露出一股慈爱的笑容来，眼神没离开抟儿，却摆手对着男主人催促说道："老头子！快，快去准备饭菜。"

饭菜倒是现成的，昨晚女主人胃口不好，男主人也陪着不吃，做好的几样菜几乎没动，热热就端了出来，摆在床边的方桌上，男主人客气道："寒舍不成样的菜，请多多担待。"阮明流连连称谢，对黎箸竹说："来，你先吃点吧，把抟儿给我。"黎箸竹犹豫一下回道："你先吃，待会儿换我。"

女主人忽站起来，说道："把孩子给我抱着吧，这孩儿长得挺逗人喜爱的，我也喜欢小孩。你们一起先吃吧。"

竹灵子连连摇手说道："不用不用！我……我……夫君很快吃完的，不敢劳烦大姐。"

男主人摆上一壶酒，说道："来，阮兄弟，我陪你喝一杯。"阮明流看见有酒，不禁喜上眉梢，哈哈一笑："不瞒老哥，俺碧渔子就喜欢爱喝酒的朋友，俺这葫芦也渴了，那……就恭敬不如从命。"说完，倒上，两个人就碰杯喝上了。

女主人眼睛还是没离开抟儿和竹灵子，似乎在思索着什么。忽然，她手猛的一翻，从床头旁边的篓里划过，只见一道弧光，一把剑尖已经抵住了黎箸竹的喉咙，快速无比，原来那像伞把的物件就是一把剑。三人都没反应过来，均大吃一惊，不知为何她突然之间骤起杀机？

　　男主人和碧渔子两人刚碰了杯，仰头刚想喝，端着杯子的手都不禁停在空中，竹灵子被剑封住喉咙，手也动不了，抟儿就在那剑的下面，望着那把寒光闪闪的剑，笑得合不拢嘴，手脚猛的往上抓，似乎想要去玩剑。竹灵子心惊暗道：乖乖，只要她手一送，再顺势一往下拉，抟儿和自己哪还有性命？一双妙目左右移动，脑瓜子急速运转，在寻思良机脱身。

　　女主人喝道："快说！这个娃娃哪里来的？哼！你一进来我就留心着了，心想怎会有如此妙龄的妈妈？如果是母亲，却怎么连奶孩儿的意思一点也无？哪有当妈当爸的不先喂孩子先自己吃的？我生疑就嗅了嗅，虽则我还病着，但确信你明明还是一个黄花闺女，你身上半点奶水的味都没有，怎么说是你们的孩儿？怕是从别人家偷了跑出来的吧？……嘿，你！不要动！否则你这个'夫人'今日就香消玉殒在这里！"她连头也不转，左手伸出指着碧渔子。

　　原来阮明流正想冒险将酒杯当暗器飞出，然后立即拾起放在侧旁的鱼竿或清霜剑进攻，手上只这么轻微的一个动作，竟然被她听出来了，果然不敢轻举妄动了。男主人瞧在眼里，站起来跳到凳子上，俯过身来，把鱼竿和剑一把抓了过去，这两夫妇倒是心有灵犀，配合得天衣无缝。

　　女主人手持利剑纹丝不动，身体却慢慢挨近竹灵子，脸上杀气忽隐忽现，左手轻轻将抟儿托住，再慢慢地抱回到自己怀里，脸上瞬间又转回了慈爱无比的神情。竹灵子动弹不得，一点办法也没有，只能眼睁睁地看着抟儿被抱走，气得在心里骂了对方不要脸，死不要脸好多次，这也是她会骂人最难听的了。

　　男主人忽地把桌子一拍，酒杯都跳了起来，酒洒在桌上，叫道："对啊！老太婆说得有理！"眼睛盯着阮明流说道："快如实招来！这娃娃从哪里盗过来的？不然，我许都虞候的这双爪子可饶不了你们！"

　　"老头子，你来看看，这孩儿像不像咱们的桂儿，脸上肉嘟嘟的，白白净净好可爱，耳朵倒是更大一点，唉！如果桂儿能活到现在，应该可以到处跑了，我都可以教他武功和五门奇术了。"说着，她的脸上生出无限的温柔，眼眶红着几乎有泪水滚落。

　　阮明流暗想，原来她有丧子之痛，怪不得，眼睛一直盯着抟儿不放，无限柔情仿佛是看到自己孩儿一样，别是得了思儿病吧？这瘦小男主人原来名叫许都虞候？听着倒是有几分耳熟，只是一下不记得从哪听过？

　　黎箬竹此时手自由了，慢慢地移摸到腰间，打狗棒已然紧握在手掌。这打狗棒不大，就稀疏平常的一根竹棍子，别在腰后，一点也不显眼，有棍在手，心里安稳了不少，只待时机便可动手，纵然此时剑还顶着她的喉咙，她也有把握可以脱身，只是抟儿在这半疯半痴的女人手里，实在是危险。

　　那许都虞候倒很听老婆的话，立即拿着阮明流的鱼竿和剑走到旁边，看着抟儿，端详了半会儿，喃喃说道："老太婆，这不活生生的是咱们的桂儿转世吗？太像了，太像了！唉，可怜的桂儿，你死得太惨了。"说着，竟然泣下，抹抹泪水，继续道："老太婆，还记得我为桂儿填的那首《后庭宴》吗？

千里故乡，十年华屋，乱魂飞过屏山簇。
眼重眉褪不胜春，菱花知我销香玉。
双双燕子归来，应解笑人幽独。
断歌零舞，遗恨清江曲。
万树绿低迷，一庭红朴簌。*

　　如桂儿还在，我们一家宁肯只还住在那漓江边上，每日看着秀丽的山峦，撑着竹排徜徉在清江上，或去攀爬独秀峰，在读书岩上吟诗唱词，该有多开心啊！"一边说着，眼神不禁有向往之意。

阮明流一听漓江、独秀峰，心中一动，忙转身作揖问道："许前辈，莫非……莫非就是……桂州戍卒起兵的许都虞候，候圣手？"男女主人脸上一阵错愕，男主人急忙回过头，问道："你怎……怎么认得我？"

"哎呀哎呀……失敬失敬！不曾认识，大名却是如雷贯耳！想三年前，我家三兄弟听闻你们在桂州起兵的消息，心中激动高兴无比，就日夜寻思着前去投奔。只后来即又传来消息，说你们行军迅速，已经开拔到湖南、浙西，又入淮南，攻打各州镇，长驱直入，势如破竹啊！我们左算右算，怕是赶不上，只能作罢。后来又听说庞督军带兵在徐州作战，又想前去投奔，没想到……没想到他却已在蕲县西渔水边战死，众将士都死生奔散，功亏一篑，真可惜啊真可惜！"

候圣手听着，慢慢转过脸看着碧渔子，见他虽是渔人装束，却身材雄伟，英气逼人，武功必然不弱，自忖道："如此人当时能来加入起义军，一定能胜任一队的首领，当时咱义军就是太缺乏智勇双全之材，未能阻止庞大哥一意孤行，才导致了最终的败局啊。"想至此，心中不禁产生出一丝好感来。

唉！想到过往惨烈的家国之事，他不禁长长地叹了一口气。然而马上止住悲伤，悄然敛色道："阮小弟既然认出我来，我也就不隐瞒了，我就是当年在桂州（今桂林）戍守的许估，人称许都虞候，候圣手，起义是由我发起的，先别提起义之事。快说说，这娃娃是怎么回事？！"

阮明流急忙道："许夫人，你先把剑放下，别伤了孩子，我来将事情的来龙去脉仔细道来，哎！说来话长，一言难尽。"说完，脸上黯然神伤。

许夫人虽然看着抟儿，但是眼角余光早就把碧渔子的表情瞧在眼里，见他不像使诈，且他的兵器也在老头子手上，就把剑拿开了，竹灵子知道候圣手的身份后，心中也是钦佩不已，手也慢慢放离开打狗棒。

四人又坐好到桌上，只是抟儿仍然在许夫人怀里，咬起手指来。许夫人一看慌忙道："快，老头子！你看怎么办才好，这桂儿，不，抟儿肯定是饿极了，咬起自己手指来了。她没奶！"说到这，犀利地望了一眼黎箸竹，竹灵子的脸唰的红了，很是不好意思，她又继续说道："我……我现在也没奶了，又没石臼，咋办好？哦，对了！你快拿一点米，淘好了多放水，点火慢慢地熬一锅稀饭米糊来。"

众人一看，可不，闹了半天，抟儿还没顾得上。候圣手急忙答应一声，立即到厨房忙起来，别看他功夫一流，为了疼老婆，烹饪功夫也练得顶呱呱。竹灵子想要去帮手，一是脸上挂下不来，二是她也不会，过去也无从插手，想站起来不是，坐又不是。碧渔子轻轻抓了抓她的手，笑着看她，她才安静下来。

不一会儿，候圣手一切安排妥当，粥在慢慢熬着，回来坐好。阮明流便将陈友道一家的经历细细讲了一遍，听得候圣手忽而大赞，忽而叹息，忽而大骂的。许夫人却不知在听还是充耳未闻，只是看着抟儿微笑，又嘟嘴又皱眉的，似乎还轻轻哼着一首儿歌，抟儿也望着许夫人笑啊笑。竹灵子坐在侧旁，因没当妈的经验，又是紧张又是好奇，怎么许夫人能把抟儿伺候得那么好？

听阮明流讲完，一直到奔逃途中劳累，前来叨扰，候圣手扼腕叹息道："可恨、可怜、可怕、可叹！陈夫子江湖上的名头，我早已听说过，心中敬仰之极，包括竹林七侠我也有耳闻。"说着，看了一眼竹灵子，继续说道："只是我们夫妇刚落脚此处不久，还没机会前去拜会，没想到一世英豪就此归天！再已无缘见识陈夫子的风采。唉！好在夫子尚遗留一血脉，以后可以承父遗志，或许更加发扬光大！可惜我徒留一老身在世，我的桂儿却……却尚未足三岁就惨死了！唉，老天，你还不如让我陪着夫子而去，把桂儿还回来吧！”说完，竟然低头恸哭起来。

许夫人原笑着的脸，忽然也沉了下来，叹了口气，说道：“老头子，快去看看粥熬好了没有，抟儿要吃东西了。”黎箸竹急忙答道：“我去吧，马上回来。”说完，就到了厨房，看见厨房里面的东西虽然少，但都很整齐洁净，看了锅里的粥，果然已经熬得洁白稠密，状如米糊了。急忙找了个碗和勺子，盛了半碗拿出来，本想自己喂，但实在不知怎么做，就递给许夫人。许夫人接了，从粥上面刮了几圈，然后吹啊了吹，再放到唇边试试，试了几次，最后才喂抟儿，抟儿吃到粥米糊，高兴得嘴巴砸吧砸吧的，手脚舞得更欢了。

看着抟儿吃得高兴，候圣手也破涕为笑，用袖子拭去眼泪，说道：“当年桂儿吃东西也是这般乖的，有得吃就笑眯眯，但有一次他好像吃饱了，我还是强着要再喂一点，他忽然大哭起来，声若春雷，震得老太婆耳朵都受不了，手脚更是乱舞，身体一挺一挺的，怕是真生气了。这抟……他真的从来没有哭喊过吗？怕不是耳聋吧？

黎箸竹抢着回答：“不是！我们抟儿才不聋呢！虽然他出生以来从来不叫、不哭、不喊，但每次有人叫唤他、逗他，他都听见呢，会转过头来跟你笑，只是没有声音。要不，现在我试试给你们看！”说完，就转过脸对着抟儿，轻轻地俯下身，温柔地说道：“抟儿，抟儿，你在哪里？抟儿，抟儿好乖巧！”果不其然，抟儿正吃得兴高采烈，忽而转过头来，看见竹灵子正笑盈盈地看着他，马上咧嘴一笑，手脚还同时蹬了一下，嘴型似乎“嗯”了一声，以示高兴，但大家都没有听见那个声音，包括许夫人。

候圣手夫妇大奇，许夫人则忧心道：“抟儿如果耳朵没问题，难道是喉咙不行么？我虽会练五行奇术，却不知怎样诊断治疗。唉，喉咙真有问题，我的绝门五行奇术听、嗅、视、啸、冥里面的啸却不能传授了，啸是最厉害的一术啊，可以让敌人头炸欲裂，耳洞穿孔，魂飞胆破！我轻易不用的。"

阮明流两人听了恍然大悟，许夫人原来练的五行奇术是这些个，第一回听闻。他自个儿按道家的功法练，无非是调息运气，聚精凝神，才能听到稍远一些的，怪道许夫人事事似可预知，这么奇妙，还以为她会妖魔巫术，只是不知她的五行奇术是哪门哪派的？她怎么忽然说起啸术不能传此给抟儿而可惜？她有意以后要收抟儿为徒？阮明流敬他夫妇领头带领戍兵起义的勇气，为人正派，虽然许夫人表现有点半痴半疯，实在也是情有可原，不是坏人，也许，她真的把抟儿当成自己失去的儿子了？心中一顿，竟生出一个主意来。

他站起身来，双手抱拳，对候圣手夫妇道："许大哥，许大嫂！小弟有一事相求，不知该讲不该讲。"

候圣手也抱拳回道："阮小弟不必客气，有事不妨直言，若是为了陈夫子，我们夫妇能效劳的必然不会推脱！"

阮明流看了一眼黎篛竹，像是在征求她的意见，黎篛竹看到他的眼神，立即了解他意欲如何，而且她年龄尚小，涉世不深，心里早盼着大事小事都由碧渔子拿主意就好，所以微笑着对他点点头。阮明流回过头，缓缓说道："许大哥，大嫂，既然你们痛失爱子桂儿，抟儿又痛失父母，而且抟儿与桂儿又如此相像，不如……你们认了抟儿作义子？这样，岂不两全其美？我们……我和篛竹虽然尚未正式婚配嫁娶，却在最后紧急关头，受陈夫子陈夫人所托，答应以后照顾抟儿，默认为抟儿的养父养母。完全可以为他做主，不知你们意下如何？"

"当真！？好，好，好！我……我……我应允，我应允！抟儿是我的儿了，哈哈哈，老头子，抟儿是我们的儿了！"许夫人一听，宛如听到一个天大的喜讯，欣喜若狂，大呼小叫起来。抟儿正吃得快饱了，忽然听见这一番激动的话语，以为是来逗他玩来啦，高兴得又伸拳踢脚的。候圣手也是乐得眉开眼笑，嘴里不断说道："好啊，好啊……！这个事我们当然乐意效劳！哈哈哈！老太婆，抟儿，不，桂儿又回来了！快快快，我们得做个什么仪式，正式认了才心安！"

江湖之上，一切从简。酒杯又斟满了酒，饭菜碗碟摆放整齐，两张椅子并排，许佶夫妇坐在上端，抟儿还小不能拜，怎么办？竹灵子与碧渔子耳语一番，阮明流听了不停地点头微笑，告诉他们由箬竹安排。竹灵子遂将抟儿从许夫人那接过，朝后走了几步，在下方对着许氏夫妇盈盈跪下，往后坐在自己脚跟上，将抟儿放在自己的腿上，面对义父义母，一双纤纤玉手握住一双粉嫩小手，掰开小手掌合十，然后向许夫妇一上一下叩拜，抟儿觉得有趣，不住的头脚齐动配合，明亮的眼睛四处张望。

阮明流站在侧旁，朗声说道："皇天厚土，日月为鉴，在下阮明流、黎箬竹，承陈友道夫妇死前遗托，权为陈抟养父母。今幸遇侠士许都虞候夫妇，乃桂州戍卒起义之领头人，实为侠肝义胆，义薄云天的英雄！今我俩代为做主，要抟儿认候圣手夫妇为义父义母。从今往后，抟儿上有双父母庇护照顾，不再是孤苦伶仃，无依无靠，长大必然学得文若翰林，习得武似子牙，望陈夫子、陈夫人在天之灵宽慰、安息。"他向来认为从古至今，祖师爷姜子牙天下武功第一。

许氏夫妇端坐着，看着秀美的竹灵子和可爱的抟儿他们有板有眼的跪拜仪式，早乐得满面春风，喜笑颜开，候圣手拿起桌面上的两杯酒，洒在地上，向天拱拱手，许夫人早急不可耐地走向前，把箬竹扶起，将抟儿抱在怀里，笑道："来，让为娘的疼一疼。"

候圣手更是欢喜，连声道："太好了，太好了！来，阮小弟，黎小妹，我们将菜再热热，继续喝个痛快，庆贺庆贺！"三人重新入座，举杯喝了两巡后，碧渔子又问起桂州起义一事，许佶将筷子往桌上一放，啪的一声，随后说出了一段惊天动地的经历来。

第六回 圣手云芳初相遇 卢郎慈妹偶做媒

候圣手已喝了几杯，酒劲微微发作，略显沧桑的脸上泛红，脖子上的青筋鼓起，不禁思绪翻滚，话语滔滔而出。

"我亳州人，原被朝廷派遣到交趾（中国古代地名，位于今越南北部红河流域），中途又转换到桂州戍守，被委任为都虞候，带着手下八百多弟兄，多数也是亳州、徐州、泗州人士。说好驻守三年必定调换，大伙也即可回家探望家人。桂州虽是穷乡僻壤，却也山清水秀，气候宜人。那里的山，奇峰异峦，形状万千，极具神韵，且山石嶙峋，树木青翠，实在是蹬踏寻幽的好去处，比如独秀峰、象鼻山，与我们北方雄伟、巍峨的山迥然不同；那里的水，碧蓝清澈，清凉甜美，犹如山泉汇聚而成，随处双手掬来即可饮用。一到该处，我很喜欢，经常跟副手赵可立、粮料判官庞勋二好友一起，终日游玩在山水之间，或吟诗唱词，或切磋武功，流连忘返，好不快活！还记得，我初时还填了一首《金错刀》，皆因我们都是好武之士，也拿了此词牌来咏桂州山水。

> 漓江水，倒琼壶。
>
> 英豪对饮醉欢呼。
>
> 七星岩上星难偶，独秀青峰道不孤。
>
> 山象鼻，眼迷糊。
>
> 佳人梳洗艳流苏。
>
> 遇龙河下船排睡，月亮凡间有似无。[1]

写这首词是我到了桂州一年半的时候，词中那月亮当然

---

[1] 作者自填。

是指月亮山了，在离桂州郡不远的青龙乡，那山活像天上月亮掉入凡间，弯弯的月牙儿倒架在那里，下面空出一个洞来，很是诱人遐思。

我记得到任那年，中秋节过后不久，我们三人乘着竹排，沿漓江顺流往下，第一次去那儿游玩。桂州的秋丝毫也感觉不到萧瑟，一路上风光旖旎，树木依然青翠，竹排在清江上如箭一般穿行，我们站立在排上，正值盛年，无牵无挂，意气风发，别提多惬意了！偶尔还看见鱼儿从水面上跃出，翻腾一下又下水去了，好似鲤鱼跃龙门，引得我们大呼小叫。阮小弟，你是渔夫，如果到了桂州，到了漓江上，你一定欢喜，可以大展手脚，那可是打渔的好去处啊！"

说着，拿起酒杯，"吱"地一口喝干了。

阮明流答道："是啊！听许大哥这么描述，可以想见漓江有多美！说得我心痒痒的，恨不得马上到那里，撒上几网，肯定网网满当当，或者用俺的这鱼竿悠闲钓来。嗯，这竿也好久没有垂钓了，怕是技痒难耐了。委屈你了，老伙计。"说着，右手摸摸鱼竿，左手举杯也干了。

"欸？说到打渔，我才刚要提，除了撒网和钓竿外，漓江边上还有一种特别的捕鱼方式。他们训化一种叫鸬鹚的鸟，黑色，身体有半人高，嘴长而强，端部有锐钩，眼睛锐利，行动迅速，捕鱼是八九不离十。说来惭愧，我的浑绰号候圣手就是因鸬鹚得来。"

"哦？此话怎讲？"阮明流满怀好奇，给酒杯又倒满了，问道。

"我刚到桂州时，就注意到这种鸟，对它们桀骜、神勇的姿态很是喜欢。那时经常随渔人们出船，观察他们如何指令鸬鹚捕鱼，眼见它们是如何凝神而狩猎，未动而蓄势，欲动而坠后，一动如闪电，无丝毫迟疑，猎食目标既快且狠，往往十拿九稳。心中大是折服，就买了两只小鸬鹚来养，一公一母，公的唤作'卢郎'，哈，母的当然叫'慈妹'了！

终日相互陪伴，不出半年，它们都高及我腰了。中间还找了渔人专给训练捕鱼，两个经常互相比试，抓到鱼总抢着到我跟前邀功，向我争宠，练得一身捕鱼好功夫。它们其实不相上下，但我心底总认为'慈妹'略胜一筹。那天它俩就跟着我们，威风地站在竹排前面。"

黎箬竹听到这里，好不羡慕，问道："许大哥，你更喜欢'慈妹'，那许大嫂更喜欢哪个啊？"

许大人原一直在逗抟儿玩，见他揉眼睛似有睡意，正要哄他睡觉，听黎箬竹问起，就笑道："他喜欢'慈妹'是因为我！"候圣手哈哈大笑，拿起酒杯又干了，说道："正是！谁叫'慈妹'是咱俩的媒人呢？！"阮明流和黎箬竹好奇心大起，怎么"慈妹"就成了大哥、嫂子的媒人了？急着想听候圣手说下去。

许佶继续说道："因此，我不分昼夜，每天仔细观察卢郎、慈妹的饮食起居，一举一动，它们的行走、滑行、飞翔的姿态，从中研习、了悟出我许氏'叼拳'的每一招每一式。我原是跟一名少林俗家弟子学的功夫，少林功夫大开大阖，勇猛刚劲，可惜我个子小，论胳膊论腿，论肌肉论力量，均不如一般正常个子的，更别提大个子的啦，所以往往吃亏。后来，从卢郎、慈妹那里我悟到了灵巧和准狠的要领，正适合我小个子的特点。叼拳[1]手形却恰似鸬鹚的嘴，长而强，还带钩。"

说完，伸出双手做了一个勾手的姿势，手腕弯曲，手掌稍微拱起，四指并拢，拇指内收，果然像极了鸬鹚或鹰隼之嘴。

候圣手忽而叫道："贤弟，小心了！我来取你的发锥子。"话音未落，坐着的身子往上直接腾空而起，脚一蹬椅

---

[1] 叼拳：后改为雕拳，经后人发展，取"雕"字更凌厉凶猛之意。

子，一个剪刀叉，从其旁凌身飞过。

阮明流眼前一花，刚伸手想招架，已然感觉头发散落，唬得后头一看，候圣手站在他身后笑，别发的锥子握在手中。碧渔子和竹灵子大惊，怎的他身手这般轻盈，快速？现只是取走发锥子，如他使兵器进攻，岂还有性命？

候圣手双手奉上锥子，说道："失礼失礼！阮小弟莫怪！"阮明流接过锥子，连声赞道；"许大哥好俊的功夫！佩服之极！羡慕之极！岂会怪罪。"黎箬竹在侧旁看得直拍手，大声叫好，心底却默想，如果许大哥这般袭来，我该用打狗棒哪一招可抵挡化解？许夫人在旁边走着晃抟儿入睡，则啐了一口骂道："老头子，没来由的拿弟妹开心！"

候圣手笑着坐下，继续说道："我那时的官名是都虞候，所以江湖上送我一个外号叫'许都虞候圣手'，但太长了，就只取其中'候圣手'三字。哈哈，惭愧，惭愧！话说回来，那天，卢郎、慈妹兴致很高，频频飞下水捕鱼，船工乐不可支，平白收获了好些鱼。我们三兄弟，坐在船上，一面饮酒谈天，一面欣赏美景。三人中，虽然我官衔最高，武功也算高一筹，惭愧！但暗中被奉为大哥的，却是年龄稍长，最有主意，最聪明的粮料判官庞勋。他是泗州人，长得高大，宽脸庞，细眼犹如丹凤，单看眼睛仿如看见关云长，性格随和，豪气大方，主管粮仓，经常急人好义，很得兄弟们的喜欢。但武功却平常得紧，只练过一些外家功夫，内功修炼却不会。赵可立兄弟跟庞大哥一样是徐州人，一路跟着我，武功也是少林一路，很是不错，经常跟我过上几招。

谈笑之间，经已到了青龙乡。下得船来，跟船家约好三天后早上辰时在此等候。我们就一路散步往月亮山方向行进，卢郎和慈妹紧跟在后。桂州到处的山水都是一般清秀，而此处却别有一番淳朴之风，才走了半个多时辰，就远远望见那月亮山，果然像极了半个月亮躺在那里。赵可立说道，许兄，月亮既然落在了这里，嫦娥姑娘是否就在此间出入呢？说完，他和庞勋哈哈大笑，其时，就庞兄年最长，也已有家室，夫人是泗州人，所以都留在泗州。他也打趣道，如果嫦娥姑娘在这里，她还得有个妹妹才行，不然两个光棍就要打个没完没了啦！说得大家又哈哈大笑。我说道，嫦娥先别找，先找吴刚来给咱们上一碗桂花酒，我们三兄弟喝个痛快，岂不快哉！大家皆点头同意，忽然赵可立一指说道，快看！随着几声大叫，原来是卢郎和慈妹飞到了月亮山上，站在上面，扇动翅膀，得意洋洋！"

阮明流和黎箸竹齐声叫好！竹灵子伸出大拇指赞叹道："卢郎和慈妹真是天生神仙眷侣，许大哥有如此宝贝，又站到了月亮山上，是否意味着大哥的好事也快要来了呢？"说完，调皮地对阮明流眨了眨眼睛。

候圣手爽朗一笑，举杯说道："来！我敬阮小弟黎小妹一杯！听许大哥再慢慢道来。"三人都把眼前的酒杯喝干了，黎箸竹又轮着倒满。

"我们赏了好一会月亮山的景色，大家也感觉饥渴了，就说到村里找个地方吃饭。寻到村里，窄小的街上果然有好几家小店面，我们挑了一家比较整洁宽阔的，名叫'醉月楼'，其实哪有楼？就一间中等房间，里面也简陋得很，起的名头倒是挺有讲究。店小二领我们坐下，店里就一个老婆子，店小二是儿子，老头子在后面掌厨，四五张桌子，当时也没别的客人，我们点了几个小菜，竹笋炒鸡丁，酸炒干鱼仔，香芋扣肉，炒田螺，还要了一壶瑞露，哈哈，那就齐了！"

阮明流问道："这鸡丁、鱼仔我晓得，田螺也知道，但扣肉、瑞露为何物？"

"呀！说起这香芋扣肉，可是桂州菜一绝！乃是用当地一处名叫荔浦的地方，特产又香又粉的芋头，切片，带皮五花肉也是切片分别油炸，然后肉与芋头相间排放，再配以各种佐料，计有大蒜、八角、姜、酒、盐巴……放锅里蒸熟，浓香四溢，松软爽口，当真是人间美味，食之难忘！再说到这瑞露，那更了不得了！哈哈哈，桂州的美酒啊，阮小弟一定喜欢！桂州人擅酿，水取地下清泉，米取当地良种大米，粒大饱满，酒曲取一种曲香酒药草制成，酿成后放进岩洞里存两年，才取出来喝。我这酒鬼刚到时都打探得清清楚楚，瑞露乃是米酒中的上品，入口柔绵清冽，蜜香清雅，回味无穷啊……！"说到高兴处，竟又眉飞色舞唱了出来。

"嘘！……老头子，小声点！抟儿睡着了。"候圣手回过头来，看见夫人刚俯着身子将抟儿往床上放，盖好被子，转过头小声对他喝道，不好意思笑笑，忙将声音放低。许夫人满脸幸福地端详着熟睡的抟儿，好不欢喜，自己也才病愈，感觉疲倦，就说道："老头子，你们喝着聊吧，我也困了，先陪抟儿歇息一会儿。"就和衣躺下，在抟儿侧边望着他，一会儿也就笑着闭眼睡去。

候圣手眼神闪出一丝调皮的神情，笑着低声说道："来来来，我们继续。刚才我们讲到哪了？哦，吃饭喝酒，菜上完了，我们三兄弟边吃边喝边聊，桂州菜大多是辣的，所以佐酒正好。那时，卢郎和慈妹也在我们桌子旁边走来走去，玩得高兴。我们聊兴正浓，喝了好一会，突然有东西啄我的腿，几声大叫，我一看，是卢郎，只见它神态紧张，叫声凄厉，再看，咦？慈妹呢？不在身边，料是出事了，吓得我酒意全失，急忙问店小二，站柜台后面的老婆子说，刚才看见另外一只往外跑了，跑得还挺急，我还以为是野鸬鹚，就没理会。我急问往哪儿去了？她指指门外路的一边，说好像还见它飞起来去了。我一顿足，坏了！慈妹平日里与卢郎形影不离，出双入对，绝不会独自离去，必是遇到了什么不测之灾，如果出个什么事，如何是好？！当下叫赵可立跟自己去寻找，庞大哥留在店里结账等候，因为他的武功平常，轻功更是不行，跑远路肯定不济。

我俩出到店外，卢郎在前头带路，我们施展轻功，往那方向就奔去，边跑边喊慈妹，慈妹！卢郎开始是跑，后来就飞起来，在我们头顶上，也大声叫。村里的人都好奇地望着我们，我不停地问，有没有看到一只鸬鹚鸟飞过？均是摇头。我们都泄气了，以为它真遭遇了不测……"

"后来呢？后来呢？……"黎箸竹紧张得瞪大了眼睛，忍不住给打断了。阮明流微笑看了她一眼，似乎在责备她沉不住气。

候圣手夹了菜吃一口，继续说道："不知跑了有多远，已经出了村子了，来到了野外的路上。四周忽然开阔起来，往左上是座小山，有密林青翠，往右下是到河边。我当时想，慈妹是不是饿了？想到河里捉鱼吃呢？当时也是急糊涂了，就算捉鱼吃，它也会叫上卢郎，不会自己跑掉啊！就想往河下面跑去，但忽见卢郎大叫着往山上飞，而且声音仿佛很高兴，我们急忙跟着就往上赶。

穿过好几百米的林子，豁然前面是一片空地，可以眺望远方美丽的景色，原来林子外尽头是一个断崖，下面是一片广袤的森林，河水如一条银色的纽带在远处蜿蜒而行，如果不知，谁也断然想不到林子这边有这么一个地方。在断崖最顶端，有一块巨大圆形岩石，上面平坦如削，竟坐着一个人，一个女子！更令我惊喜的是，她的旁边，站着一只大鸟！那不是慈妹是谁？我叫了声'慈妹！'，卢郎早就飞到它旁边，两个一起交颈摩挲的，好不亲热。

这女子是谁？怎么慈妹会跟她在一起？她一头秀发被山风吹得飘飘，穿着一件褐色麻衣裙衫，巍然盘腿坐着不动，似乎在望着远方，或是闭眼练功？我和赵可立面面相觑，不敢贸然靠近。

过了一会儿，慈妹才转头看我，朝我跑来，还不停叫着，卢郎也是。我摸摸它们的头，与赵可立望了一眼那女子的背影，互相示意，正想带它们离开，别打扰人家。忽然，却听见一声幽幽软软的话语随风飘来，怎么？它的名字叫

'慈妹'么？那么，另外一个痴心郎呢？也不谢谢我就走了么？回头一瞧，她依然背对着我们，却怎又知我们要离开？我楞了好一会儿，才答道，'卢郎'。她又幽幽一笑说道，'卢郎……慈妹……'，好般配的名字！看来在人世间还是作鸟兽虫鱼比较幸福美满啊……鸳鸯、鸱鹕皆可出入成双，可怜做人又何尝能如愿？这两句话虽然在笑中道来，却似乎是冷笑，内含无尽的悲伤和凄苦之意。

我心中甚是踌躇，不知是走是留，想着该谢谢她帮找到慈妹，也怕她别是遇到什么烦心事，正想不开要跳崖下去了吧？遂问道，姑娘有何困恼、为难之事，如愿告知，在下虽区区不才，或可替你分担一二？她凄然一笑道，哼，你能替我分担一二！唉，可你又是谁……你又是谁？！后来想想，她这个问句是，不管我是什么人，却又是她的谁？又能给她分担什么？可当时也傻了，直以为她问我是谁，就实话答道，我乃桂州戌城守将，都虞候许佶，这位是副官赵可立，姑娘有难，不妨告知，定当全力相助。

殊不知，我话音刚落，她一声大喝，官府的？！

猛见她一个鹞子翻身，硬生生从岩石上跃起，衣裙飘展，优美之极，面对我们站在岩石上面。

阳光折射下，只见她身体瘦削高挑，脸方额洁，一双杏眼，两道柳眉，左衣襟上别着一束白色小花，看得我俩都呆了，天下竟有如此美的女子！她随即从岩石上轻跃而下，又宛如仙女下凡。"

"嫂子？！"竹灵子听得兴致盎然，一点睡意也无。

"对，她就是你们的嫂子。"候圣手笑笑，拿起杯子抿了一口道："她手上不知从何而来一把剑，指着我们喝问道，说！那个狗官王仲浦与你们是什么关系？我一愣，直接答道，是我们长官。她二话不说，捻个剑花，就向我刺来，她的剑法不知是哪门哪派，招式轻盈无比，却也凌厉异常，但我足以应付，轻轻一跃，躲过一招，只是纳闷，她为何对王都将有如此深仇大恨？

　　王仲浦是桂州戍卫营最高长官，平日里是比较横行专断，桂州百姓对其愤恨的不在少数，但不知此姑娘与他有何怨仇？王前些日子带人在桂州城外杀了几个流匪，不知是否与此有关系？心里想着，也不愿出手，只是一味躲避，一连十几招，并没正面还她一招。

　　赵可立护着卢郎、慈妹站在一边观望，看我只一味躲闪，急得大喊，许兄，快出手啊！卢郎、慈妹也焦急地大叫，但其声调却似乎不是替我焦急，而是不愿看见我们打斗。可她见不得手，连连变招，一丛剑影封得到处都是，我只能凭灵巧东躲西藏，好不狼狈。我连忙叫道，姑娘，停手停手，有话好好说！她骂道，与你们这些狗官有什么好说的，残害百姓，乱杀无辜！快出招！我越听越不对劲，看来不出招是不行了。看准了一个破绽，她一招刺来手劲使老，我侧身一避，右手伸出'鸟嘴'，以极快速一弹在她剑面上，震得她剑脱手而出，扑倒在地。我立生歉意，过去把剑拾起，双手奉还给她，连声道歉。她坐在地上，不接剑，哭了。我问道，姑娘，请问尊姓大名？与王都将有何深仇大恨？慈妹又是怎么跟你在一起的？万望告知。

　　她哭着说道，哼！我既然败给你了，你一剑把我杀了吧！像那个王狗官杀了我爹爹和黄哥哥一样，你们杀人还需要理由和借口吗？可恨我自己练艺不精，大功未成，要不我就去杀了王仲浦这个狗贼！……唉，如今还说什么报仇雪恨，连他手下武功都这么强，看来我报仇是没有希望了。你赶快动手吧，给我个痛快的，把我杀了可以回去邀功领赏了。说完，她眼睛慢慢闭上了，一脸沉静，似乎还露出微笑，应该是在想可以去跟她爹爹和那个黄哥在一起了。

　　我又怎会随意去杀一个人？看着她安详美丽的脸，我一点主意也没有了，急得在那团团转，最后说道，姑娘，我不会杀你的！我只是想帮你！如果你不愿说你爹爹的事，起码告诉我慈妹怎么飞到这里跟你在一起？慈妹见她坐在那，早就飞跑过去在她身边蹭啊蹭的，显得好亲密的模样。她忽然睁开眼，手抚摸着慈妹，才展出一丝笑意，过了好一会儿才说道，它呀？我也不知道啊，我正如往日一样在岩石上练功，正犯愁我的啸功练到五成功力左右就进展缓慢，声音怎么也传得不够远，杀伤力也不强，连着呼啸了好几次，还是感觉不好，忽然就见一只大鸟从空中俯冲而下，缓缓地落在我身边，望着我兴奋叫着，它说的话好像我能听懂，我的啸声它似乎也明白，我们就像上辈子认识的老朋友一样，它陪着我练了好一会儿功，过不了多久，你们就赶来了。怎么，这对鸱鸮是你的么？”

候圣手停下，看了一眼床上的夫人，关心她睡着没有，许夫人突然像在说梦话一样道：“我都听着呢！老头子，我就算睡着了功力也是一样，你小心着点，休想乱说大话。”候圣手高兴的嗞了一口酒，笑眯眯道：“岂敢岂敢！有夫人在旁，我有天大的胆也不敢瞎说，我一一如实向弟妹道来。”

“我回道，是啊，这卢郎，慈妹自小就陪着我，从毛绒绒像个小鸭子，摇摇摆摆的跟在我后面，到后来长成大似雁，巨如鹰，犹如我的一双儿女。它们两个也是情投意合，无论去哪都在一起，从来不会分离，像今天的事从来没有发生过，吓得我和卢郎都急疯了，生怕它中了什么妖……要紧的陷阱，幸好有姑娘帮着照看，慈妹也得以安然无险，我心底实在是感激姑娘，也替卢郎谢过姑娘！

她怔怔地望着卢郎、慈妹，幽幽地叹了口气，说道，唉，如果能像它们一样无忧无虑在一起该有多好！说完，眼泪又流了下来，我知道她又想爹爹和那个黄哥哥啦，也不敢打扰她。她突然问，这位是你的兄弟是吗？赵可立马上回答，是，在下是许兄的副手，见过姑娘！她说，好吧，如果你们想知道，我带你们去一个地方。

说完，就站起身来，拾起剑，直直往回走，慈妹和卢郎欢喜地紧跟她左右。穿过树林，下坡到了山的另一边，拐了个弯后，前面突现一片小山岗，原来是一片坟地。坟冢大小不一，零零落落起码有几百个，有的有石碑，有的啥也没有，只有几块石头垒在上面，有的插着竹竿，吊挂着一些白色的布，或烧着些香和纸，情景甚是凄凉。

后来，她在两座新坟面前停住了，徐徐跪下，眼泪就不止地流下来。我知道，那应就是她爹爹和黄哥哥的墓地了。果然，坟是新培的土，左右各插有一块木碑，碑上的字是用刀剑刻的，一块是'先父何福之墓'，另一块是'义兄黄权之墓'。"说到这，他摇摇头，叹了口气，闷了一口，阮明流和黎箬竹也陪着喝了，也暗暗叹了口气。

"人死为大，虽然我们才第一次见面，对何姑娘的身世还一无所知，但为她的孝心所感，我和赵可立也不禁跪下，拜了三拜，拜完起来立在旁，只见她仍是默默地跪着，定定地、出了神地望着坟，好像我们几个都不在旁边似的。

隔了半响，她才继续说道，那天，还有几天就是中秋节了，爹爹和黄哥哥去桂州城里赶集，打算卖了家里养的十几只大芦花鸡，得了钱买点过节的物品回来，家里好过一个团圆的中秋佳节。我最喜欢吃月饼，就央求爹爹一定给我买城里最有名、最好吃的'周生记'月饼，而且五仁和双黄的各要两个。爹爹笑着满口应允，黄哥哥呢还说，他要给我带一盏花灯回来，而且是有嫦娥奔月图案的，我高兴极了，中秋赏花灯节只在桂州城里有，我们这乡下地方是没有的。如果黄哥哥给我带回来一盏，我就可以拎着它出外面赏月，回家挂在床头，睡觉和梦中都可以赏灯，那样的中秋节该是多么好啊！我心里高兴，就在家收拾、洗衣、做饭等他们。谁知，等啊等，最后等来、盼来的却是他们的尸身！

我和赵可立对望一眼，问道，姑娘，数周前，你爹爹、黄哥哥他们是否在桂州城北的北菜市口集市上被杀？她含着泪点点头。我知晓此事，就对她说道，王仲浦在中秋节前曾上奏朝廷，言其在桂州城内查获一起密谋造反的贼子，并在北菜口集市上诛杀了七八人，缴获凶器物品若干。我和赵可立原先并未被通知参与此事，后来在兵营里传得沸沸扬扬才晓得，细节却不得而知，只知道朝廷闻讯大喜，赏赐了很多金银，好像还要升王仲浦的官职。

那姑娘听到这大喊道，他胡说！我爹爹只是一个农民，一生安守本分，连踩死一只蚂蚁都捶胸顿足半天，他哪里有胆子造反？后来有乡亲告诉我，那天，爹爹和黄哥哥一早赶到北菜市口，便找到街边一个好位置，那里平日都可以摆卖的。摆了一个多时辰，赶集的也慢慢多了起来，他们刚卖了一两只鸡，正高兴呢，忽然五、六个官老爷，佩刀挂剑地逛了过来，看见爹爹的笼里的芦花鸡，毛色光艳，又大又肥，互一使眼色，带头那一个就对爹爹嚷道：'喂！老头子！你可知这里是戒地，不能摆摊的？你们妨碍了集市容貌，鸡被收缴了！还有你的……你的！'指着旁边几位也是摆摊卖鸡、鸭、青菜、瓜果的，大家一听，都吓得脸色惨白，一时都不敢吱声。

黄哥哥愤然大声说道，这里以往集市都有人在摆，何曾说是戒地了？我们经常来，怎从未听说？说完，几个年轻汉子，纷纷拿起扁担，杀鸡刀，作防备状。岂知那王狗官就站后面，他即刻下令，说他们是反贼，当地处决，格杀勿论！那群官兵一哄而上，拿刀持剑就砍杀，爹爹他们年老的和妇孺怎能抵挡，当下就倒在血泊之中，年轻的几个也就黄哥哥会武功，但进城卖东西又岂会带兵器？他抡起扁担与官兵拼斗，饶是这样，竟无人能靠近，放倒了几个官兵，王仲浦亲自出手，这厮的武功倒是了得，使一把剑，可惜黄哥哥的扁担抵不住他剑的锋利，被砍成几段，王仲浦那老贼心狠手辣，竟然将手无寸铁的黄哥哥给一剑穿胸而过，黄哥哥死得好惨！唉，早知道让他带上师傅留给我的宝剑，或若是师傅在，跟着进城里玩，爹爹他们也不会枉死了。可惜师傅他早几日启程回邕州，跟家人过节了。

原来如此！听完我和赵也不禁大怒，王仲浦这厮破获密谋叛匪的真相竟是这样！亏他还有脸上奏朝廷邀功领赏，真是胆大包天！但何姑娘提到的一个人引起我的兴趣，你师傅？我不禁好奇地问道。

她说道，是，我师傅，也是黄哥哥的师傅。他叫洪明镜，道号日月山人，是百越武林界最大门派"灵宗派"的掌门人，除了一套名震南越、变化莫测的"灵宗神剑六十八式"外，还精通五行奇术，乃是世外一高人。

只是他懒于打理本派事物，把一切杂事、政务交予付掌门人农有方，自己却四处云游，赏山玩水。十五年前，他来游赏月亮山，我那年方七岁，正跟一群小伙伴在月亮山附近采集蘑菇，忽见一位奇人走过，四十多岁年纪，乌发长须，穿着青布长衣，背上一个行囊，斜背着一把宝剑，穿一双厚厚的布鞋，仙风道骨。

我们从未见过这样的人物，看着都好奇，手上提着装满蘑菇的篮子，跟着他走，他也微笑着，偶尔回头看看我们，不说话。忽然，我生出个念头，想把刚采来的蘑菇给他，就跑到他面前，把篮子高高举起，里面的白山蘑菇又大又肥，他笑着说，我不买。我使劲摇摇头，他一愣，又说道，送给我？我使劲地点头。

他笑笑道，难得你这小姑娘么好心肠，你叫什么名字？我红着脸慢腾腾回答：何……云……芳。我们桂州话发音特别，他听成'和韵芳'，随即哈哈大笑，说道，小姑娘，我只问你名字，你却叫我作诗吗？和韵芳？和'芳'韵？好，好！……他放慢脚步，若有所思的样子，嘴里念念有词，十来步后，他轻声吟道：

悲莫悲兮离别长，怨兮莫怨私自伤。

敛横波而向秋野，垂玉箸兮沾云芳。*

念完，他不笑了，似乎还有点悲伤。

他接过我的篮子，摸摸我的头，我们小孩子家没上过私塾，连字都不认得，哪懂什么诗啊！但见他念得婉转好听，就都跳着欢呼。可是我听出来他念到我名字，原来他作诗前早琢磨出我名字来了。那时家里穷，我没有簪子别头发，是用了根竹筷掰做两段，削圆削滑了叉头发，那竹子是澄黄色的，倒是像极了玉，这是以后长大了才明白，虽不懂那首诗，却一直记得牢牢。

他从篮子里拿了四五个蘑菇，弯手放进行囊里，把篮子还给我，说了谢谢，然后让我们回家去。大伙儿又跟了一小段路才停下，看着他高大的身影徐徐远去，才转过身往家奔跑。我却没有马上离开，站在那里有节奏地，学着他口音轻声重复他的诗，觉得好听又好玩，一遍又一遍，越念越大声，前段念着不高兴，后面念着自己名字就笑。

念了一会儿，正欲折身回家，突然听见前面有叮叮当当打斗的声音，甚是激烈。我不知是何事，想是那奇士遇着了强盗？撒开腿就往前跑，转了两三个弯，果见就在月亮山旁林边一块空地上，他正与两个穿袈裟的大和尚斗得厉害。

我吓得赶紧躲在一块大岩石后面偷看。只见那两个肥大和尚黑脸横肉，凶神恶煞，一个使一把手杖，一个使长柄大刀，刀上还有一个铜环。我看着不像中土人物，哪里的人？怎么会黑得像块碳似的？他们的招式真凶悍，横扫猛砍，勇猛刚劲，嘴里还叽里呱啦地乱喊，我也听不明白。奇士持一把剑，却灵巧活跃，身形飘忽，移动很快。我看得目瞪口呆，手上的篮子滑落在地也没察觉，嘟着嘴想，哼！两个臭和尚打一个，也不害臊。和尚兵器长，一味进攻，奇士只有团团躲闪，互相都近不了身，又斗了好一会儿，我眼都花了。

　　忽然，只见奇士一声呼啸，凌身而起，直往那使大刀的横空飞去！身体旋转，手上的剑顺势往上划个圆圈，只听'镗'的一响，那个和尚的刀飞落在地，他哇哇狂叫，随即往后一退跌坐在地上，惊恐不已，右手去扶左手，细看，原来他的左手半条手臂没了，身上全是血！

　　那使手杖的又惊又怒，大吼一声，拼了命地把手杖挥得呼呼作响，直往奇士身上招呼。奇士左闪右避，险象环生，又斗了半响，那和尚想是累了，手上也慢了下来，奇士忽又一声清啸，这次是腾空而起，跳起比那和尚还高，双脚收拢，落下时却身体下俯，脚伸展，姿势真是漂亮，像一只老鹰捉小鸡！剑直直往那和尚前胸刺去，和尚大惊，连忙半途挥起手杖横扫，这次只听见'噗，噗'两声，和尚委身倒地，原来在一瞬之间他竟然连刺了黑和尚两剑，剑插在他胸口上。奇士也倒地后站不起来，原来，左脚被手杖击中，脸上甚是痛苦，却望着那和尚哈哈大笑。

　　那断手和尚见状，慢慢挣扎着站起身来，走过去，右手拾起他的长刀，又晃晃悠悠地往奇士走去，脸色狰狞，似笑似哭，一步一步。眼见奇士无法挪动去拿剑，和尚在两三米外就单手举起大刀，奇士静静坐在地上，我瞪大眼睛，看着那和尚的刀就要往下砍，一刀下去，奇士非得要一分为二不可，我大声惊叫起来'啊！啊！啊！……'喊完，奇怪的事情发生了，那和尚的刀并没能砍下去，却慢慢地往后倒了下去。

　　一切寂静下来，林中只有风声响。呆立了好一会儿，不知到底有多久，我不敢挪动半步，看着他们都躺在那里不动。是不是他们三个都死了，还是都没死？想到这，全身吓得发抖，不管是死还是不死，我都不敢过去。

　　后来，我还是想看看奇士到底死了没有，鼓足勇气，从岩石后面出来，蹑手蹑脚地往前走，这一小段路走得我心惊胆战，脚都软了，生怕那两个凶神恶煞的黑和尚呼地跳起来，把我抓了去。还有十尺左右距离的时候，我听见奇士轻声说道，云芳，你过来，我早知道你在石头后面，我的腿动不了，你去把剑拿给我。我一听，高兴极了，他还活着！

就跑过去，看见两个和尚都死了，使大刀的和尚喉咙中了一把飞镖，仰头躺着，舌突目裂，形状可怖。原来是奇士在最后紧要关头发出了暗器，我却一点没看见他发暗器的手法，更没见暗器是怎样飞出的，也许当时我被吓得闭上了眼睛；另一个侧卧蜷缩在地上，胸口插着那把剑，我吓得伸伸舌头，看见奇士脸上也痛苦不堪，可是，他要我拿剑！那剑可是插在黑和尚的身上，而且他最后一刻想拔出剑来，他的手握在剑把上！我害怕之极，一个劲摇头，他惨然笑一下说道，是啊，难为你了，要不，你把那手杖拿过来吧。

手杖落在离和尚几尺以外。我过去弯下腰拿，可是很沉，起码有几十斤重，我只好两只手抬起一头，然后拼命拖，一点点拉到奇士身边，他一手扶着左腿，右手拿到手杖，把它竖起来，试着撑了几下，忽然间就站了起来。看了我一眼，对我笑笑，表示赞赏，然后就一瘸一拐地走到和尚尸体边，用手杖将和尚的手用力一扫，手就脱离了剑把，然后俯下身，左手握住剑把，猛地一抽，那剑一道寒光而起，上面尽是殷红的血色，他将剑在他衣襟内侧细心拂拭了几下，马上洁净得很，仔细上下瞧了瞧，才反手插进背上剑鞘里。转回头对我说道，云芳，待会儿你去多弄点泥土来，我得把他们尸体拉去那边。我一听就明白了，过去不远就是陡峭山坡，他要把两个和尚尸首都丢到坡下去，然后用泥土掩盖血迹。

我把蘑菇都倒出来，马上跑去附近用篮子装泥土。回来看见他正吃力地拖拉那和尚，如是平时，他应该毫不费劲，可如今只有单腿，他就无法使出力气，我一是没力气，二也是害怕，就无法帮。只能用泥土把血迹一一盖上，又立即跑去装，几个来回后，发现他已经把两个大肥和尚都推落到山崖下去了，断手和大刀也扔下去，留着手杖走路。他倚在一棵树上喘气休息，我也把所有的血迹都掩盖好了，还在泥土上跳啊跳踩实了。他用赞许的眼光看着我，忽而问道，你家在哪里？我指着村的方向说，那边！他看着我说，带我回你家。我想都没想，觉得理所当然，马上点头道：嗯！

他笑着指指地上说，蘑菇！我马上用篮子把蘑菇装回去，带上他一步步往家走去。夕阳正落山，路上一个长长的影子在后，一个短短的影子在前。走着走着，他忽在背后笑着问道，云芳，那首诗你背出来没有？那正是我站着念诗的地方，吓得我瞪大眼睛，回头看着他，满脸疑惑像在问，你怎么会知道我在这里背诗？便点点头，然后一字字把那首诗背了出来，虽然不知道那是什么意思。

念完，奇人大是惊异，连声称赞，你这小姑娘还真是机灵！我不好意思地笑，瞪大眼睛说道，可是我一点也不明白是什么意思！怎么又是悲又是怨的，我只喜欢我的名字在里面！他摸摸我的脑袋，轻叹一口气说道，你年纪还太小，世道的艰难你还无法体会，无论国事家事，均是悲多喜少，怨深欢浅……朝廷正在腐烂下去，大唐江山日益土崩瓦解，受苦的只能是我们老百姓，生离死别，家破人亡的事每天都在发生，这些悲这些怨怎么也算不完，'悲莫悲兮离别长，怨兮莫怨私自伤'，当所有悲怨都无法排解的时候，也就只能私下暗自悲伤了……云芳，你现在无法理解我说的是什么，等你长大了会慢慢明白的。

我点头，还是不明白，又问道，那我的名字为什么在里面？难道我的名字也是不好的吗？奇人哈哈一笑，说道，不，你有一个非常好的名字！'剑横波而向秋野，垂玉箸兮沾云芳'……世间有太多的悲苦，我辈习武之人，自应站出来，横剑立于秋野之上，为民请命，向恶而战，此为之'侠'，侠义之士，当像你头上的玉箸宁断不屈，像天上的云朵自由飘荡，才能沾上点生命芳香的意味。唉，我越说你会越糊涂了，云芳，你可知道，我刚才杀的两个黑和尚是从哪里来的？

我摇摇头，正为这纳闷。奇人的脸望向远方，说道，他们从一个叫天竺国的地方来，因为从那里传到我们中原一种叫佛教的东西，如今的皇帝沉迷于此，为了健康长命，大耗国财迎接'佛骨'，这两个坏和尚便以为中原人士好欺负，到此为非作歹，哼！偏教遇见我，送他们上了西天。

我头一仰，天真地问道，西天？那是在哪里？

他苍白的脸色在夕阳下泛红，带有一丝狡黠的笑。而后面，一轮红日正挂在天边。"

第七回 明镜智斗黑头陀 庞勋初谋白寿宴

"我带着奇人走进村里。那个时辰户户人家都在生火做饭，街上鲜少有人，只有我的一些伙伴在外玩耍。他们见过奇人，又围过来笑着看他，喊着诗，诗，诗！奇人虽然很痛苦，但还是对他们笑，后来他们瞧见他的腿受伤了，才静下来。没人知道，刚才，就在月亮山下，曾发生了一场多么惊心动魄、你死我活的打斗，我当然什么也不说。

进了家，爹爹刚从地里回来。妈妈早在我三岁时就得病走了，我和爹爹相依为命。爹爹是个老实巴交的农民，沉默寡言，心地很好，也很疼我，看我领奇人回来，只是讷讷地说道，来来来，进屋歇息！然后，我们给他清洗伤口，他说左脚小腿骨断了，从行囊里取出膏药，药酒，擦了敷上，用白布紧紧包扎好，说不碍事了，不出半月一月定会痊愈。爹爹做了饭菜，叫我到街上的店铺，打了两斤米酒，陪着奇人默默的喝酒，偶尔聊几句。

他对爹爹说，他叫洪明镜，家在邕州城里，乃是岭南东西道武林'灵宗派'的掌门。爹爹和我都不懂那是什么，只晓得他很厉害。他又说他也有一个女儿，大我一岁，自幼跟着他练武功。他一年喜欢四处云游，而且最爱来桂州，因为这里不单风光秀美，还有许多同道中人。后来我长大了才知道，原来，他以周游四方为名，实则是暗地里探寻、联络四方豪杰，共议起义大事。可惜这事极难，大多所谓的英雄都是说话响亮，实际极少有人敢行动。他说我伶俐聪明，是练武的好苗子，跟爹爹说想收我为徒，爹爹老实，不知答应好，还是不好，我在旁听了反而高兴，摇着爹爹的手臂，不住点头，他才笑着说好。这样，我就当即给洪师傅行礼，磕了七个头，倒了一杯酒给师傅，就算礼成了。

洪师傅在家里养病期间，教了我最基本的'灵宗拳'和内功吐纳练气方法。一个月后，他伤好离开回邕州，从此每年来一两次，少则待一个月，多则三个月。就这样，将灵宗派武功尽数传授于我，除了灵宗拳和灵宗剑法，还有他的独门绝艺——《奇门五行术》。其他四术还好，唯独那啸术我总练不好，所以常常加强练习，我们能相遇也是因为'慈妹'听得懂我的啸音，我想待练好了啸术，立即去找王仲浦报仇，可惜越是焦急，越是进展缓慢。

我与赵可立听完这一段叙述，不禁长叹短嘘。我们心中有不少疑问，如那两个黑和尚是谁，怎么与洪师傅杀个你死我活？还有慈妹怎么就能与她互通言语？难道是她的啸术能与动物通话？我呼叫卢郎、慈妹都是吹口哨，可听不懂它们说啥。见她倦容已现，就说道，何姑娘，我们不妨先下山到'醉月楼'，我们有朋友在那里等候，先吃饭，再从长计议？

我们三人带着卢郎、慈妹，徐徐走下山来。庞勋早就等得焦急，见我们回来，喜出望外。我们引见了何姑娘，她与酒家老太太倒是认得，又叫了几个菜，上了新酒，这饭却是吃得沉闷，谁都默不作声。

我断续将事情的来龙去脉跟庞勋大哥讲了，他听了怒不可遏，说道，我看王那厮早就不顺眼，他身为守城主将，却贪婪成性，我乃粮料判官，每每命我把好米好物留给他一家和几个亲信享用，兵士们吃的却是最贱的米，这还不够，他隔三差五就带着几个人到街市上，以稽查捉拿反贼为借口，看上什么好东西就明抢暗夺，个个是敢怒不敢言，上次北菜市口集市一案，他更是穷凶恶极，竟然草菅人命，没想到那个胆敢反抗的黄义士是何姑娘的朋友，佩服佩服！来，我敬何姑娘一杯！

他俩喝了一杯，何姑娘说道，黄师哥是将近二十岁才拜了师傅作为室外弟子，所以武功平平。但他却为人仗义，血气方刚，才招来杀身之祸。说完，暗自神伤。赵可立放低声音说道，何姑娘，你放心，我跟你说，王主将，呸！我还喊他主将。姓王那厮横行不了多久，他不但克扣兵士们的军饷，还故意裹报朝廷，说军费短缺，无法招纳新的戍卫兵士，也就无法更换旧戍卫，三年期限到了，大伙回不了家。现在兵营里怨声四起，已有人开始暗传音讯，密谋一日杀了那个直娘贼！庞哥，许哥，你们说是不是这个理？大家起事大干一番，我们愿听大哥的话，咱们兄弟几个一起同生死，共患难！说着向我们举起酒杯。我和赵可立向来视庞勋为大哥，况且他对王仲浦所作所为也早不齿，岂有不干之理？

谁知庞大哥踌躇了一会儿，说道，话虽如此，但他，你我毕竟是朝廷命官，食朝廷俸禄，为君主办事。只盼朝廷早日察觉王都将的累累劣迹，革了他的官职，再任命一位好官来，百姓也安宁了，我们也可回家乡探望亲人了。唉……造反，岂是我等能想的事？我们再从长计议吧，来，喝酒！再敬黄英雄一杯！

赵可立还想说什么，何姑娘更是面露愠色，我一看情形不对，若是强行逼庞大哥表态，反而会弄巧成拙，立即递了个眼色给他们，故意大声一拍桌子，说道，好！我们一切都听大哥的吩咐！举起酒杯，示意赵可立也举杯，同时敬何姑娘，四人一饮而尽！

当晚，我们一起到你们大嫂家，庞大哥意犹未尽，又在屋外摆了桌子，何姑娘尽地主之谊，忙着炸了点麻辣小鱼仔，摆点果蔬，打了几斤米酒，继续喝，大家有一搭没一搭的聊。不知为何，我认识了何姑娘后，心里有一种异样的感觉，话也就不多，她默默帮我们张罗好酒菜后，坐在那里，话也不多，似有心事。庞大哥和赵可立喝得兴高采烈，聊个不停，她既不吃也不喝，听着他们说的笑话也没反应，我则应付笑几声，喝着闷酒，心里盘算怎么找机会对她说我的想法。正在此时，她忽然噌地站起，直接对我说，许大哥，借个方便，到那边说句话！说着，往屋后面一指。我一愣，赵可立早笑嘻嘻地说道，去去去！要说悄悄话只管去，我和庞大哥在这喝酒，绝不会偷听半句。说完，与庞大哥哈哈大笑，又碰杯划拳起来。

我心里既喜又忧，不知她要跟我说什么？难道，我心里想的，她也是正有此意？心中忐忑地跟着她来到了房子后面不远处，那里有几棵不高不矮的榕树，环境甚是幽静。我心跳加快，望着月影下她秀美的脸庞，心中千言万语，不知从何说起，先开口道，何姑娘，我……谁知话未出口，忽见她杏眼怒瞪，摆一招'双龙出海'，双掌直往我胸前袭来，并大喝道，你骗我！因站得近，我又毫无防备，胸口一下齐中两掌，被击倒在地。她仍不依不饶，乘势跑起，几个连环腿往我踢来，我大惊，不知她何以动气？坐着出手挡了她几脚，趁个空隙，一翻身起来，绕着树跑躲避，一面叫道，何姑娘……停！有话好说。

我身形虽快，她也毫不含糊，紧紧相逼。最后被逼得没办法，我跃上一株较高的树，并迅速攀到树顶，她才停了下来，在树下叫道，下来！我在树上回道，你上来！她看看树上，也许觉得女孩子爬树不雅，没敢动。这样对了几声，她竟急得哭了，带着哭腔说道，你们都是一丘之貉！我一见她哭，忽然慌得不行，连忙说，何姑娘，你……别哭，我马上下来！说着，下了一半，觉得不对，问道，什么一丘之貉？

她拭着眼泪说道，你们的庞大哥！他与王仲浦是一伙的！你也是个骗子！说什么要寻机会杀了王狗官替我爹报仇……我一听，连忙说道，何姑娘，你误会了！庞大哥是个深谋远虑的人，没有十成把握他不会轻易应允的，逼得太急他反而退缩了。我许佶发誓！一定说服庞大哥杀了王仲浦那厮，为你爹和黄哥报仇，并带领大家起事，如若不然，我……我这个都虞候就……，就永不下这树，在这里当个猴子！

她噗嗤一笑说道，你就在这树上作猴子吧，可没人来给你送吃的。我听她算是气消了，忙试探道，那我可下树了，但你不许再'追杀'我！她凄然一笑道，我的仇人只有王仲浦一人，我杀你干嘛？只可惜我一个弱女子，就算啸功练成，怕也是无法靠近诛杀王贼，要怪就怪自己无能，又何苦迁怒于别人？又有谁能信得过，你们都是王的手下，怎敢以下犯上杀了他？说的话无非是骗我而已……说着，又垂下头，泪珠又落下来。不知为何，我突豪气顿生，说道，云芳，我许偌对天发誓！终有一天，我必亲手杀了王仲浦，为你爹爹报仇！若果我食言，定叫天打雷劈……何姑娘，咳，什么何姑娘，你们嫂子！她连忙打断，嗔怪道，谁又让你起这毒誓啦！下来吧，回去迟了，他们怕是又要笑话你了。我一听大喜，立即跳下树来，与她急急往回走。

到了房子前面，只见庞大哥和赵可立两人已经喝得醉眼惺忪、摇头晃脑的，见我们回来，平日稳重的庞大哥也开起玩笑来，哟，悄悄话说了这么久！何姑娘，我们许弟以后要你多加调教了！哈哈哈！他和赵可立两个醉得不轻，你们嫂子脸一红，带着'卢郎、慈妹'回房里歇息了，我们三个男的也就在外俯台、卧地而睡。"

这时已将近破晓时分，三人看床上的一大一小，却都是真的睡得沉了，可是他们竟然倦意全无。黎箸竹看了一眼阮明流，不好意思笑笑，转头问候圣手："那大哥什么时候跟嫂子好上的？"阮明流听了这一问，反而觉得是在问自己一般，不禁脸一红，心里却甜滋滋的，也想知道。

候圣手拿杯子欲喝，才发现原来酒早就喝光了，明流眼尖，连忙站起给他满上，他喝了一口，哈哈一笑说："这个嘛，还是得谢谢卢郎、慈妹啊！

第二天，大家醒来后，又去青龙乡游玩，这次是何姑娘亲自带我们四下里走，她对那里当然是了如指掌，还有很多幽深胜景非本地人不知也。卢郎、慈妹在何姑娘身旁左右相随，也玩得高兴，一路上叫个不停，到了水里抓了好多鱼上来，晚上她就给我们做烤鱼、煎鱼、麻辣鱼，那味道真是鲜美之极！下酒好菜啊！最后一天，我们又拿了祭品、香烛，到她爹爹和黄哥哥坟前拜祭。

第三天早上，船夫如约而至。临别之际，卢郎、慈妹就是不肯上船，紧挨着何姑娘，她似乎听懂它们的话，笑着对我说它们想留下来陪她。我心里暗喜，脸上却装着不高兴的样子说，好，既然你们不愿跟我回去，以后就各奔东西了！她脸一红，小声说道，那你可以经常来看它们啊。我正求之不得，又不好回答，庞勋大哥在旁哈哈哈大笑说，好！下次轮完岗，我们就不打扰了，让你自个回来探望卢郎、慈妹！

我们就此摇手告别，船刚出发不久，我就已想让船掉头回去了，心中出现的都是何姑娘的身影。就这样，我一到休息日，径往青龙乡跑，去看卢郎、慈妹，偶尔是她带卢郎、慈妹来桂州城玩，一来二去，我们就谁也离不开谁了，你们说，卢郎慈妹不就是我们的大媒人吗？我们常一起切磋武功，她的功力长进很大，五行奇术也算练到家了。只是在桂州城，一看见王仲浦，她总是秀眉倒竖，就恨不得立即动手报仇，我劝她要沉住气，待机行事。

不久，洪明镜师傅闻讯也从邕州赶了回来，还带着他那位千金洪晓艺。我和赵可立闻讯，特地去了一次青龙乡跟他们会面。大家同道之人，对起义一事一拍即合，约定时机一到，他将率领灵宗派一干子弟，以及他这些年来联系的仁人志士一起来加入义军。在一次饭席中，他还跟我们说了上次那两个黑和尚的来历。

原来，此二头陀乃是天竺国人，本是寺庙和尚，可品行不正，行为恶劣，偷盗奸淫，横行霸道，无恶不作，最终双双被逐出寺门，并勒令全国一众寺庙不得录用收留。他们走投无路，知道此时大唐崇尚佛教，皇帝更是三番五次去天竺国迎佛骨，国内对佛门弟子也是礼遇有加，就流落到东土来。一路上也是作恶多端，身为和尚，见寺庙不入访挂单，见佛祖不叩拜磕头，仗着一身蛮力武功，模样吓人，到哪都是白吃海喝，连出家人化斋礼仪一节也免了，如有不服不给，轻则破口大骂，重则砸店打人，然后扬长而去。就这样，竟然也从北走到南，过得甚是逍遥、快活、自在。

不久，他们竟从长安一直晃到了邕州。见此地虽炎热如天竺国，却绿树成荫，山清水秀，很是喜欢，遂决定在此久留。盘桓月半，每日在繁华闹市水街一带出入。邕州，被称为南蛮荒野之地，虽落后，居民秉性粗犷好斗之外，也有热情好客的一面，见是黑皮番人，又是和尚，从未见过，无不好奇，纷纷围观，品头论足。后来知道高的叫阿旺左，矮的叫阿索罗，整个街市门面，他们到哪里吃喝都受到免费招待。初时他们还客气一下，渐渐的本性暴露，稍有不满就叽里呱啦大骂，拍台翻凳，搞得街面上一片鸡狗不宁，洪师傅也当然听闻、见过这两个黑赖皮，只是未加理睬。

一日，洪师傅决定又到桂州一带游玩，早上背好行囊，信步走到水街那家最大的食肆'福满楼'。打算用过早点，然后就上路。进到里面，发现还早，空无一人，便挑了一个靠窗的位置坐下，把背囊放在旁边椅子上。过来招呼的是胡老板的女儿，名叫宁儿，十八九岁年纪，洪师傅也算看着她长大，如今出落得水灵儿一般，穿一件鲜蓝色的印花衣衫，身材高挑，皮肤白皙，颇有北方女子的风韵，平日胡老板不许她出来店里，怕女儿的美貌招来事端，偶尔才让她来帮忙。

宁儿问道，洪叔，你又要出远门吗？

嗯，准备到桂州去逛逛。宁儿，今天你爹放你出来了，不怕你惹事生非？洪师傅微微一笑，半开玩笑地说。

宁儿脸一红，嫣然笑道，我们邕州城里有洪叔这等英雄护着，还怕什么强人流氓敢闹事？如果有坏人敢来欺负我，我就大喊一声，洪叔叔，快来救命！洪叔，你一定要立马赶到，宝剑一挥，咔嚓，把歹人的头给砍了。

洪师傅听了哈哈大笑，说道，好，好，好！洪叔叔岂能让人欺负宁儿？来，给洪叔按老规矩，上一碗加大老友杂粉，外加两个卤蛋和青菜，再上一壶米酒，吃完我就该赶路了。

宁儿道，好咧！洪叔叔，我有空找晓艺妹妹玩去，洪婶我也有些时日没见了。说完，就到后面去下单。

过了一会儿，店里晃进来两个黑影子，连杂着一阵叽里呱啦的话语。洪师傅头没转，余光一瞟，就知道是那两个黑赖皮到了，心里暗忖道，刚说坏人，坏人就来了，看看你们又要闹什么妖子。

他们在正中央的桌上坐定，丁零桃榔把手上的兵器丢在桌上，似乎对洪师傅感觉不存在似的，其中高的那个拍了一下桌子，将学会最快的一句汉语大声叫了，老板！

宁儿用托板端着粉和一小瓷壶酒正走出来，经过他们身边，眉儿一蹙，应了声，就来！两个黑赖皮看着她，忽像着了魔，丢了魂似的，紧盯着不放。宁儿把粉和酒给洪师傅放好，眼儿笑笑，轻声说了声，救命！洪师傅心领神会，微微点头，嘴角一笑，拎起酒壶喝一口，拿起筷子，心满意足地拨着那一碗热气腾腾、香气四溢的老友粉。这乃是邕州地方风味一绝，酸辣俱全，夏吃开胃，冬吃去寒，是邕州人的最爱，洪师傅也不例外。

阿旺左、阿索罗看着宁儿走回来，指指洪师傅，然后嬉皮笑脸地说，一样的……他一碗，我一碗，还有……酒！说着，又互相指了指。宁儿早也听说这两个赖皮，知道他们又是来白吃白喝的，心里本来就没好气，又见他们色眯眯猥亵的样子，心里一阵厌烦，丢下一句，知道了，就来！匆匆走进后面厨房。

掌勺的是特请的大厨何老爹，已经六十多岁了，但身体硬朗，做了一辈子，耳不聋，眼不花，是邕州数一数二的好厨子。看见宁儿气鼓鼓走进来，笑眯眯地问道，怎么了？谁敢欺负我们宁儿，告诉老伯，我拿锅铲收拾他！宁儿说道，还不是那两个臭黑和尚呗，死皮赖脸来混吃混喝，样子又丑又恶心，不知道多久不洗澡了，一股臭味！他们要洪师傅一样的老友粉。

何老爹说道，我还以为是啥事呢！原来是这两个黑煞星，哎！看来是我们邕州人把他们惯坏了，以后要他们尝尝更好的滋味。说完，就动手做老友面，添柴把火烧大，往炒锅里加油，烧得滚烫，放入姜丝、豆豉、蒜末、辣椒末，想想，又多加了两三倍的辣酱末，看了宁儿一眼，宁儿吐吐舌头，笑了。焓炒几下，然后将两碗配好的酸竹笋、猪肠、猪肝、肉片等料倒进锅里，'轰'一声，只见一阵火苗从锅里腾空而起，兹兹作响。何老爹左手持锅，右手挥铲，上下翻飞，不一会儿烟气、呛鼻的香气布满厨房，宁儿忍不住咳起来，笑个不停，一面把酒倒好。何老爹加入高汤，'哗'的一声，烟味和香味才稍微散开，加入两份的粉，再煮一两分钟就出锅，撒上绿油油的葱花，两碗色香味俱全的老友粉就出炉了！宁儿端上便出去，临出门口回头看一眼何老爹，他正用干瘦的手擦额头的汗，看见宁儿回头，立即做一个被辣椒辣得龇牙咧嘴，手舞足蹈的动作，宁儿被逗得噗嗤一笑。

阿旺左和阿索罗两个，正在那里低头叽里咕噜说着什么，还不时浪笑几声。看见宁儿走过来，又眯着眼紧盯着她曼妙的腰身，宁儿感觉浑身上下不自在，把粉和酒放下后说道，请吧！阿旺左突然伸出手摸宁儿的手，吓得她一收手，转身就走。两个黑和尚大声浪笑好一会儿，又看着她婀娜的背影，楞了半晌，转头同时拿起酒喝了一口，同时拿起筷子，笨拙地撸起一大筷子粉，吹了吹，同时往嘴里送去。两人动作那么一致，仿佛是一直生活在一起练出来的别门'功夫'，两人头俯低着，嘴里塞进满满的一大口粉，却突然怔住了，同时抬头看了对方一眼，眼泪也都同时流下来了，忽然吐出嘴里的粉，同时大喊一声，哇啊个巴扎基拉古啦！！！还同时跳将起来，嘴里呼呼地往外吐气，吸气，再吐气，再吸气……想想，拿起酒壶就往嘴里灌，好似嘴里起了火灾一样，拿酒来灭火，谁知道，酒进入嘴里就辣上加辣！哇的一声全吐了出来！满嘴又想继续巴基咕噜地骂，后来又出不来声。

蹦跳了一阵，两个人终于缓了下来。原来，南方的红尖椒委实厉害，俗名叫'指天椒'，磨成粉，又在油里爆过，更是强劲，放得合适那是美味，何老爹为了惩戒他们，加了几倍多的量，饶是黑和尚喜欢吃咖喱、芥末等辛辣品，但怎么顶得住这辣劲？当真是嘴里辣到可以喷出火、眼里冒出烟来，他们满脸黑里透红，直气得大拍桌子，高声叫骂，忍不住辣，还是拿起酒继续喝。

过了好一会儿，只见何老爹、宁儿一前一后走出来。阿旺左瞪着红牛眼，指着何老爹，又指指粉，意思说，是你煮的？何老爹连忙手合十，陪笑说道，抱歉，抱歉！手重了点，手重了点。再煮一碗来。谁知阿旺左两人趁着酒性，更是得理不饶人，阿索罗从侧旁一掌直往何老爹胸口击去，何老爹本就瘦小，年纪又大，怎会预料他们二话不说就下重手？一掌被击中，登时向后飞去，喀嚓几声，撞在后面的八仙台上，胸骨断裂，口吐鲜血，眼见是不行了。

宁儿吓得大哭起来，跑过去抱着何老伯。黑双煞见要出了人命，酒早吓醒了一半，但眼见宁儿坐在地上啼哭，娇弱楚楚的样子，不禁邪心又起，两个眼神一递，干脆来个一不做二不休，竟抢将上去拉宁儿，想抢人。

忽然，身后如雷一声大喝，黑双煞还没来得及回头，后背各受一掌，纵是横肉敦厚，也感到火辣辣的疼，齐齐扑倒在地。阿旺左的头还嗑在桌角上，立时肿起个大包，顿时气得暴躁如雷，又一阵叽里呱啦乱叫，爬起来一看，正是在角落吃粉的洪师傅。洪师傅没料到他们突袭毒手，没来得及救何老爹，此时，他转身拿了行李和剑，对宁儿说道，我引开他们两个，到外地去解决他们，你快报官。有空便去找嫂子他们。说完，对着正晕头转向的黑双煞指指外头，意思说咱们到外面去比试，然后大踏步走了。两个黑头陀操起台上的兵器，心想，既然闹了人命，赶快离开此地，但先要把这个目击证人先干掉，改天再来找这小妞算账，所以竟跟随他一路出城而去。

洪师傅往桂州方向行进，施展轻功，走得甚是急速，黑双煞不会轻功，但体力好，虽然气喘吁吁，竟也没落后，只是一时不敢靠近。一是不知对方功夫深浅，二是想找一个僻静之处再下手。所以洪师傅走，他们跟，洪师傅停，他们也停，有时竟然在一个客栈落脚吃饭，只是远远分开坐着，互相装着看不见，喝酒吃饭，眼角却无时不在监视对方。他们紧跟着也正中洪师傅下怀，心里也想找一个僻静处，解决掉他们，双方算是不谋而合。

就这么走了十几天，洪师傅游览了桂州几处名胜，他们也屁颠屁颠地跟着，看得兴致挺高。直到那天来到月亮山，他们见此地安静，便决定动手，在山旁埋伏，所以才有了你们嫂子所见的一幕。"

候圣手讲到这里，往窗外一望，竟然天已到三、四更光景了。阮明流和黎箬竹这时才打起哈欠来，三人谈了整整一晚，也委实困了，候圣手说："睡会儿吧。"三人一起伏在台上，昏沉沉睡过去。

三人正睡得香，忽仿佛在梦中，耳中传来一个声音喊道："快起来，拿上兵器！有人上门了。"他们是何等警觉之人，立即醒转，一瞧，原来是许夫人坐床上，正用啸功传信息，声音只在喉中，一点也不对外发出。他们各自拿上兵器，屏住呼吸，蹑手蹑脚来到门边。果然，听见外面窸窸窣窣，有轻微脚步声，听声音就知道是会武功的好手。黎箬竹也侧耳倾听，对着许夫人举了两个手指，夫人也回了两指，说是两个人。候圣手示意阮明流，待会突然打开门，就直接动手。就在他将要打开门的一瞬间，外面竟然响起敲门声，笃笃……笃笃笃！候圣手暗想，敢敲门的一定不是来偷袭的，就问道："哪路的朋友？不知上门有何贵干？"外面回答道："冒昧打扰！我等是寻人而来，不知……"话刚至此，阮明流忽然兴奋大声喊道："光流、正流！你们来了！大哥在此！"大家一听，知道是他的两个弟弟寻来，欢喜不已，候圣手连忙打开门，一看果然是阮光流、阮正流，他们一见大哥，眼圈都红了，握着他的手叫了声："大哥！"

阮明流连忙引见给候圣手和许夫人，阮氏兄弟一一施礼拜见，然后是黎箬竹，阮明流不知怎么介绍，只能说道："这位是黎姑娘……名叫箬竹，也是……"话到这脸也红了，"大嫂！"许夫人在旁边打趣地说。光流、正流一听大喜，连忙过来见过竹灵子。黎箬竹脸刷的红了，说是不是，说不是也不是。

这时，许夫人叫道："你们快过来看！抟儿醒了！"大家抢过去一看，只见抟儿眼睛睁大了，正在双手抱双脚，放开，又抱，自己玩得不亦乐乎。忽然，抱着右脚直接送到嘴里啃大脚趾，众人看得直乐。许夫人喊道："坏了！我的抟儿饿了，我去熬米糊去，箬竹你过来帮忙，学学怎么煮。""好咧！"黎箬竹高兴地答应着，她自知终有一日终将为人妇，柴米油盐酱醋茶是得学学了，许夫人将抟儿抱起来，说了声："走，给抟儿做好吃的喽。你们先坐坐，早饭也给你们准备来。"

候圣手带阮氏三兄弟坐下，问及他们如何寻到这里。光流抢着说道："我们前日别了母亲，就赶去崇崀县援助，可惜晚到了一步，抵达陈府时，看见的已经是一片废墟，尸首遍地，镇上一片恐怖、凄凉之意，家家户户皆闭门不出，官府已派人来收拾现场。我们躲藏在暗处，听到陈夫子儿郎被一对武功高强的年轻夫妇带走了，据说是乘着一叶飞舟而去。一对夫妇？我们甚是惊讶，怎知道会是大哥？！但怎么也打听不到你的消息，心里甚是焦急，听说官府正在准备船只去追捕，万分无奈下，只能赶着去找那一对年轻夫妇。

我们记得大哥说过的话，先保护陈府的骨肉才最重要，所以连夜到处寻去，也不知是往下游还是上游，逆流往上走了十几里，不见，又顺流而下，经过此处时，本不见大哥的船，但岸上一座房子的灯光引起我们的注意，就往这边划来，果然见了船，真是冥冥中自有神灵指路。"

候圣手笑道："你们不知道是不是大哥，也不知安危如何，是以轻手轻脚地过来，哈哈！差点引来一场打斗，好在你们大哥反应快，避免了不必要的死伤。"说罢，手在台上轻轻敲着，忽而道："所以说，官兵也会随时寻到这里，不行，这里虽说是荒山野林，还是很危险，抟儿必须得尽快转移。这样，你们白天好好休养，晚上趁着夜色赶紧离开此地。你们也是本州人，回家也不安全，整个普州都不安全，我老家在亳州真源县，家中还有老母长兄，田地、房产也有些许，我马上修书一封，你们先投靠那里，待我跟你们嫂子把这里的事务处理完了，就赶去跟你们会合。"

阮明流对正流、光流说道："好，今晚我们就分头走，你们回家把母亲接了，再来亳州找我们。官兵如果找到咱家，会乱杀人泄愤，唉，我还担心乡亲父老们，可能要连累他们了。"正流说道："我们回去一定告知乡亲，说咱三兄弟冒犯了官府，出外避难，让他们都小心为是。"

光流愤愤地说道："官兵这么穷凶极恶，实在是欺人太甚！许大哥，要不你领着我们，拉一支队伍，跟官兵斗，大不了战死沙场，还怕了他们不成！"候圣手苦笑一下，说道："起义的事我跟你们大哥咋晚讲了，但没讲完，如果你们不困，等会儿吃完早饭我再继续。要说行军打仗可不是一件容易的事，必须要有一个具备文韬武略的统帅，唉！当时我们就算有了一个统帅，最后也是功亏一篑啊！"

　　说到这，他不知想到了什么，长长地叹了一口气，又说道："他太骄傲自负了！太贪求虚荣了！害得我军将士全军覆没！最后几场战役，我们本不该败的啊！还败得如此惨烈！如果听了大伙的意见，我们现在应该直捣长安城了，而不是只剩我夫妇二人偷偷躲在此处，生不如死啊，他们都战死了，唉，战死了……"说完，满脸悲切，似乎完全沉浸在那场激战的情形当中。

　　这时，黎箸竹端过来一些烙饼和一锅粥，说道："你们快吃吧，抟儿也在那边正吃得欢呢！"阮明流说道："你也一起来吃，吃完抱抟儿过来，换嫂子。顺便听许大哥继续讲起义的事。"她一听还有故事听，赶紧"嗯"了一声，坐在碧渔子右侧，他们聊些闲话，潦草吃着，不一会就用完餐了，竹灵子过去把抟儿抱了过来。

　　许夫人说道："今天是集日，我到镇上去采办东西，家里也没酒了，顺便探探外面的情况。"阮明流说道："嫂子，我陪你去吧，也好搭个手。""不用，平日都是我自己去的，如果东西多我雇个挑夫就是了。你们现在是朝廷钦犯，怎能出去抛头露面？你们都在家里休息，晚上还得划船，我给你们，还有抟儿准备路上的食物。"她披上一件浅灰色的长衫，戴上一顶竹斗笠，四周围着一层黑纱，不是为了挡太阳而是为了隐藏，把剑拎在手上，过来又看了一会儿抟儿，笑意莹然。竹灵子站起来，让抟儿面对着她，说道："来，抟儿跟干妈说再见，干妈给抟儿去买好吃的。"抟儿眼睛睁得大大的，看着她笑，只是没有笑声，甚是可爱。许夫人想到今晚就要分别，隐隐的悲伤由心底升起，收起笑容，说一声我走了，就出门而去。候圣手早习惯夫人赶集独来独往，道了一句："夫人小心！"

　　正流、光流逗抟儿玩，候圣手去生火煮了水，泡了一壶茶，大家又坐下。光流给大家倒上，许估说道，茶叶是当地产的"苦丁茶"，虽然只是平常茶种，但微苦中却含一股清香凛冽的味道，他自遇到此茶，就只喝它，因喜欢它的名字，苦丁苦丁，孤苦伶仃，人生在世，飘零之后，这种感觉愈加强烈。如今看着抟儿，想到他的身世，想着自己遭遇过的事，更是感慨万分，同时，一份希望在心底升起。抟儿虽然可怜，可是他今后一定有一个不同寻常的人生，陈夫人的想法是对的，帝王将相，荣华富贵，又能如何？如果百姓皆苦，那些权势之人拥有的只是一堆虚幻的荣光，其实跟牛屎差不多；眼看一朝朝、一代代的更替，如今连大唐也岌岌可危，而自己也曾是想抽掉那最后一根稻草的人。可回头一想，就算成功了，那又怎么样呢？自己也许可能将成为将相，可是，难道就能保证那时的君王就是明君？那时的臣子就都是忠臣？那时的天下就是昌平盛世？那时的百姓就不苦了吗？那既然如此，自己揭竿而起，冲锋陷阵，死了那么多弟兄，自己也差点儿丢了性命，又有什么意义？

其实名义上，我许佶已经死了，就在最后一场战役里，那么多尸体都被流水冲走了，我侥幸生存了下来，那所追求的一切又是为什么呢？人生短短几十载，做人还不如潇洒来去，逍遥自在的好。对！我的抟儿，也是我的桂儿，就要这么教他，想通了这一点，原来的一切愤懑的情绪，都烟消云散了，不禁心复平静，长舒了一口气，抬头看见碧渔子四个正看着自己，盼着他开始讲接下来发生的起义故事呢。

他微笑着喝了一口苦丁茶，继续说道。

"咸通九年（公元 868 年），我与你们嫂子已成亲两年，并且有了桂儿，已一岁多了，开始学走路，学说话，叫妈妈，好可爱啊！本想到年底，我们这批戍守了五年的老兵就可以返乡跟亲人团聚了，满心欢喜。不想朝廷又下了旨，要我们再续守一年。大家一听就炸开了！已经多熬了两年，再守下去，还有没有命回家乡都难说了！为何朝廷总是出尔反尔？王仲浦说朝廷拨下来的兵饷不足以招募新兵，其实是他私自克扣了大量银两，并与宦官勾结一气，然后向朝廷禀报，招不到新军，所以让我们继续戍守。

军中暗暗流传着一股叛乱的情绪，我自己也是归家心切，大家平日里尊敬我，听我的话，欲推我为首，带领大家起事，把王仲浦这厮杀了，然后一路打回老家去，再直捣长安城，要干就干痛快的。密谋了许久，我自己总觉得缺少一种稳重的领导能力，倒是庞大哥沉稳持重，智谋也多，最是适合，就想拉他出马，可他一直犹豫未决。

时局紧迫，我又不知如何动手，心底甚是焦急。一天黄昏，我决定要向庞大哥挑明了，大不了他不愿干，总不至于把兄弟给出卖了。遂提着几斤三花酒，一只烤鸭，一只烧鸡，直奔粮仓，也许久没有见庞大哥了，说真的倒是挺想他。

到了粮仓所，跟守卫的士兵打过招呼，他们笑着打趣说，许都虞候又来找庞判官斗酒来了！我说，家里揭不开锅了，过来收买一下你们的庞判官！他们都笑了。进得里边，庞大哥正坐在桌边翻阅粮簿账本，看见我立刻站起笑着说道，许弟，我这两天正想你呢，怎么许久不见过来看大哥了？本打算明天去看看你和弟媳，还有小桂儿，不想你就来了，说说，是不是也想大哥了？我道，那是！一直想着陪大哥喝酒呢，平日自己在家喝觉着闷！只是最近事情比较多，抽不开身，今天终于忍不住了，再自己喝，非闷出病来不可！哈哈哈！庞大哥笑道，还是老规矩！到我房里，说话方便，我叫厨房再送些米饭菜肴过来，今晚一定喝个痛快！

以前不管是两个人，还是七、八、十几个，都是在他房里喝酒谈天，大家放开了吆五喝六的，就算喊破地，闹翻了天也没人管。庞大哥家眷在老家，当官又有自个儿的房间，又性情豪爽，结交了军中众多豪杰，威望很高。不一会儿，饭菜都整饬妥当，按老规矩，连碰三杯，才吃菜慢喝起来。

闲聊了一会儿，我开始试探道，大哥，自朝廷下旨要弟兄们再守三年，军营中一片愤懑啊！看来是不闹不行了，想压是压不住了，唉！我作为他们的顶头上司，难管啊！所以来找大哥诉诉苦，求大哥支个主意。

哦？他们打算怎么个闹法？他喝了一口，放下杯子，笑着看我。我也猛喝一口，手撑着右膝，掌中握着空酒杯，这时酒劲上来，当时脸一定涨红，俯身抬眼，盯着他说道，他们……想干这个！说完，我将手中的杯子运劲一握，嘎嘣一下立即碎为几瓣。他一愣，旋即明白，哈哈大笑起来，笑了足足有半响，声震房梁，梁上尘土也簌簌下落，虽然还是以往熟悉的声音，但我心里拿不准他的意思，心里七上八下的，令我酒也醒了一半。他突然停住笑，拿起酒杯一干而尽，然后举杯过头，望着我，手一用力，也将杯子捏碎，大声说道，好！干他Ｘ的！就干这个！

我一听，喜出望外！庞大哥竟然同意了？！立即从旁边又取来两个杯子，斟满酒。这时，我俩的手都被碎片刺出血来，互望了一眼，心照不宣，便各自把血滴进自己和对方的酒里，双手举杯，我说道，好！有大哥这一句话，我们一众兄弟就有主心骨了，请大哥不必推辞，作兄弟们的首领，带着大伙一起举事，我们发誓追随大哥，唯马首是瞻，干他一番轰轰烈烈大事！庞大哥朗声说道，谢谢众位兄弟看得起我！来，许弟，我们干了这一杯，从今往后，歃血为盟，你我众人同甘苦、共患难，打下江山，到那时，天下太平，荣华富贵同享，教天下百姓都有口饭吃！说毕，我们一饮而尽。

庞大哥取来止血膏药包扎好手后，我们继续喝。他道，许弟，说真心话，大哥理解弟兄们的心情，但我对朝廷一直本不愿生二心，可最近发生的许多事让我心灰意冷，你刚才看我在对着粮簿发愁，可知为何？粮仓再过些时日，就没有米粮了！他娘的，徐泗观察使崔彦曾，不但以军带匮乏，难以发兵为由，上报朝廷要我们再戍守一年，而且与王仲浦狼狈为奸，克扣、贪污军饷和粮饷，今日发来紧急书信说因全国今年逢灾，粮食欠收，购置不到新粮，要我这个粮判官在目前的库存情况下，想法子安排以后的粮食发放，也就是说，以后军中不能餐餐吃干的了，得两干一稀或两稀一干，包子馒头也要减半，你说，让大哥怎么去面对早就盼望归家心切的各位！我怎么说得出口！正愁得急得不知如何是好，心里骂娘，不如就反了吧！你就来了！既然大家连饭都吃不上了，还守什么守？直接反了得了！

我压低声音答道，大哥，可还记得大中十三年（公元 859 年）两浙的裘甫？庞大哥眨眨眼，说道，裘甫？嗯，当然听闻过，他也起事了，可细节却未祥知，你若知不妨道来。

我可是四下打听得清清楚楚！他真是个奇人物，来，酒满上，听我细细述来。我曾听一位来自浙江的兵详细讲过他故事。”

第八回 铁掌铁峰别白叟 天台天姥忆青莲

这裴甫，祖籍乃是浙东剡县（今嵊州市）人士。自小家境贫寒，却对武功入迷。因居唐兴县剡溪边，成日约小伙伴们在水边的沙滩上比划拳脚。九岁那年，盛夏一日，他们正打得高兴，忽见一老者躺在一棵树下，手里拿着个什么东西在摇晃，他们大奇，跑过去一看，只见是个发须全白的七旬老翁，一身衣衫破旧邋遢，脸色发黑，嘴唇发白，口干舌燥，快要奄奄一息的样子，手里持着的是个竹筒，只能发出微弱的声音："水，水，水……"

大伙一听，这老翁怕是赶路的，快渴死了吧？水河里有的是啊，便七嘴八舌地说，快，给他盛水去！有人就去拿他手中那个竹筒。可是，奇怪的事发生了，因为任谁上去拿，都纹丝不动，怎么也拽不下来，仿佛竹筒牢牢和那干瘦的手指粘在一起！裴甫是他们的头，忽然说道："不对，爷爷说的是酒，酒，酒，不是水！"大家伸头过去仔细倾听，可不是么！老翁细微的声音叫的是酒，每喊一声，喉咙还咕噜响一下。

这下大伙愣住了，我们都是穷小孩，饭都吃不饱，哪有钱给你买酒来解渴？遂个个都失了兴趣，纷纷四下里散去，惟裴甫仍木立在那不动，有人回来劝："走吧，走吧。"裴甫愣愣地说道："不能见死不救。"伙伴道："你又没钱！有钱买饭填肚子，还买酒？"裴甫忽然一拍脑袋说道："有了！"俯下身来对着老翁轻声道："老爷爷，我给你打酒去！"

老翁还在不停呻吟，不知是听见还是没听见。裴甫也不管了，探过手，抓住竹筒，因见大家都拿不动，以为竹筒很牢固，所以用尽力气往外拽，谁知，这回竹筒却一点也不紧，用力过猛，害得他往后打了个趔趄，坐在地上。但他马上站起，拍拍屁股上的尘，大声对大伙说道："我马上回来！"一溜烟就往街上跑去。过不了一会儿，果见他抱着竹筒，上气不接下气地跑回来，刚跑过，伙伴们都闻到了酒的香气，个个脸露惊讶之色，又一股脑围了上去。

裴甫蹲在老翁跟前，将竹筒盖子打开，然后递到老翁嘴边，兴高采烈地说道："老爷爷，酒！酒来了！"老翁一闻到酒味，眼皮哆嗦了一下，慢慢睁开了，裴甫把酒倒在他干裂的嘴唇上，他嘴唇砸吧几下，一下张大了嘴，裴甫缓缓倒了进去，只听见咕噜几声，一下竟连喝了三大口！但随即嘴和眼紧紧闭上，仰头便倒，吓得裴甫和伙伴们瞪大眼睛，以为他死了。正彷徨间，忽见老翁呼一下子又坐起来，说道："娃娃，好娃娃，把酒给我！"裴甫急忙把竹筒给他，老翁端起便喝，边喝边赞："好酒，好酒！"刚喝不久，原来黑的脸色慢慢变得红润，眼睛也变得炯炯有神起来，整个人顿时焕然如新，哪里像要死的样子？

他喝干最后一滴酒，倒了倒，确定没有了，又砸吧几下嘴，才摇摇晃晃站起，把竹筒别在腰上，摸着裴甫的头问道："好娃娃，你叫什么名字？"裴甫不知为何，竟有点怯意，犹豫答道："裴甫。"他又问："你喜欢武功，是不是？"裴甫惊喜地猛点头，反问道："爷爷，你怎么知道？"老翁仰天哈哈大笑，树上的叶子被他雄浑的笑声震得簌簌直响，有几片竟然飘摇落下。其他伙伴们也被震得惊呼，有的把耳朵捂起，唯独裴甫一动不动。

老翁说道："果然是棵好苗子！"在他肩上拍了七下，然后摇摇晃晃，又感觉是轻飘飘地朝前走，只一晃眼，人不见了……伙伴们看着眼花，也顾不得了，立即围过来，他们有更重要的要追问裴甫，他是怎么样打到的酒？裴甫笑笑说道，我对酒铺老板说，如果给这个竹筒装满酒，我就替你们干活三个月，随叫随到。

有的佩服裘甫机灵，有的赞他大气，正闹个不休，唯独裘甫发现一件非常不可思议的事：这个爷爷太奇妙了，他在沙子上走过的路，竟然没留下一个脚印？！而且，怎么一眨眼功夫，人就不见了？是自己眼花？又默默想，他在我肩上拍七下，啥意思？难道是，现在是巳时，再过一、二、三、……七个时辰，是子时！他在子时与我相约？半破解了这个谜，他内心激动，乐得不知所以，他早预感到，这爷爷不是一般人，而是一位神仙般的高人。

未到子时，他早早候在树底下，眼睁睁地望着夜色四周，一刻也不敢松懈。但左等右等，不见人，正自失望间，却感觉有人在拍他脑后勺，以为是鬼，吓得转身一瞧，却是老翁神不知鬼不觉地出现了。他又惊又喜，马上翻身跪倒，连磕了好几个头。

老翁故作严肃道："够了够了！为何拜我？"

裘甫头上、脸上都是沙子，嘴里也是一嘴沙，连忙又吐又擦，慌里慌张说道："拜师学艺！"

老翁笑道："好，聪明！该叫我什么？"

裘甫早心知肚明，响亮叫道："师傅！"

老翁满意地朗声笑道："哈哈哈，好娃娃！你想练绝世武功，是不是？"

裘甫猛不迭点头，月光下，亮晶晶的眼睛愣愣盯着老爷爷，眼眶旁还布满沙子。老翁说道："嗯，这容易，要练绝世武功的物件，就在你身边。"

裘甫听了大吃一惊，瞪大周围布满沙子的眼睛，左看右看，前看后看，一切都还是老样子啊，哪有什么特殊物件？老翁又道："擦擦你的脸。"

裘甫用手一摸，满脸的沙子哗哗地流下，才擦了几下，眼睛又一亮，兴高采烈说道："沙子！？"老翁赞叹道："这娃娃，果然机敏过人！来，你在这堆一个小沙丘。"裘甫立即跳起，在旁又推又拱，不到一会儿，一个小沙丘就堆好了。老翁趁他干活，拿出竹筒，悠然自得地喝起来，酒香飘到裘甫鼻子里，他抬头问道："爷爷，您有钱买酒了？"

老翁干咳了几声，说道："真是个乖娃娃，嗯，其实，这酒嘛，爷爷想喝多少都有……别说喝了，把酒铺买下来都行，你这娃娃！好了，堆好了？看着，把两手竖成掌，这样……然后，往沙丘里插，迅速插进去，迅速抽出来，动作要快，一百次！开始吧。"

裘甫心想，爷爷穿的这么破烂，还夸口可以买下酒铺？也太……吹牛了。但就按着说的做，左右开弓，刚开始，手插进去，觉得沙子凉凉的，还挺舒服，心里嘀咕，这……也能练出绝世武功？眼不禁瞟了几下爷爷，老翁装作看不见，喝着酒，只说："喂！掌崩直了，快点！认真！"裘甫便更卖力的插，待过了五、六十下，感觉手掌有点火辣辣、胀痛，但也不能停下，直到一百次，裘甫两手互相摸摸，感觉平日细皮嫩肉的手有点不同了。

休息不到一会儿，老翁又道："把沙丘堆好，这回三百次！"裘甫立即答道："是！"第一夜拜师，裘甫就插了一千次沙丘，最后手臂也麻木了，手也火辣辣地疼，其实已经红肿，渗出密密的小血点，只是夜里看不见。老翁从怀里掏出一瓷瓶给他，要他回家洗净手，倒出擦上，再用布包扎起来，而且叮嘱，今晚的事保密，明晚再来。

从此，裘甫每晚便随着那神秘老翁练功，白天伙伴们见他手上绑着布，问怎么回事，他总说不小心弄伤了。白天手包着布，可到了晚上练功时，老翁令他必须把布除下，擦沙丘必须得空着手，旧伤新伤混在一起，痛得他龇牙咧嘴，泪水直流，可倔强的他咬着牙，从不哼一声，天又热，泪水汗水夹杂在一块，流到嘴里又苦又咸，但他不敢吐掉，怕师傅发现，就咽了下去。老翁也不管他，药用完了，就给他新的，不过，开始给传授一些内功法，吐纳呼吸，运气丹田，大小经络如何贯通等。练了一段时间，裘甫才发觉，原来师傅那天装死就是用这个道道，心里偷偷好笑。

过得三个月，裘甫发现自己手已经换了几层皮，现在的新皮是褐黄色的。渐渐的，布也不用缠了，药也用得少了，因为手就算插沙丘三千次、五千次也不觉得火辣辣疼，也不出血了。裘甫高兴极了，以为大功告成。一天，在与伙伴们沙滩比划的时候，他"呼"地一掌打在一个朋友脸上，那小伙伴感到一阵火辣辣刺痛，哇的大哭起来，大伙一看，乖乖！那脸上一只隐约的手掌印，呈淡红色，大家看到吓傻了，不知他怎么做到的。裘甫自己也傻了，喃喃自语道："我只是轻轻打了他啊！"

到了晚上，裘甫又惊又喜地一一禀告师傅，以为师傅会为自己高兴，谁知老翁一听震怒，大声呵斥道："跪下！"裘甫闻声，吓得立即双膝着地，头低低不敢发声，他从未见过师傅如此暴怒。老翁厉声说道："我再三告诫你，跟别人玩耍，千万不要出掌！我铁掌帮[1]的帮规，竖起耳朵，听着！凡我帮众，须得行侠仗义，除恶扬善，救苦扶难，铁掌若出，必招呼在恶霸、坏人之身，如以铁掌伤及忠良，犯下不可赦之罪，依帮规该先自断右手，如若再犯，自砍去左手，实在是罪大恶极者，双足全废！逐出本帮，你可听清，记住了！？"

裘甫哆嗦了一下，连忙磕了三个头道："徒儿记住了，徒儿再也不敢了！"

老翁喝了一口酒，火气才降了下来，忽哂笑道："哼，

------

1 铁掌帮在第八代以后传到裘家，并在湘西开山建派的铁掌峰得以重新发扬光大。裘千仞、裘千丈和裘千尺三兄妹的事迹在金庸小说里有精彩描写。但笔者有一点与金庸大师的观点有出入，即第十三代帮主上官剑南只是代理帮主，因其时裘家遭难，裘千仞兄妹三人尚年幼，上官临危受命，代理帮主之职，并培养裘氏兄妹。裘千仞勤学苦练成为武学大师，裘千丈偷奸耍滑成为江湖骗子，裘千尺铁掌莲花亦算女中豪杰。如金庸先生尚健在，定就此事向大师讨教、商榷。

你今日出手，定是自以为已大功告成，所以沾沾自喜，忘乎所以了吧？真是井底之蛙，见识少！须紧记，永远是天外有天，人外有人。你眼下这微弱武功，才算刚刚勉强入门，离上层境界还差十万八千里呢。"裘甫大是羞愧，低头不言语。老翁知他算是认错，平缓了口气道："来，这是一些布袋子，去灌满沙子，然后绑在你的腿上，腰上。"

裘甫内心甚是好奇，为何要绑沙袋在腿上腰上？但哪里还敢问，默默地照着师傅说的做了。老翁见他绑好，站起身说道："来，你来追我，若能碰到竹筒你就可以回家了。"说着，双手背在身后，握着竹筒，慢悠悠地走起来。裘甫大喜，盯着竹筒，只在三尺开外，似乎一扑一冲就能够着，心想，给师傅来个出其不意。遂慢腾腾跟了一丈开外，突然撒开腿猛追，说也奇怪，就差一寸扑了个空，抬头一看，师傅又在三尺之距了，似乎走得很慢，可是裘甫怎么追，总是差个三尺，眼看就可以够着，手一伸，却又扑空。

月色很好，竹筒黄澄澄的很醒目，老翁往旁边山上行去。这山的山路弯弯曲曲，他头也不回。刚开始，裘甫还能迈开小腿一阵猛跑，到了半山腰，腿开始哆嗦不听使唤，重得像两条石腿，可师傅又近在咫尺，似触手可及，只能咬着牙，跟跟跄跄地跟着，但要触及竹筒的想法早抛到九霄云外去了。

终于到了山顶。裘甫平日跟伙伴们常来这里，对此地甚是熟稔。此山叫天台山，山不高，林木也一般，却因山顶有一道险峻的风景而得名：在靠河一侧的陡坡上，矗立着块造型奇特的巨大岩石，下面是四、五块交错横叠的，或圆或方，神奇的是最上方那一块，仿如天外飞来，插在这堆巨岩上面，足有十丈高，四面陡峭如削，虽有或尖或钝的棱角，直插云霄，如欲攀登，却断乎不可能，除非神仙，从未见人上去过。据说，高耸入云的顶上是平滑的圆形，正如一张台子，所以称之为'天台'，也叫'天台崖'，沿着岩石四壁，长满、爬满各种藤萝植物。

　　裘甫此时哪有心思看周遭，累得像一滩泥，倒在地上，闭上眼休息了一会儿，怕师傅责怪，又立即睁开。咦？他看到一个以往不曾见过的怪物，似鼎似锅，立在那里，他感大奇，一咕噜爬起来，果不是么？黝黑的大鼎里装满了东西，下面却堆满木柴，他惊讶地张大嘴叫道："师傅！"老翁正坐在一块岩石上，回道："叫什么！只是一尊鼎，呐，这是火石，把火点上！"说罢，扔过一个东西，黑暗中，裘甫什么也看不见，但经过苦练，此时他已可眼观六路，耳听八方了，辨着风声来处，伸手一抓，那东西早握在手里，果然是块火石。他蹲下，擦亮火石，发现木柴下面尽是枯叶，点燃了，一边抬头问道："师傅，要煮什么好东西？"此刻，他又累又饿，多希望大锅里是一只鸡或是肉啊，他感觉整锅他都可以吞下去！

　　老翁答道："待会儿你就知道了。"，火着了起来，不等裘甫看大鼎里是什么，老翁便叫他过去，指着那块高耸入云的'天台崖'，说道："我要上去！"

　　裘甫愣住了，不知师傅说啥，反问道："上哪？"

　　老翁再次指着岩石的顶端说道："上天台！"

　　裘甫吐了吐舌头，这次没听错，但他觉得师傅不是开玩笑就是疯了，他扭头望着师傅，瞪大眼睛道："师傅，那上面只有神仙才能上得去！"老翁斜睨他一眼，冷笑道："是么？那师傅今晚就做一次神仙！"话音未落，裘甫只觉得身旁影子一闪，定睛一看，师傅已经立在那四、五块岩石之上，他甩甩脑袋，以为自己累迷糊了，让自己清醒点，怎么会看不清师傅如何上去的？

　　老翁刚想攀爬，忽转过头道："好娃娃，你要不要来？"裘甫不敢相信自己的耳朵，自己也能上去？但还没容自己细想，头已经点了几下。老翁脚在岩石上点几下，身轻如燕，站在裘甫跟前（这次他看清了，内心赞叹不已），说道：

"把沙包都解下！"裘甫慌忙七手八脚地解下。老翁又道："绳子拿给我。"他把所有短绳子连成一根长的，转身蹲下道："上来！"裘甫知道师傅要背他，毫不犹豫就趴了上去，感觉师傅身子好瘦，背脊骨硌得他难受，老翁用绳子拦腰将他绑住，命令道："搂住我的脖子，手不要放松！如害怕就闭上眼。"裘甫照做了，可是将眼睛睁得大大的，他虽然害怕，但好奇心更强，想看看师傅是怎么上的天台。

老翁站起，将裘甫左右摇动一下，感觉结实了，吸了口长气，鼻子、喉咙发出"嗬"一声，裘甫听得清楚，随即感觉身子不由自主地往前飞奔，快得像一阵风，令他不禁张大了嘴，想喊，可马上给闭住了。老翁在岩石上东一点，西一踏，早到了天台竖崖边。

临上前，两人不由自主又仰头往上看了一眼，不看则已，一看，裘甫不禁倒抽一口冷气，这么高！似乎已经可触及云层了，虽没站在地上，感觉腿已经软了，心里有点悔意，但为时已晚。师傅拿竹筒喝了三口酒，往手掌心吐了两口唾沫，擦了擦，"嘿"了一声，叫道："抓紧了！"身子往岩石上一跃，双手牢牢抓在岩石缝里，双足不知踩在何处，旋即左右手轮流往上，十指像两把钢爪，碰到石头都发出清脆的"喀嚓"声，身子像猿猴一般灵活，不一会已攀爬了两三丈！

裘甫只感觉身在空中飘浮，一切无能为力。但看到师傅每一爪都铿锵有力，嚯嚯有声，碰上有藤条的时候，直接拽着藤条攀登，速度极快，除了心还砰砰地乱跳，不再那么紧张了，便睁大眼睛看周遭情况，发觉两人已在半空之中，旁边开始有云雾缭绕，心想，乖乖，不会是到玉皇大帝老爷家里作客去了吧？老翁一路不停，很快就要到顶，却碰到了一个棘手的事情，因为天台是上面宽，所以到了顶头，四周延伸出来，沿像个倒伞，挡住了，要翻上去着实不易！老翁颇踌躇了一会儿，若是只他自己，攀到边沿处，再一个倒翻就上去了，可现在背着一个娃娃，实在翻不过去。

思索半响，看来只能如此了，便道："好娃娃！现在是考验你胆量的时候，你怕不怕？"裘甫此时已玩兴大发，大声道："不怕！"老翁高兴极了，道："你知道要干嘛？果真不怕？"

裘甫可不想在师傅面前示弱，还是大声道："做什么都不怕！"老翁大赞道："好娃娃，有志气！我把你放下来，然后将你抛上天台去。"裘甫一听，差点就晕过去了，什么？在这里，在这时候把自己扔上天台？万一扔不准，或扔过头了，岂不是要摔成一团肉泥？……可是，自己已夸下海口了，怎能退却？竟然豪气道："好！"

老翁果然右手抓住石崖边，左手去解绳子，一边道："你得抱紧了！"裘甫两手紧紧搂住师傅脖子，知道绳子没有了，一放手人就飞下去了。老翁将绳放入怀中，左手往脖子处，一把便抓住裘甫的左手腕，说道："待会儿你上到那里，就大声拍掌三下，听清没有？！"裘甫明知无法可想，带着哭腔"嗯！"了一声，本来一直睁着的眼立刻紧紧闭上。

老翁喝道："放手！"裘甫听命自然将手松开，旋即感觉身子在空中摇荡，先是往后上飘去，接着往前上荡去，他只感觉到手腕被一把钢爪牢牢钳住，身子由它上下摆布，荡了一次，二次，第三次钢爪松开了，他飘乎乎地飞了起来，双手张开，像只鸟儿，也像片落叶，觉得自己就这么飞啊飞，永无止境……但很快，他就重重落在地上，不，是石头上，因为好硬！晕了一会儿，他才醒悟过来，哈！发现自己没事！安全落下了！可是紧张到口干舌燥，想喊，喊不了，欲哭欲笑，也不能，一点声音也发不出来，这才明白为何师傅要他击掌，立即拍了三声。

音量虽轻，老翁听得一清二楚，心中大喜，几下就攀到边缘，手抓住，身子一倒翻，已经到了天台。立即奔到裘甫身边，问道："好娃娃，你没事吧？"裘甫躺在冰凉的石头上，摇摇头，其实他魂都飞掉了，但作为男子汉，有事也不能随便认软的。老翁笑笑，从怀中取出竹筒，自己喝了两口，递给裘甫，说道："起来，喝一口。"裘甫爬起来，兴奋地问道："我……喝酒？"老翁笑道："嗯，喝吧，真汉子都喝酒，喝吧，你今晚已经长大了。"

裘甫接过来，抿了一小口，哇，好辣！他叫道，递还给师傅，两人哈哈大笑，这才仔细看这天台。皎洁月光下，依稀也看得清楚，果然像极一张台，呈椭圆形，前后宽各有三四丈，极为平阔，上面不全是石面，竟还有些土，零散还长着一些小树、草灌等植物。人站在此处，离天似乎已不远，那轮明月也似乎触手可及，旁边有云雾慢慢移动，凉风习习，往下望去，剡溪缓缓流过，夜色中大地只见个轮廓，反而不觉得太高，消除了恐惧，回头望，见下面大鼎的火烧得正旺。

老翁道："来，好娃娃，我们坐下，也来好好看看这仙境。"

裘甫听话，一老一少在天台中央光洁的石板上相邻盘腿而坐，腰板挺直，双手自然垂放在大腿上，调整呼吸，身心俱畅，目光所及，果是如瀛洲之境。

"师傅，你真的是神仙吗？"裘甫仍心有余悸，不敢相信这一切是真的。

"我不是神仙。他才是。"老翁若有所思答道。

"他？是谁？"裘甫觉得好奇，这里没有别的人啊。

"李太白。"

"李太白？他的武功比你还高么？"裘甫转头望了一眼师傅，他想不到，世上竟然还有比师傅更厉害的？

老翁一动不动，目光凝视着浮云与月亮，微微一笑，说道："他善使剑，虽是写诗文的，亦算我武林中人吧，然而却比我等专习武之辈更洒脱、更豪情万丈！人们管他叫谪仙，也就是被天宫贬谪下来的神仙。"

"哦？师傅为何不邀这位神仙来这天台饮酒谈天，写……诗……作文？"裘甫未上过私塾，大字不识，对诗文一窍不通，李白这个名字更是从未听闻。

"哈哈哈……太白诗仙已是百年前故人，实在遗憾无缘相识！不然，还真的与这位酒中仙狂饮三百杯！唉，可惜我生不逢时。天宝三载（公元 744 年），他在长安受到权贵排挤，被放出京，遂仗剑云游天下，也曾至新昌境内，游剡溪，登天姥，写下一篇壮丽诗篇。吟之念之，何等胸襟开阔，何等痛快淋漓！"老翁声音越来越大，情绪越来越激越。

"师傅，我从未懂诗文为何，你可以念给我听听么？"裘甫听得心醉神摇，不知李太白是何方神圣，能让师傅如此激动！

老翁点点头，答道："嗯……为师也正想说，除了习武，你也该上私塾读书习字了，不然长大也是莽夫一个。好，今晚为师给你上第一课，我念一句，你跟着念一句，要中气饱满念来，题目——《梦游天姥吟留别》，海客谈瀛洲，烟涛微茫信难求……"

裘甫运气丹田，鼓着小嘴，也大声嘹亮地念道："《梦游天姥吟留别》……"，就这样，一个苍老的声音，一个稚嫩的童声，一前一后，抑扬顿挫，响彻在这天台之上，飘向天际，落入深谷之中，久久回荡：

海客谈瀛洲，烟涛微茫信难求。

越人语天姥，云霞明灭或可睹。

天姥连天向天横，势拔五岳掩赤城。

天台四万八千丈，对此欲倒东南倾。

我欲因之梦吴越，一夜飞度镜湖月。

湖月照我影，送我至剡溪。

谢公宿处今尚在，渌水荡漾清猿啼。

脚著谢公屐，身登青云梯。

半壁见海日，空中闻天鸡。

千岩万转路不定，迷花倚石忽已暝。

熊咆龙吟殷岩泉，栗深林兮惊层巅。

云青青兮欲雨，水澹澹兮生烟。

列缺霹雳，丘峦崩摧。

洞天石扉，訇然中开。

青冥浩荡不见底，日月照耀金银台。

霓为衣兮风为马，云之君兮纷纷而来下。

虎鼓瑟兮鸾回车，仙之人兮列如麻。

忽魂悸以魄动，恍惊起而长嗟。

惟觉时之枕席，失向来之烟霞。

世间行乐亦如此，古来万事东流水。

别君去兮何时还？且放白鹿青崖间，须行即骑访名山。

安能摧眉折腰事权贵，使我不得开心颜。

"好！好一个'安能摧眉折腰事权贵，使我不得开心颜！'"庞大哥听到此处，不禁一拍大腿，大声喝彩道，"青莲居士的读本我有一册《河岳英灵集》[1]，飘逸神秀，子美的诗亦是苍凉悲愤，两位的诗读来均有神驰八极，心怀四溟之感，令人拜服……佩服！后来呢？"他酒也不喝了，想知道一老一少接下来做什么。

老翁念完最后一句，长啸一声，似乎将胸中久积之气涤清殆尽。裘甫虽不完全明白诗中之意，却也觉得甚是音律顿挫，动听豪迈，不禁对这位神仙李太白敬佩不已。原来，不是单习武才能做大英雄，诗文厉害也会成为大豪杰！对自己

---

[1] 《河岳英灵集》，唐代殷璠选编的盛唐从开元二年至天宝十二年 **24** 位诗人共 **234** 首诗集。

原只喜练武多少有点愧色，便暗下决心，来日必去上私塾认字，好读李太白的诗文。忽有一事不解，遂问道："师傅，那李神仙既然那么厉害，为何还有人令到他'不得开心颜'呢？"

老翁微叹一口气，道："好娃娃，你要记着，这世上，再厉害的人物也会有不开心的时候，朝廷专制，昏君多，明君少，因而奸臣、佞子、坏人、恶人无处不在，世道不公、不平之事，无时没有，有正义，有才气之人往往受到排挤，打压，空怀远大抱负却无法施展，就像李太白一样，你长大就明白了。因此，我们习武之人须牢记，不仅要秉持行侠仗义，除恶扬善的宗义，更要不畏强权，不惧淫威，宁做玉碎，不为瓦全。师傅的话可记住了？"

"嗯！"裘甫似懂非懂地点头，虽不完全明白，但有一点他却是了然于胸的，就是长大必要做个侠客般的人物，除了行善做好事，还有……就是……

他小脑瓜仍在乱转时，忽听见师傅一拍脑袋，"嚯"地站起道："糟糕！火烧过头了，我们得下去！"

裘甫一直不知大鼎里烧的是啥东西，以为是好吃的，若是真烧糊了真是太可惜了！马上也站起，但随着师傅走到天台的边上，往下一瞧，吓得连连往后退了几步，借着月色和火光，虽不大清楚，但下方宛似万丈深渊一般，上来尚可慢慢攀爬，下去却作何办法？难不成，要跳下？岂不摔成肉泥了！裘甫不禁惊慌问道："师……师傅，我们又……又该如何下法？"

老翁爽朗一笑，道："好娃娃，你还要记住这句话：天无绝人之路。来，你过来看。"说着，他伏在天台边上，手往下摸了一会儿，拉上一件东西来，裘甫一看，哦！原来是附着岩石边上野生的藤条，上面还带着许多叶子，这藤条粗有三、五指，外皮粗拙，质地坚韧，他们一帮孩子平日砍来一段无非做顶帽子戴，现在他忽然明白师傅要干嘛了，高兴地叫了一声！老翁继续道："来，你帮着往后拉！"他就拼命拽，拉不动了，老翁不知从何处掏出了一把匕首，一刀割断，抖开一看，也有丈把长。四周到处都是这样的藤条，所以取之不尽，师徒两人忙乎了好一会儿，共得了十几根长短不一的藤条，老翁打量了一下，说道："够了！"

遂复盘腿坐下，拿起一根来，用手几拧几扭，就圈打成了一个圆扣，又拿起一根来，穿过那圆扣，又是几扭几拧，也是个圆扣，两根藤条就套在一起了，裘甫看得心花怒放，高兴地拍起手来。藤条长的时候本是柔软的，可只是一小段时却是非常坚硬，要扳动扭转它并非易事，但在老翁手里，却仿佛他在摆弄柳条一般，轻而易举！

不一会儿功夫，一条长十来丈的藤索道就完成了。老翁将它一头牢牢绑在一棵树桩下，才把另一头往下仍，只听"嗖"的一声，如蛇一般窜了下去，最后还听见扑打在地的声音。老翁拿出竹筒，又喝了三口酒，然后蹲下道："上来吧！"

裘甫老练地往他背上一跳，紧紧抱住他的脖子，又被绳子绑着。一切准备就绪，老翁暗运一口气，拉着藤条，像只猿猴，轻巧地往外一跃，当惯性荡回来时，他的双脚在岩石壁上一点，又轻微荡开，顺势又往下下三四手，再一点……裘甫只觉得自己像是在荡秋千，一来一回甚是欢畅，他这时一点也不害怕了，师傅瘦小的身子，已给了他无穷的力量和安全感。有了藤条神助，下比上快多了，两人很快就最后一蹬，落在了原来上去的大岩石处。

老翁解下绳子让裘甫下来，裘甫仿如真的从天上回到凡间一样，大大的舒了一口气，觉得还是双脚落在大地上比较踏实，刚想跟师傅道谢，却听到师傅说道："好娃娃，你过石头那边坐着。"他不知为何，听话地跑了过去，老实地坐下。只见老翁摆了两下藤索道，略微一思索，手从怀里掏出一物来，却是一把匕首，他又抬头看了一眼空中，突然手一扬，大喝一声："着！"裘甫听到匕首飞去的"簌簌"之声，随即，他惊讶地看见，藤索道呼啦呼啦地从空中坠落下来！原来师傅飞刀将它切断了，不想让人发觉曾有人攀登上过天台。

老翁侧耳听了一下，惋惜地说道："可惜，掉山那边去了！"自然是指他的匕首，他卷起长长的藤索道，也往山后一扔，道："你也去吧！"然后过来，将裘甫挟在腋下，几蹬几点，下了岩石回到地上，直奔大鼎这边而来。裘甫已经饿得不行，使劲用鼻子闻，希望闻到一些食物的香味，可是，除了山风清凉的味道，又有什么别的？他实在忍不住了，大声问道："师傅，你煮了什么好吃的？"

"好吃的？练功还惦念着好吃的？你能成大事么？"老翁一边嘟囔，一边飞奔到大鼎旁。此时，下面的木柴已经燃烧殆尽，只有残余的灰烬火星，大鼎颇高，老翁放下裘甫，探手往鼎里一摸，自言自语道："这对好娃娃来说有点热了。"言毕，他过去在鼎面前站住，两脚分开微蹲，双手抓住鼎的两耳，运气喝道；"起！"裘甫见他竟然将鼎抬起，缓慢挪动脚步转身，看来十分吃力，把鼎置于地上。

裘甫这才看见鼎里的东西，哪是什么好吃的东西？黑乎乎一团，还发出焦糊的味道，他不禁大奇，问道："师傅……这是啥？"老翁从鼎里拿起一块，掷给裘甫说道："你自个儿瞧瞧！"裘甫一接，但立即大叫一声："好烫！"随手就丢开了去，但他已经察觉，那是一块石子！这回，他探头去细瞧，冒着干裂热气的鼎里，黑乎乎的原来是沙子和砾石！他惊恐地看着老翁，似乎明白师傅要他干嘛了，但因太害怕，愣是说不出话来。

老翁斜视着他，说道："对！这是第二步的练功法，黑沙掌功。怎么？害怕了？不是要练绝世武功么？吃不了苦中苦，怎练得成功上功？你看着！"说着，右手一把就插进了冒着热气的沙石里，纹丝不动，接着，左手也插了进去，然后右手抽出，再插入，左手出……循环往复，动作越来越快，不一会儿只见他两只手在黑暗中竟渐渐地变成暗红色，隐隐发亮，像炭火手一样，还冒着烟。老翁练得兴起，忽然长啸一声，飞身往旁边的一棵小树一掌劈去，树干应声而断，断口处发出焦味，又转身往一块岩石角砍下，石角"咔嚓"裂开，滚落下来……裘甫目瞪口呆。

老翁意犹未尽，大喝一声："看好了！"摆开架势，以一招"聚沙成塔"开始，到最后一招"一盘散沙"结束，堪堪将一套"六四铁砂掌神功"打完，大开大阖，刚劲勇猛，端的是如虎啸龙吟，飞沙走石，掌到之处，任是何物，非损即坏，如人手与之对抗，结果可想而知。裘甫看得惊心动魄，如痴如醉，暗暗下定决心，我也要练成师傅那样的武功。老翁打完，跃上一块岩石上，直接盘腿而坐，双掌摆于胸前，掌心上下相对，闭上双眼，收功敛息，张嘴对裘甫说道："练吧。一千掌。"

裘甫跳起，走到鼎前，凝视着乌黑的鼎里，右手举起，又放下，来回三遍，最后咬咬牙，一掌插进鼎里。虽说此时温度已下降，还是极热，况且有砾石混合，甚是炙手，难受得撕心裂肺，眼泪自然滚落下来，但强忍着，不发一声。接着，右手出，左手进，在心中默默数着，一、二、三……当一千数满，裘甫双手已完全失去知觉，是冷是热全然不知了，身体却是炎热难耐，大汗淋漓，瘫倒在地。

老翁跃下，到了裘甫身旁，将他手托起，轻轻抚摸一下，从袋中掏出药酒瓶，对裘甫说道："好娃娃，忍着点啊。"裘甫尚在半昏迷状态之中，隐约知道师傅在跟他说话，但想答又苦于答不出，正在此时，一阵又灼又辣的疼痛感从手上传来，犹如万箭穿心，排山倒海一般，"啊！……"他惨叫一声，传入山谷林中，久久不绝，这回真的是昏死过去，人事不省了。

当他醒转来，发现手掌已被好好用布缠绑。师傅正在抱着他在岩石上坐着，见他醒来，将竹筒递到他唇边，这回他一点也不觉犹豫，喝了两大口，酒下肚，身子一下苏醒过来，感觉精神好了一些。老翁说道："好娃娃，你真是不负我的期望。"裘甫惊喜问道："师傅，我能练成像您那样的武功，对吗？"老翁不答，却说道："下山回家吧，三天后的晚上再来。"说完，就放下裘甫，倏忽间，已然不见了踪影。

裘甫用屁股挪着，慢慢地滑落下岩石，垂着一双毫无知觉的手，不知摆动，十分别扭地蹒跚着折回家中，一躺三日，没有出门。

从此，裘甫在天台山上苦练铁掌神功。每回上山、下山，周身都绑着沙袋，更在天台崖底下的大岩石上下跳跃；同时，老翁还慢慢把"六四铁掌神功"传授与他。但从此再也没带他上过天台，虽然裘甫明示或暗示几次，但老翁都假装不知不闻，所以，每当一个人独处的时候，他就常常出神地抬头望着天台顶上发呆。

三年后，亦即裘甫十二岁那年，铁掌神功已经练得出神入化，威力无比。虽尚年小力弱，功力无法达极上乘，小树小石在他掌下都不堪一击，轻功亦是行走如风，身轻如燕，不仅自己在沙滩上踏过不留任何足印，甚至在水上也能快速飘行几十丈而不落水。不仅附近伙伴们、父老乡亲们知晓他的事迹，在剡县也是声名远播。

一天晚上，裘甫刚侍候师傅在岩石上用完饭，忽听师傅缓缓说道："裘甫，跪下。"裘甫立即翻身下岩，跪倒听训。老翁轻咳两声，顿了一会儿道："你我师徒一场，缘分到今日终结。"

裘甫一听，大惊，刚想抬头，老翁又说道："别动。听我道来。十年前，我湘西铁掌帮突遇横祸，被一群来历不明之人围剿，他们的武功，诡异得紧，全是阴毒之招，或是抓人头顶天灵盖，五孔流血而亡，或是中掌发冷伤寒而亡，再就是施剧毒暗器，一种非常微小的针，形似绣花针，甚是难防，见血毙命，恐怖之极……那些不像中原武功，不像！中原大地从未见过如此阴狠、歹毒的武功，闻所未闻！可叹我铁掌帮满门遭灭顶之灾，惟独我一人死里逃生，一路奔逃，流落至此。后来，我才获悉消息，原来少林、武当、崆峒、峨眉等各大小帮派也先后遭他们毒手，损失各自不一，但均遭重创。因此，原定每五年在华山举行的武林至尊之争中断，十几年了，至今无法举行，各大门派掌门受此大辱，羞愧难当，谁也无脸面再争那天下第一！我本也自恃武功独步天下，有意问鼎至尊之位，不想竟连仇家是谁也不得而知，遑论为一门几百口性命报仇雪恨！唉，说来惭愧，为师只能四处流落。"

"师傅，一直查不出仇家是谁么？"裘甫大奇。

"江湖传言，是朝廷禁军神策军在一王姓宦官带领下所为，更盛传宫里有一部至宝武林秘籍，但据说进去探宝的人无人出来过，也无法考究真假。"老翁苦笑道。

顿了一下，老翁继续道："徒儿，你要原谅师傅的私心，我七十几老翁，想着一身功夫将带进棺材，万分不舍，欲物色一个好苗子来传授，我暗中观察你很久，觉得你天性善良，又是块练武奇才，方设计试探，果然，你不负我的期望。咳，咳，咳……师傅真的老了，今天，八十了！"

"师傅！"裘甫到现在方才知师傅来历和惨痛经历，听得心潮澎湃，悲喜交集，泪水夺眶而出，哽咽道："师傅不老！徒儿恭祝您福如东海，寿比南山！并愿终生伺候在旁。"

"你的心意我领了。但师傅想，余生要学学谪仙李太白，游历名山大川，兴之所至，随遇而安，此身了结于何处，即是归宿了……只是，为师有一心愿，不知你能代完成否？"

裘甫额头着地，大声道："请师傅明示，徒儿定万死不辞，达成师傅心愿！"

老翁转头望着天台崖顶，似乎回想起那晚背携裘甫上去的情景，心中无限感慨，转过头来，看见裘甫也愣愣向上望着，就对他示道："裘甫，等到你能独自攀上天台那一天，你要代为师重整铁掌帮！你也读书识字了，把铁掌神功记下，授予你的子孙，让铁掌帮可代代相传，这就是我的心愿。记住，你将是本帮第八代帮主，本帮总舵在泸溪和辰溪的铁掌峰，有一天，你要认祖归宗。"

"谨遵师傅教诲，我裘甫立下重誓，一定重振铁掌帮！徒儿大胆，敢知师傅名讳，日后好磕头跪拜，时常念叨，以解渴慕之情。"裘甫拜伏道。

"哈哈哈……人生于世，微若蝼蚁，姓名又何足挂齿！"说完，人已飘忽走远。以裘甫现在的身手，若是想追，定能追上，可他知师傅心意已决，只能伏地拜别，嚎啕大哭。

听到此，庞大哥又是摇头，又是啧嘴，露出敬佩老翁之情，忙问道："这裘甫，后来登上天台顶了？"

我明了他的心情，急于想知道铁掌帮的事，于是说道："裘甫在十八岁那年，铁掌神功已到达上层境界，加之体格完全成熟，精、气、神到达最高状态，经过无数次攀爬摸索，终于在九月的一天成功登顶！站在天台上，他甭提多兴奋了，大声对着远方喊道，师……傅……我上来了！但想到不知师傅此刻身在何处，是否还在人世，既高兴又难过。在上面盘桓了半日，才依依不舍地下去。可下法不再做藤索道了，他突发奇想，将身子倒转过来，沿着崖壁，爪抓壁缝，脚缠藤条或壁石，就这么撑着爬了下去。从此，他上下天台来去自如，熟练得紧。也是在这年，他在浙东重组了铁掌帮，自立为第八代帮主，门下从几十人发展到几百，除了练武外，还从事私盐买卖，势力在江浙一带甚是强大。"

"哦？既然有钱有势，缘何要造反？"庞大哥问道。

"还不是朝廷昏庸残暴！大中十三年（公元 859 年），宣宗驾崩，唐懿宗在神策军左、右中尉的扶持下即位，这皇上，你我皆知，游宴无度，沉迷酒色，据传出外游玩动则几万随行，在各处养伶人几百以待，更甚是崇仰佛法，广建寺院，朝廷掠夺土地以资僧侣，因国库吃紧，宦官们贪得无厌，搜刮民脂民膏，官府横征暴敛，各种苛捐杂税名目繁多，特别是盐、茶、酒，高得吓人……裘甫手下几百张嘴要吃饭，又加上天灾人祸，百姓苦不堪言，无法支撑下去，这鸟气如何咽得下？想起师父的教诲，不如反了！

他于当年十二月末在明州城（今宁波）发动，当月就攻克了象山县，率众百余人转而猛攻宁海县、唐兴县！次年（咸通元年，公元 860 年）正月初四，浙东观察使郑祗德派出范居植、刘勍统帅三百精良浙东军，会合台州军后，双方在桐柏观前作战，裘甫大展神功，以诡异的轻功，身形飘忽，单身闯入敌阵，运掌如风，连杀数人，范居植尚未缓过神来，已被一掌毙命！中掌者莫不是脸黑眼突，死状狰狞，余者大骇，四散而逃，溃不成军。裘甫大胜，豪兴顿发，遂率百余众上天台山，来到天台崖边，在众目睽睽之下，施展铁掌神技，轻舒猿身，顷刻间人已上到了天台崖一半，观者莫不屏息咂舌，心胆高悬，不敢作声。当裘甫如师傅当年翻身上了天台，底下一片欢声雷动！裘甫屹立在上，目眺远方，默诵李太白诗，热泪盈眶。

自此，裘甫被敬如天神，响应四方，兵力一下发展到数千人！十四日，攻下剡县，开府库，募壮士，他奶奶的！我赞一句，这真是一条汉子、英雄！痛快！

郑祗德大怒。二月，派正将沈君纵，副将张公署，望海镇将李珪帅重兵镇压。裘甫使诱敌深入之计，在三溪待官军半数过毕，决壅上游，水淹官兵，乘机全歼，三个将领亦被击毙。声势大震，队伍发展到三万。

裘甫被拥称为'天下都知兵马使'，建元'罗平'，铸印‘天平’，除了天下太平，亦有当晚与师傅在天台平地之意。接着，又连下衢州、婺州、台州，攻破唐兴、上虞、余姚、慈溪、奉化、宁海等县。

四月，唐懿宗大恐，催众宰相商议，派出安南都护王式挂帅，宦官王宗实监军，重整大军前来。王式果然精明，先分解支援裘甫的力量，使其孤独无援，夺回上虞、奉化、象山诸县及新昌、沃州、唐兴等寨，义军连连告败。

六月，剡县围城，三天之内，激战八十三次，裘甫组织女眷也参战，七月，裘甫突围，以掩护妻儿逃离。谁知，他在城外与一彪人马相遇，只见猎猎旌旗上标有‘左神策护军中尉’字样。统帅正是那宦官王宗实，二话不说即交上手，刚过十几招，王忽尖声叫道，咦？世间竟还有人会铁掌神功？我以为已斩草除根了。裘甫立即明白，师父的血海深仇，中原各大门派的债主，原来就是眼前这厮！恨得牙痒痒，可到了两百招后，铁掌神功终是不敌王宗实的诡异功夫，遗憾被俘。喟叹裘甫纵然识得仇家，却也无法替师父报仇，反被解送长安，一路破口大骂，慷慨就义！”

庞大哥宽大的拳头一下击在桌上，大声喊道：“可敬！可叹！”

“唯一值得庆慰的是，据说，他的两个儿子遵照他嘱咐，携着铁掌神功秘籍，随母逃至湘西泸溪和辰溪的铁掌山，铁掌神功才得以保存，并未失传，只是如今不知如何了。”我也一击桌上，感慨道。

第九回 寿宴明谋巧刃贼 汴河暗计妙征船

　　我接着说道："裘甫之事迹告诉我们，忍无可忍，不如反了！如今，皇帝昏庸，朝廷腐败自不必说，众位兄弟回家无望，对王仲浦的专横霸道、贪婪残忍早就心怀怨愤，个个恨不得亲自手刃了这贼。既然要干，事不宜迟，大哥，你说，我们该如何起事？"

　　庞大哥沉吟一会儿后，说道："许弟，你先找赵可立等几位靠得住的兄弟，过两天来此商议。王仲浦前两日知会我，让我调配好几袋上好白米和面粉，下月中旬他要办个宴席，给他岳父贺七十五寿辰，想来你也知晓此事？"我点点头，王仲浦每年皆为其岳父大摆宴席，名为祝寿，实为藉口收敛钱财，受邀之人莫不敢推辞，不仅要到，还须备下厚礼，若是贺礼太轻太寒酸，王夫人会偷偷记恨，那就意味着，某一天你会遇见麻烦。所以许多人既深恶痛之，又不得不强颜欢笑，挖空心思，省吃俭用备下贺礼。庞大哥继续说道："我们到时都前往赴宴，干脆就趁此机会，里应外合……"说到此，我们不约而同地伸出绑着绷带的手，做了一个削的动作，相视而哈哈大笑。

　　一天，我和赵可立、姚周、王弘立、张行实、刘行及、丁景、吴玫迥等八位兄弟到庞大哥屋内密议。这几位均本是徐州、泗州江湖豪杰，个个一身好功夫，刀枪棍棒各有绝技，且带兵打仗也甚是骁勇，乃是我手下得力干将。当晚，在庞大哥密室里，大家言辞激烈、热血喷张，说定在寿宴当晚，待时机成熟，就杀了王仲浦全家，继而揭竿起义。可唯一忌惮的是，王仲浦武功深不可测，虽与他共事多年，平日训练，大伙均与之有过招机会，但毕竟是上下级关系，都是点到为止。我使出了七、八成功力，虽斗得几十上百招，可自忖决计没机会赢他，每回他看起来都气定神闲，似只用了五成功力来应付我，我的武功在军营中算是没敌手了，可是我却没把握能手刃了他，就算跟赵可立他们联手，也不定能完胜。

庞大哥沉吟半响，说道："靠明斗不成，我们就暗取。"大家纳闷，怎个暗取法？他继续说道："也就是智取，当晚我们轮流上去敬酒，把他灌得烂醉，失却防卫后，方能动手，不然万一失手，就会全盘皆输。可他酒量惊人，能不能灌醉他，我也没有把握。"

赵可立在旁献计道："许哥一动手，我等即制住他老丈人和家眷，就算一时杀不了他，谅他也不敢对我等下毒手，然后再以此要挟他就范。"庞大哥赞成赵可立的说法，但又强调道："即使那样，王仲浦也不定会就范，此人心肠歹毒，六亲不认，反不如不留活口，到时出手即杀了他全家，然后齐心斗王，手软反而留祸患，成败在此一举！"大家点头称是。然后是武器，既是赴寿宴，自然不能带长剑等各种兵器，只能在袖子里藏匕首，我说道："我看时机成熟，就借口上茅房，出到外面，拿了剑再进去，如实在没机会出来，就只能直接动手，门外的兄弟们听到声响，立即一拥而入！"说到激动处，大家手心冒汗，似乎立时能取了王仲浦的首级一般。

至家，我将计划跟你们嫂子说了。她一听兴奋得紧，执意到时也要赴宴，说即使不能亲手杀了王仲浦，也要看着他怎么死。我说桂儿才一岁多，劝她留在家里，可又想假如她不去，会不会引起王仲浦的疑心？那厮生性多疑，这倒是真的；而且以她的武功，决计不会保护不了桂儿的安全，所以决定全家一起去。但说好到时动手前，她必须带桂儿离开。你们嫂子还将自己珍藏的两颗合浦珠拿来作寿礼，有鹌鹑蛋般大，光滑圆润，晚上熠熠发光，说如能要了王仲浦的命，舍弃这两颗珠子也值了。

转眼七月中旬已到。十七日，王仲浦在粮仓已经非常告急、窘迫的情况下，还是下令让庞大哥从粮库调来五袋白米，两袋面，并杀猪宰羊，鸡鸭鱼肉，蔬菜瓜果，山珍海味，大摆三十五桌，除了自家的眷属三桌外，请的全是军营将士、当地乡绅财主。一时桂州城督军府内张灯结彩，喜气洋洋，热闹非凡，民众知道王督军大摆寿宴，可都敢怒不敢言。王仲浦也清楚民众的怨气，生怕有强民来闹事，就命我多安排人手，守在城门各关键处，只要有人轻举妄动，格杀勿论。但他没想到的是，上至我，下至所有士兵，早就是胸怀异心。

是日，庞大哥过来家里，与我们汇集了同去。当他见桂儿，像以往一样，抱着唱小曲逗他，桂儿也咯咯笑，摸他的鼻子耳朵，与他玩得好开心。我和你们嫂子那时心情比较紧张，因为，即将要发生的大事，不知祸福，所以笑亦是不自然。庞大哥却似漫不经心，一点也看不出紧张来。

赵可立和其他兄弟早去安排现场，因为他也被请为宾客，所以也不便携带兵器，只有其余兄弟被安排负责守卫，可以佩戴刀剑。按计划，姚周与两位兵士将负责宴厅大门处，他腰上佩戴的是我的剑，也就是床边那一把，到时如若我出来，他就将剑递给我，自己的剑使起来应手，张行实则带了另两位到后门处守着，预防王仲浦得以逃脱，从后面溜掉。

我们三人缓缓地走向督军府。桂儿一路上甚是高兴，叽叽哇哇地喊。正是傍晚时分，看赴宴的客人携着各式礼物，或大或小，陆续来到督军府，大家知他是个惧内之人，为了讨好他，自然得先笼络他夫人和岳丈，不然，被他夫人怀恨在心，自然不会有好下场，因此送的礼自不会轻，有的送金银宝石，有的还抬来了大件沉实的红木家具，有的挑着绫罗绸缎，真是应有尽有。

大门外，他和夫人亲自迎客，她每接过一份礼，手一掂或眼一瞟，大多时候喜笑颜开，偶尔也撇撇嘴，露出不屑的表情，但无论何礼，一律扬手命丫鬟、家仆收了去；旁边还坐一个记账先生，一一记录。王仲浦在旁仔细观察夫人的神情，随着她微妙的表情记着每个客人进奉的诚意，以后可是作为他怎么应付他们的筹码。

王夫人远远看见我们，就笑眯眯地招手，走到近前，我们拱手道喜，王夫人朝庞大哥笑道："庞判官，您这尊大佛终于来了！我还怕你不赏脸呢！来来来，快里面入座，今晚一定好好喝几杯！"庞大哥回道："令尊的寿宴，我岂有缺席之理？再说了，王大人之命我更是不敢违啊！哈哈哈，王督军，我是按执行军令而来了，既然是来喝寿酒的，今晚就没有什么上下级之分了，我们必须要放开来喝，咱说好了，不醉不归！不醉不归！"王仲浦笑着点头道："那是！那是！必须要放开了喝！谁要是胆敢偷奸耍滑，将以军法处置！许都虞候，你可要负责监督啊。"说完，我们都哈哈大笑，庞大哥伸手到袖子里要拿礼物，突然楞了一下，笑笑说道："哦！在这一边。"换手掏另外一个袖子，取出了一个盒子递给王夫人，她哎呦一声，摆摆手笑道："庞判官，你来了就是给面子了，还给什么礼物啊！"说这么说，手已经接了过去，看也不看，递给身边的丫鬟。

我也将贺礼双手递给王夫人，说道："这是我与内人的一点心意，祝令尊大人寿比南山，福如东海！"心里却想，今晚就要送你们全家上西天了，还寿比南山呢……她将小布袋打开一看，脸上露出一丝不易觉察的不屑之色，似嫌珠子不够大，但随即堆笑道："谢谢许都虞候和夫人的心意，里面坐着，里面坐着。"你们嫂子在半途中，愤然跟我说道："你瞧见那婆娘的神色了吧？那两颗可是合浦明珠，是我爹卖了半年芋头才换来的，我唯一的留念，她竟然还嫌弃！真是气死我了，这两个狗男女，不知收刮、贪污了百姓多少钱财，今晚让我亲手杀了她，方解心头之恨！"

我低声道："你和桂儿的安全最重要，还是按说好的来做，动手前速速离开，余事交与我们。"又转头对庞大哥低声说道："大哥，刚才是不是差点掏出匕首来了？"

他侧脸看我，森然说道："是啊，好险！如果刚才亮出来了，就要改变计划，提前动手了！"我们会意着四目相对，忽而哈哈大笑，昂然走向大厅。却见姚周等人在附近走着，我发现除了自己人外，还多了几个王仲浦的亲兵，也带着刀剑在巡逻，我心里暗骂，这个狡猾的家伙，交代我负责安排人手守卫一事，但还是不放心，自己安插了人；姚周在远处努努嘴，用表情向我示意，情况有变，看来到时出外拿剑再行动是不可能了。

大厅里，台上的正墙上贴着一个红色大篆体"寿"字，两旁摆放着几盆松柏，还有几个纸糊的大小龟、鹤，一张高高的镂花实木桌上，供着点燃的香烛和几篮仙桃等瓜果。台上高处摆了三席，安排的均为其家眷，正中自然是王仲浦一家，台下则摆了五列四行整整三十桌，我们在第一行的正中，刚好与王仲浦相对；桌上早已摆满大盘小碟，荤素菜肴、小吃和筷子碗碟酒具。许多人已经入席，都在那里低声细语，或高声谈笑，整个大厅一片热闹景象。

我们刚入座了一会儿，赵可立就进来了，坐在我的旁边，低声对我们说道："庞大哥，许二哥，人手都已安排妥当，只是王这鸟贼也派了些人跟随我们，甚至厅内也安排有人手，你们瞧。"说完，眼朝四周一转，示意我们仔细看，我才发现，原来那些绑了头巾端菜、送酒水的伙计，大多竟是他的亲信所扮。他的亲兵属他管，与我这个都虞候没有直接联系，平时也是个点头关系，但我知他们都是个中高手。

庞大哥说道："看来我们对王仲浦低估了，情况有变，许弟，你看……是否取消这次行动？再觅良机？"我想了想，既然王随时都有防备，良机亦难再寻，唯今晚最佳，待时机一到，须出手如闪电，令其一击毙命，其余者皆不足道，便摇摇头说道："机不可失，时不我与，还是按计划，必须让他喝到够。可立，你等会儿出去跟各位弟兄交代一下，听到动静立即动手，把外面的人干掉，还要跑到军营里大肆鼓噪，让所有人赶来这里，庞大哥，接下来就看你的啦。"庞大哥点点头，赵可立出去安排了。不一会儿，我们桌又坐下几个人，大家都说些闲话，等着宴会开始。

不久，宾客满席，人声嘈杂。已经有些酒徒按捺不住，在那里猜拳山码，吆喝着喝起来。这时，王仲浦的丈人拄着一根拐杖，在王夫妇和亲朋的簇拥下，颤颤悠悠地走进来，这老翁七十五，也算是高寿了，但身体干瘦单薄，已是风烛残年，似乎风一吹随时会倒，他一边走，干瘪的嘴里嘟嘟囔囔，还一边左右两边点头作揖道谢，似乎知道自己女儿女婿利用他还大赚一笔，却不知是真的为他办祝寿还是拿他来当猴耍。

待坐定，王仲浦起身来到台前，场内的喧嚣声立时停止，只听见他大声说道："各位乡亲朋友！我王某奉朝廷之命，驻守桂州多年，承蒙大家的关照支持，戍守之职，虽不是大有建树，也算有点功绩。对外，不仅外敌全无，对内，叛乱者也被整治得服服帖帖，桂州城内，百姓安家乐业，一切太平！当然，也不全是我王某的功劳，全靠各位乡亲的配合支持。今日是我丈人七十五高寿之喜，各位肯赏脸光临，我王某感激不尽！今晚大家不必拘束，须放怀畅饮，你们谁来，我王某都碗来碗净，杯来杯空！"说毕，拱起双手，微微施一礼，下面响起一阵稀拉拉的掌声和叫好声，他右手袖子一拂，高声叫道："开宴！"

你们嫂子暗示我们，待会儿要去敬酒，必须先吃些食物垫底，要不王大人没醉，我们却先倒下了；我们会心一笑，闷头吃起来。那菜真个是丰盛！在如此困难的时期，兵士和百姓们都在艰难度日的环境下，身为督军的他竟然这么铺张，我们一边吃一边叹气，再美味的佳肴也如同嚼蜡，恨意、杀心在吃美食同时更深了。吃了一会儿，庞大哥先站起身来，左手拿一碗，右手拎起一壶酒，往台上走去。王从宴会开始，就不断有人上去敬酒，拜寿拜寿，本应是他老丈人喝的，但老翁都老得一塌糊涂了，哼哼哈哈不知所云，所以都是王代喝，一点东西也没时间吃。

见到庞大哥，他舌头变大，说话已不连贯而大声了："庞……庞判官！来！今晚我……我要与你大战三百回合！平……平时喝酒你都躲着，怎么？现……现在敢主动来找我了？"庞大哥哈哈一笑道："今晚不同往日，令泰山的荣寿，我岂能再躲？不仅不躲，瞧！我们拿碗来，看看谁先倒下了！"说着，就往碗里倒酒，王侧头斜睨着他说道："你？就凭你的酒量，向我挑战？哈哈哈……"他爆发出一阵狂笑，似乎认为这是天下最好笑之事。

庞大哥不动声色，将酒壶放置台上，两手捧着碗一举道："这一碗，敬寿星公寿比南山，福如东海！"说毕，一口喝下，然后又斟满一碗递给王，王一拍桌子，叫道："好！这一碗该喝！代老爷子谢谢你！"接过碗，一下子喝干了。王的岳父在旁听了笑眯眯，张着只剩几根牙的嘴，又嘟嘟囔囔说着啥。庞大哥又倒满了一碗，说道："这一碗，我要敬王大人和夫人伉俪恩爱，百年好合！"一口饮尽，王夫人在旁笑道："哟！庞判官什么时候变得这么伶牙嘴利了？"大家哈哈一笑，又倒满了一碗，王举起碗，咧着嘴道："好！这碗我代夫人喝了！"喝完，两眼朦胧，脸上却喜滋滋的。庞大哥又倒了一碗，说道："这一碗嘛，自然是敬王大人官运亨通，福禄荣寿，飞黄腾达，神鬼共贺！"这一番敬词，极尽恭维之态，最后一句，却是暗喻他命将休矣！王正在兴头上，又已喝得熏熏然，哪里还解其意？只乐得他哈哈大笑，待接过碗，又喝个干净。

我看时机已差不多，再看那些化装成了伙计的高手，都在周围环顾，要出去取剑再进来，万是不可了，而且要快刀斩乱麻，不然被他们察觉到，一切都糟了，就对赵可立暗示道："可立，你到外面去招呼招呼兄弟们。"他会意站起身离去。

我又抱过桂儿，他用手摸着我的胡子笑，我伸头顶顶他胖嘟嘟的手，说道："桂儿乖，吃饱了就叫娘带你回家去了，爹爹马上也回来陪你玩，好不好？"说完，转头看你们嫂子，她不置可否，笑笑把桂儿接过去，然后神色凝重地望着我好一会儿，说道："去吧！我和桂儿等着你。"

"敬酒去！"我站起身来，豪气一呼，同桌其他几位也附和道："去去去！王大人怕是顶不住了，你敬完就轮到我们上。"我心里一阵冷笑，抬抬右袖口，里边的沉沉匕首晃了晃，暗道，喝完我敬的三碗酒，他就要一命呜呼矣，你们要喝，只能给他祭酒了。

刚走上台阶，庞大哥正走回来，我们互相看看了一眼，点头意会，心照不宣，侧身而过。

上得台来，我远远就高呼道："王大人，我许某来陪你喝最后两碗！"他斜靠在椅子上，脸色通红，双眼微眄，哈哈大笑道："许都虞候……我……还没醉！还没喝够，你怎么……说最后两碗？你倒是先醉了不成？"

我回道："王大人海量！我自是不如，喝完两碗我便大醉如泥，怕是要胡作非为了，所以有此说，哈哈哈！"说着已走到他身边，拿起碗和酒壶就倒上，举起以敬，咕嘟咕嘟喝了，然后倒满给他，他手一接，竟然有点抖，酒洒出去一些，想坐直了也不得，就斜靠着也咕嘟咕嘟喝完了，将碗递给我喊道："再……喝！"眼也迷糊了，嘴也歪了，我心中暗喜道，天助我也，今天该是你命绝之日。王夫人在旁忙说道："哎呀！许都虞候，他不成的了，别再喝了。"我倒满一碗，说道："最后一碗！"仰头干了，再倒一碗，王那时已经靠在椅子上，闭着眼不停说："喝！……再喝！我……怕……怕你不成？"却伸不出手来接，我大笑一声说道：

"王大人！我代你喝这最后一碗了！"喝完，将碗往地下一摔，咣当一声响！众人还在惊愕之际，我早从袖口掏出短刀，一手拎起王的头，一刀便割断了他喉，可怜一世武功卓绝的督军王仲浦，到死也不明白自己是如何死的。

场内顿时一阵大乱，王夫人和岳父吓得抖抖索索如筛糠，我提刀便把他们一家老小一一解决了，可怜贺寿之日成了他们一家的祭日；我往下一看，庞大哥也早拿出短刀，与那些化装的侍卫厮杀，吓我一身冷汗的是，你们嫂子竟然还没走，一手抱着桂儿，另一手也不知从哪里弄来一把刀，正斗得起劲。

这时，赵可立带着几个兄弟杀进来了，后面又呼啦啦跟进来一大群营中兵士，我赶紧跳上桌子，大声喊道："大家停手！听我说！"连喊几遍，场内才停了下来，我指着摊在椅子上王的尸首说道："王仲浦身为督军，不但勾结朝廷太监和崔节度使一起贪污、克扣军饷、军粮，平日里为非作歹，乱杀无辜，还害得我们戍守众位兄弟，长期客守他乡，有家归不得，不能在父母面前尽孝，不能为妻儿分忧。况且，如今皇上昏庸，纲纪废弛，百姓生活困苦，既无路可退，我等决定造反起事，并推举庞勋粮料判官为首领，庞大哥，来，你给大伙们讲讲！"

庞大哥上得阶梯，也跳上台，他高大的身材，酷似关公的脸庞，虽无美髯长须，也是威风凛凛，郎声说道："许都虞候所言甚是！我们徐州、泗州等地的娃子，来桂州戍守六年，都熬成中年人了，我们有家小的爷们，来桂州戍守六年，也熬得妻小不认了，也不知何年何月才能回家乡……非但如此，钱没攒下几个，还得受那朝廷、贪官的气，再下去连饭也吃不饱了！咱们被逼的是不得不反！所有士兵，愿意留下起义的，欢迎！如想回家团聚的，请便！不过，择日我们便杀回北方老家徐州去，一路直捣长安，把那鸟皇帝打下来，我们自己坐江山！各位乡亲，你们回家去告知家人，如果有愿意加入我们的，也无尽地欢迎，到时打下江山，便有不尽的荣华富贵！”

话音刚落，底下一片欢呼叫好声！消息一传下去，本来众多将士有造反之心的，大多都留下来了，只有二十几个老兵实在思家心切，也不再想行兵打仗那么辛苦，就发了些军饷和盘缠，打发他们回家了。州里的一些年轻小伙听说造反，纷纷跑来报名加入；更可喜的是，过得一些时日，邕州的洪明镜师傅带着他的几百人弟子来，还有他之前便在四处联络的仁人志士，闻讯也赶来桂州，共襄盛举。

经过一番整治，我们的人马竟然有了三千人之多，马匹也有五百乘，庞大哥本就是粮料判官，对仓廪一清二楚，调齐所有粮草，足够义军两月有余。经过数日休养生息，把监军院里的兵器、盔甲清理出来，一并发给兵士们使用，又换上统一服装，扎上灰色头巾，一只英姿飒爽的队伍就出来了。洪师傅和我负责训练打仗、阵型布排，他带来的弟子，包括邕州各路武林门派的，都本是有武功之人，很容易就上手，作战能力增强很快，就算当地参加义军的乡下人，没有武功功底，也有一身蛮力。

庞勋大哥穿上了督军服，披一件长袍，头戴围巾，腰间别一把长剑，威风凛凛，身材高大，宛然就是一个天生的将军！十天后，我们这支队伍就浩浩荡荡出发，经湖南，沿长江东下，过浙西，一路上捷报频传，令各州县官兵都闻之丧胆，纷纷弃城出迎，款待义军，在不断征召新兵，招降纳叛后，当我们进入淮南，直奔徐州时，人马已经发展到了七、八千了。

阮明流四人听得如痴如迷，热血澎湃，为了不打扰候圣手，连感叹、惊呼之声也一强行压住了，只在心里暗暗呼喊，若途中或有疑问，也不便问。但竹灵子听到此处，一个一直萦绕在心的问题实在憋不住了，不禁问道：“那卢郎、慈妹呢？你们走了，它们怎么办？”

候圣手哑然失笑，姑娘家心思果然细密，原来还挂念着这对鸬鹚，便微微停了会儿才说道："卢郎、慈妹一直跟我们生活的，桂儿出生后，它们高兴极了，每天都围着他转，陪他玩耍，从桂儿学爬、学走路，三个就成了形影不离的好朋友了。唉！现在想想，我终日在外奔忙，自愧没有尽到做父亲的责任，倒是卢郎、慈妹代我给了桂儿一段快乐的时光。可是，我们要行军打仗，带着桂儿就不易，又怎能还带上它们？只能将它们留在老乡家里，分别时，卢郎、慈妹仿如知道这是永别一般，不断煽动翅膀，叫声特别凄凉，桂儿虽小，也知道是分别，大声哭闹，一个小人儿和两只大鸟儿扑腾在一起，看着那一情景，大家都很伤心。"黎箬竹与阮氏三人听了，也是神色黯然。

十月某日，大军行到了宿州，守将似接到情报，早早便关了城门。我们在城外，叫阵半个时辰，让他们开门纳降，城上站满了盔甲鲜明的士兵，看起来严阵以待，均不理不睬，还有几人将箭射下来，挥手让我们离去，气得大伙高声叫骂。庞大哥观察了好一会儿，忽作一个手势，大声命令道："攻城！"现在，大家对攻城掠地早有一套，一阵欢呼后，便呼啦啦地围上，有人拿着盾牌掩护，有人砍下一段五、六米长、一大盆口粗的树干，十几人抬着冲门，不到一个时辰，就把大门撞开，城上守军忽然全不见了，原来城内兵士无几，不堪一击，稀里哗啦全溜了。

我不禁大奇，问道："大哥，你怎知城内空虚？"他眉一扬，笑笑道："城中如有精兵强将，无论城头叫阵，或是开门迎敌，早有主帅出来与我们对峙了，岂如这般涣散游离？是以我确定他们是群龙无首，也不怕是他们摆了空城计！哈哈哈！"原来前几日，城内大部官兵被调往徐州集结，不知是何大事，城内只有几十人留守，才不费大周折，一举攻下。我大是佩服，大哥果然是才智过人，行事果决。

进得城来，庞大哥下令，不得扰民，不得抢东西，因此大家安分守纪，城里的百姓初时害怕，都躲起来，后来看我们秋毫不犯，慢慢地不怕了，有好些人还给我们送吃送喝的，热心领我们找地方歇息。我们在城里休整了一天。

第二天，接近晌午时候，众人正在用饭。县衙大厅内，庞大哥上座，洪师傅、刘行及、丁景、吴玫迥坐左侧，我、赵可立、姚周、张行实坐右侧，正边吃边商讨下一步计划。忽报门外有人求见，言有急事相告，便命进见，入来两农民模样的人，神色惶急，凄惨，气喘未止，进内便拜倒说道："各位大将军，大老爷好！我俩是城外邬庄村民，离这有一百六十里地，昨日有几千官军，正汹汹从北边而来，想是冲着你们义军而来。"

"哦？"洪师傅眉头一皱，问道："官军来围剿我们，你们应该高兴才是，怎么反而跑来给我们报信？"

其中一个抬头看了一眼洪师傅，又急忙低下说道："大将军戏弄小人了！我们百姓平日被官兵、衙门欺压，敢怒不敢言，如今有大将军们领着义兵给我们做主，我们才是真正欢喜。"

我一听觉得有理，就问道："那么你们是自愿跑来给我们报信的啦？"

那人又回道："是，也不是。昨晚官军在邬庄附近扎营，许多官兵进到村里，抢我们的牲畜、粮食，还有人被打伤，庄子里那是一片狼藉、哀嚎，我们庄主邬老爷气得快要晕厥，听闻你们义军前两日进了宿州，就叫我们偷偷驾了马车连夜赶来报信！"

"嗯。"庞大哥开口说道："辛苦你们了！站起来说话吧。"他们两个连声说是，站了起来。庞大哥又问道："你们说有几千人，到底是多少人马？"

"哎呀！大将军别怪罪！他们到庄上的时候，四处是黑压压的一片，从头望不到尾，我们只知少说也有几千！却哪里数得过来？但领军人物我们是知道的，他就是威震徐州的大将军——元密！

　　众人听罢，不禁心一凛。庞大哥深思良久，说道："是了，原来他们早探知我们的行踪，宿州的守城官军不多，所以将大部队抽去徐州，将城故意拱手先让给我们，等汇集了大军再回头一击，好！好一招欲擒故纵！嘿嘿……来者不善，善者不来。"

　　他又停下沉思。这是朝廷第一次派军队来围剿我们，此一战的胜负，对士气的影响甚是关键，我们都望着庞勋大哥，盼着他能想出应敌之计。果然他缓缓抬头，笑道："他们既然来了，我们就好好招待他们，绝不让一个跑回去了。有劳你们两位，下去先吃饱饭，领个赏钱，然后回去吧。"

　　他们两个摇头道："我们家中没有亲人了，不回去。大将军如果应允，我们想留下来参加义军！"我们一听皆大喜，庞大哥吩咐丁景道："他们两位就安排在你手下吧！你带他们两个去吃饭，换衣服，分派应手兵器。"丁景领命而去，两个喜笑颜开，欢喜地跟去了。庞大哥又说道："宿州百姓对我们很好，如果我们在这里开战，定会牺牲很多无辜的生命，我想到一计，管教他们有来无回。"

　　大伙一听大喜，纷纷急不可耐地说道："我等愚钝，不知计将安出，但请大哥尽管吩咐、安排！"庞大哥说道："好！姚兄弟、赵兄弟，辛苦你们跑一趟，去打听一下，宿州城内最大的富豪、乡绅都是哪几位，尽快将他们召来，我自有用处。吴兄弟、张兄弟，你们传令下去，照常开饭，而且让大家吃饱一点，晚上恐怕就没饭吃了。洪师傅、许弟，你们随我到汴河口岸边走走。"赵可立他们领命而去，我们三个则往汴河口岸边走去。

　　汴河是宿州重要的交通水道，船业十分发达，河边停泊着各种大小船只几百艘，一眼望去，蔚为壮观。庞大哥一路上若有所思，只微笑着，不甚言语，偶尔点头称许，指着河上的大船说几句，没有提计谋一字。我和洪师傅不明就里，也不好询问，惟跟着附和，对船只赞叹不已。庞大哥下到河边，找来几位船夫，询问船只的状况、汴河上游、下游的情况，船夫们见是义军，自然知而不言，言无不尽。

我们回转到县衙大厅，赵可立他们已然回到，且将州里的大户人家、有影响力的乡绅十七、八个，都召集来了。只见他们个个神情慌张，怕是唯恐家产要被没收，都紧张之极，一进门就点头哈腰，满脸堆笑，左一个"大王"，右一个"将军"地叫，百般讨好。为首那位姓孟，名正飞，乃是徐州第一财神，生得高大肥胖，站或坐着都像座塔似的，据说宿州一大半的船都是他家的。庞大哥高坐在上，洞察一切，脸上没有笑容，冷冷看着，忽地脸一沉，将佩剑取下，往桌上猛地一拍，大声喝道："大胆！见了本将军，还不赶快下跪！？"

众人一听，吓得抖抖索索，脸色灰白，平日还挺和善的庞将军，不知怎地如此凶神恶煞，呼啦啦过来跪倒一片。孟正飞身为宿州最大财主，平日颐指气使，不可一世，现在则颤声说道："庞……庞大将军息怒，有任何事情我们可以效劳的，定竭尽所能，在所不辞！"

"哼！如此最好！本将军虽才入城两日，已探知一切，你们平日里与官府勾结，为非作歹，鱼肉百姓，尽敛不义之财，家里堆的是金山银山，你们不主动捐助给义军，难道要我们亲自上门去取不成？"

别说那些乡绅富豪，就连我们也大惊，怎地庞大哥突然敲诈起钱财来？只见他们抖得像筛糠似的，一个个喊冤叫屈道："庞将军误会了，我是小户人家啊！但孝敬义军那是理所应当的，我愿出五百两纹银。""将军，将军，我是徒有其表啊，其实是败絮其中，穷得不行啊，这样，我愿挤出八百两来支持义军，再多真没有了……""哎呀呀，将军！……我……我愿变卖倾尽家产出一千两。"

庞大哥呼地站起，将剑拔出，右脚踏在椅子上，剑往台上一插，剑嗡嗡直晃响，身子往前俯，双眼圆睁道："呸！谁要你们这些婆婆妈妈的碎银子？说！江上几百艘大船都是谁家的？不从实招来的，家产全部没收！"他们一听，互相疑问地看了几眼，船？怎么问起船来了，莫名其妙，他们谁家没有几艘？那可是家产实力的象征，船只越多，财富越雄厚，因为都靠船运输挣钱呐。因不知庞将军意下为何，一个个都迟疑地回道："小人有五艘，将军要运什么货物，尽……管吩咐。""在下有十三艘，大人可以随时调遣。""小的寒碜，仅有三艘，不过将军要用，一定……一定不敢违命。"庞大哥听来听去，就几艘、十几艘的，大喝道："什么乱七八糟的，江上几百艘大船，你，只有五艘，你！只有三艘，难道其余的都归属穷百姓不成？！"

他们听这么一喝，不禁齐刷刷地转过头来，望着跪在中间的孟财主。

孟正飞，外号也叫"孟万舟"，因家里船只极多，所以百姓冠以"万舟"之称，乃是宿州首富。他脸色煞白，颤声说道："庞将……将军，不瞒您说，小的是有船只共两百六十八艘，但家大业大，单单养船、修船就花费巨大，并不挣几个钱啊！将军如对船这么有兴趣，我……我愿捐出十艘来。""哈哈哈！十艘？你以为本将军是乞丐？向你们乞讨么？他奶奶的，你们好好听着，现官兵正朝宿州杀来，你们立即给准备三百艘大船，供义军调遣使用。用完还完璧归赵。"

大家一听，悬在空中的石头忽地一声落地了！还以为要抄了家产呢，原来只是征用船只，便纷纷点头。孟万舟拍着胸脯，说道："不瞒大王您说，这汴河上下岸边停泊的船只，大多都属于我们这里几位的，大王放心，想征用多少都行，咱们立即去办！只是……只是，用完一定得归还给咱们啊，我们也是小本买卖。"

"哼，如此最好！你们以为本将军是言而无信之人么？

今有人报信，说从徐州有官军杀来，我义军想征用一批船只，沿着汴河下游撤离，用完自当还给你们，你等可随一起去筹办否？"众财主乡绅忙不迭点头应允，连称给义军效劳义不容辞！果不其然，我们一起到了码头，不久之后，能乘坐八千多人的三百多艘船，大多就在口岸的大中船只中征到了，不足的，上下河另有几个码头，也立即派快马去调了些船过来，而且所有船工，都自愿来开船，帮助义军。

自然，大部分船是孟万舟的。他嘴里虽说拥护义军，但心里还是七上八下，扑通扑通打鼓，若说折损了几艘十艘他不在乎，但那可是他全部的身家性命啊！一下子全搭进去了，况且是与官兵相斗，这庞将军率的虽说是义军，看起来却更像一群乌合之众，会是训练有素，盔明甲亮，能征善战的官兵对手吗？万一大举溃败，官兵到时回过头找我兴师问罪，也是死路一条！但倘若义军胜了呢？庞大将军有天坐了龙椅，自己有朝一日岂不飞黄腾达？想到这，他内心既悔恨万分，又偷偷窃喜，不禁在一旁颤悠悠地问我道："庞将军确实有计谋可打败官兵么？元密可是徐州第一猛将，他一把剑据说使得密不透风，打遍徐州无敌手，所以被人冠以一个'密'字，他原名本不叫这个，后来叫惯了，他自己也喜欢就改成元密。那可是元密大将军啊！除了功夫了得，带兵打仗更是有勇有谋，你们借船，是不是……就一走了之了？"他身旁几个财主也附和点头，齐用狐疑的眼光盯着我。

我一听，知道孟他们担心自己的财产，我自己也不知庞大哥葫芦里卖的什么药，但又岂能让孟万舟长敌人气焰，灭自己威风？遂反问道："孟财主莫不是信不过义军？"孟万舟的头摇得像拨浪鼓，肥肉乱抖，连声申辩道："不、不、不！义军神勇，元密如何是对手？只是……只是，这船……"这时庞大哥领着洪师傅一干人，大踏步走过来，边走边乐呵呵地笑道："怎么？还是舍不得你们的船么？！"孟一帮人急忙点头拱手，说道："哪里哪里！舍得，舍得！

庞将军足智多谋，运筹帷幄，必决胜于千里……不，百里之外！我等额手称庆，俱感荣焉！只是若元密来，这船……我等如何说是好？"庞大哥哈哈大笑，转身一指江边鱼贯而排，巍峨雄伟的船只，说道："这所有船只，如今都被义军没收了！"

"什……什么！没收了？不是……借的么？"孟万舟等人脸都吓白了，声音都发抖了。我们也均感诧异，怎么庞大哥出尔反尔？

"对！没收了！你们对元密就这么说，庞勋这家伙不是东西！进到宿州城后，不是明抢就是暗偷，搞得鸡飞狗跳，乌烟瘴气……听说官兵杀到，他们更是气急败坏，狗急跳墙，没收了我宿州所有大船，逃命去了！"说完，自个儿还哈哈笑个不停，我们听出来了，原来说的不是没收，是对元密撒谎，只是不明白为何要说我义军逃命去了？

时近午后，兵贵神速，再等生火造饭再出发已然不及，庞大哥下令，立即将所有粮草、物资搬上船，然后安排每艘船乘载多少人，所有人立即登船，一切布置停当，便准备开船！庞大哥对前来送行的百姓，还有孟万舟等财主乡绅再三拱手感谢，并一再叮嘱他们道："当官兵到来，你们务必哭诉，那些强盗、叛军听说你们杀来，皆闻风丧胆、惊慌失措，强抢了我们的船，顺着汴河下游仓皇逃窜去了！"孟他们一一点头答应，因为，现在所有身家都在义军手上，如不言听计从，一切都会灰飞烟灭了。

庞大哥哈哈一笑道："那就多谢了！所有船只，用毕一定归还！咱们再会有期！开船！"三百多艘船陆续驶出，首尾相连，犹如江上一条条巨龙，蜿蜒行游而去，甚为壮观。

第十回 初读孙子歼元密 重遇老曾得徐州

　　我和洪师傅、姚周几位和庞大哥乘第一艘船，站在船头甲板上，迎着清凉的风，望着河两岸秀美的景色，大家颇觉意气风发。洪师傅实在忍耐不住，就把我们的疑问一起提出来："庞督军，你的妙计到底为何？难道……是三十六计，走为上策？"他哈哈大笑，神秘地回道："非也！非也！岂能这么轻易饶了他们？我们不仅不逃，还要将他们一网打尽！再过几个时辰你们就知道了！"大家听了，均想，离敌越来越远，还怎么将他们一网打尽？不禁都心痒难耐。

　　船开了两个多时辰，已走了近二十余里，庞大哥一直在船头伫立着，向江岸两边凝视，若有所思。我们几个倒是站乏了，有坐下聊天的，有躺下休息的，只有洪师傅陪着他。这时，来到了一个河湾处，左岸是一排连绵的山脉，转弯拐角那一座又特别高，特别陡峭，下面沿河的道路也绕着山转了一个大弯，河在此一转弯，赫然便不见了下边的河流，仿如一条白带被赫然斩断了一般。

　　庞大哥忽然将手拍在船舷上，兴奋地大喊道："就是这里！就是这里！哈哈哈！"他冷不丁这么一喊，把我们吓了一大跳！以为发现了什么珍稀的物件，立即跳将起来，跑到船头去看，虽是傍晚时分，夕阳西下，景色十分壮观，可是周边一片平静，没有什么新奇的东西啊！庞大哥看着我们一脸茫然的样子，诡秘地笑笑，指着那几座险峻的山峦道："洪师傅，许弟，你们看，如果我们在这边一侧山峰上布满奇兵，屯足石头弓箭，待到官兵……"我还没等他说完，突然脑子灵光一闪，也一拍船舷，大叫道："管教他是谁，也插翅难飞！妙计啊妙计！"洪师傅、赵可立他们顿时恍然大悟，众人"哈哈哈！哈哈哈！"开怀大笑起来，笑声在河面上飘到山峰上，回声荡漾。

命船工将船靠岸停下，庞大哥带着洪师傅、我、赵可立、姚周几位先上山察看地形。中间那座果是极险的山岭，断壁处像是被仙人用刀削过一般，都是平整的石块，坡上是茂密野草，只有几处有小路可蛇形攀行，峰顶上散落着石头，大中小均有，多是滚圆形的，椭圆形的，从这山坡上滚落、投掷，必定如西瓜、蜜瓜般飞奔而去，仿佛上天就为这一次埋伏备下的一般，如若再加布上弓箭，从上往下发射，敌军岂有回击之力？众人都齐口称赞，向两侧几座峰看去，虽然山势中等，也是很好的埋伏点，定下了哪几处安排多少人手，如何施号令发动进攻等等细节后，便急急赶下山。

庞大哥安排我、洪师傅、赵可立、姚周、王弘立、张行实、丁景等九人各领八百人上山，余者留在船上守护家属。你们嫂子听说了，也请战要去，我说桂儿还小，她说给船上的家属照顾就好，庞大哥拧不过她，就安排她与我在一处。然后大家按计划到各船上召集兵士，详解了排兵布阵的情况完毕，趁夜色未完全降临就上山。穿上寒衣，带上干粮，从山峰双侧，各支队伍分散开去，间隔两百米左右，攀援上去，到了山顶，立即搬石头，堆放在坡沿上。不多时，高峰两侧迭起了一排排一米多高的石墙。庞大哥带着几个兄弟，搬了战鼓上了高峰顶，躲在一块巨大岩石之后，在那更可远眺，将远处河流、停泊的船只、山下道路两边几里之景尽收眼底，只候官兵完全行至埋伏之内，便敲响第一轮鼓，两侧同时千石滚落，万箭齐发，第二轮鼓响起，所有将士，由山上扑下，前后追击，不许逃走一个；第三次鼓声敲响，就该是鸣金收兵。安排停妥，所有人兴奋异常，盼着天快亮，好好打一战！

所有船只又往前开了三里，最后船停泊的地方，刚好在转弯前可以遥遥望到，正是诱敌深入的意思。又叮嘱船上官兵、船工和家属，入夜以后，不生烛火，不大声喧哗，以作空船之状，不论外面怎样的杀声震天，也不许出外观望，以防官兵发现船上有人，定会先进攻船只，抓人质威胁，必会牵制进攻的效果。庞大哥事无巨细，均考虑周全，果然是智谋过人，令大家信服。

十月的山岭上，夜晚寒气逼人。虽然没有睡意，但庞大哥下令，为了明天的战斗，必须小憩，所以大家都三三两两，背靠背坐着，互相取点暖睡了，一夜无话。

我曾疑惑问庞大哥，既然我们已乘船一走了之，你怎会那么肯定官兵必来追赶？他听了哈哈一笑，答道："你记得撤离时我让徐州乡绅和百姓做什么吗？他们会对官兵大肆抱怨，诉苦，说我们如何残暴对待、欺负百姓，但一听闻你们官兵到来，又如何惊慌失措，如何抢船抢粮仓皇逃窜。<孙子兵法>势篇上云：乱生于治，怯生于勇，弱生于强，治乱，数也；勇怯，势也；强弱，形也；故善动敌者，形之，敌必从之；予之，敌必取之，以利动之，以卒待之。"

我一听茫然不解，惭愧说道："恕小弟浅薄，不曾研读过<孙子兵法>，大哥刚才所言小弟如坠云雾之中，可否明示？"庞大哥微笑道："许弟不必过谦，我虽早有此书，以前亦未曾想过研读。但举事以后，想自己既为督军，不可对带兵打仗一无所知，是以带在身边，有空就细细读来，果然是本好书，奇书！里面所列计谋，令我连连称是，叹为观止，五体投地，如要完全读懂、领会其中奥妙，非得十年专心用功不成！现我也只是边学边用而已，实是有卖弄之嫌，还请许弟莫怪。此处讲的是：战场上，一方的混乱来自于对方的严整，一方的怯懦产生于对方的勇敢，一方的弱小产生于对方的强大。严整或混乱，是靠治理部队之法决定，或勇或怯，是由各自所处态势决定，或强或弱，是由各自军队实力表现出来的。因而，善于调动敌军的高明将领，就善于给对方以假的表象，敌人就会根据这个假象作出相应的错误举动，给敌人一点利益，他们就一定会来取，是以小利来调动敌人，以严整的伏兵来等敌人进入圈套。因此，我认为，如果让官兵知道我们是从容不迫地离开，他们反而不敢来追，是以造成狼狈逃窜的迹象，我想元密既为名将，他一定不会错过这个机会的！"我一听，才恍然大悟，大呼一口气，赞不绝口。

天即将蒙蒙亮了，大伙都急不可耐地爬起来，摩拳擦掌，趴在石头上，死死盯着底下那条弯路。可是一切静悄悄，别说人了，连只动物也没有。渐渐地，太阳已升起来，视线已经变得开阔，可以看很远了，可还是没有任何动静。大家的兴奋劲儿慢慢减退了，且干粮也吃完了，太阳又升高了两竿，还是没有动静；大伙都沉不住气了，肚子也饿了，心里犯嘀咕，到底官兵会不会来钻这个圈套呢？

庞大哥在山峰上，轻摇小黄旗，还是很有信心的样子，传令让大家保持安静，不要暴露了目标。眼看太阳要升到头顶上了，大家都心灰意冷，有的坐着聊天，有的躺着望天，有的饿了还拔草根来嚼。忽然，与我相隔一头的你们的嫂子站起来，向两边挥手示意，有大队人马正向这边赶来！我知道她用五行异术听到了什么，大喜，但别的人纷纷爬起来，伸长脖子张望，见还是没有任何动静，又按原状坐下躺倒，连连责怪她乱发指令。

又过了半个时辰，突然，一阵地动山摇的声音，由远及近传来，仿如山崩海啸一般！这次大家都听个一清二楚，一个激灵，全部人跳起来趴在石头上望，只见远处漫天尘土飞扬，马啼声和嘶鸣，隐隐可以听闻，终于来了！这时，大伙虽已经饿得有点顶不住，不禁又紧张、兴奋起来，心都快吊上喉咙处了！乖乖！听那些整齐的步伐声，那可是经过正规训练的官兵！

不多时，已然能看见打前阵的将领，三匹战马并排而行，马上的三位将军，盔明甲亮，神情肃然，左右两位，三十多岁年纪，各持一把枪和矛，中间那个年纪稍长，留着一撤山羊胡，手上没有兵器，腰上别有一把剑，威风凛凛。后面是五位持旗的士兵，各高举着一面旌旗，迎风飘扬，再后面便是一排排，每排八人的兵士，步伐整齐地小跑前进。我暗想，中间那位定是元密了，不免又细看了几眼，只见他仪表威严，目不斜视，确是一名勇将。

我在第一个埋伏点，元密的先头部队已经过去了，但我们还不能轻举妄动，要等庞大哥居中的埋伏点发出信号，大家才能同时发起进攻。是以大家屏息静气，但看官兵整齐划一，训练有素军姿，亦不免心惊。

眼看其尾也入了视线，忽听闻前面一阵欢呼，原是元密先头部队见了泊船，不免兴奋，只道是追上，便加快步伐，急欲扑上。就在此时，忽闻山上一声声震天鼓价响！惊得官兵不少人大喊："不好！中计！"顷刻间，轰隆声、嗖嗖声，滚石和飞箭如冰雹、似骤雨飞驰而下！官兵顿时大乱，惊呼、大骂，叫苦不迭，原本整齐的队伍，一下全乱，被杀得晕头转向、东倒西歪，战马乱窜，自相踩踏者，不计其数。不一会儿，陈尸遍地。许多官兵为避石箭，有的主动跳入河水中，有的欲跳不敢跳，谁知被人一挤一推，"扑通"就掉了下去，被溺毙的不少。

石头和箭投射完，庞大哥又命人敲鼓阵阵，自己则振臂高呼："义军弟兄们，建功在此一举，冲啊！"坡上顿时齐声呐喊、密密麻麻的人群，直杀将下去。没得喘息一会儿的官兵见状，吓得魂飞胆裂，能负隅顽抗的没剩几个，后面部队的想掉头跑，本来急行军到此就很疲乏，哪里还跑得远？被义军一路追，杀的杀，俘的俘，竟一个也没能逃脱。

元密的战马早被射中几箭，正痛得低头打转，又被一块大石弹起击中肚子，痛得悲嘶不已，前蹄高举，狂野窜跃，纵使他久战沙场，骑术高超，也是把控不住，掀下马来，头肩落地，摔得着实不轻。刚想挣扎着站起，又被一箭射中左腿内侧，痛得撕心裂肺，一声大吼，咬牙把箭拔出，一瘸一拐，行动不得；只能手上挥剑，拼命呵斥官兵们奋勇抵抗，原来身旁左右两位副将也葬身剑石下，却哪里还有人听他的？

姚周带领一支分队守在最后山头，早一马当先冲下，一把大刀连砍杀几人，猛然见在嘶吼的元密，大刀在胸前一横，傲然问道："你便是那元密么？"元密身为一军统帅，从没人敢这么跟他说话，眼前这么一个其貌不扬，土不拉叽的小个子军士，竟然不将他放在眼里，气得剑一指，喝道："大胆叛贼！朝廷何曾亏待你们？竟然行这大逆不道之事！既然知道我是元密，还不快快抛下手中兵器投降？"一边说着，想站直一点儿，可一挪腿，脸上痛得直抽。

姚周冷笑道："朝廷没有亏待我们？他娘的，我成守五年，守到看不见我奶奶、我老爹最后一面！再不反，连我老娘最后一面也见不了了！哼，你是元密最好，要我归顺？就算我答应，也只怕我手中这把刀不答应！它只答应你做它刀下鬼！"他的师傅是泰山派的高手，所以剑刀拳法均是纯正的泰山派功夫。

话音未落，一招"海底捞月"，直往元密下盘扫去，他知元的武功素以勇、蛮著称，英豪辈出的徐州，能做到兵马主帅，非属一流高手不成。他自己虽是徐州泰山门数一数二的高手，自忖若是平时肯定敌不过，现他腿伤，算是趁人之危，但也顾不了许多了，只希望借此良机能将他斩于刀下，是以第一刀便用足十二成力。元密眼看刀呼呼生风，直往自己腿上扫来，若在平时，自是向后一跃而起，即可轻松避过，可目下走一步都困难，又谈何跃起？情急之下，使一招"冰河倒泻"，整个身子倒下，右手挥剑也直往姚周脚下削去，出手更快，剑影剑锋宛如一片冰河泻出，竟是同归于尽的打法。姚周大惊，想不到他后出手反而比自己快，若不躲，自己的脚先要断了，急忙纵身往旁跃出，刀顺势往上收回。元密见机一个鹞子翻身，就地滚出一丈以外，马上右脚跪地，右手柱剑插在地上，严阵以待。

这时有两个兵士从两侧冲上欲护主，姚周大喝一声，往前跨几步，腾空而起，一招"南雁振翅"，几乎一刀同时从左下右下挥出，恰如大雁振动一次翅膀，只见那两个兵士惨叫，左臂右臂同时被削断，倒地不起。姚周双脚落下，一刻不停，立即又奔两步跃起，奋起一招"泰山压顶"，人在空中，刀直往元密头上砍下，这一刀力道少说也有几百斤，元密眼见躲无可躲，驰骋沙场二十几年，从未遇此险境，只能挥剑往上格挡，希望自己的宝剑能断他的刀，谁知姚周刀落到一半，忽然身子硬生生将刀锋扭转，从右往下削去，刚好砍到元密的手腕处，只听元密啊的一声大叫，手掌竟被削断，掌和剑一起腾空飞起，往后便倒，嘴里还骂道："叛臣贼子，不得好死！"姚周不待他再移动，欺身上去，一刀在元密胸口划过，大喝道："看谁不得好死！"可怜威震徐州的一代名将就这样命丧于此！

这一仗，义军打的是痛快淋漓，旗开得胜，官兵三千人竟全数被杀被俘，无一人逃脱，庞大哥的计谋功不可没，自此士气大震，他的威信、地位更加巩固了。

许大哥讲到此，口干得紧，停下将一杯茶一饮而尽，大家听得是如痴如醉，才惊觉许夫人已经去了两个多时辰了，不知情况如何，都往门窗处望去。抟儿在黎箸竹怀里，倒是很乖，仿佛也听懂了似的，随着事情的进展点头、挥手、蹬腿，阮明流和她都注意到了，常相视而笑。许大哥看出大家的担心，便说道："你们不必忧心你们嫂子，她对镇上情况很熟悉，况且她素来机警慎微，不会有事的。你们还想继续听么？"四人均点头，露出热切盼望的神情，候圣手心中一喜，但似乎又想到什么事情，脸上突现悲伤之色，只是一瞬即逝，又继续说道。

义军由此名声大震，当日再乘船直往徐州驶去，原本已有八九千人，加上投降的官兵自愿加入义军的一千多人，人数已达上万，三百多艘船均装得满满当当的。两日后，到达徐州，我们上岸，庞大哥让船工师傅们将船开回宿州，以践有借有还之诺，对船工们大表感激之情，也叫他们代为转达对宿州百姓的相助之恩。船工师傅们连说应该的，抱拳告辞，三百多只船又浩浩荡荡起帆而去。

徐州城，由徐、泗观察使、节度使崔彦曾亲自坐镇，元密所率三千兵马便是他派出。此贼素善献媚、贿赂，无甚本事，本以为叛军只是些乌合之众，不堪一击，三千骁勇善战的官兵在大将军元密的带领下，一定是大功告成，坐等捷报传来，没想等到的竟是全军覆没的消息，又惊且怒，手下诸将更是惶恐不已。从宿州带兵到徐州的知州判官焦璐心中暗想，幸好崔节度使觉得我的武功和统军之才皆不足，未命我前去，要不我已命丧汴河之侧矣！

大将李锐、温延皓、崔蕴、韦廷义等闻讯，又惊又疑，元大帅的三千精兵良将全军覆没？难道贼匪当真有三头六臂不成？纷纷请命带兵前去围剿。这时，有人仓皇进报，说徐州城已被叛军团团围住，像个铁通似的，水都泼不出去。崔彦曾吓得面如土色，一直说："这如何是好？这如何是好？"李锐、韦廷义站起说道："大人何故慌张？一群草寇而已，待我二人率兵出去迎敌，定将他们杀个片甲不留。"崔彦曾一听稍微心安，忙问："不知李、韦将军需要多少兵马？城中守兵已去三千，现只剩四千。"言下之意，唯恐他们全要了去，无兵士在旁保护自己。李、韦自然明白，心中虽不喜，但嘴里却逞强道："大人，我们只要两千精兵，便可大功告成！"

崔彦曾大喜道："两位将军如能击退叛贼，我保你们官升三级，赏金千两！拿酒来！喝完这碗壮行酒，我亲登城楼观战，给你们击鼓助威！"左右倒出酒来，李锐、韦廷义接过，一碗喝下，抱拳施礼而去。

是日，天晴气爽，秋风飒飒。辰时，我们义军一万多人，将徐州城围住，外籍义军为雄伟的徐州城墙而震撼，从桂州返回的几百徐、泗州的卫戍将士望着熟悉的城门城墙，更是心潮澎湃，热泪盈眶，大家肃立不动。庞大哥立誓说，今天，一定要拿下崔彦曾的人头。

城门打开，护城桥板缓缓放下，只见两将领头，骑着高头大马，嗵嗵有声，后面官兵旌旗猎猎，分队列阵，整齐步出，盔甲鲜明，兵器精良。再看我们义军，虽一万之众，却大多是布衣，有些虽穿戴盔甲，也是破旧不已，兵器更是五花八门，连拿斧头、镰刀的都有，庞督军、我、洪师傅、赵可立等几位也骑着马，但均是普通马匹，一点也说不上威风。我和赵可立的马还惊慌不宁，嘶叫不已，晃个不停，我们紧紧勒住，好不容易才控制下。对阵两边大多都是徐州兵，只是一方是外表威武的官兵，另一方却是杂乱的江湖杂牌军。

这时，官兵队列排好，忽闻城上鼓声大作，抬头一看，原来是披着战袍的崔彦曾，正在奋力敲击，左有温延皓、右有崔蕴两将护着。

韦廷义手持一杆红缨枪，拍马上前几丈，庞大哥和我与他本是旧识，互拱手施礼。庞大哥朗声说道："韦将军，多年不见，你是愈发神武，英气逼人了，可喜可贺！"这韦廷义自幼便以臂力大而闻名，号称"小霸王"，待得长大，身长六尺，浓眉大眼，坐在大马上，更有霸王英武气概。他将枪横放在身前，也拱手说道："庞判官，许都虞候，小弟给两位问安了！庞大哥红光满面，看来正是官运亨通之际啊，怎么就忍耐不住？许都虞候，不，我该叫你候圣手了吧，听说你在桂州练就了绝世武功，那才是可喜可贺啊！不如这样，大家放下手中兵器，本就是一家人，小弟斗胆请两位大哥，以及这许多兄弟们回徐州城喝一杯水酒，握手言欢，崔大人便就在城上等着咱们呐，两位大哥愿赏小弟个脸？"

庞大哥脸上一动，尚未答复，却听旁边有人大喝道：

"休得一派胡言！喝什么酒！要喝也等我们拿下了徐州城再喝！"我们一听就知是洪师傅，他是邕州人氏，讲话夹着浓浓的口音。庞大哥哈哈一笑，接口说道："韦将军，你看见了，既然我们一众兄弟从大老远的桂州回到老家，酒当然是要喝的。不过，我们这位洪师傅说了，拿下徐州城我们再欢庆共饮，不知韦将军是否可助我们一臂之力呢？"

韦廷义一听，脸一阵红，一阵白，立时将枪抓起，大声喝道："哼！我既吃朝廷俸禄，就效忠朝廷，岂能与你们这帮反贼一样？不知好歹造反！想拿下徐州城？先问问我手中这杆枪同不同意？！"庞大哥问道："谁前去应战？"话音未落，只听见洪师傅又叫道："我来会会他！"说着，就翻身下马，大家甚是惊讶，随即立刻明白，原来他是南方人，不善骑马作战，宁可下马站着与韦廷义厮杀。庞大哥虽知他身怀绝技，也暗自担心，问道："洪师傅，这两军作战……没马……？"

洪师傅笑道："庞督军，你放心，就算他在马上也讨不了啥便宜去！"说完，大踏步就往前去了。

与韦廷义相隔五丈，站定。只见一方是人高马大，一方只中等身材，五尺出头，在那一站，不到马背高，对比鲜明。但那站的却显得挺拔威武，穿一件灰色长袍，自有一股凛然之气。他从容地将背上剑拿下，一般剑客的剑鞘都是皮制的硬盒，他的却是一个黄色平常布袋，而且年月久远，已经很旧很淡，再缓缓地将剑拔出，剑身一出，一道道寒光便在太阳下闪烁，看得人一阵阵的眼花炫目，便知是口宝剑。最后微笑着把剑举起，细瞧一会儿，忽尔竟张开嘴，将剑中间部分用牙齿咬住，然后将剑袋拦腰一绑，竟宛似一根极合适的腰带。两边几千上万双眼睛全都盯着看，被那种英雄气概震撼住了，连城头上的崔彦曾也看得愣住了，不知该不该击鼓，若此时击鼓，倒是像给洪师傅的英雄气助威一般了。

韦廷义早等得不耐烦，知道全场的眼睛都不是看自己而是看着对方，不禁又气又恼，大喝道："来者何人？请报上大名！"

"大名不敢，邕州僻远乡野之人洪明镜是也！"洪师傅将剑插在地上，双手抱拳回道。

"哦？……原来是岭南东西道'灵宗派'洪掌门？幸会幸会！今天倒是要领教领教江湖上盛传的诡异无比的灵宗剑法！"说罢，挺抢拍马，直扑过去。这神骏被主人两腿一夹，长嘶一声，脚上腾云，风驰电掣般，倏忽间离洪师傅已只有一丈之距，韦廷乂右俯身，一枪就往洪师傅胸前刺去，全场鸦雀无声，被马速吓呆，眼看洪不是命丧枪下，就是葬身蹄底！谁知就在这千钧一发之际，洪师傅从地上抽剑，双脚一蹬，一招"青龙出海"，身子往左上方斜飞出去，右手持剑一连三式，点马头，削长枪，回刺韦廷乂，电光刹那之间，马头早被点破一口子，痛得悲嘶，枪头被削断，韦廷乂右臂被刺伤，幸亏马去得快，伤得不重，策马向左奔去，洪师傅落地就势一滚，又迅速站起屹立在那。

众人目瞪口呆，不信这身手竟是真的。静默一会儿，义军这边轰然叫好，欢声雷动！"灵宗派"武功的特点就是灵动不呆滞，招式虽是死的，但每出一招，必会根据实际情形，陡然变化出奇异式样来，这是百越民族人们灵秀特性的表现，所创武功，也以一个"灵"字为宗旨。刚才那点、削、刺就是一招之中连带出来，全凭出招之际敌人的方位、兵器、和招式作出反应，火石电闪，一刻也含糊不得，靠平日里练武的领悟和经验，下一次再出此招，又是不同变式矣。

韦廷乂折了兵器，心中不忿，认为对手只是凭借宝剑锋利，催马疾驰回到本方阵地，将手中枪杆一扔，大叫道："拿我刀来！"早有亲兵把他的另一件兵器搬来，双手托起，毕恭毕敬，那是一把陌刀。在汉代，叫断马剑，与一般刀不同，不施龙凤环，刀型像剑，长三尺十寸，属利刃重兵器，一般不随身携带。马去得急，他也不曾勒马稍停，乘着惯势，看准了，一把操过刀柄，刀锋差点把捧刀兵士的手带断，唬得那兵双手往后猛缩，身子一下坐倒在地，脸色惨白。

韦廷乂双目怒火，纵马直往洪师傅冲去，手上刀在空中虚晃几下，端的是呼呼有声，刀光重重，马像疾风一样，再次往洪师傅冲去，全场只听见清脆的马蹄声，心都收紧了。

洪师傅握剑，摆一招"苍梧迎客"，凝神静气，其实脑子里在不断想最后一刻怎么应变。韦廷乂仗着宝刀骏马，更仗着一股怒气，旋风般而至，在丈外之处挥刀往洪腰间横扫，眼看避无可避，便在那一刻，只见洪师傅忽地一个鹞子翻身，做了件令人匪夷所思之事，他竟而往地上滚去，且是向马身下！这一变化令全场一片愕然，此举在历朝战事中，见所未见，闻所未闻，将自身送到马蹄之下，不啻是飞蛾扑火，自取灭亡！令众人更错愕的是，洪师傅在马前蹄抬起之际，不但钻进马肚之下，且一剑划破马肚之后，又从侧面又滚了出来，快得犹如鬼魅。只听见那马一声惨烈的长嘶，坠倒在地，呻吟不已，韦廷乂自是被摔出三四丈外，刀也撒手而去，半响起不来。

在全场一片惊呼之下，洪师傅提剑缓缓向他走去，韦廷乂满脸是血，头晕目眩中，隐约看到洪师傅走来，挣扎着站起，踉踉跄跄去拿刀，洪师傅走近，却并不急于出手，而是站在一丈开外，等他缓过神来。韦廷乂眼里除了愤怒，还有绝望，末了，他大叫一声，拼尽全力使一招"长河落日"，双手举刀，不疾不徐，从远处平平送来，宛若一条河流，刀锋之下，锁住任何方位，任对手转往何处，河流便转向何处，待刀锋锁住对手之后，便一刀从头或肩砍下，是为夕阳坠落，有不可逆转之威，破绽是只此一念，却是不顾对手于己施任何招式，只求最后一刻同归于尽。

洪师傅自知韦廷乂之意，竟不躲闪，反将双膝曲下，作马步桩站稳，深吸一气，嘟嘴吐纳，双手握剑，左右自下往上，又自上往下挥舞，连绵不绝，此招名为"泰山日出"，下盘必须扎得稳如泰山，上盘靠吐纳气息，挥动双臂，剑影形如圆日，缓缓升起。韦廷义见他不躲，暗自庆幸，心想我用尽全力一刀下去，你必死无疑，任你再出奇招杀了我，也是同赴黄泉。眼见刀即将送到洪师傅头顶，刀忽如巨浪翻起，韦发出"啊……"一声长吼，由上往下砍去，所见之人，自忖无论如何，均无法挡住这一刀。却闻"叮叮当当，叮叮当当"一阵乱响，原是洪师傅手法奇快，剑每一次挡住刀，弹回几寸，又往下，剑旋即又挡回几寸，刀又压下，反复如此，片刻之间竟挡了七八回，一团刀光剑影，便似一方是长河落下，一方是旭日欲升，互不相让！直是看得令人瞠目结舌，呆若木鸡！但终是韦廷义气力不济，而洪师傅却是力道越来越大，旭日胜了长河，最后噌的一声，刀被震得脱手飞出，此时韦廷义身子已到跟前，洪师傅一刻不停，刀去剑转，随即直穿韦廷义胸口，韦跪地而亡。

义军一片欢呼，城头上崔彦曾吓得面如土色，手里击鼓棒兀然坠地。

便在这时，一骑从敌阵中飞奔而出，直奔洪师傅飞驰而去。我和庞大哥一看，却也认得，便是那军中号称"霹雳手"的李锐。此人自认是"托塔天王"李靖的远堂亲，对其甚是崇敬，论家谱并沾不上半点关系，也一向洋洋自得，特地还使一把三叉戟，倒也舞得有模有样，由于前面三戟特别有威力，在军中赢得"霹雳手"美誉。很快官升到正八品上——宣节校尉，崔彦曾这次应承如果击退义军，定保他们连升三级，便是正六品昭武校尉，该是多么威武！是以雄心满满，志在必得，不曾想看着韦廷义惨死，心有所惧，但城上崔节度使正在观战，升官的诱惑又大，岂还有退却之理？崔那老贼见他拍马而出，竟然又捡起地上的击鼓棒，咚咚咚敲了起来。

　　洪师傅虽身负绝技，也未见疲态，但无马毕竟吃亏，又怎能让他连战两场？我对庞大哥说道："我去！"便策马向李锐迎了过去。经过洪师傅身边，他刚伸手要阻拦，我叫道："洪师傅请回去歇息，待我去会会故友！"

　　"许大哥江湖上美称'候圣手'，难道在沙场厮杀也是靠一双空手？"阮明流不禁问道。

　　"哈哈哈！江湖上给我的一个虚名而已，战场上迎敌我又岂敢托大？你们猜猜，我本使用的是什么兵器？"四人想了想，均摇头，见许大哥这么问，自然不会是一般的刀剑枪棒，瞎猜也猜不着。"嗯，想来你们也猜不到，我原来使的是一根九节鞭，因着我身材较小，使用大兵器着实不方便，便讨了个巧，练软兵器，自从遇见九节鞭，喜欢得不行，这宝贝只靠灵和巧两个字，大大发挥了我的优点，掩藏了我的弱点，练到极致处，九节鞭比任何硬兵器更加有威胁力，说来惭愧，承蒙大家叫我圣手，其实也是有很大成分是指我舞九节鞭。"大家点头，才明白原来许大哥的称号还有这一层意思。

　　不一会儿，我便与霹雳手李锐迎面而行。因是故人，本想停马寒暄几句，不想他张口就骂道："反贼！朝廷待尔等不薄，竟然做此忘恩负义之事！快来受死！"我见他不念旧情，也就不搭话，将手中的九节鞭在空中一甩，发出嗖嗖的烈响，紧接着一招"苍龙点头"，九节鞭已迢迢遥遥直击他咽喉处，他一惊，连忙举戟来拦截，我手一抽，鞭头已然回收，又疾疾向他右肋扫去，却是一招"苍龙甩头"，他的戟若想掉头来挡已然不及，只能用戟尾来挑，他岂知这九节鞭进攻最善劈、抽、抢、缠、戳？戟尾一到，我九节鞭早就缠住，我运气猛地一拉，大喊道："撒手吧！"没想他也竟是神力，手死活不松。两相对扯，一下子，我俩都摔下马来，在地上滚了几滚，鞭和戟仍缠在一起，任怎样拉对方也不撒手，一急之下，眼神交换，大家立即明白，不如弃了兵器，手脚上见分晓。

我们同时跃起，顷刻之间已互相拆解了十余招。他小时被送入少林习武，在寺里呆了十年，学的是正宗少林外家功夫，刚硬勇猛，大开大阖，我的鸬鹚圣手爪却是轻灵、巧妙，所以一路避开他的猛招，如鸬鹚一般，左飞右扑，伺机一抓封喉。

我一味退让采守势，他却步步紧逼，两军一看之下，多以为我必输无疑，崔彦曾在城头看着更是高兴，又猛敲起鼓来，两边兵士不少人也跟着呐喊助威，倒是对方的声音更大些。又斗了四十余回，我瞧出他的招式来去不外乎那十几二十招，而且破绽颇多。

原来，他后来为了效仿李靖，便放弃拳脚功夫，全部时间专心练三叉戟，准备在战场上建功立业，倒也将身子练得肌肉蛮横，力气奇大，虽然招数不精不多，打起来也挺唬人的。我瞅准他一个破绽，一招"反嘴叼鱼"，一爪抓紧他喉咙，他立时呼吸困难，手脚疲软，我翻手将他脖子搂住一扭，霹雳手登时变成熄火手。

这一突变只在霎时之间，两军的呐喊停下，城头的鼓声更是嘎然而止。庞大哥见此良机，将手中的剑一挥喊道："兄弟们，杀啊！回到老家了，冲进城便可看望家中父老乡亲了！"戍守桂州多年的老兵们，临近徐州就激动不已，早按捺多时，一听庞督军这话，更是血脉喷张，很多还流出热泪。所有义军一起狂呼，从四面冲去，官兵眼见大势已去，哪里还有心恋战？纷纷弃械投降，城门也来不及关，早有义军冲杀进去，最前头的便是徐州那些守军，他们进去便向城头方向奔，个个义愤填膺，都要找崔彦曾，恨不得能亲自手刃那厮，他们部分本是徐州藩镇军人，要不便是江湖上混的群盗，所以大多身怀独到武功。

崔彦曾在温延皓、崔蕴等的保护下，仓皇想逃，焦璐却是早就先跑到城下，可惜跑得快也死得快，被义军碰上，乱刀砍死。义军们乱哄哄跑上城楼来，投降的就饶，反抗的举手就杀。

崔彦曾等三人见义军来得迅猛，慌不择路，用衣袍裹头，往城角方向窜逃，意欲混出一条生路。殊不知义军从每个垛口涌上来，跑不多远，即见远处有一队义军往这边来，带头的却是丁景和吴玫迥，丁景一路走一路喝问："看到崔彦曾这狗贼没有？！"崔三人吓得急忙掉头，忽见旁有阶梯下去，急忙拾阶而下，倒是吴玫迥眼尖，瞧得仔细，喊道："那三人遮头盖脸的甚是可疑！追！"众人呐喊着追去，崔听闻更是魂飞魄散，三步并作两步走，下完阶梯，转到大路上，犹一手护着头盖，低头匆匆往前疾走，不时往回看两眼，温延皓和崔蕴虽是武将，此时也如丧家之犬，手握剑把，背倒着走，想着大不了一战而死。

忽然，崔听见前方有马蹄答答之声，抬头一看，见到一排人马并列缓缓走来，便是庞大哥带着洪师傅与我们几个刚进得城，他虽包裹着头，我和庞大哥对视一笑，认得是他，便催马迎了上去，他神色慌乱，又想掉头，后面丁、吴他们已从后面赶来。

庞大哥远远喊道："崔大人！一别多年，还认得我么？"崔彦曾尚未答话，已经被团团围住，里三层、外三层。当年任命我们戍守几位官阶的自然是他，也算曾是他老部下，可是后来他只与王仲浦往来勾结，哪会还记得我们几位小部下？倒是当听到消息说庞勋、许佶带头起义，才隐约想起一点儿，现在就高高坐在眼前马上，自己性命全掌控在他们手里，张皇之间，老谋深算的他计上心来，把头盖拉下，双手抱拳说道："哎呀！庞将军，记得记得，怎会不记得？我也知道你们思乡心切，最近也在向朝廷禀奏，想尽快让徐州的兄弟早日回来，不想你们就自己回来了……"

"哈哈哈！哼！等朝廷下旨让我们回家？怕是没等到那一天我们就饿死在桂州城了！弟兄们，你们说是不是？"

“是！”“奶奶的，我们已经苦等了五、六年了！净是骗人的瞎话！”“你这狗官，要不是你从中作梗，咱们早就回家来了！”“就是！这直娘贼不但对兄弟们穷凶极恶，还克扣我们的军饷军粮，再不反就真的饿死了！”“杀了！杀了！跟他啰嗦什么！”群情激奋，一片怒吼。

崔彦曾一看势头不对，声音颤抖着说道：“庞将军，只要您饶了我等性命，我一定担保向朝廷举荐你为徐、泗节度使，从此让你官运亨通，步步高升！我嘛，唉，老了！只求你给放一条生路，让我告老还乡。”

“哈哈哈！”我在旁大声说道：“笑话！庞大哥稀罕你这个鸟节度使？！我们既然起义，就是要打到长安城，把那鸟皇帝干下去，庞大哥自己坐江山，不更来得痛快！？”四周响起一片朝笑声，喊道“就是！打到长安城！庞督军自己做皇帝！”“还想告老还乡？今天就是你的忌日！”

一片乱哄哄声中，庞大哥大喝道：“拿下！三日后，压往刑场斩首示众！”温延皓和崔蕴本还想负隅顽抗，一看到这汹涌人群，早已斗志全无，哪里还动得半分？当下被缴械捆绑起来。

讲到此，又是两个多时辰，但个个听得是入迷兴奋，一点儿也不觉得疲乏。黎箬竹当中还去煮了米糊喂了抟儿。他吃了睡了好久，睡醒了也陪着大家听，不吵不闹，唯有想大小便了就紧皱眉。

这时，门外有响动，阮氏三兄弟急忙跳起来拥到门边，候圣手笑着说道：“别怕，那是你们嫂子回来了！”开门一看，果然是许夫人，她雇了个挑夫，挑了满满两大筐的东西，除了食物和酒之外，还有给抟儿的一缸牛奶，几件小衣服、小肚兜、拨浪鼓等婴孩东西，怪不得逛了这许久。挑夫将东西卸下，望着众人，点头哈腰，笑着东张西望一下，拿了赏银，走了。

许夫人说道：“镇上一切正常，没有任何动静，许是官府只往大镇上去追查了，你们倒不必今晚就急走，多住几天休息，养足精神再走不迟。"大家知道，她其实是想和抟儿多呆几天，也不好拂了她意，而且这几日正好可以听许大哥讲故事，都乐得直点头。候圣手原怕官兵追来，知道他可以继续讲他们起义之事，大是高兴，自然应允。于是，大伙齐手整好酒菜，候圣手几杯入肚，谈兴更盛了。

第十回 初读孙子歼元密 重遇老曾得徐州

第十一回 求签问卦神算子 断命卜程愚忠心

　　攻下徐州城后，共俘得以崔彦曾为首的大小官员一百多号人，几乎都被判了杀头之罪，全是平日里作威作福，欺压百姓的官绅富豪，全城上下无不拍手称快。惟有监军张道谨，庞督军左思右想，舍不得杀。因义军虽已聚集达十万之众，但几乎都是游勇散兵、鱼龙混杂，没有受过正规训练，全然不能称之为一支军队。因此，急需一位会带兵、能治理军队的将帅之才。我和赵可立等虽说在桂州身为军头，但只是一支成卫兵团而已，与真正带兵、治兵，调教出一支善于作战，纪律严明的队伍来说，相差尚远。

　　张道谨乃科考武状元，可谓文韬武略，且在徐州任监军多年，经验老到，是个难得的将才。可他也是极有气节之人，死活不愿降，确是一名铁骨铮铮的汉子。崔彦曾生性残酷，却贪生怕死，为了活命，信誓旦旦说自己能说服张来降，庞大哥爱才心切，遂暂且留下崔的头颅，将两人一起打进大牢，放言如张道谨愿降，即可饶了崔彦曾的狗命。从此，两人在牢里，每日上演同样的戏码，一个满脸堆笑，死皮赖脸地劝，降了吧，降了吧……另一个则背着双手，朝窗而立，仰望天空，有时鼻子哼的一声冷笑，有时则转头怒斥，全不把崔这个原节度使放在眼里。庞大哥和我几次在暗中观看后，都不禁摇头苦笑，慨叹不已，一是为崔的不顾廉耻，卑鄙小人；一是为张的大义凛然，名将难求。

　　情势之下，我只得权且出任监军总管，以期张道谨有日归降，便将帅印拱手相让。洪明镜、王弘立、吴玫迵、姚周为副监军，出清府库官帑，招募丁勇，附近州县农民闻讯，纷拥而至，不到十日，竟又招了五万余人，义军总人数达二十万，分营结团，排兵布阵，日夕操练，不在话下。

话说一日，庞大哥忽心生感念，想到石佛寺烧香还愿，一是拜谢佛祖保佑，连赢两战，二是想求签问卦，预测起事凶吉。洪师傅及女儿洪晓艺、我一家三口、赵可立、姚周等一帮兄弟都嚷着要去。庞大哥甚是高兴，见是日天气晴朗，和风徐徐，更是心情舒畅，大喊一声，还愿去！遂一行人骑着马，逶迤而行，往城南景区云龙山东麓方向行进。

半个多时辰后，便到了徐州城第一大寺——石佛寺。石佛寺，又名兴华禅院，始建于北魏，占地数十亩，殿宇百余间，大佛殿内有阿弥陀佛半身像，高约三丈二尺，两侧岩壁上有众多佛像和题字，寺西大士岩有石观音像。据传求祈极是灵验，因之香火甚旺。

沿途百姓见是义军首领来，俱凑上前看热闹。渐渐聚集的人多起来，待将到得石佛寺门前，路两旁早站有几百、上千人之多，熙熙攘攘，人声鼎沸。庞大哥走在前面，笑脸团团，向两旁民众不断拱手致谢，正在热闹之际，忽听见一个清亮的声音，穿过所有嘈杂音，传到众人耳边。一听，念的却是一首五律，只听那诗道：

怅望黄金屋，恩衰似越逃。
花生针眼刺，月送剪肠刀。
地近欢娱远，天低雨露高。
时看回辇处，泪脸湿夭桃。*

庞大哥一闻此诗，心中大惊，转过头来，笑脸顿失，诧异问道："刚刚是何人在吟诗？"但诗结声落，四处皆是人，又怎知是谁？正在失望之处，忽又听到那声又一高一低传来，抑扬顿挫叫道："测字、看相，问仕途看前程，不准不收钱了！……"声音来处，似四面八方，又渐渐远去。亏得你们嫂子这回注意了，一听就知道声从何处来，往东边一指道："在那处！"庞大哥忙不迭说道："快！快！弟妹，赶紧拦下那位先生！"

我们急忙拍马往东而去，远远望见那人，徐徐而行，却走得甚快。马在人群中不能疾驰，直跟了许久，方才靠近那人。只见他瘦高背影，着一身旧灰布长衫，头戴方巾，左肩挎着一箱子，右手持一旗幡，上书一个"相"字，只是不高举，斜斜持着，步履逍遥轻快，走得甚是潇洒。庞大哥紧跟在后，急急喊道："先生！有劳留步，我有……"但隔着人群，那算命先生竟似充耳未闻一般，愈走愈远。姚周忍不住，大骂道："这厮好不通世故，我大哥叫竟然不搭理，待我去将他绑来见你！"庞大哥连忙说道："千万不可鲁莽！那是位高人，许弟，姚弟，你们身手快，快去将先生拦下，就说大哥我有事相询，万万不可怠慢了。"我与姚周翻身下马，拨开人群，飞奔直到那人旁，他刚好要转进一个小巷子里。我们抢身到他面前，拦着去路，躬身拱手说道："先生，请留步，我们大哥有事要拜会先生，万望恕我等冒昧。"

只听他哈哈一笑，道："识时务者为俊杰，知进退者为英雄。自古只此一理耳，你们大哥，又何必定要见我？"

我抬头一看，只见他四十开外，方脸颧隆，唇薄鼻高，眼深有神，留点疏胡，一付儒雅书生之像。

我们正不知何以作答，庞大哥一行已赶到，几丈外就下马，疾步而前，拱手施礼道："莽夫庞勋叩见先生，望先生不吝赐教。"他连忙转身回礼，说道："早闻督军盛名，岂敢岂敢！我江湖一算士而已，只为糊口饭吃，蒙将军抬举了，惭愧惭愧！"

"刚闻先生高吟诗一首，如久旱逢甘霖，长路遇知音，不知先生可否示下名讳？"

"蒙将军见问，不才姓周，名重，乃徐州人氏。三试不第，因平日喜研读《易经》，对占卜问卦颇有心得，也就懒问功名，操起这一营生，也勉强可以度日。今日刚出来，尚未开张，忽见将军一行人，引起民众围观，忽心有所感，口占一绝，不想被将军听闻，还追至于此，不胜惶恐！如有冒犯之处，还望将军恕罪！"说着，周重拱手弯腰，便欲下跪。

庞大哥连忙上前将周重扶起。"先生何出此言！尔诗让我有拨云见日，茅塞顿开之感，只是其中尚有不明之处，还请先生指点。不瞒先生，我等此行便是去石佛寺参拜求签，问卦前程，先生如若不弃，可否一同前往？"

周重站起，抚着疏须答道："将军有所不知，我乃行走江湖算命的术士，术与佛乃泾渭分明的两家，虽说不至于水火不相容，但我也不便入内。说来惭愧，我常在此附近行走，实在是知道来寺里烧香拜佛之人，必有所求，好招徕生意耳。"

洪晓艺在旁听得认真，忽然噗嗤一笑，调皮问道："周先生，那是求观音菩萨灵验呢？还是求您算卦灵验呢？"

周重连忙双手合十，说道："罪过罪过！我先向观音、如来诸菩萨求个饶，我乃凡夫俗子之身，怎可与神仙相提并论？虽则佛教乃是天竺国传入，佛法亦宏大无边，然仙境诸神毕竟无人见识过，讲的也是个心诚则灵；算卦命数却是自我祖伏羲氏，周文王演八卦而始、基于易学，也叫命理术数，又细分阴阳五行、天干地支、伏羲八卦、紫微斗数、奇门遁甲、面相、手相等分支，但无论如何算，也是有个根据，其中的奥秘我也不便多说。在下冒昧，这位姑娘是……"

庞大哥连忙说道："周先生，看我，一高兴就糊涂了，忘了给您引见。"遂将众人一一介绍，待大家互相见过之后，周重对洪晓艺说道："洪姑娘，我看你脸红晕若彤云，似有桃花之像，当是近日遇如意郎君。不知准是不准？"洪晓艺羞得满脸通红，不自觉看了一眼姚周，娇叱道："我又没要找你算，先生怎地胡说起来！我现在就想着跟爹爹、庞叔叔一起打到长安去，才没空找什么如意郎君呢！"周重和大家将一切看在眼里，心照不宣，都不揭穿她，哈哈一笑，然后对洪师傅说道："威武洪门出虎女，可喜可贺啊！"洪师傅爽朗一笑道："小女顽皮之极，周先生见笑了！"

庞大哥说道："既然先生不便一同入寺，还烦请在外稍候片刻。我等既已到名刹宝寺门口，不进去参拜，是为不敬，待参拜出来，还延请先生到府上，与众位英雄一聚，望先生不要推辞。"周重连忙施礼回道："既得将军垂青，小的惶恐不安，怎敢不识抬举？你们去吧，我在寺外候着便是。"庞大哥还是怕他不辞而别，特地让我陪着在外等。

他们一群人兴冲冲进了寺庙。我便邀周先生进一小茶馆坐了，叫了一壶茶，若干小菜、点心，边喝边吃边聊。我恭敬地给他倒上茶后，问道："周先生适才所吟的五言，不知我大哥为何如此感兴趣？能否请先生指点一二？"周重看了看我，故意顿了一下，笑道："许兄既是庞督军的左膀右臂，但不知……是否了解他心中的顾虑？"我惊讶不已，说道："我们兄弟九人一起举事，就是要打到长安城，把那皇帝老儿揪下来，庞大哥来坐龙椅啊，他能有什么顾虑？"

周重微笑着摇摇头，又轻捋疏胡说道："不瞒许兄，你们这次起义我早有所闻，曾闭门多日精心推算，成事之像不是没有，但中间却有重重障碍，如若能冲破，那定当能打进长安城，占了金銮殿，坐了那龙椅；倘若冲不破……唉！却是大大不详之兆也！"我一听大惊，连忙问道："不知那重重阻碍却是什么？"

周重举杯喝了口茶，说道："这正是疑难之处。我推来算去，百思不得其解，那几日竟茶饭不思，夜不成寐。忽有一夜，我出门望天空，静心冥想，忽而开悟，正所谓，天机不可泄露，如若这障碍竟能让我算出，岂非我便是那个能让庞将军坐上龙椅之人？既然不可知，我只能猜了。"

"哦？先生怎生猜法？"

"自古凡事能成者，无非是天时、地利、人和，在我推算之下，皆符合时运之气象，那我便猜，那阻碍是主帅是否心志坚定？我算得你们今日会来石佛寺上香求签，便作了这首诗在此候着。可是，你可知为何我念完便走，不再理睬？"

"因人多声杂，先生不曾听见？"

"非也！我听得你们的呼喊，一清二楚。"

"那……又是为何？"

周先生良久不语，却忽然捻起一颗花生米，拇指食指用力，搓掉外面那层红薄衣，粉片纷纷落在台上，然后扔进嘴里，牙齿一咬，嘎嘣而碎，问道："诗里有'花生针眼刺，月送剪肠刀'句，许兄不知了解这诗中含义否？"

我满脸惭愧，答道："其余都懂，唯有这句不解，正是要向先生请教。"

"嗯……尔等从桂州起义，并一路打至徐州，所向披靡，正是士气高涨之际，本应一鼓作气，杀到长安之势才是。可为何我第一句却是'怅望黄金屋，恩衰似越逃'？你看，这黄金屋，即是长安城里的金銮宝殿了……谁每日怅望，悲痛于皇恩日益衰弱，越逃越远，这是为何？只因那官服，就像花生的薄衣一样，一撮即碎，可望而不可得啊！这个痛苦似针一般刺痛我的眼睛；每个夜晚，当望月的时候，它的光又像送来的一把剪刀，慢慢剪断我的肠子。唉！痛苦啊！"说着，叹了一口气，又拿起一颗花生，将外衣搓得粉碎，望着粉屑缓缓飘下，然后将花生掷入口中。

"周先生……你是说，庞大哥还有那皇恩沐浴之念？"我不禁大惊失色，压低声音问道。

"正是。你再听下句，'地近欢娱远，天低雨露高'，尽管如今离长安城越来越近了，但欢娱却似乎也越来越远，天越来越低，但还是觉得天子赐予的雨露才是高洁的啊！"

"'时看回辇处，泪眼湿夭桃！'，时看回辇处，泪眼湿天桃！’这……这……这……周先生，这如何是好！您是想试试庞大哥，才念完就走？"我当时想说，这诗中所写的，完全是深宫怨妇心态嘛！

　　周先生呷了一口茶，笑着说道："不错！我吟完转身就走，正是想试探。如若庞督军并无此念，而是有着坚定的直捣长安的志向，他自然不会追来，又或，此念如若不深，呼唤我几声见不应，自然也不会再追。唉！没想到，你们一直紧追不舍，在我要消失的一刻，竟然还是被你们给拦住了！"

　　我恍然大悟，又惊恐不安，连忙站起身，抱拳弯腰深深一拜，说道："先生真乃天外高人！神机妙算，一席话令我如拨云见天日。但务必烦请先生出山，辅佐大哥，消了此动摇军心之念，咱兄弟们可是一心要打进长安城，将这江山拿下的！我许偌担保，一众兄弟惟先生马首是瞻，一切听命于先生差遣。如有不服者，我许偌先斩了他！"

　　周先生也急忙站起，对我深深行礼，说道："许将军不必多礼，我既已答应庞将军，又岂会食言？话虽如此，许兄亦不必太过虑，我自有周旋妙计。请坐，请坐！"我一听大喜，如得获此能算会卦之军师，实是义军之大幸！恭敬地请周先生坐下，先谈起义的经过，还有一路打来的战事。

　　茶过几巡，方见庞大哥一行人从寺里出来，一帮僧众送至门口，双手合十施礼道别，然后到寺外墙边一排高树处牵马。我们立即结账出来，赶了过去。庞大哥一见我们，立即向周先生作揖抱歉说道："有劳先生久候。"周重回道："不妨，我与许将军相得甚欢，不觉苦等。"庞大哥哈哈一笑道："我这舍弟，不但武功高强，而且文采也甚好，口才亦佳，与先生恰是伯仲之间啊！"我急忙辩解道："论才识，小弟怎敢跟周先生相比？先生滔滔高论，我惟有洗耳恭听而已。"庞大哥高兴得哈哈大笑，周先生谦虚，连说惭愧。

大家便请周先生乘马，周先生说不会，庞大哥让洪师傅、姚周带大家骑马先回，安排晚宴，欢迎庆贺周先生加入义军，我们三人则下马慢走，沿路相谈而去。我便问道："大哥，今日求签如何？"庞大哥笑道："我今求之签便是今日能遇周先生一事，你们说巧是不巧？你们听，签诗是：

仙风道骨本天生　又遇仙宗为主盟
指日丹成谢岩谷　一朝引领向天行*

静谷方丈端坐在莲座上，手持佛珠，闭眼诵经，早有小沙弥恭敬将签递与他。他微微睁眼一看，连赞，好签，好签！第一便问我是否今日遇见高人？我心中先是一惊，复又一乐，惊叹这签竟如此之准，暗喜遇见先生真乃是天助也，但想听他接下怎么说，便不置可否。方丈又将眼闭上，似乎继续念经，过了好一会儿才睁开眼说道，恭喜将军，请用茶，容老衲慢慢道来。

此签乃上上签，亦即关公灵签第七，缘于道友吕洞宾，其名岩，生于天宝十四年四月十四日巳时，自号纯阳子，曾私行庐山，遇钟离真人，授天仙剑法，得九九数，并得炼丹术，居岩谷精炼，丹成，长生不老。不瞒将军，老衲自号静谷，亦是敬仰、缅怀吕道长的精修道行，佛道两家虽各有所宗，却素无仇怨，互敬互爱，共为天下苍生祈祥纳福，实乃一大幸事。此签，若是贵人占之，有荐拔之喜，士人占之，有飞腾之兆，庶人占之，有百倍之利，方外占之，有仙升之期，病患占之，有医药之缘，签上说得明明白白。"

庞大哥顿了顿，又说道："将军乃是贵人，此次举事，一呼百应，所向披靡，除了众多兄弟、百姓支持相助外，最近还应遇一高人，不过将军似乎尚未碰见？虽天机不可泄露，但既是给将军解签，老衲也不能打诳语隐瞒。此人，乃一位奇才，精通奇门异术，胸藏文韬武略，是上天派来辅佐将军的良才，如将军能善用此人，那问鼎之事是指日可待啊。

一边说着，他漫不经心地将签随手一弹，那支签径自飞向三丈外，摆在香台之上的签筒处，到了筒口上方，忽然角度偏斜，竟朝着筒口插了进去，隐隐约约听得'啪'一声轻响，似乎又无声无息，签筒纹丝不动，要知道，签筒口大小只容一签进出！静谷方丈随即闭上眼，又进入禅状态。这一手轻描淡写的功夫全无炫耀之意，却唬得在场众人目瞪口呆！若非力道和方向均精妙到巅毫，内心纯静到无丝毫杂念，怎能做到？静谷方丈的武功修为，真已经到了深不可测的境界，我们知方丈解签已毕，遂匍匐下拜行礼，退了出来。你们看，静谷方丈所说的，不正是周先生么？哈哈哈……"

周重从旁跨出，在前拜下道："周重何德何能，得当世高僧如此评语？更蒙将军如此看重？若将军不弃，不才愿竭尽所能，追随将军，与众将士同甘共苦，一起协力，度过黄河，挥军杀入长安。但不才有个请求，不知将军可答允否？"

庞大哥大喜，连忙上前将他扶起，说道："周先生既应允，便是我帐下第一军师，一切调度自然由你安排，别说一个请求，就是十个、百个也莫敢不听你的！谁人不听，军法处置！军师请说。"

周重又捋捋他那疏胡，笑道："嗯，我这一个请求与十个、百个也无甚区别，那就是，从今起，将军须得对我言听计从，不得有违。"

我与庞大哥对瞧一眼，又同时看向周先生，静了一会儿，三人都哈哈大笑起来。庞大哥连连说道："今得先生，真乃天助我也，今得先生，真乃天助我也！"我三人大笑着走在徐州大街上，发现旁侧有路人纷纷观看，窃语指点，我心中暗忖，可能他们心中纳闷，这位往日在街上替人算命的穷酸先生，怎么一下子就飞黄腾达了？

是夜，全军都加菜添酒，个个知道来了个神机妙算的军师，军中一下都传开，管他叫"小亮瑜"，意是不单有诸葛亮之明，也有周瑜之智。当年周瑜慨叹，既生瑜，何生亮！如今竟将两人合二为一了，是以军师之名更是为重，由是军心大振，喝酒喧闹声此起彼伏。将府大厅上，更是摆开十八桌，众将士按排序而坐，周军师坐在庞大哥右侧，我坐左侧，洪师傅父女坐'小亮瑜'旁，我旁边是你们嫂子抱着桂儿，再就是赵可立、姚周他们。其余桌便是原桂州戍卫老兵，作战勇敢得升为各大小将领，他们大多本是强盗出身，性格豪迈，武功了得，不拘小节，开怀畅饮后，更是趁着醉意，大呼小叫，粗言烂语也随处可闻。

忽然，一位喝得醉熏的牙将，端着一杯酒，摇摇晃晃地走到周军师面前，迷瞪着眼，醉里醉气地说道："周军师，听……听说你……你是个神算子，那……那你给算算，我！"说着，用力拍了一下胸脯，然后指着后面那台人，继续说道："还……有一帮兄弟，今天干了一件……什么……把大伙爽……爽坏了的事？！"他刚说完，后面即爆发出一阵狂妄、放肆的大笑。

此人乃是桂州戍守兵士刘强冬，外号叫"冬瓜"，原是我的手下。被招兵前，本是徐州"天虎帮"的一名喽啰，习性流里流气，但讲义气，有着徐州人那种天生的悍勇。在桂州就经常做偷鸡摸狗的事，仗着一点儿小聪明，和一群兄弟的互相包庇掩护，都躲过了责罚，这次起义，几场战事表现神勇，所以刚被提升为副尉。

我喝道："刘副尉！周军师乃庞将军座上客，仙风道骨之人，庞督军再三礼贤，今日刚迎得入我军中，本是大喜之日，你怎敢如此无礼，对军师生不敬之心，扰了大家的兴致，休得酒后上来胡乱闹事。下去！"

刘冬瓜双手一抱，酒杯在怀中，身子倒是不摇晃了，但嘴里还是结巴说道："禀……禀告许副帅，我……等早知周军师是神仙一般人物，军营中已传遍'小亮瑜'的大名，哼……小……小亮瑜！诸葛、周瑜都一起占了，自……自然是比他们中任何一个都厉害！既已有如此响亮名头，想……想必有惊天动地本事。如周军师不显露一点儿出来让大家见识见识，怕是难以服众！谁……谁知庞督军诚心诚意拜请回来的，会不会……只是一个江湖上靠招摇撞骗的算命骗子呢？"说完，他眼一斜，瞟了周先生一眼。

周重神情自若，又捋着疏胡，微笑不语。庞大哥看看他，又看看我，一时不知如何是好。我只道他是酒后赖皮耍泼的劲头上来，猛一拍桌子，斥道："刘冬瓜，你好大胆！军师神算乃是为作战所用，世人皆知，俗话说，天机不可泄露，泛用则不灵！岂能算你等所做偷鸡摸狗之事？再不退下，可要军法处置！"

"遵……遵命！副帅，我等今日所做可不是偷鸡摸狗之事，而是为咱们义军扬眉吐气的事。可惜神机妙算的军师也占卜不出，何等让人失望啊，怕是今后……无人服喽！"刘冬瓜说完，又斜着眼瞧了几眼周先生，把酒杯的酒喝干，转身就走。

忽然，周重悠悠开口说道："刘副尉，请留步。你说，如果我算得出你们今日所做好事，你们便都服了我？"

"那……那自然！不单……只我们几个兄弟服你，军……军中所有兵士……均服！"刘冬瓜回过头，斜睨着答道。

"哦？那我这个在江湖上行骗的术士，不仅能算到你们做什么，而且看得清清楚楚，你定要我一一道来么？"刘冬瓜犹豫了一下，随即又态度傲慢地说道："看……看得清清楚楚？难道你真有天眼么？军师如真能算出，请尽管道来，如一切灵验，我……立誓，我，刘强冬！并一帮兄弟，听任军师任何差遣，就……就算砍掉脑袋，也不皱一下眉。"

　　周先生说声，好！转头对庞大哥说道："庞将军，古语道，军中无戏言，刘副尉与不才刚起了个誓，如不才能将他们今日所行之事说出，他们答允由不才处置，不知将军意下如何？"庞大哥本就欲见识周先生的本领如何，连忙点头说道："军师既然有此雅兴，就陪他们玩玩儿，如算出他们今日干了何不良勾当，生杀大权均由军师做主。"

　　周先生起身拱手拜道："谢将军！"随即缓缓坐下，从袖中取出一个小竹筒来。那竹筒呈古铜色，光滑泛光，显然是非常古旧之物，周先生右手握着，闭上眼，在空中上下左右摇啊摇，只闻一阵噼里啪啦之声响，口中念念有词，大厅一下子静得仿佛无人一般，众人齐刷刷地看着他手中那个竹筒。

　　摇了足足有二十几下，忽然，一根签从竹筒里飞出，在空中飞出一个漂亮的弧度，不偏不倚地落在桌面上，翻了个身便停住了。周先生的手同时将竹筒"啪"的一声往桌上一拍，按住了，闭上眼睛。过了良久，才徐徐地睁开眼，微笑着，左手将将胡子，右手将签拿起，放到眼前细读起来，一边读，一边点头，先是微笑，后来脸色微变，越来越转得沉重，最后，竟变得勃然大怒，将手中签往桌上一摔，大喝道："左右！把刘副尉和他们几个，统统给我绑了！"

　　全场被这突变吓得不知所措，但庞督军已经将生杀大权给予了军师，几个侍卫持刀早上前把刘一伙人按住，齐刷刷一排跪下。刘副尉这时吓得酒也醒了一大半，大声喊道："为……为何抓我！你一字未说……就将我等治罪？庞督军，我们不服！"

　　周先生又将签拿起，扫了一眼，然后双目威严望着刘副尉足有半响，问道："你等今日去了北城的晋安府，是也不是？"其他几个一听，低头沉默不语，刘副尉却大声回道："是！"

　　晋安府本是节度使崔彦曾的府邸，徐州城被攻下后，便将被杀的李锐、温延皓、崔蕴、韦廷义等妇孺家眷一并安排在那里，男丁全部被抓去做苦力或兵丁，并下令，没有庞勋大哥之命，谁也不能擅自进去那里。因此，众人一听，都大吃一惊。

我和庞大哥对望一眼，均感诧异。周先生又问道："你们去那，本是想敲诈勒索发点横财？"跪着的其中一个兵士抬头说道："军师大人明鉴，是刘大哥说，大家最近赌运不佳，手头紧，想方设法弄点赌资，思来想去，北城那些婆娘们肯定藏有细软，所以带着我等去的。"

刘副尉侧头白了他一眼，转过来说道："是！城是我们攻下的，找点小财，有何不可？何况，晋安府的婆娘全是朝廷命官的家眷，本都该一并问斩，跟她们要几个小钱，何罪之有？"

周军师停了一会儿，看看手中那支签，然后抬头慢慢说道："你们勒索完钱财还不算，又看见那些妇人长得标致，竟动了歹念，掳了七八个妇人、丫鬟到房里施暴，有三个拼死不从，还被活活杀死！最幼小的才十二岁！"

听到这，场内一片哗然，纷纷议论开来。庞大哥和我也都勃然失色，均死死盯着刘副尉，看他是否招认。其他几个还一直低着头不说话，唯有刘副尉圆睁双眼，半响之后，忽大笑道："哈哈哈！那几个婆娘，倒是真美得撩人，我刘某几个也过过瘾，他奶奶的，这些官婆姨不是早该杀尽的麽？今日也是我刘某人说的，谁若不从，谁若走漏风声，就一刀砍了！庞督军，是我等军士的命重要，还是那些婆娘的命重要？我们今日所行之事，只不过是起义该行之举，杀尽官府之人，替将军拿下大唐江山，我等何罪之有？"

我忍不住大怒道："刘强冬！轮到你这么跟督军说话么？督军已将大权交与周军师，一切听候军师发落！"

而众人此时对刘副尉等所犯之事是否有罪已不在意，反倒是惊诧于周军师有何种妖术，竟何以能算出？而且一点不差！

大多数人直愣愣、出神地望着桌上那个竹筒，似乎觉得里面藏着可以知晓一切天下事的玄机。现在他们对周军师不单只是服了，而应该说是惧怕的成分更多！人人暗想，如果他把竹筒摇一摇，甩出一根签来替自己算一算，那岂不是大事不妙？因大部分人心里均有鬼，或多或少都干过不可告人的坏事，唯有少数几个心里无愧，不做此想。

过了片刻，只见周先生抬眼说道："刘副尉，你可知，庞督军、许将军等此番起事，乃是顺天民意，正义之师，岂能容你等乱来？况且所俘家眷、所获之财产皆归军中所有，没有庞督军之命，你等私自侵入便是死罪！来人，将刘副尉拉出去斩首示众！其余念在从犯，每人杖五十大板，以示惩戒！"刘强冬一听，吓得魂飞魄散，扯开嗓子喊无罪，大叫庞督军开恩。

庞大哥眉一皱，喝道："好你这厮！竟做这胆大包天之事！若不是周军师洞若神明，岂不是让你等将此事混过？还不赶快给周军师赔罪？"刘强冬一听，吓得急忙头伏地跪拜，其余的也随着拜倒。庞大哥说道："周军师，他们虽犯了死罪，但现在正是用人之际，是否可以留下他们一命，战死沙场？"

周先生思索一会儿，答道："既然庞督军为他们求情，就暂时留他一条性命。来啊！刘副尉杖一百五，其余人杖五十！"他们被拖出去，没再喊冤，沉默着，咬紧牙关忍着被打得皮开肉绽。从此，军中人人只要见了周先生，莫不是低头恭敬施礼，唯恐被他多看了一眼。

庞大哥从此也对周先生敬若神明，言听计从，已深信周军师有占卜前世，预测将来之异术。他跟我说，现在，文有神机妙算的周重来辅佐，武有我、洪明镜、王弘立、姚周一等干将，似乎打到长安是指日可待之事。可是，庞大哥的眼神有点迟疑。

众人对周军师的神算皆佩服，我却存有疑惑。一日，我邀周重又至石佛寺附近那家叫"见性"的茶馆来闲聊，依然坐在靠近里间的僻静处。茶过三巡，他看着我，笑道："许兄，心内想必有疑惑于我，又不好开口？"

我连忙答道："军师之神算早震慑三军，我肚里的小算盘又怎能逃过军师的法眼？""哈哈哈！"他压低声音说道："我能唬住三军上下官兵，却逃不过许兄的眼睛啊！你想问我是怎么知道刘副尉他们所犯之事？"

我也压低声音说道："愿闻其详。"

"许兄可知，我等做替人测字算卦，问旧事前程的，最注重的是何绝技？"

"占卜解签？"

"非也，非也！那些只是做做样子、唬弄人的把戏。不瞒许兄，最讲究的乃是八个字：察言观色、道听途说。不知许兄是否还记得，当日，我们三人从石佛寺步行回府，当我给庞大哥下跪之时，附近有一群群路人指指点点，嘀嘀咕咕？"

我是记得有路人观望议论，却只是想他们是好奇所致，遂点头。

"许兄想必没听他们所言是啥，我却分心认真去听了，虽听不确切，隐约是北城府……死了三个，最小才十二，被奸淫等语，他们又是如此惧怕、厌恶地望着庞将军与你许将军，我心里就知道是义军所为，只是不知是何人。谁知，宴席上刘副尉一干人自报家门，便有了这么一场好戏！我不得不借机要杀他以整肃军纪，以告诫三军。"

听了这一番话我才恍然大悟，连连称奇，大赞周军师心细如丝。他听罢却长叹一口气，我忙问为何。停了半响，他才说道："三军虽被震慑，庞督军却心猿意马啊！"

我一愣，直直望着他，他俯身过来，用极细的声音说道："许兄您可知道，北城晋安府之事后，过了几日，庞将军以视察为名带着我去了一趟，更将崔节度使、李、韦、温等家眷都召集过来，说是为她们以后的安全加强保卫，实则是为了挑人。翌日，便秘密命人将四位最美艳的夫人、小妾送进了他府中！"

我瞪大眼暗暗惊呼，竟有此事！他点点头道："若庞督军只是贪图一时享乐，就此还罢了，但至于以后，你可知他心里是作何盘算么？"我犹豫了一下，缓缓伸了个小指，他苦笑着点点头："是啊，他要我写一本奏折，想让皇上封他一个节度使，他便愿意交出兵权，也占山为王，过起他的小日子了。"

我一闻此，更是大急，当日众位兄弟一起商议好，既然起事，定要打到长安，若是半途而废，前功尽弃，我一等兄弟的身家性命岂不堪舆？连叹如何是好，周军师见我坐立不安的样子，徐徐说道："许兄也不必过虑，小弟自有妙计。"我岂能不急，连问计谋何出？他故弄虚玄，只慢腾腾喝茶，笑而不语。我也发觉自己失态，遂哈哈一笑，恭敬斟茶，不再追问。

过了好一会儿，他忽问道："许将军，可听过奴大欺主的典故么？"

"奴大欺主？岂不是奴才骑在主子头上？用典却未可知。"

"东汉末年，汉灵帝时，朝政被十二个宦官张让、赵忠、夏恽、郭胜、孙璋、毕岚、栗嵩、段珪、高望、张恭、韩悝、宋典把持，他们都任职中常侍，横行朝野。尤以张让和赵忠为首。此二人，均是少时被净身后送入宫，汉桓帝时任小黄门，在宫内做事，是十足的小奴才。后赵忠参加诛杀奸雄大将军梁翼，功封都乡候，张让是个八面玲珑，见风使舵的人，汉灵帝刘宏登基后，张让、赵忠一同升为中常侍，封为列侯。从此，张赵二人勾结权贵，收受贿赂，威名很大，以至于汉灵帝常说，张常侍是我公，赵常侍是我母。宦官集团由是渐成，竟达十二人之多，权势熏天，不可一世。

有一件事足可见这些奴才的势大，扶风人孟佗家产富足，与张让等人结交，竭尽自己所有送给时任大长秋的赵忠，主管家务的监奴张让，自己没剩下一点所爱的东西。张赵很是感激他，问他，您有何要求，我都可以为您办啊！孟佗说，我只是希望你们为我一拜而已。当时请求见张让的宾客如云，门口经常停着数百上千的车子，一日，孟佗也去见张让，因来晚了无法进去，通报以后，张让竟率领各奴仆出来，在路上迎拜孟佗，并且共同抬着他的车子入门。宾客们大为惊讶，认为孟佗和张让很要好，都争着用珍宝奇玩贿赂他。孟佗将其中一些珍宝转送给张让，张大喜，推荐他当了凉州刺史。许兄你看，这奴才不是比朝廷官员还大么？！"

"哦！原来如此。皇上身边一条狗真是比人都大，可是，他们又怎么欺主了呢？"

"嗨，这欺主的事多得不可胜数。只提一件，中平元年（184 年），张角领头的黄巾起义，郎中中山张钧上书，谓张角所以能够兴兵作乱，成千上万的人愿意跟着他，其根源都在十常侍，把他们的父兄、子弟、亲戚、宾客放到各州郡，独占财利，侵夺百姓，百姓的冤屈无处申诉，所以图谋不轨，聚集成为盗贼。应该杀了十常侍，把他们的脑袋悬挂南郊，以此向老百姓请罪。再派使者布告天下，这样可以不须用兵，而大寇自会消散。汉灵帝将奏疏给张让等人看，他们都脱掉帽子、靴子跪下请罪装可怜，乞求让自己去洛阳监狱，并拿出家产以资军费。

汉灵帝诏令他们起身，戴上帽子，穿上靴子和往常一样做事，却发怒对张钧说，你是疯了吗？十常侍中难道就没有一个好的吗？张钧又几番上书，都被扣压不报，张让等却找了个借口，诬告张钧学黄巾道，活活在狱中打死。张赵等却与张角勾结往来，后来中常侍封谞、徐奉与黄巾勾结的事败露被杀，汉灵帝因此发怒责问张让等人说，你们常说党人图谋不轨，下令禁锢，有的还被杀掉，现在党人成为国家有用的人才，你们反与张角私通，这可杀不可杀？张让等都叩头说，这是前中常侍王甫、侯览干的。汉灵帝就没有追究了。这些都是对主子的明负暗欺啊！"

我听罢点点头，恍然觉得有道理："如今……朝廷上也是宦官当道……"

"我们只要在奏章上如此如此……他的节度使就封不下来。有一天定会一直打到长安城去！"我听闻军师如此说来，连呼妙计，添此一句，可说是一箭双雕，庞大哥的节度使梦既落空，朝廷想招降的念头也破灭，不禁长舒了一口气。不过，竟然有点恼怒起庞大哥来，当日兄弟们一起商议好，并歃血起誓：一定要同生死，共患难，万马奔踏至长安。可他却不与我们兄弟商量，竟想将大家的努力换他一个节度使？

"周军师，汝计甚妙！但此事万万不可让兄弟们知晓，万一闹腾起来会乱了军心。奏章就这么写上去，我与洪师傅他们知会一下，操练得抓紧进行，朝廷一收到这份奏折，一定会立即派大军前来，到时庞大哥也没有办法，又得有一仗好好打了。"周重微笑道："我正怕朝廷不中了我的外反实媚之计，万一答应了庞督军一个节度使，那就糟糕至极！我们不能坐等朝廷派大军来，而是要主动出击，接下来我们就要攻打濠州、滁州、还有和州了。双管齐下，取下这三州，让庞督军毫无后退之路！"说罢，我们举杯一饮而尽，对视大笑。

庞大哥采信了周先生的计谋，在起草奏书的同时，调兵遣将，分别去攻打濠州、滁州、和州。按周先生说法，拿下更多城池，手上有了更多的筹码，才能迫使朝廷惧怕，而不得不答应节度使这一要求。

庞大哥深以为然。奏疏他自己也浏览过了，大为满意，连连夸奖周重军师的文采，却只没看出其中的奥妙来，以为节度使一职垂手可得，遂自镇守徐州城。

第十二回 空城妙计都梁城 高品洁操庾梅岭

许佶讲至此，已是傍晚时分。虽兴致未减，但已饥肠辘辘，纵是练武之身，也禁不住长时间讲述，有些疲态。众人便让他歇息，其余人一起协助许夫人，花了一个多时辰，整饬了饭菜，温了酒，摆上桌来。

候圣手原躺在床上闭目养神，后来竟沉沉进入梦乡。在梦中，忽闻到酒菜香，不禁鼻也动，嘴也舔，到最后口水流了出来，忍不住一骨碌竟爬了起来，似梦游一般走至台边，倒上一杯，一饮而尽，然后哈哈笑道："最提神的，还得算是这宝物啊！"许夫人、阮氏三兄弟和黎箸竹皆愣愣看着他，以为他犹在梦游中，不敢惊扰，生怕受惊吓中了邪，待听他说了话，才知醒了，均相视而笑，便重又入座。几口酒菜入肚后，许佶神采飞扬，继续讲道。

军师周重果然用兵如神，在其如此这般吩咐之下，义军兵分三路，第一路由洪明镜为帅，姚周、赵可立为先锋，前往濠州；第二路由王弘立为帅，刘行及、丁景为先锋，取道滁州；第三路则由我为帅，张行实、你们嫂子为先锋攻打和州。军师留下与庞大哥镇守徐州，出发前，军师递给每路将帅一个锦囊袋，嘱咐到了城外安营扎寨后再打开，里面有攻城妙计，只要依计行事，便可大功告成。

我将信将疑，到了和州城外，尚未安好营便迫不及待打开锦囊，取出纸片一瞧，上面写着一行字"和州城郭固，却怕水如注；引河淹城尾，却攻城头处。"，我一看，大喜。因派人前去探视，和州城后果有一河坝，地势比城还高，若凿开就可淹城！城尾被淹，兵民定赶去相救，城头空虚，便可攻破。当晚即派百十人潜上河坝，在清晨时分坝堤被凿开，大水汹涌入城，城内陡然一片慌乱，趁此良机，我下令大举进攻，不到午时我们便把和州拿下。

　　濠州城那边，洪师傅用的却是火攻，因濠州是粮草重镇，城内布满各种木结构的仓库和屯子，军师令箭头绑上蘸了灯油的布，点燃往城内发射，百箭齐发，不一会儿，城内火光冲天，人声嘈杂，正值仓皇之际，洪师傅挥大军压上，城内毫无抵抗之力，只能弃械投降；王弘立他们也按军师锦囊行事，用的却是收买恐吓之计，滁州城守将毛部宁是个贪生怕死的财迷，望见大军围城早就吓得魂飞魄散，军师修书一封传入城内，毛部宁抖着手看完，献城后义军承诺给他十万赏银，他立时将大门敞开，将城拱手相让，就这样神不知鬼不觉地拿下滁州。

　　消息传到朝廷，唐懿宗吓得面如土色，不知如何是好。

　　与此同时，周军师起草拟定的奏折也准备好，派部将张溶送到了朝廷。据闻，在朝廷之上，唐懿宗颤悠悠打开奏疏一看，原以为义军提出什么重大的要求，不想庞勋只是想讨个区区节度使便肯偃旗息鼓，喜不自禁，想立即给封了。但宰相路岩在旁，不由分说接过奏疏，展开，皱眉念道：

> 臣之一军，乃汉室兴亡之地。顷因节度使刻削军府，刑赏失中，遂致迫逐。起义之由，非不得已，尚因路岩、王宗实祸国之二贼。陛下夺其节制，剪灭一军，或死或流，冤横无数。今闻本道复欲诛夷，将士不胜痛愤，推臣权兵马留后，弹压十万之师，抚有四州之地，臣闻见利乘时，帝王之资也。臣见利不失，遇时不疑，伏乞圣慈，复赐旌节，不然，挥戈曳戟，诣阙非迟。[1]

　　当念及"起义之由，非不得已，尚因路岩、王宗实祸国

---

[1]《资治通鉴》卷 251，第三句乃作者所加。

之二贼。"一句，气得浑身哆嗦，卷了奏疏，欲将伸向站在七尺之外的王宗实，但手脚不停抖动，话也说不出来，竟半点动弹不得。王宗实看在眼里，心知他意，只把手中拂尘一抖，路岩手中的奏疏竟然像长了翅膀一样，从他手中脱出，颤颤悠悠地、轻飘飘地往王宗实方向飘去，到了跟前，他伸出瘦骨嶙峋的右手，一把捏住一边，整个奏疏便完全展开。

满朝文武看得目瞪口呆。众人皆知王的绝妙盖世武功，可是如此邪门的功夫却是第一回见识，跪着的张溶也偷偷瞄了一眼，尽看在眼底，吓得脸色大变，不知这位发须黑白参半的公公到底用了何种妖术，欲待瞧个仔细，却见王宗实阴毒的眼光飘了过来，忙又低下头去。其实，王用的是一种异地取物的西域外旁门左道技俩，虽是旁门左道，靠的却是实打实的内功和意念，当两者能合二为一时，即可在一定范围内，轻而易举探取不重之物。

王宗实迅速地瞄了一眼，心底虽暴怒异常，却不动声色，上前两步，用尖锐刺耳的声音禀奏道："启奏陛下，继裘甫之后，庞寇之军乃首支成气候的叛乱队伍，岂容姑息！叛军宜彻底剪除，不然则效者四处，后果将无法收拾！"言毕，也不等唐懿宗说话，回身如烟一般旋到殿中，拂尘只从张溶的后背上方扫过，张溶哼也没哼，就倒下毙命了。

满朝文武均吓得低头不语，深知这位王公公向来飞扬跋扈，为所欲为，况且武功深不可测，行为乖张，先斩后奏的事简直可说是稀松平常。唐懿宗虽心有所不悦，最后也只能顺着他之意，取消了给庞大哥封节度使的念头。

四人听到此，脸色大变，天下竟然会有如此邪乎的武功？阮明流若有所思说道："这个王宗实，应该就是'鬼见愁'张高全、'催命戟'田薄标、'病头猫'高寿梧的师傅了，我是亲自领教过他们的功夫，确实是够阴险邪门的。只是为何他如此高的武功，却不敢标明流派和名号？也甚少到江湖上走动，而长期窝在皇宫里？因此江湖上惟传闻多，见识过的却少，导致许多武林派别都怀疑他的真实性，均言其如真是有绝世武功，为何不出来行走？如其出山，岂不是所向披靡，独步天下，一统江湖？"

许佶答道："这谜团一直困扰着武林各大宗派，纷猜不一。其实，他出来行走了，只是暗中出马，各大门派遭蒙面之人血洗，就是王宗实率其弟子所为。据说，王宗实那本神秘、诡异的武林秘籍藏在皇城的"葵宁宫"里，那葵宁宫却非属皇帝嫔妃，而是归王公公所有。但传说他自己也不在里面居住，只是偶尔到那去祭奠，跪拜。他还命花工在宫旁种了许多向日葵，一年四季，大朵小朵，金灿灿的葵花从不间断，煞是好看，却不知他为何对葵花如此钟情。江湖还盛传，葵宁宫外四处还布满各种机关，不明就里的人若是乱走乱闯，必死于非命。许多武林高手为了盗那神秘的，不知是否存在的武功秘籍，不惜冒险犯禁，结果可想而知，大多是有去无回。说来惭愧，作为一名嗜武之人，这次起事，令我定要杀进皇宫的目的，除了皇帝和朝廷昏庸糜烂之外，其中另一个偷埋在心底的原因，便是要私图这本秘籍，想着杀进长安城那一日，便要到葵宁宫探个究竟，觅到这本秘籍，想一展宝典，看看里面的武功到底如何出神入化深不可测法。可惜啊，可惜啊！起义失败，功亏一篑！我这辈子怕是没有机会目睹这本武功秘籍了。唉……还是继续讲下去吧。"

王宗实一挥手，两旁侍卫拖着张溶尸首出去了。唐懿宗无奈，只得降下旨令，传左丞相令狐绹派兵。令狐绹遂命康承训为义成节度使、徐州行营都招讨使，王晏为徐州北面行营招讨使，戴可师为南面行营招讨使。并派人快马加鞭，传旨到靠近徐州城的扬州大都府的戴可师，命其立即亲率三万羽林精兵，前往都梁城进攻。都梁城在泗州南边，乃是兵家要塞，泗州和徐州的防守门户，如若拿下都梁城后，即可挥军直奔徐州。同时，北面的王晏，西面的康承训亦各帅五万精兵包围徐州，便可一举拿下所有反贼。

消息传来，庞大哥是又惊又怒，心中长久的期盼终究化为乌有！对朝廷斩杀自己派去的使者张溶更是暴跳如雷，决心要给朝廷一点颜色看看。遂命我留守徐州城，他要亲自出马，偕同军师周重，王弘立为主帅，率两万部队，即日奔赴都梁城增援。

这日中午，大军抵达距都梁城一里多地处，只见地势环境陡然变得险恶起来，宽敞的马路变成蜿蜒小道，地势多是丘陵山脉，树木茂密，须得慢慢行走，马匹无法骑乘，只能牵着。临到县城边上，地势颇高，遥可俯视县城，只见城的两边亦是山形所绕，城中屋舍，历历可见，一片安详。军师忽命大家在此安营休息，设灶做饭，但吩咐须十分小心，不能引起山火。庞大哥和王弘立等均不解，为何不进城驻扎，让将士好生休息，准备迎敌？周重在两人耳旁密语几句，两人听罢，喜笑颜开。三人遂只带了数位亲兵，下了陡坡，是一条三尺宽的泥路平道，拍马直奔都梁城西门。

早有守将在城门迎候，却是桂州戍卫起事的刘行及与丁景。只因他俩性格沉稳，做事井然有序，条理不乱，所以被派到此防守重地把守。旧部相见，格外兴奋，进得城，顾不上歇息，庞大哥便烦请两将引领他们到城中、城外各处视察，众人骑马，执辔缓行。都梁城其实并不大，只有八百多户住户，但城三面环山，惟东北面是平原，也是唯一出入城的平坦道路；淮河穿城而过，出了城，往东缓缓流去，因此，出城不到两里路的地方，有一座八丈长石桥横跨淮河，就叫"淮石桥"。此处河道虽窄，但怪石密布，水流湍急，甚是惊险。

周重军师望着汩汩作响的流水，颇为满意，抚须微笑不语。

庞大哥问道："军师是否妙计已成？"周重不答，转而问刘行及与丁景："城中百姓平日是否安居守业？可有无叛乱不听从义军之众？"

丁景答道："报告军师，自从刘兄与我接管此地，百姓上上下下对义军拥戴之极，经常送茶水饭菜、携针线缝补衣被……"

刘行及接着说道："对！皆因痛恨官府酷吏严苛，鱼肉百姓，无恶不作，咱们义军将他们铲除殆尽，大家无不拍手称快、欢欣雀跃。我等亦严明纪律，命令禁止任何侵犯百姓利益行为，因此时至今日，军民相拥，甚为和睦。"

周重点点头，又问道："城西南、西北、东南处皆是丘陵山脉，树林沟壑，地势极为险峻，兵马难行，平日除了鸟兽出没，怕是无人涉及吧？"

刘行及微笑答道："不然，军师有所不知，这都梁城的百姓，代代从小便是攀山涉水的好手，因这城外的险山峻岭，山林河流，便是他们小时玩耍的地方，待到八、九岁年纪，就随父辈入深山远林捕猎，或在淮河边上捕鱼，是以几乎人人可爬山涉水，就连七、八十老妪老翁，大多亦还身手不凡。由是附近丘陵沟壑虽然陡峭多险，但还是经常有民众攀爬、玩耍。"

丁景大声说道："以都梁城独具的天时地利，易守难攻！庞督军，你们立即将兵马带进城中，召集城中百姓一起筑起防御工事，嗯……或不如，就把这桥给断了，既有这天然之险，又有民众相助，料戴可师再兵强马壮，怕也是望天长叹，无计可施，自然无功而返。"说罢，哈哈大笑，庞大哥、王弘立、刘行及亦表认同，笑赞不已。却见周重摇摇头，众人笑声渐止，诧异地望着，半晌之后，只听他缓缓说道："此桥不可断，此城不可守，不但不守，还要拱手送给戴可师！"

"送？！"大家异口同声，十分不解。

周重却不再接话，反问道："戴可师的兵什么时候可到？"刘行及立即回答："估计最迟要三、四日之后，派出的探子应回返报告消息了，怎么还不见？"话音未落，这时，一阵马蹄声从远处传来，大家抬头一看，只见从桥那边尘土飞扬，一乘快骑正飞奔而来，丁景惊喜地叫道："阿六回来了！"

阿六便是派去查看官兵的探子，只见他驰骋过桥后，早就望见我们，立即勒住缰绳，马急速的停下，前脚高高立起，马鼻吭哧吭哧大喘气，一定是连续跑了好几十里路。马未站定，阿六已翻身下马，他是一个小个子，但样子非常机灵的小伙子，立即单脚跪下，双手一拱说道："拜见庞督军！刘将军，丁将军，报！"

庞大哥焦急地说道："不必多礼，起来说话！"六子站起来，满脸的汗水，神情颇为紧张地说道："报！官兵已经抵达距此七、八十里的沙田镇，按他们的行走速度，后天应该就到我们都梁城。""后天？"大家都还没来得及反应，周重已然下马，从马背上驮袋里，掏出他的家当，走到旁边坡上一棵大树下，朝北坐下。打开一本破旧的册子，同时手上还握有一个罗盘，望着天空，比划了半天，又掐指算了好一会儿。众人皆紧张地看着，最后，他原本紧绷着的，严肃的脸忽地亮开了，嘴里不停说道："天助我也，天助我也！不，天助义军也，天助义军也！"说完，仰天长笑。大家虽不知就里，但却明白军师一定妙计已成，也都跟着欢喜。

"庞督军，咱们即刻回城中府里商议。贫士这一计，管保戴可师瞎鳖进了笼子——有来无回。"众人听罢大喜，齐齐策马回城。刚进城中府内坐定，刘行及与丁景便吩咐手下去备酒菜，周重举手禁止道："刘将军、丁将军，不必了。时间紧迫，我等已无暇推杯换盏，酒席就免了吧。但传令下去给义军各部，磨刀整枪，通告城中所有百姓，每家每户须多备干粮，统一号令：于明日酉时[1]之前，城中所有军士、百

---

[1] 酉时：下午 5-7 点；丑时：凌晨 1-3 点；寅时：凌晨 3-5 点。

姓，不分男女老幼，全部得分三面转移进入城外山中，我们要拱手给戴可师送上一座空城。"

"空城？"庞大哥他们又一起惊呼起来。

"对！空城！"周重又加重了一遍语气，含笑的眼神还巡视了一遍每一位。随即，他们似乎悟到了什么，互相看看，忽然之间一同大笑起来，连呼妙哉妙哉！庞大哥笑毕，问道："空城计？莫非军师要学诸葛孔明，登城楼上焚香操琴吓退敌兵不成？"

"不，将军过奖了。此空城非彼空城，我自也不敢比诸葛孔明，戴可师亦非司马懿，司马懿生性多疑，小心谨慎，所以孔明先生方可在城上摇扇焚香弹琴，从而吓退大军；据我所知，戴可师却是个刚愎自用，自大狂妄之人，因此，我这座空城无法吓退敌兵，倒是要'请君入瓮'。"

"请君入瓮？"众人一时不知此谓如何？

周重笑笑，说道："嗯，请君入瓮！诸位定是未闻武后时期来俊臣之事迹。且容我细细道来：这来俊臣可是一个狠毒之人，其父乃是来操，本是个赌徒，与同乡蔡本结为好友，好友之间亦赌，不但赌，还倾下血本，而且身为赌徒，毫无情义可言。蔡本赌输了几十万，哪里拿的出钱来？最后只能将老婆献出抵债。其妻入来操家门时已有身孕，后生了一个男丁，即为俊臣，也就改姓为来……因生父、养父均为赌徒，来俊臣可谓是家风使然，耳熏目染之下，学得诸般恶习，不事生产，少时便是流氓无赖，善告密。后犯奸盗入狱，在狱中，亦不断捕风捉影诬告他人，被和州刺史东平王李续打了一百大板，因而怀恨在心。不久，李续犯罪被朝廷诛杀，俊臣趁机上书诬告，得武后赏识，被赠官为侍御史，后更升至御史中丞，其同党有周兴、索元礼、侯思止等人，大肆罗织捏造各种罪名，陷害大臣，弄得朝中人人自危。"

"哦，对，我是有所闻，军师请继续。"庞大哥插话道。

"周兴残害无辜被人告发，武后命来俊臣审理。来请周赴家宴，席间问道，囚犯如拒不认罪，该当如何？周笑道，易哉！置一瓮于柴薪之上，内盛水，将囚困于其中，燃火，何愁其不招！来闻之大喜，命人按周所言，置瓮添柴于院中，然后说道，来某奉陛下圣旨审查于你，请君入瓮吧。周大惊失色，磕头求饶。此乃'请君入瓮'之由来。

都梁城三面环山，西边山间更有一道淳水缓缓流过，教人是插翅难飞。这具天然之险之地，攻宜握周全之计，守更应备万全之策，以最少的损失破敌、退敌。戴可师蛰居扬州多年，扬州是鱼米之乡，富庶之地，养的军队可是兵强马壮，骁勇善战，虽曰只有三万之众，却直可抵十万之师！如若强行守城，依靠天险，加之民众相助，或许可勉强守住，但将会损失惨重，元气大伤，那是可预期的；又或许守不住，只有奋战而死，或败退徐州，这结局更是不堪，民众将生灵涂炭，势必也威胁到徐州、泗州等义军根据地。我思之再三，唯有将戴可师请入都梁城这座'大瓮'，再给添上点柴火，那不就进得来，出不去了？此诱敌深入，瓮中捉鳖之计，才是上策。"

众人听罢，连连点头称是，佩服不已，可还有疑问："请君入瓮虽妙，但军师又怎能如此有把握戴可师会中计，心甘情愿进来？"

周重又继续道："正因都梁城易守难攻，我料戴可师必采取夜袭之计，且必在大军到达之日，哦，应该说是之夜，他欲以神速夺城！即后日之夜，官兵定会来偷袭。真是天助义军！诸位今日见我一算，后日恰逢白露，我观天象，加之此地位于山林之中，又有淳水、淮河，水雾极大，半夜凌晨必起罕见大雾……刘、丁将军，我们只需如此如此……"庞大哥几位听完，俱服得五体投地，立即按军师吩咐，分头行动。

翌日清晨，天气晴朗，气温陡然升高，空气闷热。早有先准备好的乡亲，在义军的协助下，按计划分三个方向出城，扶老携幼，背着干粮被褥，往深山里走去。山形水势虽然陡峭、险阻，大家都习以为常，或快或慢，皆涉险而过，然后隐进山林。到了正午时分，人群更是四处涌动，军民互相协助下，井然有序地列队出城。因此，不到酉时，往日熙攘的都梁城已经空荡荡，静悄悄，若认真听，有些家户里传来鸡鸣狗叫之声，但这些声音使得城更显得安静，诡异。

最后离城的是刘行及陪伴着周重，庞大哥早回到西北边的本部阵营。王弘立从本部帅一万人马移到西南侧埋伏，周重在出城门一刻，看到城外、城内一片祥和、安静的景色，满意的点头，刘行及知道军师的心思，也是会心一笑。两人策马往东北方向，过了淮石桥，往大路远处的那片深林里面疾驰而去，很快隐没在地平线处。

太阳刚落山，气温陡然降下去，夜愈深愈凉快，将近午夜，竟然冷得刺骨起来。都梁城百姓对这样的天气早已习惯，每人都带够衣服被褥，很多人还把干粮、衣服给缺乏准备的义军。下半夜，大家眼看这夜色中慢慢弥漫出一团团白色的雾气，感觉到脸上、手上都湿润了，知道白露已经开始。夜色既深，雾气渐浓，军民都无法入眠，大家侧耳倾听远处的动静。一直等至丑时，一切安静如昔，很多人才支持不住了，陷入昏睡状态。

刚进入寅时，忽然从远处传来纷沓的脚步声，刘行及和周重一阵惊喜，虽然他们看不见任何东西，但可感觉仿如一股洪流默默地流过，甚至可以知道穿过了淮石桥。西北边的庞大哥，西南边的王弘立他们也都听见了，那股洪流在城门外三百米处忽然停住了。

这时，城门口上挂着烛火，有两队各十几人的兵士正在巡逻，城内则传出更夫敲竹梆子悠扬的报时声，那些是周重军师特地安排的，为的是给官兵造成一切如常的假象。良久之后，那股洪流突然又滚动起来，一直扑向城门，瞬间涌入了城内，可是，刚才还在巡逻的士兵和更夫突然之间失踪了。

只在一瞬间，原本平静的城内，忽然喧闹声四起，破门而入乒乓之声，鸡飞狗跳吵闹之声，各种怒骂斥责之声响遍全城，原来官兵马上发现，除了白雾之外，一个人也找不见！已经有人惊呼，上当了！

这时，只听四处震天的鼓声敲响，城垛上发出震耳欲聋的呐喊，随即传来的是惨叫声和哭喊声，如一片鬼哭狼嚎。原来，城上万箭齐发，官兵们处在黑夜的雾中，哪里看得见发生了什么？瞬间中箭倒下一大片，整个队伍慌乱起来，所有人开始往城门倒退回去。可是，外面正有大批人涌入城，一时间，进退冲突，造成推挤、踩踏的混乱局面，当中有军官大声呵斥，想稳住情势，但是哪有人听？"中计了！""上当了！"的喊声此起彼伏，队伍只能向后直退，人踩人的，丢盔卸甲的，人人脑袋里想到的唯一一件事，就是赶快逃出这个恐怖的雾城。

戴可师正在队伍的中间压阵，刚好走到淮石桥附近，听到前面大动静，知道大事不好，刚想下令回撤，却见从平原两边，忽的战鼓雷鸣，呐喊声中杀出两队人马，惊得戴可师差点摔下马来。在漆黑夜色和白色雾霭笼罩之下，这些宛如从天而降的兵马，实无法知有多少杀将而来！但忽然间，呐喊声突然停止，脚步声也消失，四周又变得寂静无声，仿如刚才听见的是幻觉一般，官兵们正在狐疑之际，只听远处一个命令喊道："放！"一时间，箭声，惨叫声，落水声……混杂在一起。戴可师吓得魂飞魄散，眼看着城里的部下往外冲，自己在外又两面受敌，急得大喊道："快退！快退！"

此时，因中箭、推操倒地，从桥上落水的已无数，河中秋水又极冷，更是惨叫声一片。戴可师空有绝世武功，此时却无可奈何，身上也中了好几箭，要不是有盔甲保护早就一命呜呼了。就在戴可师进退维谷之间，四面又忽响起震天战鼓之声，夜色和白雾似乎被这鼓声驱散了一般，竟忽而消失了，原来，黎明已经来临。义军仿佛从地底下钻出来似的，蜂拥而至，杀得官兵溃不成军，狼狈不堪，死伤无数，毫无抵抗能力。

戴可师见大势已去，不顾手下死活，慌忙夺路而逃，往来时的方向策马狂奔，不出一里，赫然见一彪人马拦住去路。三匹战马上，中间是位瘦弱，书生模样的文士，气定神闲，抚着稀薄的胡子，微笑不语；左右两位却是魁梧的武将，各持一枪一剑，亦不做声。戴可师勒住马，假装镇定，厉声喝道："来者何人！竟敢阻挡本官？若放本官过去，我可在皇上面前为尔等求情，要不然，大兵杀来，让尔等死无葬身之地！"

周重仰天大笑，朗声说道："戴大人，请回头看看，你的三万精兵已被碾成齑粉，到底是谁死无葬身之地？放你回去也未尝不可，但只怕皇上饶你不死，王宗实也会取了你的狗命。"

戴可师又惊又怒，结巴道："你……你……是谁？王公公向来对我青眼有加，怎会加害于我？你莫非就是那庞……若放我一马，我戴某立誓在王公公面前替尔等求情，封官受赏，授你一个节度使，过往一切不再追究，要不然王公公亲自率兵前来……"

刘行及喝道："呸！谁要你求情？睁开你狗眼看看，这是我们神机妙算子周重军师，略施小计，今日便轻轻松松让你全军覆没，谁怕什么你们王八公公亲带兵而来？有我们军师在，任你什么公公、婆婆带兵来，也怕是有去无回！"周重笑笑说道："刘将军过奖。若是别人，我周某是不放在眼里。但这王公公确有奇异荒诞、惊世骇俗的武功，江湖上的名头很大，虽极少人见识过他的武功，但一听闻他的名号皆谈虎色变，闻风丧胆，足见他的武功挺邪门的。可是，戴大人，不知你是想死在王公公手下，还是愿意死在王将军手下？"戴可师听罢大惊，还以为是王宗实来了，忙问道："王将军？哪个王将军？"

话音未落，只听闻背后有马蹄声，转过马看，在稀薄的烟雾处，又缓缓走来三骑。中间一人身材高大，脸圆丰满，天庭饱满，戴可师一看就猜到他是谁了，左右各一武将，右手边上持一把大刀的那个拍马过来，喊道："在下就是王弘立！戴大人，你若赢得了我这把刀，回去或许王公公会饶你不死。不然，今天就戮于我刀下吧！"戴可师已经六旬开外，须发皆白，但体格依然挺拔，威风不减当年，心想，今日全军覆没，自己深陷险境，惟有杀他一二将才有可能活命。他看王弘立身体精瘦，年纪又轻，怕是无甚能耐，便拍马迎上，一边喝道："乳臭未干的臭小子，胆敢口出狂言！待老夫会会你！"

他年轻时以勇悍嗜杀著称，因使的是一根狼牙棒，所以人人称其为"狼帅"，此时虽三万手下尽失，落单一人，仍不失骁勇，两眼通红，像是喷火，狼牙棒在空中挥两下，呼呼生风。

王弘立不禁在心里喝一声彩，但初生牛犊不怕虎，别看他偏瘦，全身可是健壮的肌肉，一柄长把月牙弯刀舞得娴熟狠辣，有万夫莫当之勇。两人拍马交错而过，两件兵器碰在一处，"吭当"一声清脆的巨响，火花迸发，不免同时心惊。

一个想，年纪如此大了竟然还力道如斯！一个想，年纪这么轻竟然有如此功力！各自都不敢怠慢，回过马来，一下交战了二、三十回合，但闻"叮当，吭当"之声不断，刀棒上下翻飞，看得众人眼花缭乱，赞叹不已。戴可师毕竟年老，苦战五十回后，气力不支，双臂发酸，狼牙棒被王弘立一招"拨云见日"稳稳击中，左右手震得虎口生疼，狼牙棒脱手而飞。

庞督军在旁观看，见戴可师老而弥坚，威风凛凛，早生爱才之意，急忙欲喊："刀下留人！"可是，不待他喊出，王弘立早随手一招"秋风扫叶"，月牙弯刀拦腰将戴可师斩于马下。庞大哥只能摇头连声叹息道："可惜！可惜！"

此时，天已大亮。居民们纷纷赶回来，看都梁城内外，淮河两岸，尸首遍地，河水殷红，一片惨烈、恐怖的景象，有数千降兵，缴获资粮、车马及精良兵器无数。居民们自发帮义军打扫战场，挖坑埋尸，清扫街道、河滩、山路。

战事大捷，本应是欢乐庆贺之事，可是看着尸堆如山，血溅四野的惨状，人们都默默无语地做事。庞督军携周重军师、王弘立将军、刘行及与丁景他们班师回城，厚葬了戴可师，虽有些许落寞之意，但看到满城百姓打了胜仗也无欣喜之情，就下令，收拾完毕，第二日起大摆庆功宴三天，军民同庆，所有将士可以恣意狂欢，就算做出出格之事也不追究责任。

翌日，一时间，满城一片欢乐景象，军营里外，终日宴席不断，挥拳猜码，粗言浪笑，通宵达旦，有人倒下睡去，有人爬起继续。百姓虽也有摆酒席庆祝的，却不像军士们那般疯狂，因为他们知道，当兵的喝酒多了，醉了会出现什么事。果不其然，义军中很多徐州、泗州兵士本就是落草为寇、江湖大盗出身，喝大后，许多人的恶习、本性就死灰复燃，借着酒劲，竟然沿街殴打百姓，或入室抢劫钱财，甚至调戏、强奸良家妇女。事件频繁地发生，并不时有报到上面，军师周重有心要严惩，但庞大哥被胜利冲昏了头脑，认为那些都是小事，给点银两打发了事，并没有惩戒犯事之人。没想到，这一放松，竟成了我们义军最后被打垮的祸根！

许佶叹了一口气，停下良久不语，脸上表情悲戚，他在回想着最后那几场惊心动魄、血流成河的战役。但他们不再是赢家，而是被消灭、摧毁的输家，其中失去的便包括他的爱子。

此时已是将近午夜时分。饭后，茶水已经不知换过几轮，许夫人带着抟儿已经睡下，阮氏兄弟和黎箬竹却仍努力圆睁双眼，听得入迷，但见候圣手连讲了两夜一天，委实疲惫，都劝他也上床歇息。许佶也不推辞，坐在床边，看了半响睡得沉沉的抟儿，不禁心中又是悲伤又是欢喜，悲伤是因为想到死去的桂儿，欢喜当然是今得抟儿，即如桂儿复生一般。他在心里暗暗立誓，无论如何，这回一定要保全抟儿的安危，哪怕是为此自己送了命，也在所不惜。想至此，多年因念儿堆积的抑郁之情顿时化解，胸中一股豪迈之情转化为温柔之情，和衣躺下，微笑看着爱妻和抟儿，心满意足，人一放松，疲劳便侵袭而来，很快也进入了梦乡。

光流和正流这时才有时间给大哥讲诉别后的情况。四人伏在桌上，尽量压低声音，四、五处烛火也吹熄了，只留下一盏。

窗外夜色重重，寂静之极，惟时闻秋风簌簌吹过。正流说道："大哥，你走后，第二天我们就雇了辆马车，收拾好行囊，找了三叔送母亲到邻村先避一避。老母临别前，泪流不已，生怕你在外有个三长两短，说官兵似饿狼恶虎，杀人不眨眼，猛地催我俩赶紧过来相助。车一出发，我们就立即赶来了……"

阮明流满脑疑问，急忙问道："怎么？不是叫你们不要给老母透露半个字吗？"光流连忙回道："哥！不是我们说的。那晚，她老人家在房中煮了鱼粥，慢悠悠地走过来想叫我们去吃，在外面站着已然听到。只是你急着要走，她怕你担心，所以就避开了。第二天，我们去跟母亲说，你有急事出一趟远门，可能有段时间无法回来……正说着，只见母亲落下泪来，径自说道，你们别说了，我都知道了，我走！陈夫子的英名在普州谁人不知，谁人不晓？连我这个乡下的老太婆也都知道。朝廷荒唐可恶之极，对一个婴儿也罗织罪名，兴师动众，并欲杀之除之，这不是那哑孩儿有天子之象，而是那老皇儿有亡国之兆！我儿既知，岂能置之不顾？明流去，我不拦！让你们三叔过来，我今天就启程。我走了，你们赶紧找大哥去。

我和正流听了，连忙跪下，乞求母亲原谅。老母又说，我平日叫你们轻易不要惹事，以免惹祸上身，但在大是大非面前，却绝不能含糊。你们父亲说过，我们家族虽姓阮，家训却是刚烈秉直，忠坚不阿，犹如玉石，宁断勿弯！喘了一会儿气，她又说道……唉……他就是这性格。在官府供职，身为一名武将，凡事全总是直言明谏，眼里容不得半点不平、不义之事，因此遭致各种打压、陷害。最终才不得已退隐，安居在这小渔村。虽如此，每日还是郁郁寡欢，胸有大志却无法实现，终日借酒浇愁，每次一边喝，一边唱那首他填的词《选冠子》，每回唱完，不是仰头大笑，就是痛哭流涕，一直到烂醉躺倒在床才罢休。我默默在旁，也听到烂熟了，每次想起他，我就自个默默念一遍：

憔悴江山，凄凉古道，寒日澹烟残雪。
行人立马，手折江梅，红萼素英初发。
月下瑶台，弄玉飞琼，不老年年春色。
被东君、唤遣娆红，高韵且饶清白。

因动感、野水溪桥，竹篱茅舍，何似玉堂金阙。
天教占了，第一枝春，何处不宜风月。
休问庾岭止渴，金鼎调羹，有谁如得。
傲冰霜、雅态清香，花里自称三绝。*

词里的庚岭，又称梅岭，是你们父亲当年帅官兵平定流寇，立下赫赫战功的地方，也是他一生念念不忘的地方。但在他心里，再怎么辉煌的战功，怎样荣耀的高官厚禄，也不如那清白、傲冰霜、雅态清香的梅花重要啊……"

234

　　阮明流听到此，眼眶通红，泪水在里面打转，幸好灯光昏暗，大家没注意到，他接下去说道："是的，我依稀记得，父亲就是在那年入冬后不久，忧郁患病而终。从邻乡请来的郎中诊脉后，摇头叹息说没得救了，是肝病。父亲皮肤蜡黄，腹部肿胀，最后时日吃喝不得，瘦得皮包骨，虚弱憔悴，整日呻吟不止，甚是痛苦。那年我才六岁，虽稍解人事，但也只知嚎啕大哭，光流，你四岁，什么都不知道，还在玩泥巴，正流一岁，还得母亲抱着。我们葬了父亲，三叔他们在坟旁种了几棵梅树，父亲一辈子最爱梅，常常以梅自诩。那一首词父亲作的忒好，'行人立马，手折江梅，红萼素英初发'，遥想他老人家英年勃勃雄姿，似梅花高洁，可惜也如梅花快速凋落。从此，母亲艰难地拉扯我们三个长大，唉！现如今我等竟令她担心，真是不孝之极！"说罢，双手掩面，任泪水默默经面颊流下，借机用手擦拭。这时，感到一只温柔的手伸过来抚摸自己，不用看，也知道是黎箸竹，一股暖流从心底升起，右手翻转，与黎箸竹的手紧紧握在一起。

　　光流说道："大哥不必自责，母亲要我们特地跟你说，我们做的是行侠仗义之事，就算父亲在九泉之下知道也会欣慰的。她希望我们此行能为陈夫子化解危难，如若不行，便带他们一家到她老人家处，先隐姓埋名起来，然后再做打算。她还一直念叨着，想看看这个哑孩儿，还说……"说着，他看了一眼黎箸竹，才犹豫地继续道："还说，你这次回到老家，便要给你说一门亲事，因为她老人家说到抟儿，也想抱自己的孙子了。"

　　黎箸竹听到这，脸一红，把手抽出，缩回去，低下头去抚弄自己的发梢。正流赶紧补说道："不过，若是母亲看见黎姑娘，一定十分高兴，怕是说亲的事就不必了。"

　　黎箸竹的脸更红了，阮明流怕她听恼了，忙说道："好了，大家赶紧休息一下，不然，天就快亮了。明天我们跟许大哥大嫂商量，入夜之前一定要带抟儿离开此地了。"他语气尽量保持平静，但其实内心忐忑不安，感觉有危险正在步步逼近。光流和正流此时甚觉疲惫，嗯了一声，趴在桌上就睡了。

阮明流将板凳移到靠近窗边靠墙处，和黎箬竹偎依坐在一起。从窗口斜望出去，刚好看见秋月孤零零、冷冷地挂在天上，似乎很远，又似乎很近。阮明流侧着脸看，黎箬竹将头靠在他肩上，两人一起怔怔地望着月亮，手紧紧地握在一起。

忽然，黎箬竹轻声在他耳边说道："明流哥，你说，你妈妈会真的喜欢抟儿和我吗？"阮明流转过头来，看着她秀美的前额，眉毛和鼻子，眼睛却羞涩地闭了起来，一阵少女特有的清香飘来，不禁心旷神怡，轻轻答道："我喜欢的，我娘自然会喜欢。箬竹，你和抟儿都那么可爱，娘一定会高兴得笑不拢嘴。明天，我们一起出发，这里离秀水村不远，去接了我娘，我们再与许大哥他们一起出发去亳州真源县，那也不远，水路走三天，再行陆路两天就可以到了。"

黎箬竹叹了一口气，说道："不知我大哥他们怎么样了，我好想他们，如果他们能跟我们一起去，该多好！"

阮明流将她娇柔的手握得更紧，安慰道："彭大哥和马姑娘他们一定会没事的，明天我写封信，叫许大哥找个人到崇龛县去探听送信，好让他们知道我们在哪里落脚，别担心，我们一定会在真源县相聚的。"黎箬竹点点头，又喃喃地说了一声："你看，月亮，好圆好漂亮！"不一会儿，就响起了轻轻的鼾声。

阮明流又转过头看，确实，窗外的月，虽然清冷，却非常的圆，异常的漂亮。

第十三回 存美梦良机错失 庆佳辰败迹初浮

当窗外一缕阳光射进来，睡得迷迷糊糊的阮明流忽感觉眼前有个人站着，一个激灵，不知是敌是友，身体动了一下，伏在他肩上酣睡的黎箬竹也被摇醒了，两人同时用手揉了揉眼，睁眼一看，却见是许夫人何云芳抱着抟儿，正笑眯眯地望着他们。

他们忆起昨夜的情形，顿觉害臊，急忙分开，然后又齐刷刷地站起。明流慌乱说道："大嫂……早上好！抟……抟儿……早，大哥还没起来吗？"说着，他用手轻刮哑孩儿红扑扑、圆嘟嘟的脸，抟儿也侧过头来，明亮的眼睛看着他笑，嘴儿一张一合的，手脚用力晃动，仿佛与明流言语呢，而且兴奋异常。

黎箬竹也避免尴尬，红着脸笑道："让我来抱抱抟儿。"说着，走向前伸出手，何云芳边将抟儿交给她，边说道："你们大哥早起来了，现在后面给你们准备早餐呢。倒是你两个弟弟，真是累坏了。"他们朝桌子那边看，只见两个还趴在桌上呼呼大睡。

明流笑着说道："是啊，他们划船赶来找我，怕是三天三夜不曾合眼了。让他们再睡会儿，我给许大哥帮忙去。"何云芳说道："你去也帮不上什么，我去吧。你陪黎姑娘逗逗抟儿玩。"言毕，就转身到后面厨房去了。

阮明流又陪着黎箬竹在窗边坐下，一是抟儿本不会发声，二是怕惊扰了光流、正流睡觉，两人只用表情和动作来逗抟儿。抟儿吃饱睡足，精神头很好，箬竹一蹙眉一瞪眼，明流一鼓腮一伸舌……他都笑个不停。逗了一会儿，阮明流转过头看窗外，天气晴好，远处秋天的山林色彩鲜艳，望着这秀美的景色，本应心旷神怡，可是他的心中却还是隐隐有一种不祥的预感，一阵阵寒意陡然升起，似乎看见张高全正率兵朝着这边而来。

但转念一想，我和箬竹乱行乱闯，偶然进入许大哥他们特地寻找的这偏僻隐匿之处，谅是再神通广大的鬼见愁也找不着吧？只怕是自己多虑了，想至此，不禁哂笑自己一声，就算他们寻来此地又有何惧？大不了大战一场，就算自己三兄弟战死，也要让许大哥、大嫂和箬竹他们带着抟儿离开，豪气顿生。

他转过来，静静地望着抟儿和箬竹，两人正玩得高兴呢。这时，只听见一声长长的呵欠，一看，原来是光流醒过来，正张开手伸懒腰，正流也醒了，抬手揉惺忪的双眼，迷迷糊糊地说道："二哥，刚才我做了个好梦，梦见大哥娶亲了，我们大嫂好漂亮！坐着大花轿来，敲锣打鼓到我们家，母亲笑得合不拢嘴……大哥……"

他还眯着眼浑说下去，被光流推了一把在肩上，猛然睁开眼睛，愣愣地看着光流，光流对他挤挤眼，说道："你往后看去。"正流转头一看，只见明流和箬竹坐在那，直勾勾盯着他看，大哥脸上有点茫然，却露出喜色，黎姑娘却羞红了脸，任抟儿在怀里扑腾，也一动不动。正流才恍然想起，原来大哥的新娘子昨天已经见过，但因太累，这一觉睡得实在太沉了，以致时空有点颠倒，竟忘了身处何方，脸也燥红起来，赶紧补救说道："真的，大哥！梦里新娘子……嫂子就是黎姑娘……"光流在旁扭了他一下手臂，说道："你还说！……"

黎箬竹有点不知所措，忽然把抟儿往阮明流怀中一放，站起低头急促道："你看着抟儿吧，我去给大哥大嫂帮忙去！"说完，头也不回疾步往厨房走去。这时，正流才完全清醒过来，朝着明流和光流伸伸舌头，用手摸摸脖子，自己怪不好意思的。明流倒没有责备他，只是跟他们说道："过来，看看抟儿，他今天真是精神，刚才还与我们逗乐呢，你们来看，他好可爱，是不是？圆圆的脸，大大的耳朵，眼睛又特有神气……唉，这么可爱的孩儿，谁料父母一命归天，真是可怜！可恶可恨的朝廷！你们瞧瞧，抟儿真的是有天子之相么？"

光流和正流站在两旁望着抟儿，抟儿眼睛也左右往他们身上轮流看，充满了笑意。互看了半响，正流说道："嗯！我看着像，虽然以前的，现在的皇帝老子我都没见过，但我们抟儿的相貌，在我心里就是天子相，以后长大坐了龙椅，一定先把所有奸臣贼子杀光，给陈夫子夫妇报仇！"他倒没想过，如果抟儿有朝一日当了皇帝，自然是一朝新臣子，哪里还是同一帮奸臣贼子？

光流摇头说道："我看不出来。但我知道抟儿一脸福相，以后必定会是一个大有作为的人，做不做皇帝……我觉得倒不是很重要，只要抟儿自己高兴。"阮明流点点头，说道："光流所言极是，在最后临别一刻，陈夫人对我们交代，她的愿望并不希望他做皇帝，只是希望他一世可以逍遥自在，潇洒快活，便比做什么都强。陈夫子自己也说，这'抟'字便是从《庄子》逍遥篇里面来的。"光流、正流似懂非懂地点头，觉得这个字特有讲究。

这时，许佶端着一口大锅出来，将它摆在桌子中央，里面是热气腾腾，香气扑鼻的青菜碎肉粥；何云芳则托着一大屉馒头、包子和烙饼，黎箬竹在后面捧着一叠碗和筷子，阮氏三兄弟连忙过来帮忙。

何云芳将东西放下，转身就从明流那里把抟儿抱了过去，欢喜说道："你们吃吧，我要喂抟儿喽，先让抟儿吃饱饱，妈妈再吃。"说着，就抱着抟儿喜滋滋地往后面去了。

阮氏三人齐对候圣手说道："许大哥早上好，辛苦了！"许佶呵呵一笑说道："不辛苦，说来不怕你们笑话，除了酷爱武功，我最爱的便是做吃的，人生在世，吃是第一要事！平日都是我下厨，伺候你们嫂子，她很少动手的。何况弟妹你们来，我更高兴了，都是家常手艺，不辛苦。来，快坐下，趁热尝尝。"

黎箬竹担起了盛粥的任务，先给许大哥盛了一碗，然后盛了一碗递给正流，正流忙不迭接过，支吾着说道："谢谢……黎姑娘！"硬生生把"嫂子"两个字咽下去，然后是光流，他只说了"谢谢！"两个字，最后是明流，他接过碗还没来得及说话，黎箬竹就对着许佶说道："许大哥，我们一边吃一边听你继续讲义军的故事，好不好？"

许大哥故意扭着头望着她说道："哦？要听故事？你许大哥必须要喝点小酒，微醺之后才讲得生动、好听啊！"黎箬竹机灵一笑道："那容易！等着。"转身就往厨房去了，许佶回过头跟阮氏兄弟对望，大家哈哈大笑。不一会儿，黎箬竹双手端着一个托盘，上面是一壶酒和一套杯子，还有一碟辣酱小鱼干，一碟盐水花生，一碟牛肉干片，那天她陪许夫人将购置回的食材分类存贮，所以知道酒在哪里。大家见状皆大欢喜，快速把各自的粥喝了，就着吃了馒头包子。箬竹立即把酒杯都满上，许佶带头，一口干了，米酒下肚，吃了一片牛肉干，几颗花生米，顿觉神清气爽，思绪清晰，清了清喉咙，继续说道。

昨夜讲到都梁城之战。这一神奇战役令得庞大哥踌躇满志起来，视周重乃诸葛孔明再世，有其辅助，必定运筹帷幄之中，决胜千里之外！加之手下将士勇猛善战，直捣长安城是早晚的事。遂在都梁城大摆庆功宴三天之后，班师回徐州。

那一日，兵营开拔时，满城静悄无声，居民几乎家家闭门不出，除了刘、丁二将率领几十兵士，一些乡绅财主外，就还有一帮乞丐流民无事跟着来相送，显得冷冷清清，全无大胜而归的喜庆……当庞大哥骑马步出城时，看着悄无声息的街道，萧杀冷清的秋景，不但不以为忤，反倒认为是自己治民安城有道，大家都安居守业，因此心中窃喜，得意洋洋。众人看在眼里，心知肚明，也不好明说。

回到徐州城后，又下令再庆功三日。与都梁城一样的状况又时有发生，百姓跑来击鼓告状，不是被义军殴打，就是被抢钱物，或是闺女、妇人被调戏奸污……但庞督军都以军士作战英勇为借口，包庇纵容，靠给钱、粮来打发告状者，一时间民怨沸腾，却慑于义军和庞督军的淫威，均敢怒不敢言。

周重军师和我等将领何曾不知问题出在何处？可惜庞大哥被胜利和个人膨胀冲昏了头脑，任何人进谏都不听，军师周重遂暗示大伙不必焦急，待他慢慢再寻良策。

庆功三日毕。这日，众人在议事厅商议下一步行动，军师周重说道："依我看，如今淮南节度使令狐绹虽拥重兵，但前后左右均无策应，可说是孤立无援。我军正可乘胜出击，凭着士气大振之际，定可一鼓作气拿下淮南，若占取了扬州，势必为我军提供了一个大后方根据地。淮南乃鱼米之乡，是个富庶之地，退可守，进可攻，与徐州、泗州形成一个铁三角，固若金汤，有此宝地，指日可待，何愁不能攻入长安！"

军师话音刚落，在座的群情激昂，纷纷认为言之有理，唯独庞大哥低头不语，沉思半响才说道："军师之言，是为不缪。但须知淮南重地，素有'富甲天下'之称，精兵强将，粮多草广，又据长江、淮河之险，要取之实非不易。我军虽连战连捷，士气甚高，却也兵疲马乏，亟待休整，依我之见，此事宜从长计议……要不等明年开春再说吧！"众人听罢，已不便做声，只能压下不提。后来，唉！一直到了那惨败之战前，我们才知晓得……唉！

黎箬竹和阮明流异口同声问道："知晓什么？"许大哥叹了口气，继续说道。

原来，淮南节度使令狐绹是个老谋深算的老狐狸，我们在都梁城大破戴可师后，他深恐义军下一步便是南下，进攻淮南，因此，偷偷派遣一个亲信化装成商贩，携带他的亲笔信，混进徐州城，花银两买通侍卫，得以进见庞大哥。

信函里，令狐绹老贼假装允诺，他将向朝廷上奏疏，为他奏请徐泗节度使节钺，让庞大哥耐心等待。其实，那是他的缓兵之计，朝廷却暗中调兵遣将，为下一次围剿义军做准备。唉……我们活活错失了进取淮南的最好机会！最终导致全军溃败被杀的结局。

说罢，低头良久不语。光流平日木讷，心机倒是最机敏的，立即将许大哥的酒杯斟满，递了过来。许佶接过酒杯，苦笑一声，一饮而尽，然后说道。

可是，在这段时间里，却好事频传。先是安定下来后，原桂州戍卫的兵士们领到了军饷，终可放假回家，探望亲朋，这是我们起事的根由，至今才得实现，众人自然是欣喜万分，归心似箭。

虽经五、六年分别后，许多人家中已是时移事迁，多发变故，有的亲人离世，有的小孩长大不认得爹了，有的人婆娘等不了走了、改嫁了……但毕竟能回家一看究竟，亲人相见，莫不是抱头痛哭的，再不是跪地不起的，有的相对无言，有的话语滔滔，均有诉不尽的相思之情……最后，好多人家里都不许再回去了，可他们兴高采烈地告诉家人，这次是随着庞督军起事，要杀进长安城，捣了昏庸的唐朝，再立新朝，到时就有取不完的富贵，享不尽的荣华！所有回去的兵，没有一个不按时返回的，甚至有的还多带来了家里、乡里的兄弟、乡亲加入！大家都幻想着起义成功的那一天，论功行赏，便可加官进爵，人人热血沸腾，摩拳擦掌。

翌年（公元 869 年）正月，唐懿宗在长安下嫁爱女同昌公主与右拾遗韦保衡，出尽宫中珍玩作为奁箱，并在皇宫附近赠宅一区，窗俱用杂宝为饰，甚至井栏药臼，亦是用金银制成，金缕编的箕筐，耗五百万缗，极尽奢华，比前太平公主、安乐公主的婚礼排场还大，被称为最金贵公主，令得全城轰动。

　　音讯传至徐州，庞大哥先是大怒，喝斥此乃浪费民脂民膏，后是不屑，恰逢洪师傅千金洪晓艺与奋勇大将姚周喜结连理，庞大哥借机大摆筵席，言要倾徐州之资，与长安同昌公主婚礼对抗，命全军全城同贺，周军师当仁不让地当了证婚人。大婚当天，整个徐州城内可谓是人头攒动，比集市还热闹，庞大哥下令，杀猪宰牛，烹煮了大摆在街道上，更有美酒佳酿，果脯点心，还请了魔术杂耍来表演，在城中的大广场处，竟摆了个比武擂台。

　　原来，新郎官姚周身材虽矮小如我，但也是个豪气干云的汉子，他觉得婚礼排场盛大与否无所谓，但大婚之日，既是自己的大好吉日，一定要以此会会天下好汉，遂突发奇想摆个擂台，号之曰"比武庆亲"，早早贴出布告：

比武庆亲

　　敬告天下豪杰，咸通十年二月十五日，乃是我新郎官姚周、新娘子洪晓艺结亲的大喜日子，是日正午，我夫妻将亲临擂台，迎接各路武林高手的挑战。

　　此番擂台之战，一是为庆贺我二人新婚大喜，因我夫妻皆是武林中人，嗜武成性，因之决定大喜之日以武庆贺；二是以武会友，以武招兵将。会友者，凡愿上台比试者，不论输赢，皆可成为我夫妇一世之友，既为朋友，今后若有差遣之处，当效犬马之力；招兵将者，义军现急需扩充，欢迎各位英雄好汉加入，共襄盛举！

　　如负于我夫妇者，欢迎加入兵营，如能胜我夫妇者，将禀告天册将军，封为军官。比武规则，男对男，女对女，如逼得我夫妇共同出手，则视为已输，除拱手认栽外，还以奋勇将军之位让贤，并愿鞍前马后效力。

此告

　　那天，一早飘起细雪，城中已三三两两有人出行，一派喜庆洋洋的样子，各家店铺也提早开门准备，知道今天生意一定不懒。将近午时，姚周和洪晓艺一对新人不顾天寒，一身红色新婚礼装，印着金色的囍字，新郎英气逼人，新娘飒爽妩媚，夫妇同乘一匹马，意气风发地走在头里，后有洪师傅及其"灵宗派"弟子、赵可立、张行实等桂州戍卫的兄弟也骑马跟随，我家三口也同乘一马，你们嫂子在后，桂儿居中，与新郎新娘并排同行。

　　那时桂儿已经说话了，一路上叽叽喳喳问个不停。他问，妈妈，什么是成亲？众人听了哈哈大笑，你们嫂子说，成亲就像爹爹和妈妈一样，拜过天地就可以住在一起啦，然后……就有了你！桂儿听了，煞有介事地点点头，又问，那姚叔叔和洪姐姐成亲，也会有个桂儿？

　　洪晓艺笑着逗他，桂儿一个就够了，我们要个妹妹，来跟桂儿成亲，好不好？桂儿乐得直点头，大家又是一阵欢笑……那时的桂儿多可爱啊！他看结实魁梧的姚周脚蹬六合靴，穿着婚服，就问，妈妈，姚叔叔的力气好大是不是？他可以打死一头牛！姚周听了，举起手将手臂上作肌肉鼓起状，说道，叔叔只有蛮力，要论功夫，你爸爸妈妈才厉害，别说一头牛了，老虎都不在话下！

　　说完，"哇哦！"一声，张大嘴做老虎吼，桂儿伸出小拳头，叫了声"打！"姚周立即装作被打趴下的样子，伏在马颈上，逗的众人大笑不止，桂儿也手舞足蹈，唉，如果桂儿还活着，我们可以将武功传授给他，他一定是个顶天立地的好男儿！

　　这时，何云芳从厨房那边幽幽说道："好了，老头子，别再说了。桂儿已经转世回来，我可以将武功悉数教与他了，我的五行术，哦……对了！师傅留给我的《奇门五行术》一书，我要传给抟儿。"言毕，她抱着抟儿到床边，坐在床沿，将抟儿放在腿边，然后将里边的枕头拿起，伸手到枕套里边，掏出一本薄薄的、发黄的小书，摩挲着，轻轻说道："这是洪师傅留给我的遗物，唉……本来是要传给晓艺师姐的，晓艺姐也战死了，多可惜啊，小夫妻新婚不久就被小人害死！"这时，躺着的抟儿看见上面的书，便手脚齐齐向上举，挥舞着，嘴里还'嗯嗯'地发出声音，似乎要去抢那本小书。

何云芳既惊喜又欣慰地笑道："你们看！抟儿喜欢，他想要抢过去呢！抟儿乖，干妈就是把它留给你的，不过不是现在，要等你长大了，你要好好研读，必会练得一身奇异武功。如那时干妈如还在你身旁……"说到这，竟哽咽难续，因她的第六感特别灵敏，和阮明流一样，都预感有什么不妙的大事将要发生，生死未卜的大事。

过了好一会儿，才继续道："要你黎妈妈先保管着，待合适的时候再交与你。"说着，抬头望着箬竹，将书递与给她，黎箬竹涨红了脸，尽管名义上是抟儿的养母，但一个未曾婚配的大姑娘，还是觉得羞怯难当，却也疾步向前，接了过来。瞥了一眼书面，只见上面绘有一个道士模样的人物，盘腿坐着，眼、耳、鼻、唇、喉处，各有如电如风如云的图案，宛如呼风唤雨之状，却是可喜可怖，知是一本罕有的武林内功绝学。阮明流在旁也瞧得清楚，两人眼色一对，阮明流神情凝重接过，放进怀里，明白这是大嫂以性命相托，定竭力保护，有朝一日交到抟儿手里。许佶见夫人如此悲戚，心中怪自己又失言了，连忙掉转腔调说道。

哎！我们一行人到了州府广场的擂台处，早见里三层外三层，人头攒动，来瞧新鲜看热闹的人真不少。擂台是个内径四丈，高约五尺的圆台，入口两边竖着两面红旗，上各有四个金色大字"比武庆亲，百年好合"，在朔风中猎猎飘扬，边上搭有一个观礼台，布置得喜气洋洋，我们下马，侍从将马牵去附近安置，大家上观礼台就坐，坐下不久，只见庞大哥和周重军师也骑马而至，后面有王弘立等带着二十几名内侍军，执枪持剑，立即分列观礼台两侧，将闲杂人等驱出一丈之外，庞大哥、周军师等这才下马上台。

众人施礼相见毕，姚周夫妇本是少年心性，人愈多愈兴奋，见此情景，双手一拱，相视一笑，施展轻功，双双携手从观礼台轻飘飘跃下，又奔至擂台边，阶梯也不踏，蹬地一跃，如两只红色大鹏鸟飞落飞起，缓缓落在高五尺的擂台上，这几下如兔起鹘落，在雪花中更若飞鸿翩至，美轮美奂，台下一片喝彩，好俊的功夫！

小夫妻各自抱拳分两边给大家致谢，姚周高声喊道："各位父老乡亲，感谢赏光前来祝庆我姚周与洪姑娘大喜之日，咱平头百姓，不学那鸟皇帝的金贵公主讲排场，糟蹋民脂民膏。相反，我姚洪二人想趁此良机，以武会友，意在与天下豪杰切磋，无论输赢，诚邀各位加入义军，明日一起杀进长安，把那昏庸皇帝、什么狗屁公主、驸马并一朝奸臣砸个稀巴烂！岂不解气？！"台下熙攘，一片叫好声，更有人叫道，打到长安去，有的喊，把那狗皇帝杀了！

待噪声稍息，洪晓艺提高嗓门说道："好！谢谢众位朋友！今日擂台由我与夫婿共守，豪杰或巾帼挑战，我夫妻都欢迎，但今日是我俩大喜之日，只比拳脚，不碰兵器，胜负以双方自行判断，点到为止，不要伤了和气……"

话音未落，忽而听到人群中一个粗犷的声音叫道："待我来尝第一道喜庆！"犹如一声响雷突起，唬得在场的都侧目，看到底是何等人物？只见一个身高起码有七尺的彪形大汉，穿着破旧的棉衣，一摇一摆走至阶梯口，两只大脚竟然套着一双草鞋，上阶梯一步一蹬，震得擂台微微晃动。上得擂台，底下一片惊呼，只见大汉足足比姚洪夫妇高出一个多头，膀大腰圆，腿壮腰粗，似乎看到他一拳就可将姚周击飞，或一抓便可如小鸡拎起，嗡嗡一片议论声响起……

姚周抱拳刚想问对方姓名，岂知大汉先开口道："姚小弟，请问入兵营，管饭吗？”

姚周答："自然。"

大汉接着问："管饱么？"一听这句，下面一阵哄笑。

姚周道："管饱！兄台高姓大名？是哪个门派的？"

"我姓高，名大壮，乃徐州乡下一农夫，没门没派！"大汉声若洪钟，底下听得明白，议论声四起，这莽夫太大胆了，不懂功夫也敢上去打擂台？

高大壮听了，很不服气，气愤大声道："不就是打架么？我会！从小打到大，在村里乡下就没遇过对手！"说完，双手握拳，空击几下，虎虎生风，摆出格斗的姿势。姚周看着，知他虽不谙武功，但身板皮实，力大如牛，一拳之力少说也有几百斤，遂不敢小觑，凝神屏气，亮出一招"白鹤亮翅"，蓄势以待，轻声对夫人道："晓艺，你往后站。"洪晓艺"嗯"一声，靠后倚栏而立。

高大壮可不管三七二十一，见姚周胸口敞开，"嘿"一声，硕大的拳头直往中路捣去。他虽不知，他这一拳却有个名目，为"黑虎掏心"，是以也不懂变招，直来直去。姚周哪等他拳到，身形一扭，往右一侧，避开来拳，迅即一招"燕子掠水"，从他身旁跃过，两掌在他腋下、腰间猛推，高大壮正往前扑，有着惯性，侧边又吃两掌，庞大的身躯瞬间倒地，滚了三圈才停下。

他呼地站起，顾不得底下一片大笑，连声叫道："不算，不算！你使诈！"姚周微微一笑，道："高义士，那好，这次我站着不动，你尽管来打我。"高大壮瞪着大眼道："真的？！"兀自不信的样子，见姚周双脚平分，双手背在身后，巍然而立，笑着点点头。他立时抓紧机会，怕再等姚周又会耍滑，右手长拳直往胸口击来。台下看着姚周真的一动不动，眼见拳头离胸口只有几寸，都吓得惊呼起来，说时迟那时快，姚周闪电般双手从背后齐出，左手自下往上横隔高大壮手肘，右手成爪抓住拳头向上扳去，这是近身小擒拿手，左手横隔是化解、卸去力道，右手扳对方手臂是制服，必须眼疾手快，一气呵成，没有十年以上功夫的浸淫无法完成。

高大壮还没弄清怎么回事，高大的身体已经跪倒，手臂高举，痛得嗷嗷大叫，姚周迅捷将他的手顺势放下，连声说道："对不住，高大哥，得罪了！"其实姚周只用了七成力道，若是用尽全力，高大壮的手臂怕已废了。高大壮垂着右手，哼哼唧唧地站起，说道："姚小弟，我服了。明日我来兵营报道，你得教我武功，还有，不要食言，管饭，管饱！"

姚周笑着答道："一定！"高大壮在台下一片大彩声中，一步一拐地走下擂台。

洪晓艺见夫婿得胜，灿若桃花，虽赢的只是一名不识武的汉子，也为义军得了一兵。遂踌躇满志地走出，与姚周一起抱拳致谢，大声道："不知在场的有没有哪位女中豪杰肯上台来指教一二？"连喊几声，台下人也互相瞧，似乎身旁那位就是一位女侠一般，却无人响应。

正在嘈杂之际，忽听到一声大喇喇的嗓门喊道："什么女中豪杰不豪杰的？待老娘来给小妹子庆贺庆贺！"晓艺习过奇异五行术，早听出声音来处，往东边望去，果见人群让出一个人来，到了台边，轻轻一跃，上到台面，从围栏口钻了过去。姚、洪两人一看，是位衣着朴素的妇人，年纪约莫四十几，容貌端丽，只如今风霜扑面，两鬓灰白，但不掩眉宇间的飒爽英姿。两人急抱拳施礼，洪晓艺道："不知姐姐怎么称呼？"那妇人长得秀丽，声却极粗犷："还姐什么姐，按年岁可以当你娘了！姓陆，别人都叫我陆十娘，本是沧州人氏，二十年前嫁到徐州天龙镖局……"

"哦？！莫非是天龙镖局总镖头熊赫龙的夫人，'醉怒红颜'陆十娘？"姚周恍然有悟问道。

天龙镖局，乃徐州数一数二的大镖局，家传三代以上。

熊家世传"熊门拳"，源起西汉末年绿林好汉起义，讲究"擒拿封闭，吞吐浮沉"八法，拳势乃四平中桩，盘膝悬裆滚肩，动作迅速，既可拳打四方，又可打蜗牛之地。单论拳术已威震四方，更有兵器斧、刀、戟、剑、棒等，尤其以一套"九龙鞭（铜）法"最为著名。熊赫龙使的是一根九龙铜，四楞形，长六尺两寸，凡九节，每节铸一条盘龙，张牙舞爪，栩栩如生，整条铜乃熟铁制成，重十九斤。

廿年前，熊赫龙之父在走镖时不幸遇难，他接任总镖头，不久，娶了沧州"八仙馆"掌门人陆有定的小女儿陆碧青，因排行第十，所以人称"陆十娘"。虽是家中老幺，武功却是最强，自小性格泼辣豪放，好行侠仗义，打抱不平，易喜亦易怒，喜怒皆形于色，真快人快语，从不隐藏；因练八仙拳常饮酒，也练就了好酒量，酒常伴身，喝到微醺时，一套"醉八仙"打得是腾挪跌宕、出神入化，虽未臻一流高手之列，也令各路劫镖好手闻风丧胆，江湖上封了个"醉怒红颜陆十娘"的号给她，比夫君的"九尾龙"名号还响亮。

熊赫龙有了此夫人相助，如虎添翼，每回走镖，夫妻二人定相偕出马，从未失手，天龙镖局因此得重拾威名，财源滚滚，在北方一带尽人皆知。其时姚周年纪尚幼，待他稍长，意欲拜会，熊氏夫妇因长年在外，一直无机缘结识，后被征去桂州戍守，六年后杀将回来，不期在此相见，恍然如梦。

"谢姚小弟竟还记得奴家诨号，可惜世事变化沧桑，世事变幻无常，哈哈哈！'醉怒红颜陆十娘'……哼！这世上那还有什么'醉怒红颜陆十娘'！哈哈哈……只有老娘孤苦伶仃地活着，夫君，麟儿，你们怎那么狠心，都舍我离去……为什么？！"陆十娘说着说着，脸突现悲愤之状，眼神迷离，情绪激动，竟如疯了一般，身体左右摇晃，像喝醉了似的，脚下跌跌撞撞，欲倒不倒，忽喝道："看招！"一招"蓝采和兜花篮"，右脚尖顶地，左脚尖伸出往洪晓艺腿部勾来，身体随即前倾倒下，左右手呈刁爪袭去！

这一招出甚是犀利，上下盘同时攻击，如左脚勾中腿后，对方必吃痛往前扑，左右爪再得手攻击上身，无论中头、颈、身，均是往要害部位，必中招受伤。姚、洪都没想到陆十娘会突然之间出招，且招式如此之怪！姚周急得大喊："小心！"

洪晓艺练的是"灵宗拳"，乃具百越南方民族一个特性，主在一个"灵"字，飘逸灵动，快捷灵巧，百变灵秀，其实在灵字上，尚含一个"蛮"字。

世称"南蛮北狄东夷西戎"，这四边华夏方外之族，族性粗野，尚未与华夏文明相与。东夷，披发纹身，有不火食者矣，南蛮，雕题交趾，有不火食者矣，西戎，披发衣皮，有不粒食者矣，北狄，衣羽毛穴居，有不粒食者矣，意即这四族之人，仍处在以打猎游牧为生的阶段，不懂耕种纺织，吃无谷，穿无衣，茹毛饮血，皮羽遮体，以篷洞穴窝为居，与动物和自然搏斗的部落，是为蛮夷。北狄之族多身材魁梧，孔武有力，南蛮之人多身体瘦小，矫健敏捷，灵是指头脑和身体，蛮则是手头和兵刃上的功夫，捕猎御敌，均是电光火石之瞬，你死我活之别，因之招招凶狠、致命。

洪晓艺哪等脚到？一招"猿猴上树"，双脚曲起，双手抱圆，一跃腾空，仿如抱住树干，右脚尖旋即猛踢陆十娘左脚面！陆十娘看得真切，急将左脚微缩，脚尖翻起，身体下滑，脚底迎脚底对踹。这一变端的是冒了大险，如若不中，身体滑落，洪在上其在下，一脚蹬在腿上身上，必受重伤，好在她艺高人胆大，果然踹中，只听"啪"的一声，洪晓艺借势腾得更高，仿佛背后长眼，轻飘飘地立在围栏上，立摆一个"金鸡独立"，双手合掌胸前；陆十娘则顺势在地上转了一圈，躺在地上，右手托头，两脚交叠，醉眼朦胧，此招乃"何仙姑乱睡象牙床"。

擂台下，观礼台上大采声四起，有的还没看清咋回事，急忙问左右。洪晓艺则笑道："陆姐！失礼了！"一招"鹰扑小鸡"，双手展开，疾驰而下，此招功力在双脚，快得像风火轮，直往陆十娘上身踢踏而来。陆十娘右手一撑，身子已摇摇晃晃站起，斜身左手呈"持杯手"，右手呈爪，硬生生向洪晓艺双脚抓去，谁也没料到，她半老徐娘，腰身竟如此柔软，更没料到她竟敢以手博脚！此是"吕洞宾醉酒提壶"的变招，洪晓艺大惊，万一被她锁扣住哪怕一只脚，立即处于被控境地，若两脚同时被抓，那就一败涂地了。是以中途变招，飞身而起，双掌挥出，直拍陆十娘腰部。

自此，两人你来我往，以快打快，观者看得眼花缭乱，不一会儿竟过了五十几招，不分胜负。陆十娘暗赞道，这新娘子倒是功夫挺俏，如自己再年轻十岁倒是稳操胜券，可是如今悲伤过度，精力、功力减了不少，不由得叹了口气。洪晓艺更是心惊，心想这陆十娘果然名不虚传，拳脚跟她性格一样泼辣无比，若不是自己仗着年轻，不定早已败下阵来。

两人顿生惺惺相惜之意，陆十娘在使一招"韩湘子偷桃"后，翻身倒退几步，停止了跟跄步，站稳身子抱拳道："洪妹子，姚兄弟，我陆十娘今日来给你们庆贺，大家就此算平手，讨个喜吧。刚才失礼了，夫君和孩儿的事说来话长，如今我孤身一人，待我打点好镖局事情，改日投入兵营，与妹子你一起征战沙场，为夫君和孩儿报仇！告辞！"姚、洪二人听了不禁内心大喜，若能收到这么一位巾帼勇将，义军实力定大增，刚想细询，陆十娘早跃下擂台，消失在人群中。

后陆十娘果然依言来入伙，被庞大哥封为副将，与洪晓艺共辅姚周一军，我们才探知天龙镖局没落的原因。

三年前，因朝廷挥霍无度，各地官府银库也吃紧，俸禄发不出，在长期横征暴敛之下，从百姓那里再也榨不出多少油水，便把目标转到富商豪绅身上。徐、泗节度使崔彦曾是奸中魁首，贪中翘楚，自然不落人后，先是对各大商号逼捐，接着便是诬告、陷害，下狱，甚至杀头，家产直接没收。一时间，人心惶惶，有钱人都自觉散钱消灾，以求保命。

天龙镖局随着世道衰弱，这几年来生意本就清淡，靠吃老本度日，熊氏夫妇天性又刚直不阿，既知官府用此下三滥手段，丝毫不买账，不捐不贿不媚，崔彦曾老羞成怒，恨得牙痒痒，却碍于这夫妻功夫了得，局规严明，镖局上下，同心一气，没镖时练武，走镖时关门，一时竟无从下手，只不过三天两头派人来恐吓一番。两年前，天龙镖局竟破天荒得到一笔三百万两银子的大镖，熊陆夫妻既兴奋又慌张，在这穷凶恶极的年代，走镖已是比平安时期风险骤增，何况是这么大一镖的？夫妻两开始甚是踌躇，应不应接？后来一想，将消息做到密不透风，怕是没事吧？遂接了。不想，还是走漏了风声。

镖是发往太原府，前十来日均平安无事。当镖队行至丰县，众人皆知，这里虽离汉高祖与出几位汉初重臣的沛县不远，但不知怎的，民风却迥异，异常狡诈，易出歹人流匪，武功虽不高，但喜用极下贱的手段，如使铁链绊马脚，用蒙汗药放倒人，偷、摸、拐、骗，无恶不作，还特别凶狠残忍，所以大家不免提心吊胆，打足精神，过店不敢吃睡。

还未出徐州境，在一个山势陡峭险要的去处，果然从山坳里跳出一群黑衣蒙面人，一语不搭，直接上来动手。熊氏夫妇心理有备，以为山贼不放冷箭偷袭，出来真枪明斗，便不足虑。谁知，这帮黑衣人的武功极强、极诡异，不出十几回合，熊赫龙和才十八岁，第一回出来跑镖的儿子熊龙鳞就命丧刀下，镖局十八号伙计也相继倒在血泊之中，陆十娘身负重伤，滚落山崖下，才免于一死。当陆十娘艰难爬回山上，发现镖全部被劫，丈夫和儿子以及镖局所有兄弟的尸身也消失不见，仿佛那里什么事也没发生过一样，唯有石上、树上的斑斑血迹证明那一场屠杀。陆十娘嚎啕大哭，乃至最后昏厥过去。

一个月后，当她挣扎着赶回镖局，发现镖局上下已被洗劫一空，官府贴出告示，谓熊氏夫妇与劫匪勾结，自保自劫，但分赃不均，熊氏父子被杀，陆十娘潜逃，上榜缉拿。陆十娘有家归不得，只能四处流落，我们义军攻进徐州城以后，她才敢回到徐州，唉……不过，她经已查明，那些黑衣人便是崔彦曾派出的，还有三位是朝廷遣来的宦官，姓张、高……

阮明流惊呼："原来是这三个狗贼！陈夫子夫妇也是命丧他们之手！终有一日，我定亲自手刃这三人！"光流也道："朝廷和官府用这杀鸡取卵的方法，无疑是愚蠢荒唐至极，无怪乎许大哥你们振臂而起。陆十娘实在是可敬可佩，撑着一口气活着，是为了给丈夫和儿子报仇。""可不是么？她获知崔彦曾和张道谨关在狱中，便日夜寻思怎样下手，后来终在大战前夕找到机会，混进狱中得以杀了崔、张二人，为夫为子报了仇……可那是后话了。我们继续讲比武庆亲。

陆十娘之后，再无一个女杰上台挑战。姚周又交手五六个挑战者，均是轻易获胜，第七个却是个难对付的好手，正战得难分难解，忽见台下观众一阵骚动，纷纷向两侧避开，只听有"嗒、嗒、嗒……嗒、嗒、嗒……"的马蹄声，众人仔细一瞧，竟是三匹神骏的高头大马，缓缓向擂台走来。

这三匹马，中间的纯白无杂色，左边的乌黑似炭，右边的暗红如血，比中原的战马更高大，更彪壮，毛色发亮，鬃毛马尾飘逸，鼻宽眼大，更难得的是，三骑仿如训练过一般，走起来步调、节奏一致，蹄高抬浅落，如舞蹈一般姿态优雅，实属罕见，看得众人端是目瞪口呆，心旷神怡。再瞧马上之人，白马的主人却是一位少年公子，仿佛十七、八岁年纪，高鼻嘴阔，额宽眼陷，肤白如坐骑，惟双目甚是奇异，恰如两池深潭，却左圆右长，宛如一眼睁着，一眼闭着，但细看之下，皆炯炯有神，穿的也是一件白色貂裘大袍，头戴一顶滚金边锦帽，马鞍后左右的兜袋里，各是一刀一剑，端的是华美风流，英俊倜傥；两侧马上坐着的两位，却衣饰简朴，亦是高鼻深眼，不过相貌粗犷，均留着络腮胡，年纪各三、四十岁上下，显然是这位非富即贵的公子哥的护卫。

众人一直让这三马步至擂台边上，马蹄声嘎然同时而止。这时，全场注意力哪还在擂台上？目光全落在这三位不速之客身上，而那位公子，则用着他日月潭一样的眼睛，微笑着看着台上。

姚周和那位汉子不约而同停下手来。魁梧汉子似乎对被打断感觉不爽，双目怒瞪着公子，双手握拳，脸憋得通红。便在那刻，人们眼一花，不知怎的，那公子身形一晃，已站在马背上，脚再一蹬，竟轻飘飘地上了擂台，双脚不停，在围栏上一踮，直接下到台面，玉树临风一般站在姚周和汉子前，双手交叉，依然微笑着，一言不发。

这几下起落之间，当真是飘逸快捷得匪夷所思，更令人惊异瞠目的是，这过程中，那匹白马竟纹丝不动，所有人惊愕得反应不过来，满场静悄无声。汉子看得也是心惊，但他性格暴烈，大喝道：“你是谁？！打擂台也得有个先来后到，爷们正打得要紧处，哪轮到你这乳臭未干的野孩儿？”他看公子个儿不像中原人，所以称他野孩儿。

那公子看着也不生气，笑嘻嘻道：“我来了，也就没有什么先来后到的了。”说着，伸手做了请的姿势，意思是让他下台，那汉子气得脸由红变紫，哇地一声大叫，一招“双龙出海”，两拳直往公子哥儿双耳处贯击去，公子站立不动，伸出的右手抬起，左右一挡一隔，即化去力道，随即迅速左右开弓，连刮了汉子五六个清脆的耳光，声音响亮，那汉子被打得头昏眼花，左右摇晃，站立不稳。公子哥儿脚一抬，足底踹在汉子臀上，汉子即跟跟跄跄往擂台口方向窜去，眼见就要摔下阶梯，姚周身形一挪，早飞身过去，一把扶住汉子，才没坠落，洪晓艺也在另一侧赶至，姚周示意，两个卫兵过来，搀扶汉子下去。

姚周知来者不善，他这一脚用力实在精妙，让人不倒，双脚又收不住，身子不由自主狂奔，那几个耳光更是打得又快又狠，简直像无影手，这功夫实在是俏得紧，也阴毒得很。遂将新婚礼服上的袖口挽起，打起十二分精神。洪晓艺在旁担心，刚想叮嘱两句，姚周摆摆手，意思是我知道，信步踱回公子哥儿面前，抱拳朗声说道："姚周有礼了！不知小哥高姓大名？"这语气，用词显是对他这小孩礼遇有加，另眼看待了。

"我姓朱，名正阳，别人也叫我小西邪。"公子哥儿也抱拳回礼道。

"今日是我与洪姑娘的大喜之日，这擂台也是比武庆亲，取的是个好意头，大家上台来比划拳脚，应是点到为止，朱小弟却为何一开始便下此重手？"

"他骂我在先。按我的脾气，没有立时取了他命，算是给足你们两位新人面子了。"姚周心一凛，知他所言非虚，他能从容扇那汉子几个耳光，若是那刻手势稍转，一锁封喉，汉子岂还有命在？况且他来路不明，朱正阳？小西邪？从未听闻，不知是哪个族裔的，年纪轻轻，功夫竟如此了得，必是师出名门，当得十分小心。

"哦？那姚某还得谢过朱小弟了！既然来了，我也不托大，咱们三十招内见分晓，如若不分胜负，我们便握手言和，如何？也算给我这个比武庆亲一个好彩头。"朱正阳不点头不摇头，依然保持着超然的，不置可否的微笑。

姚周摆出一招"岱宗如何"。这招乃是泰山创派祖师东灵道长据杜甫《望岳》诗所创。开元二十四年（公元 736 年），时年二十四岁的杜甫刚在洛阳应进士落第，开始了不羁的漫游之行。到了泰山，与年逾古稀的东灵道长结识，两人相见恨晚，一老一少每日谈诗论道，遂成了莫逆之交。东灵道长亲自领着杜甫游遍了泰山的名胜古迹，杜甫将沿途观感汇集，在最后登临泰山绝顶那一刻，豪兴大发，即兴吟咏出了《望岳》这首名作，东灵道长闻之，喜不自胜，拔出铁剑起舞以助兴，并再三玩味，尤其是"造化钟神秀，阴阳割昏晓。"这句，自然造神秀之物，阴阳转换间可精算分割昏晓……忽心中狂喜，他悟出一新招！便是以算法为奥秘的"岱宗如何"，成为泰山剑法最高妙的一招。姚周却用在拳脚上，左右手掐指起算。

可是，眼前这位少年来历实在蹊跷，左算右算，一无所得，姚周不免有些心慌。那"小西邪"朱正阳却看得有趣，不知姚周左右手在玩什么名堂，一时也不敢妄动。僵持了一会儿，突然风起云动，两人不约而同出招！姚周算无可算，一招"泰山压顶"纵身跃起，双掌齐齐向少年头上拍去，少年却一个燕子翻身，两手撑地，双腿轮流朝上往姚周踢去，动作潇洒流畅，招式刁钻古怪，又犀利无比，像极中原功夫那招"一柱擎天"。

姚周见攻不成，急化掌为守，"噗噗噗"几下，连吃了小西邪几腿，两腿踢在胸口，力道甚是强劲！顷刻间，倒地吐出一口鲜血，本拟三十招内分输赢，不料第一招就遭此挫败，全场哗然！洪晓艺见状大惊，急忙飞身上前护夫，一连几个狠招直取小西邪面门，小西邪不接，飘然退后，微笑道："你出手！我赢了！"

正在慌乱之际，忽听军师周重大声道："快传令关闭城门！他是沙陀人朱邪克用！别让他跑了！"说时迟那时快，小西邪从擂台上飞身上马，旋即三匹神骏如疾风一般往城门奔驰而去，令还未到守门，他们已经冲出城，绝尘而去……

第十四回 英雄泪地缘天合 豪杰情功败垂成

庞大哥，洪师傅和我等眼见新郎官姚周受伤，急赶上擂台探望。只见他胸口处两块清晰的红印，靠倒身踢腿竟有如此大的杀伤力，这古怪功夫实在令人不可思议！好在姚周身子健壮，调息运气之后，即恢复正常。军师周重则带着王弘立等人策马出城，追赶朱邪克用主仆三人，自然是无果而返，连连叹息。

众人不知这朱邪克用到底为何人，齐齐望着军师。

周重先生仰天一叹，忧心忡忡地说道："这小西邪朱邪克用是沙陀人，天生右眼细小，幼时昵称'鸦儿'，长大了人称'独眼龙'或'飞虎子'。其祖父乃是阴山都督府兵马使朱邪执宜，其父是蔚州刺史朱邪赤心。沙陀人骁勇善战，尤其是骑射功夫，锐不可当！我已探知朝廷密召诛邪执宜出兵相助，也占卜到近日必有异人经过，异事发生，偏万万没想到朱邪竟如此胆大，肯派他们的小三郎亲自取道徐州至长安领命，顺道还刺探我军情形。初见他时我亦迷惑，这异族飘逸神骏少年功夫甚是了得，但百思不得其解，他到底是谁？怎会料到朱邪小子竟已神勇若此！我印象里，其尚才乳臭未干孩童，但待我醒悟过来，唉……悔之晚矣！若是能早些下令封锁城门，管教他纵有天大神功也插翅难逃。如今竟让他逃窜而去，如何是好，如何是好！我之过，我之过！"

见军师自责如此，我很不以为然，安慰道："军师也不必太过虑。谅他一个小小孩儿，武功能强到哪去？去就去了！况且沙陀人能有多少兵马？胆小迟缓的令狐绹也不过两三万，刚愎自负的康承训在柳子寨号称拥兵七万，想来也不过是些乌合之众，不足挂齿！"

军师摇头叹息道："许将军有所不知，朝廷官兵多寡我不以为虑，但若得沙陀人出兵相助，义军……义军怕是……凶多吉少，你们可知这'沙陀'二字怎来的么？"

见我等一干人均茫然，他神情凝重，继续说道："他们本叫处月部，乃是西突厥的一支，居金娑山之阳（今新疆博格达山），蒲类海之东（今巴里坤湖）有大碛，其意便是那荒漠砾石之地，也名为沙陀，因此被唤作沙陀人。他们靠游牧为生，由于部落日渐强大，先后有处密、射脾、同罗、仆骨、拔野古等其他小部落归顺，这些部落的将士人人均精于骑射、勇猛凶悍。他们所骑神骏刚才你们也看见，其体形神态胜于中原马何止十倍！来如风，去如电，简直可以说是以一当十，以一当百。唐高宗龙朔初年，他们的首领沙陀金山曾追随薛仁贵讨伐三姓铁勒，令以凶残著称的铁勒也节节败退，立下战功，金山被册封为'授墨离军讨击使'。莫说诛邪有几千兵马，便是只有几百人，也足够令义军处于劣势！"众人闻之，皆沉默不语。

良久，庞大哥说道："先送姚小弟回新房休息静养，军师亦不必过于顾虑，不是有上疏给朝廷了吗？谅皇上对咱们也畏惧三分，不敢发兵前来。"我和周重军师对望一眼，彼此脸上闪过一丝苦笑。早有洪师傅、洪姑娘和你们大嫂他们将姚周搀扶着上马，送回军中。新婚之日遭此挫折，个个心中自是不乐，默然散去。

不出几日，徐州城中不知从哪里流传出一首童谣，初时只是一两个人哼，不久之后，四处皆听见有孩童吟唱：

得节不得节，不过元腊月。

桂州初起兵，原为享国恩。

鱼肉自乡民，不输朝廷卒，

得节不得节，终化宛如雪。[1]

---

[1] 原歌谣只一句，为"得节不得节，不过十二月"。作者修改。

庞大哥闻此歌谣，不禁大惊失色，连忙召集军师与我商议。庞大哥说道："许弟，我也不瞒你。军师替我上疏朝廷，若封得个节度使我等便罢兵。你我既能割据称霸一方，与作那皇帝也无甚大区别，何苦再行军打仗？我也是为了兄弟们着想。可朝廷迟迟没有圣旨传到，张溶也不知为何杳无音信，想是混了个一官半职给躲起来了。如今城中小儿瞎编歌谣，令到我心中忐忑，寝食不安，心里空落落的，你们快给大哥我出个主意，这鬼皇上到底是个什么心思？既不遣使者给我封节，也不敢派兵前来应战，葫芦里到底卖的什么药？"

我看了一眼军师，才说道："大哥！你可记得弟兄们当时起事是怎么约定的？直打到长安金銮殿，把皇帝揪下来，大哥您来当皇帝！做个甚么节度使有个屁用，还不是要听命于朝廷，受那鸟皇帝和权臣的窝囊气？我看这朝廷并非皇上能做主，张溶兄弟想已是凶多吉少。依我说，大哥，咱们还是主动发兵，一路打过去，不管他给不给封个节度使，咱不稀罕那个！"

庞大哥脸色很是尴尬，停了好一会儿，才说道："许弟虽言之有理。可是，军师你给掐指算算，这封节是否还有盼头？毕竟，如能封上徐、泗节度使，这一片丰饶辽阔的土地够我们兄弟们一世荣华富贵的了。况且，想来小西邪人已至朝廷，有了沙陀人强悍的马军相助，若是要打，又该如何应付？"

周重军师双目微闭，手捻胡须，微笑沉吟半晌，才睁眼说道："庞督军，城中传唱的这首童谣大可不必在意，那节度使得不得更不应在意。现在督军不是已经实际拥有徐州、泗州的控制管辖权了么？督军应在意的是，怎样拿下整座江山！节度使虽割据一方，还是为人臣，拿下江山方为人上人。朱邪克用所骑虽是神骏，谅也四天之后方才到长安，若是此时我们发兵奇袭淮南令狐绹，将扬州城拿下，然后再分兵出击康有训，趁他的兵力尚未集结完毕，必能在沙陀人出动之前，将他们各个击破瓦解。若是如此，沙陀人单兵来战，他们再如何神勇，我们也丝毫不惧矣！”

我闻军师此一番分析，拍案大赞道：“是啊！大哥，军师所言极是！兵贵神速，只要大哥一声令下，我和洪师傅即可挥师南下，直捣令狐老贼巢穴，王弘立、赵可立可另帅一军往西杀向康有训，打他们个措手不及！大哥，你可得尽早下定决心啊，机不可失，时不再来！若是等他们气候已成，沙陀人简直可说是如虎添翼啊，大哥！”

庞大哥却沉默良久，几番欲言又止之后方才说道：“尔等所言不虚，但我想令狐丞相应该不会负我。他答应再容他几日，必能说服皇上将徐、泗节度使封给我，此时我们不便轻举妄动。令狐丞相是识贤才的老臣，当年李商隐被他赏识，我还记得李义山写的那首《寄令狐郎中》。

嵩云秦树久离居，
双鲤迢迢一纸书。
休问梁园旧宾客，
茂陵秋雨病相如。

可惜李当时已心灰意冷，不愿再出仕，若不然必能创一番事业，而不是十年后草草死于郁闷之中，辜负了令狐丞相的一片心意啊！你们别说了，容大哥我再等一等。”我与军师听了，知道庞大哥仍然沉浸在幻想之中，便黯然退出。

我俩一路默默无语，不自觉又转到了石佛寺旁边的茶馆，找到老位置坐下，叫了一壶茶和点心，只是喝闷茶。忽然，心烦意乱的我突然大喊道：“店小二！上酒！上菜！两斤卤牛肉。”军师是方外人士，滴酒不沾，食物也只吃素，因此平日我也陪着他喝茶吃素，可那天太窝火了，竟顾不得有礼无礼了。店小二端上酒菜，我把茶推在一旁，自顾自大碗喝酒大口吃肉。军师依然慢条斯理地喝着茶，笑眯眯地看着我，我喝了酒，胆气涌了上来，毅然说道："军师，要不，我们把上疏的实情跟大哥挑明了，让他死了这份心罢！"

军师摇摇头说道："千万不可！庞督军若是知晓你我联手在上奏书上做了手脚，你我性命不但堪忧，这次义军起事……恐怕更会毁于一旦！你想想，他既认为我们暗地里背叛了他，还会信任我们吗？他会铲除所有他怀疑的兄弟，然后投降朝廷，求得一个节度使，过起他的小日子来。我们目前只能见机行事，宁愿吃几个败仗也要让他断了退路，绝了他心中的幻想，这样，我们才能置于死地而后生。"

"唉！可是……明明现在的良机就这么错过？一想我的心里就闷得慌！"说罢，端起碗连喝了三大口烈酒。

军师忽然问道："许将军，小弟向你请教一个事情。茶和酒，一种能使你明神清醒，一种却会让你烂醉糊涂，为何你要选择后者，而不是前者呢？"

我一愣，军师怎么问这个莫名其妙的问题？遽然停下不喝，思索半响，才支吾着答道："自然……是喝酒够辣够劲，还能使人产生晕晕乎乎，轻飘飘的快感，喝酒、吃肉才是人生快事！荣华富贵亦不过如此！喝茶嘛……清清淡淡，寡而无味，喝茶吃素，也只有吃苦、修炼的和尚和你们这些方外之士……才愿意承受的罢？"

军师笑笑，又道："好！那你再说说，一个是现成的，可以享受荣华富贵的节度使，一个是未知的，还要吃苦行军打仗，生死未卜的起义，你说，庞督军会选择哪一个呢？"

一瞬间，我觉得脸火辣辣的，一定红透了，一半是喝酒，一半是羞愧引起的，原来，军师正转着弯来点醒我啊。我选择喝酒吃肉来麻痹自己，与选择荣华富贵来麻痹自己的庞大哥，可不是一路货色么？自己又有什么道理恼怒庞大哥呢？想到这，我的酒醒了一大半，连忙将酒推开，拿起茶一口喝干，让自己清醒一点，抱拳说道："军师，谢谢指教！接下来该如何行事？"

军师不笑了，淡淡说道："茶是苦的，越浓越苦，越苦就越能醒脑，是时候该让庞督军喝一杯浓茶了。"我似懂非懂地点点头。

讲至此，不知不觉又近黄昏时分，众人饥肠咕噜。许夫人趁他们讲故事听故事的当儿，不是逗拎儿玩，就是喂他吃，陪他睡，此时俩人都吃饱睡足，精神倍增，因而叫道："黎妹，你来陪拎儿，我下厨给大家准备饭菜。"许佶一听，连忙说道："老太婆，让老头子来给你打下手。"

其实他才是掌勺的大厨，这么说完全是为了给夫人面子。

阮氏三兄弟也抢着要去搭把手，何云芳正不知可否之际，忽然"咦？"了一声，刚转过身却忽然不动了。继而小声说道："大家快操家伙！有人朝这边来了。"众人脸色大变，知道许夫人的五行奇术名不虚传，她说有人来自然不会错。

阮明流说道："莫不是鬼见愁张高全他们找到此地了？"何云芳摇头道："也不像，似乎只有五六人，若是官兵必不止。不知是敌是友，大家先防着罢。黎妹，抱好拎儿，若是情况紧急，你和明流从后窗跳出，别管我们，保护拎儿要紧。"黎箸竹答应一声，迅速地用一块毯子将拎儿包好，许夫人拿出绳子把拎儿绑好在她背上。

阮明流拿起他的钓竿，许佶早从床底取出他的九龙鞭，两人抢先奔到窗户两侧，探头从窗缝隙往外瞧，果见山坡树草丛间，有几个白色的点迅速移动，一看就知来者身手非凡。

这时，只见何云芳右手抱着一包裹，那是陈夫人临别前亲手装裹的，里面有一套陈夫子常阅的《庄子》集，每页密密麻麻满是批注，还有一束乌丝，那是陈夫人含泪铰下的，希望抟儿以后见发如见人，方之洞宗师所赠彩翎羽箭（已折断，意为箭断人亡，抟儿勿忘）和书信，以及自己刚所授的武功秘籍《奇门五行术》。左手持清霜剑，行至窗户处，将剑穿挑着包裹，将后窗打开，准备协助黎箬竹翻窗而出。光流和正流分别紧靠明流和许大哥，随时杀将而出。

何云芳听到来者越逼越近，急忙叫道："明流，你快带着箬竹离开，抟儿安危重要！来人交给我们应付便是，若不然就来不及了！"阮明流眼见那几个身影在树丛里左闪右闪几下，已经出了树林，沿着山崖时隐时现攀爬而来，快得令人惊叹不已。许大哥握紧九龙鞭，也做手势让明流快走，因他见有身影已闪到了阶梯附近！此时众人心跳加速，因为可以听见来者的脚步声和细语声了。

阮明流一咬牙，还是抟儿性命要紧，先躲开这帮高手为是，转身之前，投出最后一瞥，看见一个人闪出在阶上，一想，不对！那个人身影好熟悉，不禁开口大叫道："谭四弟？！"回转趴在窗口望，不是谭青竹是谁！只见他手臂上爬着两条青蛇，正摇头晃脑一致朝房子吐着蛇信子，喜得明流回头喊道："箬竹！你快过来看，是彭大哥他们来了！"

果不其然，谭青竹也听到了明流的惊呼，大喜回头叫道："哈！大哥！是阮大哥的声音，他们果然在这里！"话音刚落，几个身影立即从隐蔽处闪出，其中马新竹的身手最快，疾步往台阶飞奔而上，一面大声喊道："七妹，七妹！抟儿，抟儿！"声音里充满了狂喜和期盼。

屋内众人还在迟疑之际，阮明流早将大门打开，黎箬竹也迎到门口，看见马新竹飞身而至。姐妹两人在屋檐下相见，四手紧握，四目对视，一个充满喜悦叫道："三姐！"一个声音颤抖叫道："七妹！"泪水均夺眶而出，虽只是短短几日不见，却恍如隔了三秋！紧接着，刘石竹、谭青竹和许氏兄弟簇拥着彭铁竹大哥上来，黎箬竹赶上去紧紧拉着他的大手，声音哽咽道："大哥！"泪水落得更多了。

彭铁竹也是老泪纵横，哭笑难抑。他身材高大，比箬竹高出一头来，忽然感觉有双明亮亮的眼珠子盯着自己，低头一看，原来是来自箬竹背上一张小圆脸，他打了个激灵，喃喃自语道："哦……抟儿，是抟儿！哈哈哈！夫子！你在天之灵知道么？抟儿好好的！夫子，大嫂，你们一定要在天上保佑啊！"说罢，仰天望去，似乎能瞧见陈夫子夫妇，悲痛和欣喜尽写在脸上。

这时，许佶夫妇和阮明流三兄弟出来，明流和箬竹引大家和竹林六侠一一相见。进了屋内，一下子挤得满当当的。何云芳喜滋滋地将抟儿解下，依次给大家见面打招呼，他也是个人来疯，见每一个都兴奋得挥手蹬腿，逗得大伙乐不可支。最后到了马新竹那里，被抱了过去，再也舍不得还给何云芳。

当竹林六侠知道许佶夫妇便是桂州起义的发起者和幸存者，敬仰之情溢于言表，许佶夫妇亦喜六侠皆豪气干云之士，双方不免又一番赞美谦恭之辞。

阮明流和黎箬竹将抟儿拜许佶夫妇为义父义母的事告知，大家闻之都不胜欣喜，但说到陈夫子夫妇惨死的时候，众人皆悲愤不已。

黎箬竹问他们是如何找到这里的，谭青竹拍拍他袋中的"缠丝"和"绵丝"，说道："全靠这两个宝贝！那晚激战之后，我们趁着夜色潜入竹林，在里面躲避了两日。第三日才回到陈府，镇里一片死寂，官兵已经离去。我们厚葬了夫子夫妇和樊义士他们之后，大家正为怎样寻找你们和抟儿犯愁，我忽然灵机一动，想起我的蛇儿嗅觉特别灵敏，若是寻得一物，哪怕是气味极轻，只要给它们一闻，十里百里之内，定能找到，十中八九，屡试不爽。"

"但抟儿的气味又去何处找呢？陈府经已烧成一片灰烬，别说衣物，连一片完整的瓦片也不剩，我们垂头丧气，虽如此，也不得不回去一碰运气。我们六人在残骸瓦砾中翻了半日，一无所获，正绝望欲放弃之际，还是茂竹、盛竹兄弟眼尖，他们同时看见老槐树上有一白色物件在飘舞。上去一瞧，原来是条极可爱的小白方巾，被钩在树杈间，大家一闻，有极淡极香的婴儿味，猜想便是抟儿的物件，我们都惊喜不已，拱手拜天，感谢上苍有眼！可是，它是怎样飞到树上去的呢？百思不得其解，看，就是这条。"

说着，他从怀中掏出一条白色汗巾来。阮明流和黎箬竹对视一眼，哑然失笑，便将当夜他们怎么为了躲避鬼见愁他们，匆忙中上树一节说了，但一直都没留意那条绑在鱼篓口边的汗巾竟遗失了。

众人皆叹，真是天意啊！

谭青竹继续说道："我让缠丝、绵丝闻了那汗巾，它们果然兴奋不已，抬起头一致往一个方向，便是朝着你们那晚离去的那个地方。可是我们到了河边，江水茫茫，一切又失去了踪迹。一时找不着船，只能沿着河岸跋涉，缠丝和绵丝始终朝着一个方向，好不容易寻到一个船家渡我们过了河，才找到了这里。"众人皆呼神奇，黎箬竹接过那条小方巾，放进了抟儿的包裹，作为一件有特殊意味的物件。

何云芳更是佩服道："我习奇门五行术，嗅字术是最难，也是最弱的，奇香异味兴许能嗅到一里之外，已算不易，若是三里之外，再浓的气味也无能为力了。你的蛇儿果真是天赋异禀，连一块小方巾极淡的气息也能追寻至此，此处离崇凫县七十里地呢，我看我这一门倒是要拜你这缠丝、绵丝为宗师爷才行了！"说得大家哈哈大笑。

叙礼已毕，众人皆觉饥渴难耐，尤其是竹林六侠长途奔来，得见抟儿，放松之后，更是又困又饿。许佶夫妇立即张罗整饬饭菜，人多手脚快，刘石竹和马新竹本是烹饪好手，马也依依不舍地将抟儿交到箬竹手里，一起搭手准备。不出半个时辰，一台丰盛的饭菜便整办停妥，许夫人忙完，依旧要先喂抟儿，让大伙儿先吃。

两张桌子排开，许佶坐了东边的首席，彭大哥坐了西头的首席，其余的相让随意而坐，唯有马新竹和黎箬竹一定要坐在一起，两人窃窃细语，时笑时嗔，似有说不完的话。许大哥站起，举杯说道："我许佶，偕夫人……"说着往后看一眼，"有幸结识诸位，竹林七侠果然名不虚传！有骨气，有担当，真不愧为顶天立地的君子！自然，我们更高兴能认抟儿为义子，我提议，第一杯敬天上的陈夫子夫妇，愿他们保佑抟儿逢凶化吉，少灾少难，长命百岁！"所有人闻言都站起举杯，神情严肃，把祝词又复述了一遍，一饮而尽。（谁也没料到的是，祝词灵验，陈抟活了 118 岁）

酒杯再满上，许大哥说道："第二杯，敬桂州起事阵亡的所有将士，周重军师、洪明镜师傅、王弘立、姚周、洪晓艺、赵可立……唉！当然，还有庞勋庞大哥，虽然大伙的死皆由你的自私与固执，毕竟，你带领兄弟们轰轰烈烈闹过一场！如今，只剩我许佶和老太婆苟活于世，原来是上天特意安排我们来迎接抟儿。桂儿，是你借抟儿之身回来找我们么？……"说到这，不禁黯然。

黎箬竹早将桂儿一事告诉竹林六侠，只是他与义军众将士是经历一场如何惨烈、悲壮的战役而最终全军覆没的，却还没讲到。彭大哥端着酒杯，神情凝重说道："许大哥，我代表竹林七侠拜认您为我们的大哥！彭某还有个不情之请，刚才我一直在盘算一件事，何不趁着今日相会之喜，由您和大嫂作为主婚人，将我们小妹箬竹和明流的大事给办了！我们江湖之人，也不必讲究什么三媒六聘等繁文缛节了，一杯水酒，一句话就结了。如此一来，他们俩正式成为抟儿的继父继母，大哥大嫂当义父义母也就顺理成章，我想，陈夫子夫妇在天之灵也会高兴的！"

众人没想到彭大哥会突然说出这么一番话来，黎箬竹的脸腾的变得绯红，娇嗔地叫了一声："大哥！"马新竹立即在旁打趣问道："怎么？不愿意么？"大家听罢哈哈大笑。

阮明流心中自是十分欣喜，只要能和黎箬竹在一起，无论什么样的仪式他都愿意。

许佶往后大声说道："好极！好极！还是彭老弟想得周到，我怎么就没想到！这是天大的喜事啊，老太婆，你说呢？"许夫人笑道："我自是十分赞成，不单是我，看，连抟儿也高兴异常呢！"说着，她将抟儿抱了过来，大家一瞧，小家伙果然笑得一脸灿烂。

茂竹、盛竹兄弟看得欣喜，互相对望一下，同时往胸口一掏，取下一个挂件，金灿灿的，原是一对黄金铸的长命锁，一个镂着"福"字，一个镂着"寿"字，作工精细，乃是他们出生时，许父花重金定制的。

茂竹将两个长命锁递给黎箬竹，说道："七妹，恭喜你和阮大哥永结秦晋之好，更喜的是抟儿重获双亲，又得义父义母，三喜降临，仓促之间，无以为贺，这一对长命锁赠给抟儿，保佑他福寿双至。"

黎箬竹仍红着脸接过，代抟儿谢了，许夫人也连声道谢，绕到箬竹身旁，箬竹把长命锁给抟儿戴上，一下子金光辉应，衬得抟儿更是如一尊小佛般灵光四射，大家不禁喝彩称赞。彭铁竹大为高兴，开口道："那么就请许大哥和大嫂主持，咱们一切从简……"

黎箬竹忽然说道："大哥，等等！我三姐还没出嫁，我……我岂能……"，彭铁竹一拍脑袋，大笑道："哎呀！看我糊涂！好，二弟，三妹，今日大哥我做主，将你们的婚事也一并办了！"谭青竹笑道："妙，妙，妙！表姐，若没有七妹这么一提，按着我刘二哥闷声闷气的脾性，我怕你等一辈子也难嫁出去了！哈哈哈！"马新竹脸上又是害羞又是惊喜，平日伶牙俐齿的她一时半会儿也说不出话来，刘石竹一直都闷着，此时更是臊得一声不吭。

许佶连忙拍手大笑道："好好好！老太婆，今日我们这主婚人是要当到过瘾了，当年我们成亲你说最幸福就是作新娘子，今日一下有两位新嫁娘，你不得高兴坏了！"何云芳接过话道："老头子，你不说我还差点忘了！当年出嫁的行头我都一直随身留着呢，我找出来给两位新娘子试试看！"说罢，将抟儿往许佶怀里一放，回头朝床后一个篓子里去翻找。

许佶抱着抟儿，一边逗他一边说道："阮小弟，刘二哥，我就不找了，一是我没留着，二是就算留着，按你俩的身量，也穿不了！"说罢，众人哈哈大笑。阮明流和刘石竹纷纷抱拳，明流说道："有许大哥厚意，我与刘二哥已感激不尽！江湖浪子，就不必拘泥于繁文末节了，今日，我能与箬竹成亲，刘二哥能与三姐完婚，全凭陈夫子夫妇在冥冥之中安排。我与箬竹当挑起抚养抟儿的担子，自然，大哥大嫂为抟儿的义父母，望今后能传授他功夫与功课。"

这时，何云芳惊喜道："找着了，找着了！箬竹妹，新竹妹，你们过来！"她二人过去一看，原来找出了花钗连裳广袖衫两件，一青一红，覆笄三付（以金银杂宝饰之），素纱中单衣三件，并有革带、青袜、佩、绶等装缀之物，均惊叹不已，大呼美极！有些当年拜堂时穿过，有些还是新的。许夫人对大家说道："你们稍等，待我为两位妹妹装扮完毕，再行拜堂之礼！"说罢，三人隐在床侧柜子后面，嬉笑着，由许夫人给她们穿戴打扮起来。

阮明流将抟儿抱了过去，许佶则招呼大家边喝边等。不出半个时辰，忽听何云芳欣喜喊道："大家赶紧瞧着啊，新娘子来了！"众人忙回头一看，只见从后头娉婷走出两位绝世佳人来，一红一绿，红衣的是马新竹，绿衣的是黎箬竹，乌黑的发鬓梳过，戴着华丽的覆笄，还略施了点粉黛，上了些胭脂，均含着羞笑，一个有羞花闭月之容，一个有沉鱼落雁之貌，大家都看呆了！

光流、正流忙推了推明流，谭青竹和许氏兄弟也不停对刘石竹作手势，两人才猛醒过来。明流将抟儿交给光流，偕石竹上前去迎接自己的新娘，深深鞠了一躬，两人因幸福紧张过度，只会傻笑。何云芳笑道："作夫君的该在左侧携娘子之手，莫不听说《诗经》击鼓篇：死生契阔，与子成说，执子之手，与子偕老！"二人依言上前，各执了美娇娘之手，步到房子前面宽阔地方，面对大家，马新竹和黎箬竹虽平日行事为豪爽女侠风范，此时也不免有些羞涩忸怩。

许估夫妇拉着彭大哥一起，给两对新人主持成亲礼。一拜天地，二拜高堂，因双方高堂均不在身边，只能拜向远方，三夫妻对拜，礼毕，夫妻对饮三杯，便算正式结为夫妻。仪式虽简陋，两对新人脸上却洋溢着幸福的表情。马新竹、阮明流和黎箬竹皆谢过大家，唯独刘石竹涨红着脸，说不出话来，马新竹推推他手臂道："你倒是说几句话啊！"刘才嗫嚅道："我……我嘴笨，谢……谢许大哥，大嫂。彭大哥……我终于娶到三妹了？我是不是在做梦？"众人闻言哈哈大笑，马新竹又将他推了一下，撒开手，羞红了脸。

彭大哥爽朗笑道："二弟，你这梦做得太深、太长了吧，今日美梦成真，还醒不过来？"刘石竹尴尬一笑，转头对着马新竹说道："三妹！我……我……"马新竹连忙接口道："你不必说了，二哥。我马新竹既愿嫁了夫君，当追随你一生一世，你的心意我都知道。你平日独自一人常在竹林偷偷念的《女曰鸡鸣》，我早听惯了。"说着，她轻轻吟诵起来：

> 女曰鸡鸣，士曰昧旦。
> 子兴视夜，明星有烂。
> 将翱将翔，弋凫与雁。
>
> 弋言加之，与子宜之。
> 宜言饮酒，与子偕老。
> 琴瑟在御，莫不静好。

马新竹念至此，谭青竹，许氏兄弟和黎箬竹等，包括何云芳均接下去跟着念道：

知子之来之，杂佩以赠之。
知子之顺之，杂佩以问之。
知子之好之，杂佩以报之！

　　最后一句大家都加大声音，念罢，整个房间被一阵欢乐的笑声所震动。刘石竹只知红着脸傻笑，马新竹又惊又喜，对着谭、许兄弟说道："你……你们怎么也知道？"盛竹道："二哥何止在竹林里念？他在房里，在石场，在河边，在月下，常常一个人发愣，嘴里念念有词，如痴如醉，任谁在他身后也不察觉，我们早就听得烂熟于胸了。只是我兄弟俩不知是何意？"

　　何云芳笑道："这是《诗经》里的郑风中的一篇，是说一对年轻的新婚夫妇在清晨的对话，你一言来我一语去，恩爱和睦的情景，饶是非常生动，活泼有趣。刘兄弟期盼这一天怕是由来已久，今日终良缘结果，也是顺遂了你的心愿了。你们与箬竹、明流，均是天成的一对，地设的一双，我与你们许大哥为你们高兴。嗯，琴瑟在御，莫不静好……"谭青竹接过去道："今日无琴亦无瑟，唯有我的尺八。权且让我来为大家奏一曲。"

　　众人齐声叫好，谭青竹又说道："容我想一想，哪曲合适婚庆的气氛。哦，有了，就吹一首《岩清水》吧，岩上清泉，淙淙之声，石水交融，相依相惜。"他取出尺八，摆好位置，嘴唇贴至歌口，略微一沉气，一阵悠扬的琴声响起，缓慢又不失轻快，灵活体现了岩石和清泉你中有我，我中有你的石水交融的意境。

　　音乐一起，缠丝和绵丝就忍不住要翩跹起舞。它们钻出袋子，在尺八前方扭动身姿，因此曲乃是恩爱之作，毫无一丝杀气在内，双蛇跳得甚是婀娜曼妙，缠绵悱恻。众人看得饶有兴趣，为之动容，两对新人更是情意相通，相视而笑。抟儿在光流怀里，也是停止了晃动，侧着头看得目瞪口呆，脸上露出诧异、欣喜的神色。

一曲终了，缠丝、绵丝立即爬回袋中，简朴的婚礼也宣告结束。许夫人过去从光流那接过抟儿，他还兀自转头盯着谭青竹的背袋的方向，眼光依依不舍，大家发现都笑了。

重回餐桌。彭大哥长舒一口气，说道："三妹，七妹，你们的婚事终于了结，大哥我虽欣慰却也感到愧疚。我曾与夫子商议，有朝一日将为你们举行一场热热闹闹大礼，把你们风风光光嫁出去，谁能料这可恶的朝廷！委屈你们两个了，待抟儿找到安全之地，大哥一定实现诺言，再重为你们办一次！"

新竹和箬竹闻言感动不已，不约而同道："大哥！"

许佶举杯敬道："彭老弟果然是忠义豪爽之人！令我念及当年战死的兄弟们！来，干了！"彭大哥率大伙举杯喝了，说道："我听说蕲县西渔水边一战甚是惨烈，不知详情如何，许兄能否为我等道来？"阮明流等听到紧要处，更是求知心切，一起附和。许佶长叹一声，凄楚道："渔水边一战，何止是惨烈两字可形容？那最后几场战均可说是令日月暗淡，山哭河泣的战役啊！"说罢，陷入沉思，脸上现痛苦表情，又似乎不堪回想，良久说道。

就在庞大哥思前想后之际，令狐绹已火速飞报朝廷。二月，朝廷立即重新调遣军力，几乎是倾巢而出，十万军马，其中七万由义成节度使、神策大将军康承训亲率。此人自幼随其父康志睦四处征战，算得上有勇有谋，当然，也可说是奸诈之极！咸通五年（864 年），他调任岭南西道节度使，其时，正逢南诏大军进逼邕州[1]，他领兵抗击，因大意，不设斥

---

[1] 南诏，8 世纪时兴起的位于今中国西南部的古国，其国民主要由乌蛮和白蛮组成，由蒙舍诏首领皮罗阁在 738 年建立。邕州,今广西南宁南。

候而败，后因小校偷袭敌营得小胜，他却向朝廷伪称大捷，朝廷大喜，大肆封赏，授其右武卫大将军，受赏者皆是其亲信子弟，斫营者却不得迁升一级！足见此人之阴险狡诈。此贼领七万兵马分三路，分别驻军柳子寨、新兴和鹿塘，间隔三十里，壁垒相连，对我们形成合围态势。

庞大哥闻此消息，大惊失色，但悔之晚矣！不得不硬着头皮派出三路人马迎战，一路由洪明镜、姚周夫妇以及陆十娘率三万人马往柳子寨迎战，一路王弘立领了三万人马，手下副将张玄稔、丁景，直奔鹿塘寨，一路则是吴玫迥、赵可立、刘行及等率三万朝新兴出发。我和军师周重留在徐州城辅佐庞大哥，其父庞举直亦前来相助。谁知，这一次各路兵马均遭败绩，可以说是惨败，你们可知为何么？

众人面面相觑，不得要领，按洪师傅、姚周、王弘立等的武功与见识，以义军的战斗力，虽不说立战能胜，也不至于一败若此啊！踌躇半响，阮明流才狐疑问道："莫不是……全因那小西邪朱邪克用？他领的占有马上优势的沙陀兵？"许佶苦笑一声："对！就是那些沙陀骑兵，朱邪赤心和他儿子朱邪克用！"他继续说道。

十一日，王弘立率兵北渡睢水，将鹿塘寨团团围住。

翌日凌晨，他与张玄稔、丁景等登高临望，俯视坡下尚寂无声息的营寨，豪兴顿发，以为只要来个突然袭击，便可破敌在即，没作任何御敌之备，催大军悄悄靠近，在临近营寨一里处，仍是安静异常。殊不知，正在此时，忽地"轰"一声炸响，马蹄声滚滚而来，从寨中迎面冲出来的是三千沙陀铁骑，为首的正是那个小西邪朱邪克用！

在那些彪悍强壮的铁蹄和长矛之下，刀剑没有任何抵抗能力，马匹上还套着坚韧的护甲，就算靠近也很难伤到。大部官兵随后才蜂拥而出，也是兵器精良，可怜义军溃不成军，退至睢水边，无路可走，战死、淹死者愈两万余人，四处逃散的更是无数。王弘立、张玄稔策马狂奔，才逃过一劫，可是丁景却战死，回到徐州才有数百人。庞大哥与我均大怒，以为王弘立太骄惰之故，才致此败，意欲将其斩首。周重军师进言道，弘立再胜未赏，一败而诛之，弃功录过，为敌报仇，诸将咸惧矣；不若赦之，责其后效。庞大哥和我听后默然，眼色一交，认为有理，遂命他夺取泗州，以功代过。

我们没料到的是，洪明镜师傅与姚周一路更是败得壮烈。鹿塘寨得胜后，康承训乘胜进逼柳子寨，与义军数次激战；三月十九日，义军北渡涣水，官兵紧追，脚还没立稳，全寨被围。是日大风，官兵四处放火，洪、姚无法，被迫弃寨而退，谁知半路上又是被朱邪赤心率的沙陀骑兵突袭，所有将士被杀几乎殆尽。陆十娘、洪师傅为了掩护姚周夫妇，与朱邪赤心的战骑周旋了许久，最终力竭而倒。姚、周夫妇只率得麾下几十人逃奔宿州，岂料，庞大哥委派驻守宿州的梁丕素来嫉妒姚周，假装笑脸相迎，当夜趁其夫妇极度悲伤疲劳，深睡时残忍将他们杀了，可怜小夫妇新婚未满三月就同奔黄泉！

至此，周重军师拜泣道，柳子寨地要兵精，姚周有勇有谋，今一旦覆没，危如累卵，不若遂建大号，悉兵四出，决死力战！庞大哥这才彻底放弃幻想，派人将狱中的崔彦曾和张道谨给杀了，不想陆十娘在出战前已偷偷混入狱中杀此二人，遂以崔、张人头祭旗，集众庄严道："勋始望国恩，庶全臣节；却害得义军受挫，损兵折将；今日之事，前志之乖。自此，勋与诸君真反者也，当扫境内之兵，戮力同心，转败为功耳！"遂被推举为"天册将军"、"大会明王"。

时值四月，魏博（今河北大名）官军围困义军据点丰县，"大会明王"率军从徐州出发，夜入丰县，魏博军皆未察觉。魏博军营共设五寨，近丰县城者共数千人，庞大哥伏兵于要路，然后率兵纵击。诸寨兵闻讯赶来救援，均被伏兵袭杀，当闻知乃"天册将军"亲自督战，更是溃败。庞大哥志得意满，遂毁魏博军城栅栏，运其资粮，传檄徐州，谓官军为"国贼"！

庞大哥恨极梁丕，找个借口升迁他，将其骗回徐州，然后秘密给宰了，派张玄稔去守宿州。本想让他将功赎罪，我与军师素知其天生反骨，力劝不用，但庞大哥笑说不妨，谓在其左右布下了手下亲信张实、张儒兄弟，谁知这一决定布下了祸根。

庞大哥还欲乘大捷之势，出击康承训主力军。军师谏道，时逢蚕麦将熟，不宜出兵，不如先休兵聚食，养精蓄锐，待寻得破沙陀骑兵之法，再出兵不迟。庞大哥却自视其真为"天册"之将，无往不胜，不听。廿三日，领军至萧县（今安徽）。廿九日，命襄城、留武、小睢诸寨义军共五、六万人进攻柳子寨，本想偷袭，不期遇康有训伏兵，不敌，正败走间，又有沙陀骑兵疾驰追杀，不战而溃，可怜！数万人自踏、被踏，死于非命，军师亦不幸葬身其中！庞大哥易服而逃，回到徐州，方余三千来人。

经此几役，原先共同举事的兄弟所剩无多。我与你们嫂子协助庞大哥父亲庞举直力守徐州，庞大哥深受打击，日渐消沉，忧虑不知所措，竟转向佛，日夜乞佛祷神。唉！殊不知大哥这一颓丧，引得军心涣散，四处义军投降官兵的事件发生，如下邳土豪郑镒领三千人归投朝廷，陈全裕为帅引几千人归降康承训，沛县朱玫举城降于泰宁节度使曹翔……

对峙至九月。张玄稔居城中，张实、张儒在宿州城外沿着水边扎了好几重营寨，康承训率官兵包围了义军。张实连夜派人偷出重围，给庞大哥送信，言如今官军全部集中在宿州城下，西部必然空虚，尔应率军出敌不意，攻掠宋州、亳州，敌军必然会解宿州之围西去，将军若在要害之处设伏，迎击敌军，我等率宿州军在后面追击，必然能击破敌军！

此本乃好计，庞大哥闻讯大喜，重又从萎靡中奋起，亲自率领两万出城。谁料张玄稔这厮早与康承训密谋归降，用计杀了张实、张儒二人，翌日，开门出降。并向康献计诈为城陷，率兵"逃奔"符离、徐州。

庞大哥其时刚破宋州南城，渡汴水，攻亳州，却不知康承训正领着八万大军，以朱邪赤心为前锋正赶杀而来。待发现得，急沿着涣水东行，欲归徐州。怎奈沙陀精骑神速逼迫，军队只能仓皇转向蕲县，将渡涣水时，可怜天公欲绝我义军，偏逢有个叫李衮的叛将率兵拒阻。庞大哥勒马喝问，李衮，平日我待你不薄，为何断我去路？李衮大叫道，哼！鼠目寸光之辈，跟着你，兄弟们还有什么奔头？还不如我自己立功，寻点儿小福贵！一番话说得庞大哥羞愧难当，又折往蕲县西，不期恰遇康承训的主力大军！

义军且战且退，战死万余人，又退至涣水分支，蕲县西的渔水边。前方是茫茫河水，后方是大军逼近，进退都是死，回顾起义时的轰轰烈烈，众多兄弟的齐心协力，节节胜利，眼见大事将成，却因自己的目光短浅，为贪一封节，以致错失良机，害得义军将士皆殉身沙场，不仅功亏一篑，自己今日也落得一个如此悲惨的下场，那首童谣当日自己不信，不幸今日果然灵验——"得节不得节，终化宛如雪"！怆然面对泱泱涣水，庞大哥不禁仰天长叹一声，时正黄昏，抬头见天边一弯新月，回头又看官兵正从远处步步靠近，万念俱灰之下，竟吟得一首《乌夜啼》。

一弯月挂危楼。

似藏钩。

醉里不知黄叶、报新秋。

征鸿断。

归云乱。

远峰愁。
愁见庞勋凝恨、在江头！*

连念三遍，仰天哈哈大笑，笑声既悲壮又苦涩，挥剑指着涣水，对着身旁的义军大声道："贪慕国恩何足谓之为丈夫，视死如归世人应知我非是懦夫！"说罢，策马直冲向河水里，义军大部分亦跟随踏入河水，溺死者无数，降者仅千余人。

康承训、朱邪赤心听闻庞大哥英勇投江，亦敬佩他是一条好汉，命人打捞尸首，竟遍寻不见，数日之后，方在下游几里处觅得，只见他容貌经水浸泡后，更是活像关公再世。

康、朱二人用棺木将庞大哥入殓了，率领大军浩浩荡荡往徐州进发，棺木就行在队伍前头，两旁是穿着素白缟衣，头围白巾，高举着丧幡的队伍，飘飘扬扬，萧飒肃穆。张玄稔叛变，庞大哥战死的消息早传到徐州城，众人皆大哭，庞父举直在城上远远看见棺木，更是哭晕过去，誓死要为庞大哥报仇。

可是，三路大军将城团团围住，我们却只剩一万人，如何抵挡？是日夜，我和你们嫂子，赵可立以及庞父在前厅正商议如何突围，忽然有人跑来报后院大火，我们吓得脸都白了，桂儿！桂儿那时已经三岁多，正是可爱淘气的时候，常问我什么时候可以回桂州，他好想再找鸬郎，鹚妹玩。我们也答应他，若果此次突围成功，便回桂州，找回鸬郎、鹚妹，一家三口好好在那里生活。为了桂儿，我们消退了干一番大事的愿望，渴望早日突围，不想，一时大意，把桂儿留在后院给其他家眷照顾，应该将他带在身边啊！

当大伙赶到那里，发现桂儿及众多家眷均被活活烧死在里面了。正悲愤间，又听前门一片喧闹，说是城门打开了，官兵已开始涌了进来。原来，这一切是崔彦曾的故吏路审所为，情急之下，我们只能率队往北门去，你们嫂子放声悲哭，死活不愿离开，还欲跳入火海与桂儿同去。吓得我和赵可立架着她上马，往北门疾驰，可半道上她突然拉转马头，朝正大门奔去，我立即明白她的用意，让赵可立和庞父继续带队出城，我则随她逆向而行。

离城门还有一里地时，只见沙陀兵的铁骑和官兵已如潮水般从城门进入，眼见无路可避，急忙互使一个眼色，飞身下马，让马自行奔去，我们沿墙攀援而上城垛，俯身看着整座城被人海淹没。

将近半个时辰，往前的人潮才涌流殆尽。我们朝城门飞奔而去，你们嫂子过度悲伤后，极度清醒，干枯的双眼圆睁，两耳竖起倾听。果然，很快找到在城门附近一棵树下，正和几个官兵将领讨奖赏的路审。你们嫂子顿时眼中冒火，运气缩嘴，我知道她要用啸功，立刻将耳朵捂上。这啸功若非气愤到极点，她是轻易不使的，因杀伤力大，可瞬间令人耳震聋，甚至耳膜破裂而失聪。路审这厮不仅叛变放官兵进城，还烧死了我们的桂儿和家眷，是非要取了他性命的。我感到耳膜一震，只见树叶簌簌摇晃，路审和几个兵将同时身体扭曲，双手捂住脑袋蹲下，我们飞奔过去，手起刀落，她亲手砍下了路审的首级。当前面官兵往回赶来，我们早就逃出城门外。

"哦……这样，你们才幸存下来？"这时，大家才解开心中的谜团。

唉！正因如此，所以我们才羞愧躲避山林啊。后来听说，沙陀人的铁骑神速追赶，庞父举直乘坐的马车在半道上侧翻，被踩踏而亡。赵可立则带着残余义军，一路奔到淮水边上，最后情形跟庞大哥并无二致，前是茫茫河水，后是包围而至的官兵，我部下多是桂州戍守的兄弟，大家誓死不投降，结局可想而知，不是战死，就是淹死了。

第十五回 许佶收官便赴死 抟儿出发又重生

一场轰轰烈烈的起义竟然落得这么一个悲壮的结局，随着许佶最后一声类似于叹息的语调结束，众人都陷入沉默当中。瞬间，屋内死一般的沉寂，屋外的秋风更显得萧索，凄厉。

良久，彭大哥率先发出一声长长的喟叹，然后声音低沉地说道："许兄，我记得陈夫子常说的一段话，似是老子《道经》里的——宠辱若惊，贵大患若身。何谓宠辱若惊？宠为下，得之若惊，失之若惊，是谓宠辱若惊。庞督军怕正是患此宠辱皆惊之疾，患得患失，才导致了义军最后惨败啊！真是可悲可叹！"

阮明流接上说道："彭大哥所言极是！若不然，义军早就攻陷长安城，今日这金銮殿上坐着的，不是庞大哥，就是许大哥您了！"

许佶连忙回应道："我才不要做那个什么鸟皇帝，若是当年能打进长安城，我便往葵宁宫寻了那本梦寐以求的武功秘籍，也是要隐退到这荒郊野地来，专心研习。自从桂儿过世后，我与你们嫂子对加官进爵，荣华富贵，锦衣玉食，甚至王侯将相，天子之尊……一切的雄心一切的梦想，全都烟消云散，心灰意冷了。唉，人生于世，所图为何呢？在这深山老林里的两年间，我们冥思苦想，若是当日我们依了庞大哥，让他如愿得了一个节度使，义军将士兄弟们是否就可以安度时日？我们的桂儿是否还活着？细细推究，结果并不全然见得。你们想，当朝被奸臣宦官把持，我们一众兄弟在他们眼中永远都是逆民贼子，就算暂且容咱等一段安身时日，封官受赏，但迟早也会寻个借口罪名，将我等剪除殆尽。

说来惭愧，起义失败前，我俩曾自认武功在江湖上虽不能说数一数二，也是不惧他人的！可现如今，却恨自个儿这点微弱武功不值一提。这两年来，不知多少个日日夜夜，我与你们嫂子谋划着要奔赴长安，潜入宫里，或杀了王宗实报仇雪恨，或偷了那本武功秘籍，回来细细参研，看究竟是何古怪妖术，竟有如此骇人威力，待我俩也练成那邪门武功，再去找王宗实决一胜负。可转瞬又自忖武功唯恐不及，别说杀了王宗实，就是盗那本武功秘籍，也会平白无故丢了性命，我俩便在这犹豫彷徨间，来来回回，思前想后，优柔寡断之中度过了两年。唉！说来羞愧，我候圣手原是个贪生怕死之人！"

"许大哥不必太过自责。那葵宁宫和那本武功秘籍也只是一个江湖传言而已，是真是假尚不得知，王公公的武功我们也从他弟子那领教一二，邪乎是邪乎，也不是强不可胜，上次我谭四弟便用蛇咬伤了鬼见愁，待我们七人与您夫妇，还有碧渔子三兄弟，大家一起结伴到长安一探虚实，料我等联手，还怕打不过那几个不男不女，阴阳怪气的太监么？"马新竹杏眼圆睁，手握"青铜竹"剑把，一脸的飒爽英姿之气，义愤填膺地说道。

话音刚落，竹林七侠都纷纷点头赞许，黎箬竹更是兴奋，大声喝彩道："二姐说得对！待我们让抟儿安定下来，大伙儿便结伴潜到长安城，我就不信那葵宁宫是龙潭虎穴，哪怕是刀山火海，咱们也要去闯一闯，翻它个底朝天，把王公公的秘密弄个水落石出，就算真有那么一本什么武功秘籍，天晓得是什么阴毒邪门的旁门左道功夫！我记得那个张公公杀夫子那几掌来路甚是恐怖，最后一掌竟然是往天灵盖上招呼而来，大哥，你不是说在收夫子尸身时发现异常么？"

彭铁竹铁青的脸上露出悲愤的神情，彷佛又看到当晚的情形，脸因痛苦而变形，沉吟半响，咬牙切齿，又略带颤抖地说道："是……我们去搬动夫子时，愕然发现他的头顶有五个洞，还汩汩流着血！天下怎会有如此恶毒的武功，竟照着人的头颅下手，其中正中的百会穴和脑后的风池穴分别是致命的一击，我想分别是中指和拇指所致。

见到夫子死得如此惨状，我们六人既悲伤又愤怒，恨不得立即找那位张公公拼命，是以一路狂追到河边。在那遇见明流和箬竹，在那关键一刻，我们都惊怕姓张的那一掌会落在抟儿头上，幸亏四弟急中生智，放出蛇咬伤了他，若不然……后果不堪设想。许兄，依我说，这种歪门邪道的功夫千万不能学，就算找到了那本武功秘籍也应立即销毁，岂能让它流传于世，贻害世人？"

"彭老弟、黎妹子言之有理，我怎能不知那是旁门左道的邪门功夫？但为了要战胜王公公一群宦官贼子，我也只能想此下策。如今武林之中，各大门派均非其敌手，江湖上一片惨淡灰暗之气，有识之士便是想入宫偷书学艺，期盼能以其技反制其身，因此无论多么凶险，总是有人豁出性命。可惜至今无人能靠近葵宁宫百尺之地，就纷纷命丧黄泉，死因更是千奇百怪，据说有的暴毙，有的则受尽折磨而亡，只要进去的没人能侥幸逃出宫墙。这也是我一直踌躇难决的缘故啊！羞愧之极，弟妹们见笑了。"许佶摇头叹息道。

"许大哥莫非是说，即使我们在座所有人都将自身武功倾囊相授给抟儿，有朝一日待他长大，也没打败那姓王的胜算？"阮明流将信将疑地问道。

许佶苦笑一声，说道："其一，抟儿有帝王之象，以后怎会以金贵之身习武并与王公公一决雌雄？其二，不是我长敌人之气，灭自己威风，不说以后抟儿拜各位为师，学足每一位的武功绝学，就是送抟儿到少林、武当学艺，尽得高僧、元道真传，恐怕……恐怕也非姓王的对手。唉，除非，除非……"

"除非抟儿有机会学到那武功秘籍里的武功？"阮光流紧接着问道。

"啊，说来惭愧，除此之外，我实在不知还有他法可想。当今少林、武当两大派尚束手无策，偌大个中原又哪里找人与之相对抗？"众人听罢，都沉默不语。

"不瞒大家，起义兵败之后，这两年我与你们嫂子蛰居在此，无日不苦思冥想那破茧之道，可惜最后得出的结论甚是悲观，这李家皇朝，虽已是岌岌可危，如枯树之巢，风一吹将欲倒，可是，有这武功第一的王公公当政，天下人竟奈何他不得！若是宦官将此秘籍代代相传，武林中无人能将其击败，怕是这昏暗的朝代就可这样苟延残喘延续下去，百姓将不得不受数不尽的苦，道不清的罪。我思之再三，要破这难解之道，唯一的希望就是，中原出一个神人，能将王公公一派击败，打碎。正如你们刚才说的，把那本武功秘籍找出来，并焚毁了它，让武林秩序再行恢复，邪门武功不敌正派武功，这昏暗的朝廷才有可能被推到取代。可是，武林中这样的旷世奇才在哪里啊，在哪里啊！"许佶连连摇头，仰天长叹！

这时，何云芳忽惊呼道："抟儿，抟儿！……你怎么了？别踢，别踢，是不是饿了，干妈立即给你做吃的。"

众人闻言，皆转头来看。许佶、黎箸竹和阮明流更是异口同声问道："怎么了？抟儿出什么事了？"

"不知为何，抟儿突然手脚乱蹬，身体扭曲，小脸憋得通红，怕是肚子饿了，又或许是肚子疼痛，怎么办？老头子，你快拿主意，别傻在那儿坐着啊！"何云芳人突见抟儿着了魔似的，却不知到底是哪儿出了差错，竟一下子六神无主，丧子之痛本是她最大的心魔，唯恐这回又失去了抟儿，是以完全张狂无措。众人立即围到床榻之前，看见抟儿果然屏气闭目，满脸涨红，身子在许夫人怀中伸腿力挺，左右扭曲不停，似乎正经历什么苦痛，只是发不出一声来。

见此情景，个个均束手无策。一个婴儿，还是个哑孩儿，要得知他有何病痛，简直是光手逮刺猬——无从下手，急得每人眼都冒出火来，恨不得亲自为抟儿身受这痛苦。马和黎两位更是柔肠寸断，泪珠盈眶，皆欲伸手将抟儿抱过来。

"郎中！我听闻镇上有个妙手回春的郎中，虽姓甚名谁，仙馆何处均不知，况如今已近午夜，但也顾不得了，咱们带抟儿到镇上去一趟吧。"许佶一时也不知如何是好，竟忽然想起平日偶闻的郎中来。

众人一听，也觉别无他法，唯有往镇上探访郎中来诊断，便纷纷点头。正在此时，何云芳却忽然停下慌张的神色，此时她已是披头散发，怔了怔，眼神定定望着前方，用既沉稳又发颤的声音说道："有人来了！"大家尚未明白过来，她又继续说道："是他们来了！"说来也怪，许夫人说完这两句，抟儿竟停下了挣扎，平静下来，睁开一双大眼睛，两颗乌黑发亮的眼珠骨碌碌转，疼痛似乎一刻而散。众人何等警觉，早就各自操上了家伙。

何云芳望着抟儿，又惊又喜地叹道："抟儿，我的好抟儿，你比干妈还灵醒。唉，干妈竟然乱了分寸，哈哈哈！我的好抟儿，好了，这次妈妈一定保护你。明流、箬竹快来，按原计行事，马上带上抟儿上船去吧，光流、正流，你们陪大哥大嫂一起，路上好有个照应，这里有我们……你们一定要保抟儿周全，千万，千万别落入……"话说不下，却经已泣不成声，紧紧抱了抱，就将抟儿交给箬竹。

黎箬竹早将身上的软猬甲脱下，拿来给抟儿团团围住，然后又裹了层布，用块青长布将他绑在阮明流背上。明流左手持鱼竿，右手拎清霜剑，箬竹打狗棍在手，右肩挎着抟儿的包袱，然后，面向众人一一望了过去，明流说道："许大哥，彭大哥……咱们就此别过，我们在真源县等候大家。"话虽这么说，可是此一别，不知谁还有生还的机会，不知是否仍能相见，声音不由得有些哽咽。何云芳依依不舍，还站在旁抚摸着抟儿的头，彭大哥、马新竹等则抱拳作别。

许偌焦急大喊道："明流，箸竹，你们快走！要不就来不及了！"

"哈哈哈！想逃？恐怕来不及了。"一声尖细却凌厉十足的话传来，话音未落，大门和前窗扑棱棱被打破，只见几条身影衣衫舞动，轻飘飘地从门窗跃了进来。

为首一人身着华丽官服，发须半黑半白，身材高挑挺拔，年纪有六十开外，脸庞干瘦，两道黑一字眉极粗，底下两颗赤眼精光四射，高鼻梁，厚嘴唇，从五官可以想见当年他英俊的面貌，可此时却充满一股阴霾之气。侧旁那两个阮明流，竹林七侠等却认得，便是那晚在陈府行凶作恶的"鬼见愁"张高全，还有一个"催命戟"田薄标，但"病头猫"高寿梧却未在其中，想必是手臂废了，真成了病猫一个，还有另一个宦官，其余四人是官兵装扮，却不认得，众人立即成环抱之势。

只差微毫之间，阮、黎两人此时欲走已是不能，只能各持兵器，严阵以待。何云芳方才从梦中醒来，为自己太沉溺于情感之中，竟未能判断敌手逼近速度，令到抟儿不能及时离开，实在懊悔不已。许偌则手握九龙鞭，冷冷地盯着为首的那位，森然道："阁下莫非便是朝廷上大名鼎鼎的'宗神龙'，左神策将军王公公，王宗实大人？"

王宗实仰天尖声笑道："算你有眼，既识得我的名号，还不快快将此妖儿交与给我？我奉皇上圣旨而来，若交出此儿，尔等可保留性命。"

"哈哈哈！我许偌自起事那天起就将性命置于身外，只恨当年未能挥师直捣长安，杀进宫里，亲自将你了结，今日竟送上门来，真是太好不过了。"许偌朗声回答。

"啊？！你就是随叛贼庞勋起事的许偌？"王宗实听闻此名，不觉往后仰了一下。两年前，日日在宫中听到、谈论的便是这名，桂州戍卫起义之事曾搅得他日夜心神不宁，如今听到，仍是惊愕颤了一下，"怪道四下寻你尸首不见，原来你还活着！"

"惭愧！众弟兄已奔赴黄泉，惟我尚苟且在世间存活，只怕是老天让我在此等你，一是护着抟儿，二是与你决一胜负，便可与众兄弟团聚了。只是，你如何知道我在此处？"

王宗实哈哈一笑，说道："带进来吧！"话音刚落，后面一个官兵推着一个人进来，大家一瞧，原来竟是那天许夫人赶集雇佣的挑夫，他战战兢兢，人未站定就结巴说道："大……大人，那……那个婴儿就在那，跟悬赏榜上说的圆头大耳，一模……一样。"众人才明白过来，原来朝廷放出了榜悬赏，这小人见钱眼开，向官府告了密。何云芳是又恨又悔，责怪自己疏忽了这一层，眼中冒出火来，寻思一有机会就先杀了这厮。王宗实挺满意，阴笑着点点头，挑夫双腿发抖，又说道："大人，那……我的赏钱？"他看到这剑拔弩张的场面，心里害怕，想早点领了赏钱回家去。

"赏钱？"王宗实向左侧的张高全递了个眼色，说道："给他，打发他上路吧。""鬼见愁"心领神会，手轻轻一挥，一掌拍在挑夫的头上，那挑夫哼也没哼，就软软倒在地上，一命呜呼了。后面两名官兵上前将他尸首拉了出去，王宗实瞧也不瞧，轻蔑地说道："赏钱？谁都想领赏钱，待会儿谁杀了那妖儿或擒了他，方有赏钱！"

许佶、何云芳他们看见挑夫被杀，心中解恨不少，但也暗惊那王宗实竟是如此心狠手辣，待会动起手来，不论胜算多少，抟儿还是尽快离开方为上策。何云芳因此转头看了明流和箬竹一眼，示意若有机会马上从窗户逃脱。这时，许佶缓缓说道："且慢！动手前许某有一事相询，如王公公愿意回答最好，不答也无妨。"

"哦？何事？"王宗实眉毛一扬，问道。

"十几年来，在江湖上闹得沸沸扬扬，传闻宫中有座'葵宁宫'乃是公公所有，里面藏有一本武林秘籍，不知是真有其事呢，还是子虚乌有？或只是你为了诱杀天下豪杰而设下的圈套？"

王宗实先是一愣，继而沉默，神色中似暗藏有无限的哀伤，停留片刻之后，又肆无忌惮地哈哈大笑起来，盯着许佶，一字一句说道："今晚……你们都不能活着离开这里，我就告诉你们也无妨。这'葵宁宫'乃是她的安息之地，当然，陪伴着她的是那本她一生中最钟爱的秘籍，是用她的芳讳命名的，我不愿世人知晓它，就是怕被你们这些凡夫俗子亵渎了她的美丽和圣洁。那是她亲自给取的名，她自个儿的名字，多美啊，像她一般艳丽、灿烂！任何人不可觊觎、冒犯，不可以！那也是她一生的智慧和心血啊！我却负了她，负了她！我不是人……我不是人，原谅我，我第一次在外人面前说出你的名字——《葵花……宝典》，它叫《葵花宝典》！"他一面仰头望着上天，一面自责似的嚎叫。

"《葵花宝典》？！"众人（包括王宗实身边的弟子和官兵）听到这个名字，都像被火烧灼烫着了一样，不禁心跳加速，血脉喷张，确实是好美的名字。这个她又是谁？她的名字叫葵花？是她一手创建了那些匪夷所思的武功？他又为何负了她？怪道他现在真是人不人，鬼不鬼的，他和那个葵花之间有着怎样的恩怨情仇？

原来，武功秘籍真的存在，才引得天下英雄飞蛾扑火般，不惜焚毁自己也要冒险盗它。这些念头火电般闪过许多人的脑海，连"鬼见愁"他们也是初听到这名字，方才知道自己练的武功来自这么一本奇书，也心下惊愕，然也暗暗偷谢许佶这一问，因师傅从不允许问起。

许佶又问道："那么，如此说来，这十几年来，中原武林各大小门派相继遭到一群不明身份的蒙面人血洗，均致灭顶之灾，便是……这葵花宝典里的武功所为？"

"哼！"王宗实不屑地说道："中原武林？什么少林、武当，徒有虚名，剩下的更是不堪一击的绣花枕头，没有一处是值得我留下名号的。唉！怕是我要孤独一生，等到老死，偌大的中原，怕也不会诞生出一个能与我坐而论道，行而切磋的人了！呜呼，诚也悲哉！"

"你也太小瞧咱们中原人了，难道你自己不是中原人吗？"彭铁竹气得大声质问起来。

"你是谁？"王宗实斜眼看着他。

"师傅，他就是我跟您提过的什么竹林七侠的老大，姓彭，就是他们那晚助阵，帮着那小妖儿逃走的。小心，他……他有蛇！"张高全说道，并伸出手指着谭青竹，似乎仍心有余悸。

王宗实冷目一视，喝道："不成器的家伙，两条小蛇就吓破了你的胆？！"然后转头说道："哼！我所习武功乃域外秘籍，我所慕之人乃域外佳人。中原？只是我手心拿捏之物耳！我说了，今晚在这的，无论是人还是蛇，统统都要归天！尤其是那个小孽种，你！"

他指着阮明流，因早瞧见他背上的抟儿，和在旁背着包袱的黎箸竹，大声喝道："识相的，乖乖解下小妖儿交与给我，我可以让你和你的新娘子合葬在一起。嘣！今晚上竟有两对新人啊，喜庆，喜庆！将那孩儿主动交出，你们新婚燕尔两对新人尚可同穴而卧，若不然，我让你们今夜刚成婚，明日变孤魂野鬼。"他斜眼瞄见马新竹也穿着婚服，知道和旁边那个手握流星锤的愣小子是一对，马和刘均怒目而视，不说话。

阮明流保持微笑，缓缓说道："王大人既身为一个公公，怎么也多愁善感起来了？竟然还痴情于一个……葵花姑娘？只是不知成婚与否？唉呀，我想这也是白问了，假如成婚的话，你怎还会是一个公公？只可怜了这个葵花姑娘，现下呆在那个什么'葵宁宫'？才真做了孤魂野鬼，孤伶伶一个人，好不悲苦凄凉！你负了人家葵花姑娘，竟还有脸面独自活在这世上？且还作恶多端，祸国殃民，大唐江山将要葬送在你们这些奸臣佞子手中，怕是你归西之后，葵花姑娘也不愿与你合葬吧？"王宗实脸一阵红一阵白的，似乎阮明流的话击中了他的痛处，令他回忆起那段刻骨铭心，肝肠寸断的年月来，一下竟哽噎住说不出话。

阮明流却继续揶揄道："你们左一口小妖儿，右一声小孽障地叫抟儿，殊不知你们才是老妖怪，老孽障。喂！张公公，可否向你老人家讨教一下，何为妖？何为孽？"张高全自然无言以答，尖声喝道："谁有空跟你啰啰嗦嗦，将你背上的小东西交出来，我或可代你们向师傅求饶，若等我师傅出手，你们均死无葬身之地！"

"哼，你们这群男不男，女不女的阉人，是为妖，涉朝政，害民生之徒，是为孽，既为妖孽，才会干下这追杀无辜婴孩的残暴之事。我们岂能让抟儿落入你们的魔掌之中，做梦去吧！"明流话音未落，只见王宗实忽地腾空而起，径自跃过许佶、彭铁竹、许氏兄弟谭青竹等第一排守护人的头顶，直往阮明流袭去，快得匪夷所思，简直犹如鬼魅一般。许佶手中的九龙鞭竟未及挥出，彭铁竹握着的刀柄更是尚没抽出，众人错愕之际均心惊不已，暗想，糟了！抟儿这次肯定要遭毒手了。

惟有阮明流早有准备，钓竿甩出，锐利的钓钩迎着王宗实喉咙飞去，就在那电光火石之际，岂知王宗实连正眼瞧也不瞧，左手大拇指和无名指相捏，伸出一个兰花指模样，轻轻一弹，竟然将钓钩给弹开了去。这一手绝妙的功夫，无论时机、力道、准头都是精妙到巅毫，若有半分差池也会功亏一篑，也会被钩封喉。

王宗实既化了一险，眼睛紧盯着阮明流背后，右手随即欲往抟儿头上拍去，若这一掌击中，抟儿岂会还有性命？柔弱的脑袋必定血浆崩裂，一命呜呼了。

可是，恰在这时，抟儿却抬起头，笑嘻嘻地瞪着一双纯净明亮的眼睛，看着在空中迎面而来的王宗实，胖胖的左手还伸出去，似乎要与这位半黑半白头发的爷爷来个击掌。王宗实的眼光与其一交会，心里突然咯噔了一下，被这天真无邪的眼神震慑住了，似乎令他想起了当年某个人的眼神，也是那么又亮又纯，空灵深邃，让他曾是那么心醉神摇，难道……难道，是她又转世投胎了么？这么一想，手不但没落下，反而缩回去了一点儿。

就在那千钧一发之间，旁边的何云芳已从痴迷和呆傻中忽的醒过来，"啊！——"她发狂一声大喊，啸功呼出，震得人耳膜发聩，飞身而起，使一招"双龙出海"，用尽平生力气，双掌往王宗实身上击去，同时喊道："快跑！"

随着喊声，阮明流和黎箐竹早一前一后从窗口一跃而出，光流、正流亦紧随其后。此时，各人早亮出兵器，混战在一起，许佶的九龙鞭已招呼到张高全身上，马新竹和刘石竹夫妇联手奔向田薄标，彭铁竹、许氏兄弟、谭青竹各寻了官兵、太监对上手，一时间，屋内乒乓作响，乱成一团。

何云芳将王宗实击中，王身体朝墙角飞去，眼见就要撞向墙，可只摇晃了几下，竟颤悠悠地站立住了，略一定神，便要朝窗外追去。何云芳岂能让他得逞，又发一声喊，使出一招"灵猴讨蕉"，竟是飞身过去，手爪快如闪电般在王身上紧逼，王宗实只能倚墙而战。按理说，何云芳的功夫远在王宗实之下，可是，艺高之人怕疯癫之妇，何况何云芳为了保护抟儿，母性的本能已散发到极致，一门心思就是要缠住王宗实，不能让他脱身。一套"灵宗拳"打得如疯似癫，淋漓尽致。王宗实徒有高超武功，一下子竟也奈何她不得，反而有点手忙脚乱。

这边，田薄标的双戟为了应付刘、马的流星锤和青铜剑，上蹿下跳，累得气喘吁吁；许佶的鞭子在屋内施展不开，张高全的铁拂却颇得心应手，可近身相逼，好在许佶身材瘦小，腾挪躲闪，灵活之极，张高全身子太高，却显笨拙，一时战为平手；许茂竹、许盛竹兄弟俩手舞着阴阳斧，正与两名官兵交手，自是挑选来的高手，兀自不弱，两把斧子互相配合，攻防进退有法，孪生兄弟心灵感应默契；彭铁竹与王宗实另一个宦官弟子过招，竹叶刀斗上了齐眉棍，两人都是大开大合之势，乒乒乓乓，占据了屋的一半；与谭青竹周旋的是一个手持陌刀的官兵，他的尺八不敢与之正面相碰，所以一味躲避，却寻机放蛇相助。

王宗实心急如焚，心内计算着阮明流他们已跑了多远，再迟怕是追不上了，于是在化解了何云芳如疯妇一般的进攻后，趁其疲倦的一个破绽，一掌击在她左肩，何云芳顿时向后飞去，一头撞在床头边的柜子上，摔得眼冒金星，五脏翻腾，一下动弹不得。王宗实刚想往窗外奔去，不期一条鞭如龙蛇般呼啸袭来，原来许佶边战边关注着，见妻子被一掌打飞了去，心中是又急又气，一招"神龙摆尾"，鞭子直朝王宗实飞去，却已将自己身后空挡留给了张高全，也全然不顾。王宗实刚解了一困，谁知又来一难，更是恼怒，伸手径自抓了鞭子，用劲一拉，许佶身子便倏忽间往前窜去。张高全寻着一个机会，见对方背对自己，门户大开，心中窃喜，拂尘早已扫至，本以为得手，岂料一击落空。

许佶大骇，心想王宗实这功夫确实邪乎，连去势强劲的鞭子也敢抓，且一抓一个准，这种功力惟数一数二的高人才能做到，但也死死不撒鞭。人飞至一半，张口喊道："老婆子，你还好吗？"只听见何云芳咬牙说道："还死不了，老头子！"王宗实的力道确实大得惊人，许佶又瘦小，竟像离弦之箭，直往王宗实冲去，他急中生智，趁着极大冲力，将近时突然撒鞭，双手转形而成叼嘴，刚好使一招"大雕捕鸡"，扑棱棱直取王宗实头部，颈处各大要害。

由于来势凶猛，这次轮到王宗实大骇，也急忙丢鞭，边退边举手格挡，却没料想候圣手的叼拳是何等刁钻，面门竟被一叼而中，疼痛异常，立时流出血来。王宗实大怒，于他而言，此乃奇耻大辱，他扬名立万三十几年，从未失手若此，是以不敢小觑候圣手。大凡一等一高手，虽怒而不急，能掌控自己情绪，王宗实双手捻起兰花指，左右臂伸展开，右高左低，双膝微曲，身子款款下坠，脸上呈妖媚状，双手上下前后扭转，相对呼应，像极一淑女正穿针引线，正专心做女红手工。许估亦是手保持叼形，亦一高一低，身体下沉，双脚尖踮起，来回移动，宛如一只鸬鹚或大雕，正盯守着猎物，伺机待发。

何云芳眼见张高全一击落空，亦想朝窗前奔去，立时从床边的兵器篓里抽出自己的剑，强忍着周身疼痛，勉力一招"雁落沙洲"，虽"落得"踉踉跄跄，然拼尽全力，剑影上下翻飞，直把张高全罩住。张无法，只能扬起拂尘招架，只听"叮当"声不断，又鏖战在一起。

王宗实姿态阴柔、狐媚，明上看似花架子般柔弱，不堪一击，暗中却隐隐透着一股股，一丝丝令人毛骨悚然的杀气。许估知晓其中的利害，当武功练到最高境界，已全然不讲究阳、刚、强、猛，反而转化为阴、柔、弱、缓，因其时已无分别，阴即为阳，刚即是柔，弱亦为强，缓亦为猛，可说是随心所欲，臻入化境了，是以全神贯注，丝毫不敢大意。

两人僵持了一会，四目相对，蓦地同时发一声喊，均腾空而起。王宗实左手化掌，右手捻指举过肩，一招"玉女穿梭"，掌法轻飘飘左右扇合，巧妙化解了许估的"鸬鹚相逐"，这一招乃是鸬郎和鹚妹相互嬉戏，争相扑入水中捕鱼，此起彼伏，是争强好胜，也是相互表达爱意的游戏，许估观察良久，悟得这一招。乃是一啄未毕，一啄又起，一啄连着一啄，绵绵不断，速度极快，甚是犀利，往往令对手防不胜防。不意竟被王宗实一一化解，似乎早熟知此招一般，且只用单手而已，令许估大为震撼，一招完毕，两人又退后站定，再次相互凝视。

历来真正高手对阵，并不会一招接着一招比试，只凭一招，双方即可感知、判断对方的强弱虚实，停下思索对方的破绽以及下一招为何，怎样破解？两人又对视半响，王宗实笑容愈加妩媚，许偌有点目眩之感，知被其蛊惑，忙甩甩头，尽量不看他的眼睛。稍停一会儿，两人又发一招，然后又停下。何云芳跟张高全倒是你来我往，斗得非常紧凑。随着时间流逝，王宗实、张高全变得急躁不安起来，再耗下去，外面黑灯瞎火的，小妖儿不知跑哪去了！可是，这小老头和瘦婆娘竟如鬼神附身，一味死缠烂打，一时半会儿也奈何他们不得。

正在此时，忽听到彭铁竹发出一声惨叫，原来，是那个与之相斗的太监突发暗器，两根绣花针直直地插进彭的双眼里。刘石竹、马新竹夫妇听到大哥怒骂，一看他已倒地捂住眼睛，双双连忙过来救助。谁知那太监一不做二不休，又连发几针，这回却是往刘、马的脖子喉咙处，两人顿时跪地，手一摸脖子，却什么也感觉不到，原来全针已进入喉管。说话不得，两人怔怔相望，眼神既充满了喜悦也充满了凄苦，喜悦的是两人终于拜了天地，念了《女曰鸡鸣》，凄苦却是无法等到第一个黎明的到来，互相看见对方的嘴在嚅动，都清楚是在念"女曰鸡鸣，士曰昧旦；子兴视夜，明星有烂；将翱将翔，戈凫与雁"。

忽而，突见刘石竹圆睁双眼，憋着最后一口气，猛地将流星锤甩向那个太监，那太监正自得意，看看刘、马，又看看彭铁竹，浑然不觉，待得发现已晚矣，正击在脑袋上，顿时脑浆迸裂，颓然倒地。

田薄标早纵身向前，左右手双戟分别击在刘、马头上，在最后一刻他们都朝着彭铁竹方向望去。这一突变只在瞬间，三人丧命，一人重伤。眼见田薄标直奔彭铁竹而去，许偌急忙就地一滚，拾起九龙鞭便向田挥去，鞭去若游龙，鞭头倏地卷住田薄标的脖子，许偌用力一拉，田立即舌突眼鼓，一命呜呼！而便在此刻，王宗实已飘然而至，一掌往他后脑拍来，何云芳惊慌大喊道："老头子！小心背后！"许佶正专注于了结田薄标，哪里听得见？待醒悟过来时已晚，这一掌正端端打在他后脑勺上，身子往前便倒。何云芳凄厉一声，颤抖着喊道："老头子……"

这时，从黑暗中传来一阵悲凉的乐声，原来，谭青竹眼见大哥中了暗器，二哥三姐更是顷刻间同赴黄泉，无心恋战，遂施展轻功，一跃上了房梁黑暗之处，将尺八吹了起来。一时间，多人哇啦乱叫，是那几个官兵遭蛇咬了慌乱逃串。许氏兄弟一得松手，连忙跑过去，一个扶起彭铁竹，一个去扶许佶。此时，缠绵双蛇已蜿蜒爬至，一奔张高全，一奔王宗实，张高全心仍有余悸，撇下何云芳，站到王宗实身旁。

王宗实自认武功天下第一，绣花针是《葵花宝典》里的第一独门暗器，非常厉害，他却不愿携带，原因之二是，他曾被这门暗器的发明者严禁使用，因此只能传授给徒弟；张高全亦自恃甚高，身为大弟子，也不愿带，遂面对高抬着的，左右摇晃脑袋的缠丝、绵丝，一时间也无办法。

何云芳早抢到许佶身边，许佶受了王宗实那一掌，已危在旦夕，气若游丝，微弱地说道："老太婆，我是不成了，别管我，快……快去找抟儿，把他抚养大，别让他为我报仇，我……我只希望他道……逍遥自在活……一辈……抟儿……桂儿……"话音陡然消失，许佶溘然长逝。何云芳目光迷茫，泣不成声。

彭铁竹用沙哑的嗓音悲戚道："许兄，你就安心去吧，我们来替你报仇！"他知道刘石竹、马新竹夫妇也已故去，三人均是为救护自己而亡，更是难过。虽说报仇，但以他们的武功，再苦练上十年二十年，也无法与王宗实抗衡，实在无望，是以声音带着绝望，泪血从双眼不断滚落下来。

何云芳愣愣地凝视着许佶半响，嘴里喃喃自语，不知在说着些什么，细听之下，她竟是用桂州话说的，各人均听不懂。忽然，她从痴迷中猛醒了过来，抬头眼中冒着怒火，向后窗那一望，却哪还有王宗实和张高全的影子？她正陷入惊奇和愤怒之际，谭青竹闪身过来，说道："嫂子，他们早从窗跃出走了，怕是追抟儿去了。"

"抟儿！"何云芳惊呼起来。明流、箸竹他们已带着抟儿安然离开了么？若是被这两个武功奇高，非男非女的妖人追上，后果不堪设想！"我的抟儿，我的抟儿！"她一边念叨着，一边徐徐放下许佶的身子，直直地站起来，转身，缓缓朝后窗走去，才走了几步，身子突然变得飞快，一晃眼，人已从窗口处一跃而出。三人在后，只看到她衣袂飘飘，犹如仙女腾云，倏然而去。

"四哥，我们该咋办？"许茂竹问道。此时，大哥眼瞎，二哥三姐过世，一切只能靠谭青竹拿主意了。

"我们得赶快带大哥离开这里，他们不管追不追得上抟儿他们，很快都会转回来，我们不能在此坐以待毙，保护大哥要紧。你们扶着大哥，我们不去镇子里，先往深山老林里去，躲个几日再寻法子。"谭青竹在竹林七侠中武功算是最差的一个，但脑子却最活络，总是能以轻巧和快速的反应避开高手的进攻，同时寻着良机便给对方反戈一击，在大事上也更有主见。

"可是，许大哥，二哥三姐的尸首该怎么办？我们一时半会儿也无法埋葬他们。"许盛竹焦急说道。

沉吟一会儿，谭青竹说道："惟一之计，就是把这房子给烧了，我们只能给许大哥、二哥三姐火葬，我想，他们三人结伴会很高兴的。况且，陈夫子夫妇，还有，桂儿等着他们。"

"好！四弟说的有理，就这么办！"彭铁竹一跺脚，说道："你们三个，得将许大哥、二弟、三妹的尸首好好整敛一下，摆放端正了，我们给他们跪拜叩头，代何嫂子，明流、箸竹他们，还有……抟儿，大礼行完之后才能……才能烧！"

"是！"三人连忙答应。立即着手将许佶、刘石竹和马新竹三人的尸体轻轻摆正在中央，衣服也拾缀整齐，当他们看见三姐穿的仍是新娘服，不禁悲从中来，眼泪滚落而下，但害怕大哥知晓，引得他又伤心，都不敢哭出声来，还把他们的兵器放在每人的侧边。一切准备完毕，他们扶着彭铁竹到了下首，齐齐跪下，行了九叩之礼，彭铁竹嘴巴难过得抽动，但没有说出什么。

默默跪拜完之后，许氏兄弟搀扶着彭铁竹走出房外，谭青竹捡了条断桌腿，用布缠住一头，蘸了灯油，做了个火把点着，然后环视房子上下四周，这里大家只短短呆了几天，却产生了无比深厚的感情。原本其乐融融的景象，许大哥引人入胜的故事，乖巧可爱的抟儿，新婚夫妇的喜庆欢乐……转眼之间都灰飞烟灭了！庞、许两位大哥的起事虽然失败了，后起之师必将会再来。只是，能击败王宗实的高人又在何处？若世上无人能降服这群武功奇强的宦官，就算新的起义也终会再失败，裘甫，庞大哥、许大哥均是前车之鉴，只不知那残暴的朝廷仍苟延残喘存活多久？草民的苦日子还要煎熬多久？

想到这，他深深叹了口气，望着地上安静躺着的许大哥、二哥和三姐，他手中的火把正熊熊烧得旺，火焰甚至灼到脸上生疼，可一时竟舍不得点燃房子，哦！还有抟儿，你们三位在天之灵一定要保佑抟儿平安啊！空空如也的后窗外一片寂静，只有黑暗里的风阵阵刮过。谭青竹的眼里又出现了阮明流、黎箸竹跃出的身影，然后是王宗实和张高全跃出的身影，最后是大嫂何云芳如痴似狂，飘然而去的身影。一切都结束了，或是，一切才刚刚开始？谁知道呢？一股凄凉却豪迈之意掠过他的心头。

"四哥！"门外传来许氏兄弟的催促声。

"永别了，许大哥，二哥，三姐！"谭青竹投去最后一眼，一咬牙，将火把点燃了几处易燃之物，房子本是木头和茅草搭建，很快劈里啪啦烧了起来。谭青竹扔下火把，飞身出屋，四人很快就消失在苍茫丛林中。

这个山野的夜空里，只见一团冲天的火焰升起，升起，然后慢慢地降落……最后，四下里终归于万籁俱寂。

有诗为证：

> 许氏功成获上升，曾遗一剂语丁宁。
>
> 山生绀箸奇无骨，洞隐金丹显有灵。
>
> 松竹敧岩非易取，烟霞塞道卒难经。
>
> 有缘仙者当须遇，用倖搜求岂露形。*[1]

两年后，亦即咸通十四年（公元 873）春三月二十九日，王宗实率宦官前往法门寺迎接佛骨。众大臣进谏，有说先帝宪宗因迎佛骨不久崩驾。懿宗说道："朕生得见之，死亦无恨！"于是大兴建佛塔、宝帐、香轝、幡花、幢盖，并都以金玉、锦绣、珠翠为装饰，备迎佛骨。

从京城长安至法门寺，三百里路，车马昼夜不绝。

初八，佛骨运至京城，禁军为前导，音乐四起，人群绵延数十里。懿宗登上安福门，从楼上走下，向佛骨顶礼膜拜，激动泪流而下。佛骨迎入禁宫，三天后又将佛骨运出，放置于安国崇化寺。

七月十九日，唐懿宗既得见之，果然薨。一语成谶。

而在亳州真源县乡下，一个圆头大耳的小孩，五、六岁模样，头上扎两个小辫子，正在涡水之滨玩耍，不声不响，一双眼睛又明又亮；身旁，有十里荷花正开得娇艳。

注：此作品连载于加拿大《华侨新报》

---

[1] 仙迹岩题诗第二十三首。